As aventuras de Sherlock Holmes

COLEÇÃO A OBRA-PRIMA DE CADA AUTOR

As aventuras de Sherlock Holmes

Sir Arthur Conan Doyle

TEXTO INTEGRAL

2ª EDIÇÃO

TRADUÇÃO:
CASEMIRO LINARTH

A ORTOGRAFIA DESTE LIVRO FOI ATUALIZADA SEGUNDO O ACORDO ORTOGRÁFICO DA LÍNGUA PORTUGUESA (1990), QUE PASSOU A VIGORAR EM 2009.

MARTIN CLARET

Título original: *The Adventures of Sherlock Holmes*
Primeira publicação na revista *Strand Magazine*, Inglaterra, de julho de 1891 a junho de 1892.

CONSELHO EDITORIAL
Martin Claret

PRODUÇÃO EDITORIAL
Taís Gasparetti

CAPA
Ilustração: Alexandre Camanho

MIOLO
Tradução: Casemiro Linarth
Revisão: Durval Cordas / Waldir Moraes
Projeto gráfico: José Duarte T. de Castro
Editoração eletrônica: Editora Martin Claret
Impressão e acabamento: Renovagraf

Dados Internacionais de Catalogação na Publicação (CIP)
(Câmara Brasileira do Livro, SP, Brasil)

Doyle, Arthur Conan, Sir, 1859-1930.
As aventuras de Sherlock Holmes / Sir Arthur Conan Doyle; tradução Casemiro Linarth. — 2. ed. — São Paulo: Martin Claret, 2011. — (Coleção a obra-prima de cada autor; 101)

"Texto integral"
ISBN 978-85-7232-792-3

1. Ficção policial e de mistério (Literatura inglesa) I. Título. II. Série.

11-14104 CDD-823.0872

Índices para catálogo sistemático:

1. Ficção policial e de mistério: Literatura inglesa 823.0872

EDITORA MARTIN CLARET LTDA.
Rua Alegrete, 62 – Bairro Sumaré – CEP: 01254-010 – São Paulo – SP
Tel.: (11) 3672-8144 – Fax: (11) 3673-7146
www.martinclaret.com.br

1ª reimpressão – 2015

Sumário

A história do livro e a coleção "A Obra-Prima de Cada Autor"

MARTIN CLARET

Que é o livro? Para fins estatísticos, na década de 1960, a Unesco considerou o livro "uma publicação impressa, não periódica, que consta de no mínimo 56 páginas, sem contar as capas".

O livro é um produto industrial. Mas também é mais do que um simples produto. O primeiro conceito que deveríamos reter é o de que o livro como objeto é o veículo, o suporte de uma informação. O livro é uma das mais revolucionárias invenções do homem.

A *Enciclopédia Abril* (1972), publicada pelo editor e empresário Victor Civita, no verbete "livro" traz concisas e importantes informações sobre a história do livro. A seguir, transcrevemos alguns tópicos desse estudo didático.

O livro na Antiguidade

Antes mesmo que o homem pensasse em utilizar determinados materiais para escrever (como, por exemplo, fibras vegetais e tecidos), as bibliotecas da Antiguidade estavam repletas de textos gravados em tabuinhas de barro cozido. Eram os primeiros "livros", depois progressivamente modificados até chegarem a ser feitos — em grandes tiragens — em papel impresso mecanicamente, proporcionando facilidade de leitura e transporte. Com eles, tornou-se possível, em todas as épocas, transmitir fatos, acontecimentos históricos, descobertas, tratados, códigos ou apenas entretenimento.

Como sua fabricação, a função do livro sofreu enormes modificações dentro das mais diversas sociedades, a ponto de constituir uma mercadoria especial, com técnica, intenção e utilização determinadas. No moderno movimento editorial das chamadas sociedades de consumo, o livro pode ser considerado uma mercadoria cultural, com maior ou menor significado no contexto socioeconômico em que é publicado. Como mercadoria, pode ser comprado, vendido ou trocado. Isso não ocorre, porém, com sua função intrínseca, insubstituível: pode-se dizer que o livro é essencialmente um instrumento cultural de difusão de ideias, transmissão de conceitos, documentação (inclusive fotográfica e iconográfica), entretenimento ou ainda de condensação e acumulação do conhecimento. A palavra escrita venceu o tempo, e o livro conquistou o espaço. Teoricamente, toda a humanidade pode ser atingida por textos que difundem ideias que vão de Sócrates e Horácio a Sartre e McLuhan, de Adolf Hitler a Karl Marx.

Espelho da sociedade

A história do livro confunde-se, em muitos aspectos, com a história da humanidade. Sempre que escolhem frases e temas, e transmitem ideias e conceitos, os escritores estão elegendo o que consideram significativo no momento histórico e cultural que vivem. E, assim, fornecem dados para a análise de sua sociedade. O conteúdo de um livro — aceito, discutido ou refutado socialmente — integra a estrutura intelectual dos grupos sociais.

Nos primeiros tempos, o escritor geralmente vivia em contato direto com seu público, que era formado por uns poucos letrados, já cientes das opiniões, ideias, imaginação e teses do autor, pela própria convivência que tinham com ele. Muitas vezes, mesmo antes de o texto ser redigido, as ideias nele contidas já haviam sido intensamente discutidas pelo escritor e parte de seus leitores. Nessa época, como em várias outras, não se pensava na enorme porcentagem de analfabetos. Até o século XV, o livro servia exclusivamente a uma pequena minoria de sábios e estudiosos que constituíam os círculos intelectuais (confinados aos mosteiros durante o começo da Idade Média) e que tinham acesso às bibliotecas, cheias de manuscritos ricamente ilustrados.

Com o reflorescimento comercial europeu, nos fins do século XIV, burgueses e comerciantes passaram a integrar o mercado livreiro da época. A erudição laicizou-se e o número de escritores aumentou, surgindo também as primeiras obras escritas em línguas que não o latim e o grego (reservadas aos textos clássicos e aos assuntos considerados dignos de atenção). Nos séculos XVI e XVII, surgiram diversas literaturas nacionais, demonstrando, além do florescimento intelectual da época, que a população letrada dos países europeus estava mais capacitada a adquirir obras escritas.

Cultura e comércio

Com o desenvolvimento do sistema de impressão de Gutenberg, a Europa conseguiu dinamizar a fabricação de livros, imprimindo, em cinquenta anos, cerca de 20 milhões de exemplares para uma população de quase 100 milhões de habitantes, cuja maioria era analfabeta. Para a época, isso significou enorme revolução, demonstrando que a imprensa só se tornou uma realidade diante da necessidade social de ler mais.

Impressos em papel, feitos em cadernos costurados e posteriormente encapados, os livros tornaram-se empreendimento cultural e comercial: os editores passaram logo a se preocupar com melhor apresentação e redução de preços. Tudo isso levou à comercialização do livro. E os livreiros baseavam-se no gosto do público para imprimir, principalmente obras religiosas, novelas, coleções de anedotas, manuais técnicos e receitas.

Mas a porcentagem de leitores não cresceu na mesma proporção que a expansão demográfica mundial. Somente com as modificações socioculturais e econômicas do século XIX — quando o livro começou a ser utilizado também como meio de divulgação dessas modificações e o conhecimento passou a significar uma conquista para o homem, que, segundo se acreditava, poderia ascender socialmente se lesse — houve um relativo aumento no número de leitores, sobretudo na França e na Inglaterra, onde alguns editores passaram a produzir obras completas de autores famosos a preços baixos. O livro era então interpretado como símbolo de liberdade, conseguida por conquistas culturais. Entretanto, na maioria dos países, não houve nenhuma grande modificação nos índices porcentuais até o fim da Primeira Guerra Mundial (1914-1918), quando surgiram as primeiras grandes tiragens de um só livro, principalmente romances, novelas e textos didáticos. O número elevado de cópias, além de baratear o preço da unidade, difundiu ainda mais a literatura. Mesmo assim, a maior parte da população de muitos países continuou distanciada do livro, em parte porque ele tinha sido durante muitos séculos considerado objeto raro, atingível somente por um pequeno número de eruditos. A grande massa da população mostrou maior receptividade aos jornais, periódicos e folhetins, mais dinâmicos e atualizados, e acessíveis ao poder aquisitivo da grande maioria. Mas isso não chegou a ameaçar o livro como símbolo cultural de difusão de ideias, como fariam, mais tarde, o rádio, o cinema e a televisão.

O advento das técnicas eletrônicas, o aperfeiçoamento dos métodos fotográficos e a pesquisa de materiais praticamente imperecíveis fazem alguns teóricos da comunicação de massa pensarem em um futuro sem os livros tradicionais (com seu formato quadrado ou retangular, composto de folhas de papel, unidas umas às outras por um dos lados). Seu conteúdo e suas mensagens (racionais ou emocionais) seriam transmitidos por outros meios, como por exemplo microfilmes e fitas gravadas.

A televisão transformaria o mundo todo em uma grande "aldeia" (como afirmou Marshall McLuhan), no momento em que todas as sociedades decretassem sua prioridade em relação aos textos escritos. Mas a palavra escrita dificilmente deixaria de ser considerada uma das mais importantes heranças culturais, entre todos os povos.

Através de toda a sua evolução, o livro sempre pôde ser visto como objeto cultural (manuseável, com forma entendida e interpretada em função de valores plásticos) e símbolo cultural (dotado de conteúdo, entendido e interpretado em função de valores semânticos). As duas maneiras podem fundir-se no pensamento coletivo, como um conjunto orgânico (onde texto e arte se completam, por exemplo, em um livro de arte) ou apenas como um conjunto textual (onde a mensagem escrita vem em primeiro lugar — em um livro de matemática, por exemplo).

A mensagem (racional, prática ou emocional) de um livro é sempre intelectual e pode ser revivida a cada momento. O conteúdo, estático em si, dinamiza-se em função da assimilação das palavras pelo leitor, que pode discuti-las, reafirmá-las, negá-las ou transformá-las. Por isso, o livro pode ser considerado instrumento cultural capaz de liberar informação, sons, imagens, sentimentos e ideias através do tempo e do espaço. A quantidade e a qualidade de ideias colocadas em um texto podem ser aceitas por uma sociedade, ou por ela negadas, quando entram em choque com conceitos ou normas culturalmente admitidos.

Nas sociedades modernas, em que a classe média tende a considerar o livro como sinal de *status* e cultura (erudição), os compradores utilizam-no como símbolo, mesmo desvirtuando suas funções ao transformá-lo em livro-objeto. Mas o livro é, antes de tudo, funcional — seu conteúdo é que lhe dá valor (os livros de ciências, filosofia, religião, artes, história e geografia, que representam cerca de 75% dos títulos publicados anualmente em todo o mundo).

O mundo lê mais

No século XX, o consumo e a produção de livros aumentaram progressivamente. Lançado logo após a Segunda Guerra Mundial (1939-1945), quando uma das características principais da edição de um livro era as capas entreteladas ou cartonadas, o livro de bolso constituiu um grande êxito comercial. As obras — sobretudo *best-sellers* publicados algum tempo antes em edições de luxo — passaram a ser impressas em rotativas, como as revistas, e distribuídas nas bancas de jornal. Como as tiragens elevadas permitiam preços muito baixos, essas edições de bolso popularizaram-se e ganharam importância em todo o mundo.

Até 1950, existiam somente livros de bolso destinados a pessoas de baixo poder aquisitivo; a partir de 1955, desenvolveu-se a categoria do livro de bolso "de luxo". As características principais destes últimos eram a abundância de coleções — em 1964 havia mais de duzentas, nos Estados Unidos — e a variedade de títulos, endereçados a um público intelectualmente mais refinado. A essa diversificação das categorias adiciona-se a dos pontos de venda, que passaram a abranger, além das bancas de jornal, farmácias, lojas, livrarias, etc. Assim, nos Estados Unidos, o número de títulos publicados em edições de bolso chegou a 35 mil em 1969, representando quase 35% do total dos títulos editados.

Enciclopédia Abril, vol. 7. São Paulo: Abril, 1973, p. 2840-2842.

Proposta da coleção "A obra-prima de cada autor"

"Coleção" é uma palavra há muito tempo dicionarizada e define o conjunto ou reunião de objetos da mesma natureza ou que têm alguma relação entre si. Em um sentido editorial, significa o conjunto não limitado de obras de autores diversos, publicado por uma mesma editora, sob um título geral indicativo de assunto ou área, para atendimento de segmentos definidos do mercado.

A coleção "A obra-prima de cada autor" corresponde plenamente à definição acima mencionada. Nosso principal objetivo é oferecer, em formato de bolso, a obra mais importante de cada autor, satisfazendo o leitor que procura qualidade.*

Desde os tempos mais remotos existiram coleções de livros. Em Nínive, em Pérgamo e na Anatólia existiam coleções de obras literárias de grande importância cultural. Mas nenhuma delas superou a célebre biblioteca de Alexandria, incendiada em 48 a.C. pelas legiões de Júlio César, quando estas arrasaram a cidade.

A coleção "A obra-prima de cada autor" é uma série de livros a ser composta por mais de 400 volumes, em formato de bolso, com preço altamente competitivo, e pode ser encontrada em centenas de pontos de vendas. O critério de seleção dos títulos foi o já estabelecido pela tradição e pela crítica especializada. Em sua maioria, são obras de ficção e filosofia, embora possa haver textos sobre religião, poesia, política, psicologia e obras de autoajuda. Inauguram a coleção quatro clássicos: *Dom Casmurro*, de Machado de Assis; *O príncipe*, de Maquiavel; *Mensagem*, de Fernando Pessoa; e *O lobo do mar*, de Jack London.

Nossa proposta é fazer uma coleção quantitativamente aberta. A periodicidade é mensal. Editorialmente, sentimo-nos orgulhosos de poder oferecer a coleção "A obra-prima de cada autor" aos leitores brasileiros. Nós acreditamos no poder do livro.

❖

* Atendendo a sugestões de leitores, livreiros e professores, a partir de certo número da coleção começamos a publicar, de alguns autores, outras obras além da sua obra-prima.

Um retrato de Sherlock Holmes

CASEMIRO LINARTH[1]

Sherlock Holmes nasceu em janeiro de 1854 em dia e lugar não especificados, segundo os contos e romances imaginados por *Sir* Arthur Conan Doyle. Era filho de pequenos proprietários de terra e neto da irmã do pintor francês Emile Jean Horace Vernet. O único parente conhecido é o irmão mais velho Mycroft, que frequenta o Clube Diógenes e exerce funções importantes no governo do Reino Unido. As aventuras não mencionam nenhum outro membro de sua família. O dr. Watson é seu confidente e companheiro inseparável.

A observação e a dedução eram para ele um simples passatempo, e foi nos dois anos que estudou no colégio que Holmes descobriu que poderia transformá-las em sua profissão. O pai de seu único amigo de turma chamou-lhe a atenção dizendo que aquela era a vocação de sua vida. Começou a carreira como detetive consultor em 1878, aos 24 anos, na Montague Street.

Depois se mudou para o número 221b da Baker Street, tendo como companheiro de apartamento o dr. John Watson, a quem conheceu em 1881 ou 1882. Revelou que fez mil investigações em 1891. Nesse mesmo ano, no auge da carreira, desapareceu tragicamente nas cataratas de Reichenbach, na Suíça, numa luta terrível com seu maior inimigo, o prof. Moriarty, segundo ele o cérebro do

---

[1] Casemiro Linarth é jornalista, tradutor e estudioso da obra de *Sir* Arthur Conan Doyle.

crime em Londres. Reapareceu três anos mais tarde, declarando que conseguira escapar no último minuto e preferira manter-se incógnito para apanhar o resto do seu bando. Retomou as atividades de 1894 a 1903. Em 1895 foi recebido em audiência privada pela rainha Vitória, pelos serviços prestados à coroa britânica, porém recusou o título de cavaleiro em 1902.

Alto e magro, Holmes vivia como boêmio. Vestia-se com elegância, porém com displicência. Fumava muito (cigarro, charuto e cachimbo) e praticava vários esportes (baritsu, boxe inglês, esgrima e golfe, entre outros). Possuía uma força física fora do comum. Não suportava a vida monótona e podia passar dias inteiros na cama quando não tinha compromisso. Não se levantava cedo quando não havia um caso para resolver. Mas podia passar uma noite em claro lidando com os tubos de ensaio quando enfrentava dificuldade para encontrar um criminoso. Durante uma investigação podia levantar-se de madrugada e passava vários dias sem descansar e até sem comer nada.

Enquanto esperava um cliente, recorria às vezes às drogas (cocaína e morfina), cujo uso era legalmente permitido na época de suas aventuras, mas também aproveitava para desenvolver o conhecimento amplo necessário em sua profissão. Abandonou as drogas por volta de 1891, depois de muita insistência do dr. Watson.

Homem culto

Era homem culto, ao contrário da lista de conhecimentos que Watson compilou pouco tempo depois de conhecer Holmes, no início de *Um estudo em vermelho*. Em muitos contos mostrou que acompanhava a política, como no conto *Um escândalo na Boêmia*. Também demonstrou que conhecia literatura e filosofia, ao citar a Bíblia, Shakespeare, Goethe, Balzac, Flaubert e outros autores importantes. Interessava-se, ainda, pela história, pela arqueologia e pela botânica, além de outras ciências.

Entre os mais variados campos e assuntos que instigavam sua curiosidade, nenhum o fascinou tanto como a química. Usava os conhecimentos nessa ciência tanto para elucidar seus casos, como por puro *hobby*, misturando compostos e fazendo experiências. Tinha informações amplas sobre a história do crime e sobre os detalhes de todos os horrores cometidos em seu século, o que o ajudou a resolver inúmeros casos. Afirmava que ninguém conhecia melhor que ele o mundo do crime de Londres.

Não apreciava a música como simples entretenimento. Ela o ajudava a refletir durante uma investigação. Aproveitava os momentos de lazer para ir ouvir algum cantor no teatro. Era também excelente violinista. Podia tocar peças difíceis e, às vezes, improvisava e compunha suas próprias canções.

Parecia ser um solteirão empedernido, e até misógino. Referia-se às coisas do coração sempre com uma ponta de chacota ou um pequeno riso irônico. Aceitou a hospitalidade de um amigo de Watson quando soube que era solteiro. Mas, quando queria, usava maneiras afetadas com as mulheres e obtinha rapidamente a confiança delas. Era muito gentil e amável em suas relações com o sexo feminino. A sra. Hudson, sua senhoria, gostava dele. Na aventura *O Pé-do-Diabo*, disse que nunca amou.

Suportava com dificuldade a inteligência mais lenta dos outros. Mestre do disfarce, não era reconhecido nem mesmo pelas pessoas com as quais convivia. Essa habilidade o ajudava na investigação e resolução de casos que os outros achavam insolúveis. Parecia estar representando o tempo todo, e gostava de impressionar os clientes e o amigo Watson.

Grandes recompensas

Preferia trabalhar sozinho, recorrendo à polícia oficial só quando absolutamente necessário, e às vezes fazia justiça com as próprias mãos. Para ele, o interesse do caso era mais importante que a posição social do cliente. Cobrava uma taxa fixa e a condição modesta da pessoa não era empecilho para aceitar seu caso, porém recebeu recompensas valiosas de personagens ilustres que lhe permitiram uma aposentadoria confortável. Disse que desprezava a notoriedade, mas ficou famoso com as investigações publicadas pelo dr. Watson. Nenhuma delas foi selecionada sem o seu assentimento.

Holmes nem sempre foi bem-sucedido em suas investigações. Ele mesmo reconheceu, no conto *As cinco sementes de laranja*: "Fui derrotado quatro vezes — três por homens e uma vez por uma mulher". A mulher era Irene Adler, a única que o impressionou, na aventura *Um escândalo na Boêmia*. Não chegou a conclusão alguma, por exemplo, nos casos da *Segunda mancha* e da *Face amarela*. Quase se enganou no caso da *Granja da Abadia* e suspeitou de um inocente no roubo dos planos do submarino Bruce-Partington. Uma vez ou outra partiu de pressupostos falsos antes de se dirigir à cena do crime.

O grande detetive resolvia os mistérios utilizando um processo em três etapas: a observação dos indícios, a indução (que ele qualificava como dedução) e a síntese lógica. Seu método se baseava muitas vezes na coleta de provas e indícios, o que o diferenciava claramente do irmão Mycroft, que solucionava um problema sem sair de seu gabinete.

Exerceu a profissão durante vinte e três anos, dezessete dos quais em colaboração com Watson. Foi então morar numa fazenda em Sussex, a oito quilômetros de Eastbourne, à beira do Canal da Mancha, na costa sul da Inglaterra, onde viveu com uma velha criada e se dedicou ao estudo da filosofia e da apicultura. Seu último caso conhecido foi a prisão do espião alemão von Bork, pouco antes da Primeira Guerra Mundial.

O mito holmesiano

Sherlock Holmes tornou-se um personagem lendário e ainda hoje possui uma legião de admiradores. As histórias de Conan Doyle tiveram inúmeras adaptações na televisão e no cinema (sobretudo *O cão dos Baskervilles*). O detetive é o personagem mais vezes levado à tela, desde o início do cinema, em mais de 260 filmes, nem sempre fiéis às obras do escritor escocês. Na internet, contam-se às centenas de milhões as citações ao grande detetive. Muitas aventuras novas, denominadas pastichos, foram escritas nos últimos anos, seguindo o perfil e as características criadas por Conan Doyle. Aparece, igualmente, em jogos de vídeo e em outras mídias.

Há quase um século aficionados dos contos e romances de Conan Doyle se dedicam a um entretenimento literário, analisando a vida e as ações do detetive com base nas narrativas do dr. Watson, amigo, cronista e participante de muitas aventuras de Holmes. Deram a essa atividade o nome de holmesologia, ou "estudos holmesianos", e centenas de obras foram publicadas sobre o assunto, em vários países do mundo. As histórias inventadas pela imaginação do escritor escocês são esquadrinhadas em todos os sentidos, do ponto de vista literário e científico.

As peripécias do grande investigador, as controvérsias sobre sua vida e os erros involuntários de Conan Doyle nas diversas aventuras vêm sendo discutidos, desde o início dos anos de 1930, por agremiações criadas inicialmente em Londres e Nova York. Com o tempo, associações denominadas Sociedades Sherlock Holmes se espalharam pelos Estados Unidos e clubes de Irregulares da Baker Street, inspirados no bando de meninos de rua empregados ocasionalmente pelo detetive, passaram a existir nas maiores cidades desse país. Clubes holmesianos também foram fundados em grande número no Japão e no Reino Unido.

A expressão "Elementar, meu caro Watson" é imediatamente associada a Sherlock Holmes, porém ele nunca a pronunciou em nenhuma das sessenta histórias escritas por Conan Doyle. Teve origem na encenação das peças em que o detetive é o protagonista principal, e foi retomada nos primeiros filmes do cinema falado, assim como a imagem em que Holmes usa o boné de pano fumando o cachimbo de calabaça (o cachimbo curvo em forma de tromba de elefante).

O pensamento do detetive

"Não me recordo de que alguma vez o trabalho me tenha cansado. Mas a ociosidade me deixa completamente esgotado." (*O signo dos quatro*)

"O trabalho é o melhor remédio para a tristeza." (*A casa vazia*)

"Meus honorários profissionais obedecem a uma tabela fixa. Não os modifico, a não ser quando os dispenso inteiramente." (*A ponte de Thor*)

"Uma vez eliminado o que é impossível, a hipótese restante, por mais improvável que seja, deve ser a verdadeira." (*O signo dos quatro*)

"Eu uso a cabeça, não o coração." (*O cliente ilustre*)

"Todas as coisas devem ser vistas exatamente como são. Subestimar-se é afastar-se tanto da realidade como exagerar os dotes pessoais." (*O intérprete grego*)

"Para o homem que segue a Arte por amor à própria Arte, é frequentemente de suas manifestações menos importantes e mais simples que deriva o maior prazer." (*As Faias Cor de Cobre*)

"Minha vida é um esforço contínuo para escapar da rotina do dia a dia." (*A Liga dos Cabeças Vermelhas*)

"Não há limite para o conhecimento, Watson. Ele se adquire ao longo de uma série de lições, das quais a maior é sempre a última." (*O círculo vermelho*)

"Precisamos ter uma visão ampla se quisermos ser bem-sucedidos em nossa profissão. A troca de ideias e um conjunto de noções múltiplas e cruzadas sempre oferecem um interesse extraordinário." (*O Vale do Terror*)

"Em cada um de nós se esconde uma pequena chama de imortalidade." (*O signo dos quatro*)

"A maior prova da grandeza do homem está na percepção da sua própria pequenez." (*O signo dos quatro*)

❖

As aventuras de Sherlock Holmes

1
Um escândalo na Boêmia

I

Para Sherlock Holmes, ela é sempre *a mulher*. Raras vezes o ouvi mencioná-la usando outro nome. A seus olhos, ela ofuscava todas as outras mulheres, sobressaindo entre elas. Não porque sentisse por Irene Adler algo parecido com amor. Sua inteligência fria e precisa, porém admiravelmente equilibrada, abominava todas as emoções, em especial o amor. Acredito até que Sherlock Holmes seja a máquina de observar e raciocinar mais perfeita que o mundo já conheceu. Como namorado, porém, não teria sido o mesmo. Quando falava das emoções sentimentais, era sempre com ironia e desprezo. Certamente as apreciava, como observador, pois é pelo coração que passam os motivos e os atos das criaturas humanas. Mas, para um pensador profissional, admitir a intrusão de um afeto em sua mente tão delicada e bem ajustada equivalia a introduzir um fator de perturbação capaz de semear dúvidas em todas as suas deduções. Para uma natureza como a dele, uma emoção forte atrapalhava tanto como a presença da areia num instrumento de precisão ou um risco numa de suas lentes. Todavia, uma mulher o impressionou: essa mulher foi Irene Adler, que deixou uma lembrança duvidosa e discutível.

Eu via pouco Holmes nos últimos tempos. Meu casamento nos separara um do outro. Minha felicidade completa e os mil pequenos cuidados que se abatem sobre o homem que funda um verdadeiro lar eram suficientes para absorver toda a minha atenção. Por seu lado,

Holmes, que odiava qualquer forma de vida social com toda a força de seu gosto pela boêmia, permaneceu nos aposentos que dividíamos na Baker Street, enterrado em seus livros velhos e alternando uma semana de cocaína com outra de ambição, entre a prostração da droga e a energia fogosa de seu temperamento. Continuava, como sempre, fortemente atraído pelo estudo da criminologia, e dedicava seus talentos excepcionais e poderes extraordinários de observação e dedução a seguir pistas e desvendar enigmas abandonados pela polícia como indecifráveis. De vez em quando, eu ouvia uma notícia vaga sobre suas atividades: a viagem a Odessa para intervir no caso do assassinato de Trepoff, o esclarecimento da tragédia estranha dos irmãos Atkinson em Trincomalee e, por último, a missão discreta e coroada de êxito que cumpriu em favor da família real da Holanda. Afora essas manifestações de vitalidade, das quais tomei conhecimento pela imprensa diária como qualquer outro leitor, ignorava quase tudo a respeito de meu antigo amigo e companheiro.

Certa noite — em 20 de março de 1888 —, eu voltava da visita a um paciente (porque exercia a medicina novamente), quando no caminho passei pela Baker Street. Diante da porta que me trazia tantas recordações, e que estará sempre associada em minha mente ao tempo de namoro e às circunstâncias sombrias de *Um estudo em vermelho*, senti o desejo de rever Holmes e saber em que empregava suas capacidades extraordinárias. Seu apartamento estava bem iluminado, e, quando olhei para cima, vi sua figura alta e magra passar duas vezes por trás da cortina. Andava impaciente de um lado para outro no aposento, com passadas rápidas, a cabeça inclinada sobre o peito e as mãos cruzadas atrás das costas. Conhecia muito bem seus hábitos e estados de espírito para adivinhar, por seu comportamento, que estava trabalhando outra vez. Livre dos devaneios da droga, seguia de perto a pista de um novo problema. Toquei a campainha e fui conduzido à sala de visitas que havia compartilhado com ele.

Não me recebeu de modo efusivo. As efusões não eram seu forte. Acredito, porém, que ficou contente ao me ver. Falou pouco, mas com seu olhar gentil me indicou a poltrona, estendeu-me a caixa de charutos e apontou-me com o dedo o bar, num canto da sala. Depois se postou em frente da lareira e me contemplou de alto a baixo, com o jeito introspectivo tão característico dele.

— O casamento foi bom para você — comentou. — Eu diria, Watson, que engordou quatro quilos desde a última vez que o vi.

— Três quilos e meio — respondi.

— É verdade. Achei que fosse um pouco mais. Só um pouco mais, Watson. E vejo que está exercendo a medicina novamente. Não me disse que tinha a intenção de retomar a profissão.

— Como sabe?

— Eu observo e deduzo. Senão, como saberia que tem apanhado muita chuva por estes dias e é servido por uma empregada desajeitada e pouco cuidadosa?

— Meu caro Holmes — disse eu —, isso é demais. Se tivesse vivido alguns séculos atrás, certamente teria sido queimado vivo. Sim, é verdade que dei um passeio pelo campo na quinta-feira e voltei para casa totalmente molhado. Mas, como troquei de roupa, não consigo imaginar como pôde adivinhar. Quanto a Mary Jane, ela é incorrigível e minha mulher já a despediu. Mas aí ainda não entendo como descobriu.

Ele riu satisfeito e esfregou suas longas mãos nervosamente.

— É de uma simplicidade infantil — retorquiu. — Meus olhos percebem que do lado de dentro do seu sapato esquerdo, justamente onde a luz do fogo ilumina, o couro tem seis arranhões quase paralelos. Com toda evidência foram feitos por alguém que raspou sem nenhum cuidado as beiradas da sola para remover uma camada de barro seco. Daí você vê minhas duas deduções de que saiu com mau tempo e possui uma empregada particularmente incompetente para limpar seus sapatos. Quanto ao seu retorno à medicina, se um cavalheiro entra em meus aposentos cheirando a iodo, com uma mancha escura de nitrato de prata no dedo indicador direito e uma saliência no chapéu que mostra onde esconde seu estetoscópio, eu teria de ser completamente idiota para não o identificar como médico praticante.

Não pude deixar de rir da facilidade com que me explicou o funcionamento de seu processo de dedução.

— Quando ouço a explicação de seus raciocínios — comentei —, tudo me parece tão ridiculamente simples que acho que eu mesmo poderia fazê-lo com facilidade. No entanto, sempre que me dá um novo exemplo de sua maneira de raciocinar, fico estupefato até que me exponha seu método. Meus olhos não são tão bons quanto os seus?

— Claro que sim — respondeu, acendendo um cigarro e deixando-se cair numa poltrona. — Só que você vê e não observa. A diferença é evidente. Por exemplo, deve ter visto muitas vezes os degraus que conduzem a este apartamento, não é?

— É verdade.

— Quantas vezes?

— Ora, algumas centenas de vezes.

— E quantos eles são?

— Quantos degraus? Não sei.

— É isso. Você não observou. No entanto, viu. Toda a questão está nesse ponto. Sei que há dezessete degraus, porque não só vi, como também observei. A propósito, já que se interessa por esses pequenos problemas e teve a amabilidade de relatar algumas de minhas experiências modestas, talvez isto lhe interesse.

Estendeu-me uma carta escrita em papel grosso cor-de-rosa, que estava aberta em cima da mesa.

— Veio pelo último correio — prosseguiu. — Leia-a em voz alta.

A carta não tinha data e não trazia a assinatura nem o endereço do remetente.

> Hoje à noite, às quinze para as oito, vai visitá-lo um cavalheiro que deseja fazer uma consulta sobre um assunto da mais alta importância. Os serviços que prestou recentemente a uma das famílias reais da Europa demonstraram que é uma pessoa em quem se pode confiar em questões capitais. Não é um exagero dizer isso. Referências a seu respeito de diferentes fontes a nós têm chegado. Esteja, portanto, em seu apartamento nesse horário, e não considere uma ofensa se o visitante usar uma máscara.

— Isto sim é que é um mistério — comentei. — De que pensa que se trata?

— Ainda não tenho nenhuma ideia. É um erro monumental construir uma teoria antes de ter dados. Insensivelmente, começa-se a deformar os fatos para que se ajustem à teoria, quando são as teorias que devem se ajustar aos fatos. Mas, quanto à carta em si, o que deduz?

Examinei atentamente a caligrafia e o papel em que estava escrita.

— Seu autor é, provavelmente, uma pessoa rica — observei, esforçando-me para imitar o método de meu companheiro. — Esse tipo de papel custa pelo menos meia coroa o pacote. É particularmente sólido e forte.

— Particularmente, é esta a palavra. Não é um papel fabricado na Inglaterra. Olhe-o contra a luz.

Obedeci, e vi um *E* maiúsculo com um *g* minúsculo, um *P* e um *G* maiúsculos com um *t* minúsculo, na própria fibra do papel.

— O que acha disso? — perguntou Holmes.

— O nome do fabricante, sem dúvida. Ou melhor, seu monograma.

— Nada disso. O *G* maiúsculo com o *t* minúsculo significam *Gesellschaft*, que em alemão quer dizer "Companhia". É a abreviatura habitual, que corresponde ao nosso "Cia." O *P* certamente significa "papel". Quanto ao *Eg*, vamos abrir nossa Enciclopédia Geográfica.

Ele apanhou na estante um volume pesado de cor marrom.

— Eglow, Eglonitz... Aqui está: Egria. Encontra-se situada numa região de língua alemã, a Boêmia,[1] não muito longe de Carlsbad. "Lugar conhecido por ter sido cenário da morte de Wallenstein[2] e por suas numerosas fábricas de vidro e de papel." Então, meu caro, o que pensa disso?

Seus olhos brilharam e ele soprou de seu cigarro uma nuvem triunfante de fumaça azul.

— O papel foi fabricado na Boêmia — disse eu.

— Exatamente. E o autor da carta é alemão. Observou a construção curiosa da frase: "Referências a seu respeito de diferentes fontes a nós têm chegado"? Nem um francês nem um russo a escreveriam assim. Só um alemão é tão descortês com seus verbos. Falta descobrir o que quer esse alemão que escreve em papel da Boêmia e prefere usar uma máscara para não mostrar o rosto. E lá vem ele, se não me engano, para esclarecer nossas dúvidas.

Enquanto ele falava, ouvi o som de cascos de cavalos e de rodas que resvalavam na beira da calçada, e em seguida um toque forte de campainha. Holmes soltou um assobio.

— Pelo barulho, dois cavalos!... Sim — confirmou depois de dar uma olhada pela janela —, uma bela carruagem, conduzida por um par de puros-sangues que valem cento e cinquenta guinéus cada. Pelo menos haverá dinheiro neste caso, Watson, se não houver outra coisa.

— Acho que o melhor é eu ir embora, Holmes.

---

[1] A Boêmia é uma das três regiões históricas que hoje compõem a República Checa, antes parte da Checoslováquia. As outras regiões são a Morávia e a Silésia. Sua capital é Praga. (N. do T.)

[2] Albrecht Wenzel Eusebius von Wallenstein (1583-1634), mais conhecido como Wallenstein ou Waldstein, foi um militar e político da Boêmia. Caudilho mercenário, prestou serviços a Fernando II, imperador do Sacro Império Romano, na Guerra dos Trinta Anos, entre protestantes e católicos. Foi assassinado por militares da confiança do imperador. (N. do T.)

— De jeito nenhum, doutor. Fique em seu lugar. Sem o meu Boswell,[3] sou um homem perdido. Depois, o caso promete ser interessante. Seria uma pena perdê-lo.

— Mas o seu cliente...

— Não se preocupe com ele. Posso precisar de sua ajuda, e ele também. Aí vem ele. Sente-se nesta poltrona, doutor, e não perca um só detalhe.

Passos lentos e pesados, que ouvimos na escada e no corredor, detiveram-se exatamente em frente da porta. Em seguida soou uma batida forte e autoritária.

— Entre! — disse Holmes.

Um homem entrou. Não devia medir menos de dois metros de altura, e possuía o peito e os braços de um Hércules. Seu traje era tão luxuoso que, na Inglaterra, seria considerado de mau gosto. Faixas grossas de astracã enfeitavam as mangas e a frente de seu casaco. A capa azul escura, jogada sobre os ombros, tinha um forro de seda cor de fogo e era presa no pescoço por uma água-marinha brilhante. Um par de botas que subiam até a barriga da perna e terminavam com uma rica pele marrom completavam a impressão de opulência bárbara que toda a sua aparência inspirava. Trazia na mão um chapéu de aba larga e a parte superior do rosto estava coberta por uma máscara que descia até as bochechas. Devia tê-la colocado em frente da porta, pois sua mão ainda a ajustava quando entrou. A julgar pela parte inferior do rosto, parecia um homem enérgico, com lábios grossos, um pouco caídos, e um queixo longo e reto, que indicava determinação, podendo chegar ao extremo da obstinação.

— Recebeu minha carta? — perguntou com voz grave e áspera e um forte sotaque alemão. — Eu lhe disse que viria vê-lo...

Ele olhava para mim e para Holmes. Evidentemente, não sabia a quem se dirigir.

— Sente-se, por favor — disse Holmes. — Este é meu amigo e colaborador, o dr. Watson, que de vez em quando tem a gentileza de me ajudar em meus casos. A quem tenho a honra de falar?

— Considere que fala com o conde Von Kramm, nobre da Boêmia. Suponho que este cavalheiro seu amigo é homem de honra e discrição,

---

[3] James Boswell (1740-1795) foi um advogado e escritor escocês, conhecido sobretudo por sua biografia de Samuel Johnson, uma das figuras literárias mais importantes da Inglaterra. (N. do T.)

e que posso confiar-lhe um assunto da mais alta importância. Senão, preferiria conversar com o senhor em particular.

Levantei-me para sair, porém Holmes me segurou pelo pulso e me obrigou a sentar-me de novo.

— Serão os dois ou nenhum — declarou. — Tudo o que deseja dizer a mim pode dizê-lo diante deste cavalheiro.

O conde encolheu os ombros largos.

— Então vou começar — disse — pedindo o segredo mais absoluto durante dois anos. Passado esse período, o assunto não terá mais importância. No momento, não exagero ao afirmar que ele corre o risco de afetar o curso da história da Europa.

— Tem a minha palavra — disse Holmes.

— E a minha também.

— Perdoem esta máscara — prosseguiu nosso visitante estranho. — A pessoa augusta a quem represento deseja que este seu agente não se torne conhecido, e devo confessar desde já que o título que acabo de me atribuir não é exatamente o meu.

— Eu já havia percebido — disse Holmes secamente.

— As circunstâncias são extremamente delicadas, e é preciso tomar todo tipo de precauções para sufocar o que pode converter-se num escândalo enorme e comprometer seriamente uma das famílias reinantes da Europa. Para falar claro, o assunto se refere à grande Casa de Ormstein, da qual saíram os reis hereditários da Boêmia.

— Também já havia percebido — murmurou Holmes, instalando-se numa poltrona e fechando os olhos.

Nosso visitante contemplou com visível surpresa a figura desengonçada e indiferente do homem que, sem dúvida, lhe fora descrito como o detentor do raciocínio mais incisivo e o policial mais dinâmico da Europa. Holmes reabriu lentamente os olhos e fitou com impaciência seu cliente gigantesco.

— Se Vossa Majestade condescendesse a expor seu caso — observou —, eu teria melhores condições para ajudá-lo.

O homem saltou da poltrona e começou a andar de um lado para outro na sala, sob o efeito de uma agitação incontrolável. Então, com um gesto de desespero, arrancou a máscara que usava e a jogou no chão.

— O senhor tem razão — exclamou. — Sou o rei. Por que haveria de ocultá-lo?

— Sim, por quê? — disse Holmes quase em voz baixa. — Antes que Vossa Majestade pronunciasse uma palavra eu já sabia que estava na presença de Guilherme Gottsreich Sigismundo von Ormstein, grão-duque de Cassel-Felstein e rei hereditário da Boêmia.

— Mas o senhor há de compreender — retomou nosso visitante estranho, sentando-se de novo e passando a mão na testa alta e branca —, há de compreender que não estou acostumado a tratar pessoalmente desse tipo de assunto. No entanto, este é tão delicado que não podia confiá-lo a um colaborador sem me colocar em seu poder. Vim incógnito de Praga com o objetivo de consultá-lo.

— Então tenha a bondade de consultar-me — disse Holmes, fechando os olhos mais uma vez.

— Os fatos, em poucas palavras, são os seguintes: há mais ou menos cinco anos, numa longa visita que fiz a Varsóvia, conheci uma aventureira famosa, Irene Adler. O senhor já deve ter ouvido este nome.

— Faça o favor de procurar o nome dela em meu fichário, doutor — murmurou Holmes, sem abrir os olhos.

Há vários anos ele adotara o sistema de colecionar todas as notícias relativas a pessoas e coisas, de modo que era difícil falar diante dele de uma pessoa ou de um fato sem que pudesse fornecer imediatamente uma informação. Neste caso preciso, encontrei a biografia de Irene Adler intercalada entre a de um rabino judeu e a de um chefe de estado-maior que tinha escrito uma monografia sobre os peixes das grandes profundidades submarinas.

— Deixe-me ver — pediu Holmes. — Hum! Nascida em Nova Jérsei em 1858. Contralto... Hum! La Scala... Hum! Prima-dona na Ópera Imperial de Varsóvia... Sim. Abandonou os palcos... Ah, vive em Londres... Isso mesmo. Pelo que vejo, Vossa Majestade caiu nas redes desta jovem, escreveu-lhe algumas cartas comprometedoras e agora quer recuperá-las.

— Exatamente. Mas como...

— Houve um casamento secreto?

— Não.

— Algum certificado ou documento legal?

— Nenhum.

— Neste caso não consigo entender Vossa Majestade. Se essa jovem tentasse usar suas cartas para fazer chantagem ou qualquer outro objetivo, como poderia provar que são autênticas?

— A minha letra.

— Bah! Falsificada.

— Meu papel de cartas pessoal.

— Roubado.

— Meu próprio selo.

— Ela o imitou.

— Minha fotografia.

— Ela a comprou.

— Fomos fotografados juntos.

— Ah, meu Deus! Isso é muito ruim. Vossa Majestade cometeu uma grande indiscrição.

— Ela me deixou doido. Perdi a cabeça.

— Vossa Majestade se comprometeu seriamente.

— Na época eu era somente o príncipe herdeiro. Era jovem. Hoje tenho apenas trinta anos.

— É preciso recuperar a fotografia.

— Tentamos, mas não fomos bem-sucedidos.

— Vossa Majestade terá de pagar. É preciso comprá-la.

— Ela não quer vendê-la.

— Roubá-la, então.

— Cinco tentativas foram feitas. Duas vezes assaltantes pagos por mim revistaram sua casa de cima a baixo. Uma vez extraviamos a bagagem dela numa viagem. Sem resultado.

— Nenhum sinal da fotografia?

— Absolutamente nenhum.

Holmes se pôs a rir.

— É um belo problema — disse ele.

— Mas muito grave para mim — replicou o rei em tom de repreensão.

— Muito grave, é verdade. E o que ela se propõe a fazer com essa fotografia?

— Arruinar a minha vida.

— Como?

— Estou para me casar.

— Já ouvi dizer.

— Com Clotilde Lothman von Saxe-Meningen, segunda filha do rei da Escandinávia. Talvez conheça a rigidez de princípios de sua família. A própria princesa é a delicadeza personificada. Se a sombra de uma dúvida pairar sobre minha conduta, tudo será desfeito.

— E Irene Adler?

— Ameaça enviar-lhe a fotografia. E ela o fará. Sei que o fará. O senhor não a conhece: ela tem um caráter de aço. Combina o rosto da mais encantadora das mulheres com o espírito do mais determinado dos homens. Para evitar que me case com outra, iria aos piores extremos, aos piores.

— Tem certeza de que ainda não a mandou?

— Tenho.

— Por quê?

— Porque declarou que a enviaria no dia em que o noivado fosse proclamado publicamente. Isso acontecerá na próxima segunda-feira.

— Então ainda temos três dias pela frente — disse Holmes, bocejando. — Felizmente, porque tenho no momento um ou dois casos importantes para resolver. Certamente Vossa Majestade não deixará Londres por enquanto.

— Não. O senhor me encontrará no Hotel Langham, com o nome de conde Von Kramm.

— Então lhe mandarei algumas linhas para mantê-lo a par do andamento do caso.

— Faça isso, por favor. Aguardarei com impaciência.

— E quanto ao dinheiro?

— Dou-lhe carta branca.

— Totalmente?

— Eu daria uma das províncias do meu reino em troca dessa fotografia.

— E para os gastos imediatos?

O rei tirou de baixo de sua capa uma bolsa pesada de camurça e a depositou sobre a mesa.

— Ela contém trezentas libras em ouro e setecentas em notas — disse.

Holmes redigiu um recibo numa folha de seu caderno de anotações e o entregou ao rei.

— E o endereço da senhorita? — perguntou.

— Vila Briony, Serpentine Avenue, Bosque de São João.

Holmes o anotou, antes de indagar:

— Mais uma pergunta: a fotografia é em formato de álbum?

— Sim.

— Então boa noite, Majestade. Espero que logo tenhamos boas notícias para comunicar-lhe. E boa noite para você também, Watson — acrescentou, quando as rodas da carruagem real se movimentaram para descer a rua. — Se tiver a gentileza de passar aqui amanhã às três da tarde, ficarei feliz de conversar um pouco com você.

II

Às três em ponto do dia seguinte eu estava na Baker Street, porém Holmes ainda não havia voltado. A proprietária me informou que ele saíra pouco depois das oito da manhã. Sentei-me ao lado do fogo, com a intenção de esperá-lo o tempo que fosse necessário. Já sentia um interesse profundo pela história. Ela não apresentava nenhum dos aspectos estranhos e macabros dos dois crimes sobre os quais eu já escrevera. Todavia, a natureza do caso e a posição elevada do cliente conferiam-lhe um interesse especial.

A verdade é que, independentemente do tipo de investigação que meu amigo tinha nas mãos, havia algo em sua maneira magistral de captar as situações e em sua lógica aguda e incisiva que tornava para mim um prazer estudar seu sistema de trabalho e seguir de perto os métodos rápidos e sutis com que deslindava os mistérios mais complicados. Tão acostumado estava a seus sucessos que a hipótese de um fracasso não me passava pela cabeça.

Já eram quase quatro horas quando a porta se abriu e entrou na sala um cocheiro que parecia bêbado. Com o rosto avermelhado e os cabelos desgrenhados, exibia costeletas grandes e suas roupas estavam sujas. Eu estava habituado às faculdades assombrosas de meu amigo no uso de disfarces, mas tive de olhar três vezes para me convencer de que, efetivamente, era ele. Fez-me um sinal de saudação com a cabeça e desapareceu no quarto, de onde saiu cinco minutos mais tarde, vestido com seu terno de casimira e tão respeitável como sempre. Colocou as mãos nos bolsos, esticou as pernas diante da lareira e riu às gargalhadas durante um bom tempo.

— Ora, ora! — exclamou, sufocando.

Voltou a rir, e riu com tanta vontade que teve de deitar na poltrona, quase sem fôlego.

— É muito engraçado. Aposto que nunca adivinhará como empreguei minha manhã nem o que acabei fazendo.

— Não posso imaginar. Suponho que esteve observando os hábitos e talvez a casa da srta. Irene Adler.

— É verdade. Mas o engraçado foi o que aconteceu depois. Vou lhe contar tudo. Esta manhã saí de casa pouco depois das oito horas, disfarçado de cocheiro procurando serviço. Entre os cocheiros existe muita camaradagem, uma verdadeira irmandade. Se você é um deles, saberá num abrir e fechar de olhos tudo o que deseja saber. Encontrei logo a Vila Briony. É um sobrado de luxo, com um jardim nos fundos, mas na frente o prédio chega até a rua. Possui dois andares, uma fechadura enorme na porta, uma sala de estar ampla à direita, bem decorada, com janelas compridas que quase chegam ao chão e providas desses fechos ingleses absurdos que até uma criança pode abrir. Nos fundos não há nada interessante, a não ser uma janela do corredor que pode ser alcançada pelo teto da cocheira. Dei a volta à casa e a examinei atentamente de todos os ângulos, mas não consegui ver nada que chamasse a atenção.

"Em seguida desci a rua vadiando e descobri, como esperava, um estábulo numa pequena rua que ladeia um dos muros do jardim. Ajudei os cocheiros a escovar e limpar os cavalos e recebi em troca dois *pence*, um copo de cerveja, duas porções de fumo para o cachimbo e todas as informações de que precisava sobre a srta. Adler, sem contar as que obtive sobre meia dúzia de pessoas da vizinhança que não me interessavam nem um pouco, mas cujas biografias não tive outro remédio senão escutar.

— E o que soube de Irene Adler? — perguntei.

— Ela deixa loucos todos os homens que vivem no bairro. É a criatura mais linda deste planeta, asseguram todos os cocheiros da Serpentine Avenue. Leva uma vida tranquila, canta em concertos, sai de carro todos os dias às cinco horas e volta para jantar às sete em ponto. Raramente sai em outras horas, a não ser quando canta. Só recebe um visitante masculino, mas o recebe com frequência. É um homem moreno, elegante e de boa aparência. Não passa um dia sem que a visite e em certas ocasiões o faz duas vezes no mesmo dia. Chama-se Godfrey Norton e é advogado da Corte. Veja as vantagens de ter um cocheiro como confidente. Os que falaram comigo já o levaram dezenas de vezes da Serpentine até sua casa e sabem tudo sobre ele. Depois de ouvir o que tinham para contar-me, pus-me outra vez a andar pelos arredores da Vila Briony, elaborando meu plano de ataque.

"Este Godfrey Norton é, seguramente, um personagem importante em nosso caso. É advogado, e isso não me soa bem. Qual é a natureza de suas relações com Irene Adler e por que a visita com tanta frequência? Ela é sua cliente, amiga ou amante? Como cliente, é provável que tenha entregado a fotografia para que a guarde. Como amante, a probabilidade é quase nula. Da resposta a essa questão depende meu plano. Continuarei a trabalhar na Vila Briony ou dirigirei minha atenção ao escritório que esse senhor possui no bairro dos advogados? É um aspecto delicado, que amplia o campo de minha investigação.

Receio que o esteja aborrecendo com esses detalhes, mas é preciso que lhe exponha todas as minhas pequenas dificuldades para que tenha uma ideia exata da situação."

— Estou ouvindo atentamente.

— Ainda refletia sobre os prós e os contras que cercavam o assunto quando um cabriolé parou em frente da Vila Briony e um cavalheiro saltou dele. Era um homem bem-apessoado, moreno, com nariz curvo e bigode. Com toda evidência, era o homem de que ouvira falar. Parecia ter muita pressa, pois gritou ao cocheiro que esperasse e passou como um raio pela empregada que abriu a porta, com todo o jeito de quem se encontra em sua própria casa.

"Permaneceu no interior da casa cerca de meia hora. Pude vê-lo um par de vezes pelas janelas da sala de estar, andando de um lado para outro. Falava com animação e agitava os braços. Não consegui ver a srta. Adler. De repente o homem saiu e parecia ainda mais nervoso do que quando entrara. Ao subir no cabriolé, tirou do bolso um relógio de ouro e olhou a hora com grande ansiedade.

"— Corra como o vento! — ordenou. — Primeiro para a Joalheria Gross & Hankey, na Regent Street, e depois para a Igreja de Santa Mônica, na Edgware Road. Meio guinéu se fizer a corrida em vinte minutos.

"Ele partiu e eu me perguntava se era conveniente segui-lo quando pela travessa apareceu um pequeno e belo landau. O cocheiro ainda estava com a jaqueta meio abotoada e a gravata completamente torta, e as pontas dos arreios saíam das fivelas. Nem sequer teve tempo de parar diante da porta, quando ela saiu como uma flecha e entrou na carruagem. Só a vi por um instante, mas posso afirmar que é uma mulher belíssima, com um rosto pelo qual um homem daria a vida.

"— Para a Igreja de Santa Mônica, John! — bradou. — E meia libra se chegar em vinte minutos.

"Aquilo era bom demais para que eu perdesse a ocasião, Watson. Estava em dúvida se ia sair correndo para alcançar o landau ou agarrar-me em sua traseira quando outro carro surgiu na rua. O cocheiro não parecia muito interessado num passageiro maltrapilho que lhe fazia sinal, mas saltei no veículo, não lhe dando tempo para opor objeções.

"— Para a Igreja de Santa Mônica! — eu disse. — E meia libra se chegar em menos de vinte minutos.

"Faltavam vinte e cinco minutos para o meio-dia e estava muito claro o que estava acontecendo.

"Meu cocheiro disparou. Não me lembro de ter atingido velocidade maior na vida, mas os outros se adiantaram muito. Quando cheguei, o cabriolé e o landau já estavam parados em frente da porta, com os cavalos cobertos de suor. Paguei ao cocheiro e me precipitei dentro da igreja. Não havia ninguém no interior, a não ser os dois que segui e um padre de sobrepeliz, que parecia discutir com eles. Os três se encontravam de pé diante do altar. Fui subindo devagar pela nave lateral, como alguém que veio passar algum tempo na igreja. De repente, para minha grande surpresa, os três personagens se voltaram para mim e Godfrey Norton veio correndo ao meu encontro.

"— Graças a Deus! — exclamou. — Você servirá. Venha! Venha!

"— Para fazer o quê? — perguntei.

"— Venha, meu velho. Só nos restam três minutos. Ou então não será legal.

"Praticamente fui arrastado até o altar e, antes de me dar conta do que se tratava, encontrei-me gaguejando respostas que me eram sussurradas ao ouvido. Dei como verdadeiras coisas sobre as quais não sabia nada e servi como testemunha do casamento de Irene Adler, solteira, com Godfrey Norton, solteiro. A cerimônia se desenrolou em poucos instantes e logo o cavalheiro me agradecia de um lado e a moça do outro, enquanto o padre, à minha frente, olhava sorrindo para mim. Foi a situação mais ridícula em que já me encontrei. Quando me lembrei dela ainda há pouco, caí na gargalhada. Parece-me que havia alguma irregularidade na licença de casamento e o padre se negava peremptoriamente a casá-los se não apresentassem uma testemunha. Minha aparição providencial livrou o noivo de ter de sair à rua atrás de um padrinho. A noiva me presenteou com uma libra, que pretendo usar na corrente do relógio como lembrança daquele acontecimento feliz."

— O caso tomou um rumo inesperado — disse eu. — O que vai acontecer agora?

— Bem, percebi que meus planos estavam a ponto de vir abaixo. Tudo dava a impressão de que o casal ia sair imediatamente, o que exigia medidas rápidas e enérgicas de minha parte. Entretanto, à porta da igreja, cada um deles partiu para o seu lado: ele para seu escritório, ela para sua vila.

"— Sairei às cinco horas como de costume para ir ao parque — disse ela ao se despedir.

"Não consegui ouvir mais nada. Os veículos tomaram direções diferentes e fui tratar de alguns assuntos pessoais.

— Quais?

— Comer um pedaço de carne fria e beber um copo de cerveja, primeiro — respondeu, tocando a campainha. — Andei muito ocupado para pensar em alimentar-me, e provavelmente estarei ainda mais ocupado esta noite. A propósito, doutor, vou precisar de sua colaboração.

— Ficarei feliz se puder ajudar.

— Não se incomodaria de violar a lei?

— Nem um pouco.

— Nem de se arriscar a ser preso?

— Não, se for uma boa causa.

— Ah, a causa é excelente.

— Então estou às suas ordens.

— Tinha certeza de que podia contar com você.

— Mas o que deseja exatamente?

— Quando a sra. Turner[4] trouxer a bandeja, eu lhe explicarei. Agora — acrescentou, enquanto se atirava vorazmente sobre o almoço simples que a proprietária mandara subir — serei obrigado a falar com a boca cheia, pois não disponho de muito tempo. Já são quase cinco horas. Daqui a duas horas devemos nos encontrar no local da ação. A sra. Irene, ou a madame, como preferir, volta de seu passeio às sete horas. Precisamos estar na Vila Briony quando ela chegar.

— E o que vai acontecer?

— Deixe o resto por minha conta. Já preparei o que deve acontecer. O único ponto sobre o qual devo insistir é que não intervenha em nenhum momento, aconteça o que acontecer. Entendeu?

— Quer dizer que devo permanecer à margem.

— Não faça nada, absolutamente nada. Provavelmente ocorra comigo um mal-estar leve. Não interfira. Terão de me transportar para dentro da casa. Quatro ou cinco minutos mais tarde a janela da sala será aberta. Você terá de ficar ao lado dessa janela.

— Sim.

— Deverá prestar atenção ao que eu fizer, pois estarei ao alcance de sua vista.

— Sim.

---

[4] A dona do prédio em que Holmes e o dr. Watson moram é a sra. Hudson. Os estudiosos da obra de Conan Doyle pensam que ele cometeu aqui um erro involuntário, ao mencionar a sra. Turner. Supõem que ela estivesse substituindo a verdadeira senhoria, que devia estar de viagem ou de férias. (N. do T.)

— E quando eu erguer a mão... assim... você jogará dentro da casa um objeto que vou lhe dar e ao mesmo tempo gritará fogo. Compreendeu?

— Perfeitamente.

— Não é nada especialmente terrível — disse, tirando do bolso um rolo em forma de charuto. — É uma pequena bomba de fumaça comum, armada nas duas pontas com espoletas para que acenda automaticamente. Sua tarefa se reduz ao que lhe disse. Quando gritar fogo, muitas pessoas repetirão o mesmo grito. Então pode ir até a esquina da rua, onde me encontrarei com você dez minutos mais tarde. Espero ter sido bem claro.

— Devo permanecer à margem, aproximar-me da janela, prestar atenção em você e, quando me fizer um sinal, atirar para dentro este objeto, gritar fogo e esperá-lo na esquina da rua.

— Exatamente.

— Então pode confiar plenamente em mim.

— Perfeito. É quase hora de me preparar para o novo papel que vou representar.

Desapareceu em seu quarto e reapareceu alguns minutos depois com a aparência de um clérigo da Igreja Anglicana, afável e simples. Seu chapéu preto de aba larga, as calças folgadas, a gravata branca, o sorriso simpático e o aspecto geral de observador curioso eram dignos do maior ator. Holmes não tinha trocado somente de roupa: sua expressão, suas maneiras e até sua alma pareciam modificar-se a cada novo papel que assumia. O teatro perdeu um ator maravilhoso e a ciência perdeu um pensador brilhante quando ele decidiu especializar-se em assuntos criminais.

Deixamos a Baker Street às seis e quinze e faltavam dez minutos para as sete horas quando chegamos à Serpentine Avenue. Já estava escurecendo e as lâmpadas acabavam de ser acesas quando passamos em frente da Vila Briony. A casa se parecia em tudo à descrição que Holmes fizera, mas as redondezas não estavam tão desertas como eu imaginara. Ao contrário, o lugar era até mais animado do que se poderia esperar numa rua pequena de um bairro tranquilo. Numa esquina havia um grupo de homens malvestidos que fumavam e riam. Não longe dali, um amolador de facas com sua pedra e dois soldados da guarda flertando com uma babá. Por fim, vários jovens bem trajados passeavam tranquilamente com um charuto na boca.

— Este casamento simplifica muito as coisas — observou Holmes enquanto íamos e vínhamos na rua em frente da vila. — A fotografia se torna agora uma arma de dois gumes. O mais provável é que ela sinta tão pouca vontade de que o sr. Godfrey Norton a veja como nosso cliente de que caia diante dos olhos de sua princesa. O problema é onde vamos encontrar essa fotografia.

— Sim. Onde?

— É pouco provável que a leve consigo. O formato é grande demais para poder ser escondido dentro do vestido de uma mulher. Sabe que o rei é capaz de armar uma cilada e mandar revistá-la, o que já tentou duas vezes. Devemos, portanto, dar como certo que não leva a fotografia consigo.

— Onde a guarda, então?

— Pode estar no banco ou com seu advogado. As duas alternativas são possíveis, mas não creio nem em uma nem em outra. As mulheres são naturalmente discretas e gostam de encarregar-se elas mesmas de seus segredos. Por que entregaria a foto a alguém? Ela pode confiar em sua própria vigilância, ao passo que tem motivos para desconfiar das pressões políticas, diretas ou indiretas, que podem ser exercidas sobre um homem de negócios. Além disso, lembre-se de que ela decidiu utilizá-la daqui a alguns dias. A fotografia deve, portanto, encontrar-se ao alcance da mão, em sua casa.

— Mas a casa já foi assaltada e revistada duas vezes.

— Os assaltantes não souberam procurar.

— E como você procurará?

— Eu não procurarei.

— O que fará, então?

— Darei um jeito para que ela mesma me mostre o lugar.

— Ela vai se recusar.

— Ela não poderá fazer de outro modo. Mas estou ouvindo um movimento de rodas. É o seu landau. Agora, siga minhas instruções ao pé da letra.

Enquanto ele falava apareceram, dobrando a esquina da avenida, as luzes laterais de um veículo. Era um landau pequeno e elegante, que avançou sacolejando até a porta da Vila Briony. No momento em que parou, um dos desocupados da esquina se lançou como um raio para abrir a porta, na esperança de receber uma moeda. Mas foi afastado com uma cotovelada por outro que correu com a mesma intenção. Uma disputa violenta começou então. Os dois soldados da guarda tomaram o partido de um dos desocupados, enquanto o afiador de facas passou a defender o outro com o mesmo furor. Houve troca de golpes e, num instante, a sra. Adler, que descera da carruagem, encontrou-se no meio de um pequeno grupo de homens irados, que se agrediam de maneira selvagem com punhos e bastões.

Holmes se precipitou no meio da briga para proteger a senhora. Mas, quando chegou ao seu lado, soltou um grito e caiu no chão, com o rosto ensanguentado. Ao vê-lo no solo, os soldados da guarda saíram correndo numa direção e os desocupados na direção oposta. Algumas pessoas mais bem vestidas, que presenciaram o tumulto sem tomar parte, acorreram para ajudar a senhora e socorrer o ferido. Irene Adler, como continuo a chamá-la ainda, subira a escada a toda a pressa, porém se detivera no alto, com sua figura esplêndida delineada contra as luzes da entrada, virando-se para olhar a rua.

— O pobre homem está ferido gravemente? — perguntou.

— Ele morreu! — disseram várias vozes.

— Não, não, ainda está vivo! — gritou alguém. — Mas morrerá com certeza antes de chegar ao hospital.

— É um sujeito de muita coragem! — disse uma mulher. — Se não fosse ele, teriam roubado a bolsa e o relógio da senhora. Era uma quadrilha, e das piores. Ah, está respirando agora.

— Não podemos deixá-lo estendido na rua. Podemos levá-lo à sua casa, madame?

— Claro que sim. Tragam-no para a sala de estar, onde há um sofá confortável. Por aqui, façam o favor.

Lentamente, com grande solenidade, ele foi transportado para o interior da Vila Briony e depositado no aposento principal. Do meu posto ao lado da janela eu me limitava a observar o que acontecia. As lâmpadas foram acesas, mas as cortinas permaneciam abertas, de forma que podia ver Holmes deitado no sofá. Ignoro se naquele momento ele sentia algum remorso pelo papel que estava representando, mas eu nunca me senti tão envergonhado como quando vi que criatura esplêndida era a mulher contra a qual estávamos conspirando e com que gentileza e amabilidade cuidava do ferido. Entretanto, seria a traição mais negra abandonar naquele momento a função que Holmes me havia confiado. Fiquei insensível e tirei a bomba de fumaça de meu impermeável. Afinal de contas, disse a mim mesmo, não íamos fazer mal algum a ela. Só procurávamos impedir que prejudicasse outra pessoa.

Holmes sentara no sofá e o vi agitar-se como se estivesse com falta de ar. Uma empregada correu até a janela e a abriu de par em par. No mesmo instante ele ergueu a mão e, em resposta ao seu sinal, atirei a bomba dentro da sala e gritei:

— Fogo!

A palavra mal brotara de minha garganta quando a multidão de curiosos, bem e malvestidos, que se encontrava em frente da casa — cavalheiros, cocheiros e criadas — repetiu meu grito em coro:

— Fogo!

Nuvens espessas de fumaça se espalharam pela sala antes de sair pela janela aberta. Pude entrever silhuetas que corriam em todos os sentidos e um momento depois ouvi a voz de Holmes afirmar que era um alarme falso. Então me esgueirei entre a multidão que berrava e caminhei até a esquina da rua. Dez minutos depois tive a alegria de sentir o braço de meu amigo no meu e de deixar o cenário daquela gritaria. Andamos rapidamente e em silêncio durante alguns minutos, e foi só quando tomamos uma das pequenas ruas tranquilas que descem para a Edgware Road que ele resolveu falar.

— Trabalhou muito bem, doutor — disse. — As coisas não poderiam ter saído melhor. Tudo foi perfeito.

— Já tem a fotografia?

— Sei onde ela está.

— E como descobriu?

— Ela me mostrou, como previ que faria.

— Ainda não entendi, Holmes.

— Não tenho a intenção de fazer um mistério disso — respondeu ele, rindo. — Foi tudo muito simples. Você, naturalmente, adivinhou que todas as pessoas que estavam na rua foram contratadas por mim para esta noite.

— Já havia desconfiado.

— Quando a briga começou, eu tinha um pouco de tinta vermelha úmida na palma da mão. Corri para o meio do tumulto, caí, passei a mão no rosto e me tornei o espetáculo lastimável que você teve diante dos olhos. Um truque velho.

— Disso também suspeitei.

— Então me levaram para dentro da casa. Ela não tinha outro remédio senão me receber. Que outra coisa podia fazer? E teve de me receber na sala de estar, que em minha opinião era o aposento suspeito. A foto devia estar ali ou no quarto, e eu precisava descobrir onde. Deitaram-me no sofá, fiz sinal de que precisava de mais ar, tiveram de abrir a janela e você teve sua oportunidade.

— E para que serviu minha ação?

— Foi muito importante. Quando uma mulher pensa que há incêndio na casa, seu instinto a faz correr para o objeto ao qual dá maior valor, para salvá-lo das chamas. É um impulso incontrolável, e mais de uma vez me servi dele. Foi muito útil nos casos do escândalo da substituição de Darlington e do castelo de Arnsworth. Uma mãe corre em busca do filho e uma mulher solteira vai atrás do estojo de joias. Era evidente para mim que nossa jovem senhora não guardava em casa nada mais precioso que o objeto que procuramos. O alarme foi dado de maneira admirável. A fumaça e os gritos abalariam até nervos de aço.

"Ela reagiu magnificamente. A fotografia se encontra num vão na parede atrás de um painel deslizante, logo acima da campainha, à direita. Ela correu direto naquela direção e pude vê-la no momento em que começava a tirá-la. Quando gritei que o alarme era falso, voltou a colocá-la no lugar. E, ao ver a bomba, saiu da sala e não a vi mais. Levantei-me, apresentei minhas desculpas e saí da casa. Pensei em apanhar a fotografia naquele mesmo momento, porém o cocheiro havia entrado e, como me observava de perto, achei mais prudente não me arriscar. Qualquer precipitação poderia comprometer tudo."

— E agora? — perguntei.

— Nossa investigação está praticamente concluída. Amanhã vou fazer-lhe uma visita com o rei e você mesmo, se quiser nos acompanhar. Seremos conduzidos à sala de estar para esperá-la, mas é provável que quando ela vier não encontre mais nem a nós nem a fotografia. Será uma satisfação para Sua Majestade recuperá-la com suas próprias mãos.

— E quando faremos essa visita?

— Às oito horas da manhã. Ela ainda não estará de pé, de modo que teremos o campo livre. Além disso, precisamos agir com rapidez, pois este casamento pode modificar radicalmente seus hábitos e seu estilo de vida. Vou telegrafar ao rei imediatamente.

Estávamos na Baker Street, parados em frente da porta. Holmes procurava a chave em seus bolsos quando alguém que passava lhe disse:

— Boa noite, sr. Sherlock Holmes.

Havia naquele momento várias pessoas na calçada, mas o cumprimento parecia ter vindo de um jovem esbelto que vestia casaco e se afastou rapidamente.

— Conheço esta voz — disse Holmes, olhando a rua mal iluminada. — Mas me pergunto a quem ela pertence.

III

Dormi naquela noite na Baker Street. Estávamos para tomar nosso café com torradas quando o rei da Boêmia entrou de repente.

— O senhor a conseguiu realmente? — gritou, agarrando Holmes pelos ombros e olhando com ansiedade para ele.

— Ainda não.

— Mas tem esperança de obtê-la?

— Tenho.

— Então vamos. Não posso conter minha impaciência.

— Precisamos de um carro.

— Não. Minha carruagem espera lá embaixo.

— Isto simplifica as coisas.

Descemos e nos pusemos mais uma vez a caminho da Vila Briony.

— Irene Adler se casou — disse Holmes.

— Casou-se? Quando?

— Ontem.

— Com quem?

— Com um advogado inglês chamado Norton.

— Ela não o ama. Tenho certeza.

— Espero que o ame.

— Por que espera isso?

— Porque isso evitaria problemas futuros para Vossa Majestade. Se esta senhora ama seu marido, é porque não ama Vossa Majestade. Se não ama Vossa Majestade, não tem motivo algum para se intrometer nos planos de Vossa Majestade.

— Tem razão. Entretanto... Ah, lamento que ela não seja de minha condição social. Que rainha ela seria!

O rei caiu num silêncio melancólico que durou até chegarmos à Serpentine Avenue.

A porta da Vila Briony estava aberta e uma mulher idosa se encontrava de pé nos degraus da entrada. Olhou-nos com ironia descer da carruagem.

— É o sr. Sherlock Holmes, não é? — interrogou.

— Sim, sou o sr. Holmes — respondeu meu companheiro, olhando-a curioso e perplexo.

— Minha patroa disse que viria provavelmente esta manhã. Ela partiu, com o marido, no trem que sai de Charing Cross às cinco e quinze com destino ao continente.

— O quê! — exclamou Sherlock Holmes, dando um passo para trás. — Quer dizer que deixou a Inglaterra?

Seu rosto estava alterado, branco de decepção e surpresa.

— Ela não voltará nunca mais.

— E os papéis? — perguntou o rei, rispidamente. — Está tudo perdido.

— Vamos ver.

Holmes afastou a empregada com o braço e correu para a sala de estar, seguido pelo rei e por mim. Os móveis estavam dispersos à direita e à esquerda, as estantes vazias e as gavetas abertas. Era visível que a dona da casa fizera as malas com toda a pressa antes de fugir. Holmes se dirigiu até o cordão da campainha, moveu um pequeno painel e, enfiando a mão no vão, tirou uma fotografia e uma carta. A fotografia era de Irene Adler em vestido de noite e na carta estava escrito: "*Ao sr. Sherlock Holmes, que passará para apanhá--la*". Meu amigo rasgou o envelope e os três nos debruçamos sobre a carta. A data era da meia-noite do dia anterior e estava redigida nos seguintes termos:

> Prezado sr. Sherlock Holmes.
>
> O senhor representou a farsa muito bem. Pegou-me totalmente desprevenida. Não suspeitei de nada, mesmo depois do alarme de incêndio. Foi só mais tarde, quando me dei conta de que me havia traído a mim mesma, que comecei a me preocupar. Há vários meses me alertaram sobre o senhor. Informaram-me que, se o rei contratasse um agente, seria certamente o senhor. Deram-me até o seu endereço.
>
> Apesar de tudo, com sua astúcia, conseguiu fazer que eu revelasse o que queria saber. Quando comecei a desconfiar, foi difícil pensar mal de um clérigo idoso, tão respeitável e simpático. Mas, como sabe, também tenho experiência como atriz. Usar roupas masculinas não é novo para mim e muitas vezes aproveito a liberdade de movimentos que proporcionam. Mandei John, o cocheiro, vigiá-lo, corri ao andar de cima, vesti o traje de passeio, como o chamo, e desci exatamente quando o senhor saía.
>
> Bem, segui-o até sua porta e comprovei que o famoso Sherlock Holmes estava realmente interessado em mim. Então, com certa imprudência, desejei-lhe boa noite e fui ao escritório de meu marido para conversar com ele. Concordamos os dois que o melhor que poderíamos fazer, ao ver-nos perseguidos por um adversário

tão formidável, era fugir. Assim, quando vier visitar-me amanhã encontrará o ninho vazio.

Quanto à fotografia, pode tranquilizar seu cliente. Amo e sou amada. Encontrei um homem melhor que ele. O rei poderá agir como achar melhor, sem ter nada a temer de uma mulher que ofendeu cruelmente. Guardo-a somente para me proteger e dispor de uma arma que me manterá a salvo de qualquer medida que ele possa adotar no futuro. Deixo uma fotografia que talvez lhe interesse possuir.

Atenciosamente, prezado sr. Sherlock Holmes,

Irene Norton, *née* Adler.

— Que mulher! Oh, que mulher! — exclamou o rei da Boêmia, quando terminamos a leitura da carta. — Não lhes disse que ela é decidida e rápida? Não teria sido uma rainha admirável? É uma pena que não seja do mesmo nível que eu.

— Pelo que vi, esta senhora não parece na verdade do mesmo nível de Vossa Majestade — respondeu Holmes friamente. — Lamento não ter sido capaz de concluir este caso de Vossa Majestade de modo mais satisfatório.

— Ao contrário, prezado senhor! — exclamou o rei. — Não poderia haver fim melhor. Sei que ela sempre cumpre suas promessas. A fotografia é agora tão inofensiva como se a tivesse jogado no fogo.

— Fico feliz ao ouvir Vossa Majestade falar assim.

— Contraí uma dívida imensa com o senhor. Diga-me, por favor, de que maneira posso recompensá-lo. Este anel...

Tirou do dedo um anel de esmeralda em forma de serpente e o colocou na palma aberta de sua mão.

— Vossa Majestade possui uma coisa que considero de mais valor — disse Holmes.

— Diga-me o que é e é seu.

— Esta fotografia.

O rei o contemplou com espanto.

— A fotografia de Irene? É sua, se é o que quer.

— Obrigado, Majestade. Agora não há mais nada a tratar sobre este assunto. Tenho a honra de desejar um bom dia a Vossa Majestade.

Holmes fez uma reverência e se virou, sem observar a mão que o rei lhe estendia. E, acompanhado por mim, saiu e voltou à Baker Street.

Foi assim que se evitou um grande escândalo que poderia ameaçar o reino da Boêmia, e que os planos mais perfeitos de Sherlock Holmes foram frustrados por uma mulher. Ele tinha o hábito de ironizar sobre a esperteza feminina, mas daquele dia em diante nunca mais o ouvi fazê-lo. E quando fala de Irene Adler, ou quando faz alusão à sua fotografia, é sempre com o honroso título de a *mulher*.

❖

2
A Liga dos Cabeças Vermelhas

Num dia de outono do ano passado, fui visitar meu amigo Sherlock Holmes. Encontrei-o ocupado numa conversa com um senhor de idade madura, muito corpulento, de rosto corado e cabelos vermelhos como o fogo. Ia retirar-me balbuciando uma desculpa, quando Sherlock Holmes me puxou bruscamente para dentro da sala e fechou a porta atrás de mim.

— Não poderia ter chegado em melhor hora, meu caro Watson — disse-me, em tom cordial.

— Pensei que estivesse ocupado.

— Estou, e muito.

— Então me permita esperá-lo na sala ao lado.

— De jeito nenhum. Sr. Wilson — disse ele, dirigindo-se ao cliente —, o doutor aqui presente tem sido meu companheiro e colaborador em diversas circunstâncias em que pude esclarecer casos muito complicados. Ele será certamente um auxiliar útil também no caso que acaba de me expor.

O senhor corpulento a quem Holmes se dirigia levantou-se da cadeira em que estava sentado esboçando uma saudação, acompanhada por uma rápida olhada inquiridora de seus olhinhos cercados de gordura.

— Sente-se no sofá — disse Holmes, enquanto ele mesmo se instalava em sua poltrona, juntando nervosamente as pontas dos dedos, como costumava fazer quando se tratava de um caso importante. — Sei, caro Watson, que compartilha comigo a paixão por tudo o que é incomum e foge ao convencional e à rotina monótona da vida do dia a dia. Já demonstrou isso pelo entusiasmo com que narra e, se me permite dizer, abrilhanta de certo modo tantas de minhas pequenas aventuras.

— A verdade é que seus casos têm sido de grande interesse para mim — respondi.

— Lembra-se a este propósito da observação que me sugeriu no outro dia o problema tão simples exposto pela srta. Mary Sutherland? Comentei que, se quisermos efeitos estranhos e combinações extraordinárias, devemos buscá-los na vida real, que sempre vai além de qualquer esforço da imaginação.

— Sim, lembro-me dessa observação, da qual me permiti inclusive discordar.

— Perfeitamente, doutor, mas mesmo assim terá de aceitar meu ponto de vista ou, do contrário, começarei a jogar dados e mais dados sobre você, até que seu raciocínio seja esmagado pelas provas mais indiscutíveis e se veja obrigado a me dar razão. O sr. Jabez Wilson, aqui presente, teve a bondade de vir visitar-me esta manhã, para me contar uma história que promete ser uma das mais curiosas que já ouvi. Já comentei com você que as coisas mais estranhas e incomuns não costumam apresentar-se relacionadas com os crimes maiores, mas com delitos pequenos e até com casos nos quais é possível duvidar que tenha sido cometido algum delito.

"Pelo que ouvi até agora, é impossível saber se neste caso há transgressão da lei ou não. Contudo, a sequência de fatos é das mais estranhas que escutei em minha vida. Talvez seja bom, sr. Wilson, que comece de novo seu relato. Não só porque meu amigo, o dr. Watson, não ouviu o princípio, mas também porque o caráter extraordinário da história me permitirá colher outra vez de seus lábios até o último detalhe. Como regra geral, quando ouço as primeiras exposições de um caso, sou capaz de guiar-me recorrendo à lembrança de milhares de casos semelhantes que estudei. No caso atual, confesso que os fatos estão, até onde meu conhecimento alcança, fora do convencional."

O cliente corpulento estufou o peito com visível orgulho e tirou do bolso do casaco um jornal sujo e amarrotado. Ao vê-lo assim, inclinado para a frente percorrendo a coluna dos anúncios no jornal que estendera sobre os joelhos, tentei empregar os métodos de análise de meu companheiro para ter uma opinião sobre ele interpretando os indícios que suas roupas e sua aparência ofereciam.

Minha inspeção, entretanto, não chegou a nada relevante. Nosso visitante tinha todo o aspecto do comerciante inglês comum: obeso, afetado e lento. Usava calças cinzentas largas e com joelheiras enormes, um casaco preto não muito limpo e desabotoado e um colete cinzento. Uma corrente de cobre pesada e uma peça de metal com um furo quadrado completavam o traje. Ao seu lado, numa cadeira, uma cartola esfarrapada e um sobretudo marrom com uma gola de veludo amassada não trouxeram nenhum indício à minha investigação. Por mais que o olhasse, não distingui nenhum sinal característico, a não ser os cabelos vermelhos e uma expressão de extremo descontentamento e até de tristeza estampada no rosto.

Sherlock Holmes, com a vivacidade habitual, percebeu meu pensamento e meu olhar inquiridor o fez sorrir e balançar a cabeça.

— Além dos fatos evidentes de que numa época qualquer de sua vida realizou trabalhos manuais, cheira rapé, é maçom, esteve na China e escreveu muito nos últimos tempos, não sou capaz de deduzir nada mais — disse.

O sr. Jabez Wilson saltou de sua cadeira, com o jornal na mão, e fitou meu companheiro com ar espantado.

— Em nome de todos os santos, como sabe tudo isso, sr. Holmes? — perguntou. — Quem lhe disse que trabalhei com as mãos? É tão certo como o Evangelho que comecei como carpinteiro na Marinha.

— Isto salta aos olhos, senhor. Sua mão direita é sensivelmente maior que a esquerda. Trabalhou com ela e seus músculos se desenvolveram mais.

— Está bem, mas como descobriu que tenho o hábito de cheirar rapé e sou maçom?

— Não quero insultar sua inteligência explicando-lhe como notei isso, especialmente levando em conta que, infringindo todas as regras de sua sociedade, carrega suas insígnias, o esquadro e o compasso, como prendedor de gravata.

— É verdade. Havia me esquecido disso. E como sabe que tenho escrito muito nos últimos tempos?

— O que mais poderia significar essa manga direita tão lustrosa e a esquerda gasta perto do cotovelo, onde o apoia sobre a mesa?

— E como sabe que estive na China?

— O peixe tatuado logo acima de seu pulso direito só pode ter sido feito no Celeste Império. Fiz um estudo especial sobre a tatuagem e contribuí para a literatura sobre o assunto. A técnica de colorir as escamas de peixe com uma tonalidade rosa delicada é exclusiva dos chineses. Além disso, quando vejo uma moeda chinesa na corrente de seu relógio, parece-me que não é preciso ser mágico para afirmar que esteve naquele país.

O sr. Jabez Wilson riu com o riso solto.

— Quem poderia dizer! — exclamou. — No começo pensei que se tratava de algo realmente fantástico. Agora vejo que não tem nada de especial.

— Começo a acreditar, Watson — prosseguiu Holmes —, que cometo um erro ao dar explicações. Você conhece o provérbio: *Omne ignotum pro magnifico*,[1] e minha pobre reputação virá abaixo se eu continuar a ser tão franco. Pode encontrar o anúncio de que me falou, sr. Wilson?

— Sim, aqui está — respondeu ele, mostrando com o dedo grosso e vermelho a coluna do jornal. — Aqui está, e é o início de toda a história. Leia-o o senhor mesmo.

Peguei o jornal de suas mãos e li o seguinte:

> À Liga dos Cabeças Vermelhas.
>
> Cumprindo as disposições testamentárias de Ezekiah Hopkins, de Lebanon, Pensilvânia, Estados Unidos da América, há uma vaga aberta para um novo membro da Liga, que dá direito a um salário de quatro libras por semana por serviços puramente nominais. Podem apresentar-se todos os homens ruivos com saúde perfeita de corpo e espírito e com idade acima de vinte e um anos. Devem comparecer pessoalmente no escritório da Liga na manhã de segunda-feira, às onze horas, e falar com Duncan Ross, na Fleet Street, 7, Pope's Court.

— Que diabo isto significa? — exclamei, depois de ler duas vezes esse anúncio curioso.

Holmes esboçou um sorriso e se mexeu na cadeira, como costumava fazer quando estava de bom humor.

— Foge um pouco ao comum, não é? — disse. — E agora, sr. Wilson, comece a falar e conte-nos tudo sobre o senhor, sua família e a influência que este anúncio teve em sua vida. Mas antes, doutor, escreva em seu caderno de anotações o nome do jornal e a data.

---

[1] "Tudo o que se desconhece é maravilhoso." Provérbio de Públio Cornélio Tácito (55-120), historiador, senador, cônsul e procônsul no Império Romano, em *Agrícola* 30, 4. (N. do T.)

— É o *Morning Chronicle* de 27 de abril de 1890. Faz exatamente dois meses.

— Muito bem. Tem a palavra, sr. Wilson.

— Como lhe dizia, sr. Sherlock Holmes — prosseguiu Jabez Wilson, enxugando o suor da testa —, tenho uma pequena loja de penhores na Praça Coburg, perto do centro. Não é um negócio grande e, nos últimos anos, só tem dado o necessário para viver, nada mais. Antes podia ter dois empregados, mas agora só tenho um. E teria dificuldade para pagar até a este se não aceitasse trabalhar por metade do salário, enquanto aprende o ofício.

— Qual é o nome desse jovem tão prestativo? — perguntou Sherlock Holmes.

— Chama-se Vincent Spaulding e não é tão jovem como se poderia crer à primeira vista. Não saberia dizer sua idade, mas é um empregado que trabalha como poucos, sr. Holmes. Poderia ganhar facilmente o dobro do que posso pagar-lhe. Mas, se ele está satisfeito, não é função minha colocar ideias de ambição em sua cabeça.

— É verdade. Teve muita sorte de encontrar um empregado tão bom que aceita trabalhar por um salário inferior ao do mercado. Não é nada comum nestes tempos. E me pergunto o que devo admirar mais, se é seu anúncio ou seu empregado.

— Bom, ele tem lá os seus defeitos — admitiu o sr. Wilson. — Nunca vi ninguém que goste tanto de fotografia. Está sempre tirando fotos quando deveria aprimorar seus conhecimentos. Em seguida desce ao porão, como um coelho procurando sua toca, para revelar os negativos. Este é o seu pior defeito. Mas, em geral, é um bom trabalhador e não tem vícios.

— Suponho que ainda está com o senhor.

— Sim. Tenho só ele e uma mocinha de catorze anos, que cozinha e limpa a casa. Sou viúvo e não tenho mais parentes. Vivemos tranquilamente os três, senhor, satisfeitos em ter um teto para nos abrigar e ganhando o suficiente para pagar nossas dívidas. A primeira coisa que veio romper a rotina de nossa existência foi este anúncio. Há exatamente oito semanas Spaulding chegou à loja com este mesmo jornal na mão dizendo:

"— Que azar, sr. Wilson! Gostaria de ter cabelos ruivos.

"— Por quê? — perguntei.

"— Veja, há outra vaga na Liga dos Cabeças Vermelhas. Isto significa uma pequena fortuna para quem consegui-la. Ouvi dizer que há mais vagas que candidatos para ocupá-las, de modo que os curadores não sabem o que fazer com o dinheiro que devem distribuir. Se meus cabelos pudessem mudar de cor, aqui está uma oportunidade que eu não perderia de jeito nenhum.

"Perguntei-lhe o que significava aquela história. O senhor compreende, sr. Holmes, que sou um homem caseiro. Como os negócios vêm a mim e não preciso ir atrás deles, às vezes passo semanas inteiras sem sair à rua. Por isso não estou bem informado sobre o que acontece fora e a menor notícia tem interesse para mim.

"— Nunca ouviu falar da Liga dos Cabeças Vermelhas? — perguntou meu empregado, arregalando os olhos.

"— Nunca.

"— Isso me surpreende muito, pois o senhor mesmo poderia ser candidato.

"— O que ganharia com isso?

"— Cerca de duzentas libras por ano, mas o trabalho é leve e não prejudica as outras ocupações que possa ter.

"Como poderá imaginar, aquela resposta despertou minha atenção, porque meu negócio não andava bem nos últimos anos, e duzentas libras não é dinheiro para desprezar.

"— Conte-me tudo o que sabe — disse eu a Spaulding.

"— Bem — disse ele, mostrando-me o anúncio —, como o senhor mesmo pode ver, a Liga procura um novo membro e aqui está o endereço do escritório onde deve apresentar-se para obter informações mais amplas. O que posso dizer é que a Liga foi fundada por um milionário norte-americano excêntrico, Ezekiah Hopkins. Era ruivo e tinha muita simpatia pelas pessoas de cabelos ruivos. Quando morreu, soube-se que deixara sua imensa fortuna nas mãos de cinco curadores, com instruções para que investissem os juros na criação de empregos para homens que tivessem cabelos da mesma cor. Pelo que ouvi dizer, o trabalho é pouco e bem remunerado.

"— Mas esta vaga deve ser disputada por milhões de ruivos — retruquei.

"— Menos do que imagina — respondeu. — Só são admitidos habitantes de Londres maiores de idade. Este norte-americano saiu de Londres muito jovem e quis fazer algo por sua velha cidade. Também ouvi dizer que é inútil apresentar-se com cabelos vermelhos claros ou vermelhos escuros. Só será admitido o vermelho intenso e brilhante como o fogo. Se quiser ir, sr. Wilson, será admitido de imediato. Mas talvez não valha a pena incomodar-se por apenas duzentas libras.

"Como os senhores podem ver, meus cabelos são de uma tonalidade muito acentuada. Pareceu-me então que, se houvesse um concurso, eu teria mais chances que qualquer outro. Vincent Spaulding parecia tão bem informado que não hesitei em convidá--lo a acompanhar-me, depois de mandá-lo fechar a loja. Contente por ter um dia de folga, ele partiu comigo e nos dirigimos ao endereço indicado pelo jornal.

"Nunca mais verei espetáculo semelhante, sr. Holmes. Do norte ao sul, de leste a oeste, todo indivíduo que tinha um fio de cabelo vermelho na cabeça veio à cidade em resposta ao anúncio. A Fleet Street estava superlotada de pessoas com cabelos ruivos e a Pope's Court parecia uma carroça cheia de laranjas. Jamais pensei que houvesse no país tantos ruivos. Todas as tonalidades estavam representadas: cor de palha, de limão, de laranja, de tijolo, de perdigueiro irlandês, de fígado, de argila. Mas, como Spaulding me havia dito, eram poucos os que tinham a verdadeira tonalidade vermelho ardente igual à minha.

"Se tivesse ido sozinho, ao ver o grande número de concorrentes, teria voltado para casa sem falar com ninguém. Mas Spaulding não permitiu que me retirasse. Não sei como ele conseguiu passar. O fato é que, empurrando, dando cotoveladas e avançando, atravessamos a multidão e chegamos até a escada que conduzia ao escritório. Na escada havia uma dupla fila de pessoas: a dos que subiam esperançosos e a dos que desciam tristes e desapontados. Mas também ali abrimos passagem como pudemos e logo nos encontramos no escritório."

— A experiência deve ter sido muito divertida — interrompeu Holmes, enquanto o cliente fazia uma pausa e refrescava a memória com uma boa pitada de rapé. — Por favor, continue sua exposição interessante.

— Não havia no escritório nada além de duas cadeiras de madeira e uma pequena mesa de pinho, atrás da qual estava sentado um homenzinho com um cabelo ainda mais vermelho que o meu. Trocava algumas palavras com cada candidato que se apresentava e sempre encontrava algum defeito que o desqualificava. Pelo visto, conseguir a vaga não era tão fácil como eu imaginava. Por fim, quando chegou a minha vez, o homenzinho me tratou melhor que aos outros. Até fechou a porta para conversar sozinho conosco.

"— Trouxe-lhe o sr. Jabez Wilson — disse meu empregado. — Ele está disposto a entrar na Liga.

"— E parece reunir todas as qualidades requeridas para isso — respondeu o outro. — Não me lembro de ter visto uma tonalidade de cabelo tão perfeita.

"Deu um passo para trás, inclinou a cabeça para o lado, olhou à direita e à esquerda e contemplou meus cabelos até me fazer ruborizar. De repente se aproximou de mim, apertou minha mão e me cumprimentou com entusiasmo pelo meu sucesso.

"— Seria injusto hesitar um instante em admiti-lo na Liga — disse. — Permita-me, no entanto, tomar uma precaução que, espero, não vai ofendê-lo.

"E, dizendo isso, agarrou meus cabelos com as mãos e os puxou com tanta força que me fez gritar de dor.

"— Seus olhos estão cheios de lágrimas — disse, soltando-me. — Vejo que não há nenhuma trapaça. Temos de tomar o maior cuidado, pois já fomos enganados duas vezes com perucas e uma vez com tinta. Poderia contar-lhe histórias sobre tintas para sapato que o fariam sentir asco da condição humana.

"Aproximou-se da janela e gritou, com todas as suas forças, que a vaga estava preenchida. Ouvimos um murmúrio de decepção lá fora e a multidão se dispersou em todas as direções, até ficarem apenas duas cabeças vermelhas: a minha e a do gerente.

"— Meu nome é Duncan Ross — disse ele — e sou um dos beneficiados pelas disposições de nosso nobre benfeitor. É casado, sr. Wilson? Tem família?

"Respondi-lhe que não. No mesmo instante seu rosto se modificou.

"— Meu Deus! — exclamou com ar sério. — É muito grave e lamento ouvi-lo dizer isso. Um dos objetivos da Liga é a propagação e expansão dos ruivos, assim como sua manutenção. É realmente deplorável que seja solteiro.

"Então foi minha vez, sr. Holmes, de assumir uma expressão triste, ao ver a vaga escapar-me. Mas, depois de um instante de reflexão, o gerente me garantiu que eu seria admitido assim mesmo.

"— Para outro, a objeção poderia ser fatal, mas devemos ser um pouco flexíveis em favor de um homem com um cabelo igual ao seu. Quando poderá assumir sua função?

"— Bem, há um pequeno problema, pois tenho um negócio próprio.

"— Oh, não se preocupe com isso, sr. Wilson — disse Vincent Spaulding. — Posso cuidar dele para o senhor.

"— A que horas terei de vir?

"— Precisarei do senhor das dez da manhã até as duas da tarde.

"O negócio de penhores, sr. Holmes, funciona sobretudo no fim do dia, principalmente nas quintas e sextas-feiras que antecedem os dias de pagamento. Assim, eu estava contente por encontrar uma ocupação lucrativa para a manhã e sabia que meu empregado era um homem correto e poderia resolver qualquer problema que surgisse.

"— Está bom para mim — respondi. — Quanto vou receber?

"— Quatro libras por semana.

"— E o que devo fazer?

"— Isso é puramente acessório.

"— O que entende por puramente acessório?

"— Bem, o senhor tem de estar no escritório, ou pelo menos no edifício, durante o tempo combinado. Caso não cumpra esse requisito e abandone o escritório sob qualquer pretexto, perde o emprego para sempre. O testamento insiste nessa condição. Se estiver ausente do escritório nesse horário, deixará de atender o compromisso.

"— São só quatro horas por dia e não tenho motivo para sair — disse eu.

"— Lembre-se de que não admitiremos nenhuma desculpa — disse o sr. Duncan Ross —, nem doença, nem negócios, nem coisa alguma. Tem de estar aqui ou perde o emprego.

"— E o que terei de fazer?

"— Copiar a Enciclopédia Britânica. O primeiro volume está nesta estante. Terá de fornecer a tinta, a caneta e o mata-borrão. Nós lhe damos esta mesa e a cadeira. Pode começar amanhã?

"— Certamente — respondi.

"— Então até amanhã, sr. Jabez Wilson, e permita-me felicitá-lo mais uma vez pela função importante que teve a sorte de obter.

"Acompanhou-me até a porta e voltei para casa com meu empregado, sem saber o que fazer e o que dizer, tão satisfeito me sentia com minha boa sorte.

"Passei o dia todo pensando no assunto, e à noite não tinha mais o entusiasmo da manhã, obcecado que estava pela ideia de uma mistificação ou de uma fraude, mas não conseguia entender qual era o objetivo. Parecia incrível que alguém deixasse um testamento semelhante e que pagassem tão bem por um trabalho tão simples como copiar a Enciclopédia Britânica. Vincent Spaulding fez o que pôde para me animar, mas ao deitar-me já havia decidido não voltar à Fleet Street. Contudo, ao acordar na manhã seguinte, fui assaltado pela tentação de ir ver o que ia acontecer e, depois de comprar um vidro de tinta, uma caneta e sete folhas de papel almaço, dirigi-me à Pope's Court.

"Para minha surpresa e satisfação, comprovei que não havia nada de anormal. Encontrei a mesa preparada para mim e o sr. Duncan Ross me esperava para ver se eu chegava pontualmente ao trabalho. Disse-me que começasse pela letra A e me deixou sozinho, voltando de vez em quando para verificar se tudo ia bem. Às duas horas, ao nos despedirmos, cumprimentou-me pela rapidez com que eu escrevia e fechou a porta do escritório quando saí.

"Isto, sr. Holmes, repetiu-se todos os dias durante uma semana. No sábado o gerente entrou e me entregou as quatro libras pelo trabalho que havia feito. O mesmo aconteceu nas duas semanas seguintes. Todas as manhãs eu chegava ao escritório às dez horas e saía às duas da tarde. Aos poucos a vigilância do sr. Duncan Ross foi se tornando menos severa. Vinha somente uma vez pela manhã e, com o tempo, não apareceu mais. Mesmo assim, eu não me arriscava a ausentar-me do aposento nem por um segundo, com medo de não estar presente e perder um emprego tão regiamente remunerado.

"Oito semanas se passaram assim, e eu já havia escrito sobre abades, armaduras, arqueiros, arquitetura e Ática, em suma todas as palavras que começam por A, e esperava passar logo à letra B. Havia gasto uma boa quantidade de papel almaço e uma estante estava quase cheia com as folhas que escrevi. De repente, tudo terminou."

— Terminou?

— Sim, senhor. Hoje de manhã fui ao trabalho às dez horas como de costume. Encontrei a porta trancada à chave e um pedaço de cartolina pregado na madeira com uma tachinha. Está aqui. Leia o senhor mesmo.

O homem de cabelos vermelhos nos exibiu um pedaço de cartolina branca, do tamanho de uma folha de papel de cartas, no qual estava escrito o seguinte:

> A Liga dos Cabeças Vermelhas
> está dissolvida.
> 9 de outubro de 1890.

Sherlock Holmes e eu examinamos o anúncio conciso e o rosto aflito do homem. No entanto, o aspecto cômico do assunto dominou tão completamente as demais considerações que caímos os dois numa gargalhada estrepitosa.

— Não sei onde está a graça — exclamou nosso visitante, corando até a raiz dos cabelos. — Se o melhor que sabem fazer é rir de mim, vou buscar ajuda em outro lugar.

— Não, não — disse Holmes, forçando-o a sentar-se de novo na cadeira que ele já tinha deixado. — Não deixaria seu caso escapar por nada deste mundo. É novo e original. Mas há de concordar comigo que apresenta alguns aspectos engraçados. Agora diga-me, por favor: o que fez quando encontrou este cartão pregado na porta?

— Fiquei abismado, senhor. Não sabia o que fazer. Entrei nos escritórios ao lado, perguntei à direita e à esquerda. Ninguém pôde me dar a menor informação. Por fim me dirigi ao proprietário, que é contador e mora no térreo. Perguntei-lhe se sabia o que havia acontecido com a Liga dos Cabeças Vermelhas. Respondeu-me que nunca ouvira falar dessa Liga. Então lhe falei do sr. Duncan Ross. O nome lhe era totalmente desconhecido.

"— Mas afinal — disse-lhe eu —, quem é o senhor do nº 4?

"— Ah, o homem de cabelo ruivo?

"— Sim.

"— Está falando do sr. William Morris, o advogado. Alugou a sala temporariamente, até que seu escritório ficasse pronto. Mudou-se ontem.

"— Onde posso encontrá-lo?

"— Aqui está seu endereço: King Edward Street, 17, perto da Catedral de São Paulo.

"Saí correndo, sr. Holmes, mas em vez do sr. Morris me encontrei em frente de uma fábrica de rótulas artificiais e ninguém conhecia nem o sr. William Morris, nem o sr. Duncan Ross."

— O que fez então? — perguntou Holmes.

— Voltei para minha casa na Praça Saxe-Coburg e pedi conselho a meu empregado, que me exortou a ter paciência, acrescentando que provavelmente eu receberia uma carta. Mas aquilo não era suficiente para mim, sr. Holmes. Eu não queria perder um emprego tão bom sem lutar. E, como ouvi dizer que ajuda os pobres infelizes que se encontram em situação difícil, vim direto falar com o senhor.

— E fez muito bem — respondeu Holmes. — Seu caso é extremamente interessante e tentarei esclarecê-lo com muito prazer. O que me contou se afigura mais sério e mais grave do que parece à primeira vista.

— É gravíssimo — murmurou o sr. Jabez Wilson. — Pense só: vou perder quatro libras por semana!

— No que lhe diz respeito — observou Holmes —, não vejo que

tenha motivo para se queixar dessa Liga extraordinária. Ao contrário, está trinta libras mais rico, sem mencionar os conhecimentos que pôde adquirir sobre as palavras que começam pela letra A. Portanto, não perdeu nada até agora.

— Não, senhor, mas gostaria de descobrir quem são essas pessoas e qual era seu objetivo em me pregar esta peça, se realmente pregaram uma peça. A brincadeira lhes custou caro, pois gastaram trinta e duas libras.

— Logo saberemos. Antes me responda a duas ou três perguntas, sr. Wilson. Foi seu empregado que primeiro chamou sua atenção para o anúncio, não foi? Há quanto tempo estava a seu serviço?

— Havia cerca de um mês.

— Como o encontrou?

— Ele respondeu a um anúncio que publiquei no jornal.

— Foi o único que se apresentou?

— Não, vieram mais doze.

— Por que o escolheu?

— Porque parecia competente e tinha pretensões modestas.

— Ele aceitou metade do salário, não foi?

— Sim.

— Como é esse Vincent Spaulding?

— É baixo, encorpado, de movimentos rápidos e sem barba, embora não tenha menos de trinta anos. Tem na testa uma cicatriz causada por uma queimadura feita com ácido.

Holmes se endireitou na cadeira, visivelmente agitado.

— É o que eu pensava — disse. — Nunca observou se tem as orelhas furadas, como para colocar brincos?

— Sim, senhor. Disse-me que uma cigana as havia furado quando era criança.

— Hum! — exclamou Holmes, recostando-se de novo e mergulhando em suas reflexões. — Ainda continua com o senhor?

— Sim. Acabo de deixá-lo.

— E seus negócios andaram bem enquanto esteve ausente?

— Não tenho do que me queixar, senhor. Quase não há clientes de manhã.

— Está bem, sr. Wilson. Terei o prazer de lhe dar minha impressão sobre o assunto daqui a um ou dois dias. Hoje estamos no sábado. Espero que na segunda-feira tenhamos uma solução.

— Bem, Watson — disse Holmes, quando nosso visitante saiu —, o que pensa sobre tudo isso?

— Não estou entendendo nada — respondi com sinceridade. — É um dos casos mais misteriosos.

— Lembre-se — disse Holmes — que, em geral, quanto mais estranha é uma coisa, menos misteriosa costuma ser. Os crimes comuns, sem características notáveis, é que são realmente desconcertantes, assim como um rosto vulgar é mais difícil de identificar que outro. Mas tenho de agir rápido para concluir este caso.

— Qual é seu plano? — perguntei.

— Fumar primeiro — respondeu. — É um problema para três cachimbos e lhe peço que não fale comigo durante cinquenta minutos.

Holmes se encolheu na cadeira e levantou os joelhos magros até o nariz de águia, de modo que, com seus olhos brilhantes, parecia uma ave de rapina estranha. De seus lábios pendia o cachimbo e aos poucos uma fumaça azul foi invadindo o aposento.

Cheguei a pensar que dormia e comecei a cochilar mesmo, quando subitamente saltou da cadeira, com o gesto de alguém que acaba de tomar uma resolução, e depositou o cachimbo sobre a lareira.

— Sarasate[2] está tocando esta tarde no Saint-James's Hall — comentou. — O que acha, Watson? Seus clientes poderiam dispensá-lo por algumas horas?

— Não tenho nada para fazer hoje. Minhas ocupações nunca são muito absorventes.

— Então pegue o chapéu e venha. Antes tenho de passar pelo centro e podemos almoçar pelo caminho. O programa do concerto anuncia muita música alemã, que é mais de meu gosto que a italiana ou a francesa. É introspectiva e preciso refletir neste momento. Venha.

Alguns minutos mais tarde, o metrô nos levava a Aldersgate, de onde fomos a pé até a Praça Saxe-Coburg, cenário da história curiosa que ouvimos de manhã. Era um lugar triste, acanhado, de aspecto miserável e pretensioso ao mesmo tempo, com quatro fileiras de casas de tijolos de dois andares. Cada uma delas tinha na frente uma faixa de terreno cercada por uma grade, no qual um gramado raquítico

---

[2] Pablo de Sarasate (1844-1908) era um violinista e compositor espanhol de fama internacional, considerado, após a morte de Nicolau Paganini, o melhor concertista de seu tempo. (N. do T.)

e algumas moitas de loureiros travavam uma luta dura contra uma atmosfera viciada por uma espessa fumaça escura.

Numa casa de esquina, três bolas douradas e uma placa marrom com as palavras "Jabez Wilson" em letras brancas indicavam o local onde nosso cliente de cabelos ruivos tinha o seu negócio. Sherlock Holmes parou em frente da loja, com a cabeça inclinada, e examinou atentamente o local, com os olhos brilhando entre as pálpebras apertadas. Meu amigo andou pela rua, para cima e para baixo, sempre olhando as casas com a maior atenção. Por fim, voltou até a loja de penhores, deu dois ou três golpes vigorosos com a bengala na calçada e bateu à porta. Um jovem bem barbeado, de fisionomia inteligente, veio abrir e o convidou a entrar.

— Obrigado — disse Holmes —, só queria perguntar qual é o caminho mais curto até o Strand.

— Pegue a terceira rua à direita e a quarta à esquerda — respondeu o empregado sem vacilar, fechando a porta.

— É um rapaz muito vivo — comentou Holmes enquanto nos afastávamos. — Não conheço em Londres nenhum vigarista que possa se igualar a ele em talento e ousadia. Já tive notícias dele antes.

— É evidente — disse eu — que o empregado do sr. Wilson desempenha um papel importante no mistério da Liga dos Cabeças Vermelhas. Aposto que só lhe perguntou o caminho para poder vê-lo.

— Não a ele.

— O que então?

— Os joelhos das calças dele.

— E o que viu?

— O que esperava ver.

— E por que bateu na calçada com a bengala?

— Caro doutor, é hora de observar e não de falar. Somos espiões em território inimigo. Já conhecemos a Praça Saxe-Coburg. Vamos agora explorar a parte situada atrás dela.

A rua na qual nos encontramos ao dar a volta à esquina da Praça Saxe-Coburg apresentava com esta um contraste tão grande como a frente de um quadro com seu verso. Era uma das artérias principais por onde passava o tráfego da cidade em direção ao norte e ao oeste. Estava congestionada pela imensa corrente de tráfego comercial que fluía nas duas direções, enquanto as calçadas tinham dificuldade de dar vazão ao enxame de pedestres apressados. Ao contemplar a fileira de lojas elegantes e prédios luxuosos, ninguém pensaria que sua parte de trás dava para a praça tão descolorida e pouco frequentada que acabávamos de deixar.

— Deixe-me ver, Watson — disse Holmes, detendo-se na esquina e seguindo com os olhos a fileira de casas. — Preciso lembrar-me da ordem em que elas estão colocadas. Você conhece minha velha mania de sempre procurar conhecer Londres a fundo. Aqui ficam a tabacaria Mortimer, a banca de jornais, a agência Coburg do Banco Suburbano e da Cidade, o restaurante vegetariano e o depósito da fábrica de carros McFarlane. Com isso chegamos ao outro quarteirão de casas. E agora, doutor, nosso trabalho está feito e é hora de nos divertirmos um pouco. Um sanduíche, uma xícara de café e em seguida a caminho do mundo da música, onde tudo é suave, delicado e harmonioso, e onde não encontraremos clientes de cabelos ruivos que nos aborreçam com suas peças de mau gosto.

Meu amigo Sherlock Holmes era um grande apreciador da música, e não só tocava muito bem, como era um compositor de capacidade fora do comum. Passou a tarde inteira em sua poltrona, batendo suavemente o compasso com seus dedos longos e magros e mergulhado na felicidade mais perfeita. Seu rosto se abria num sorriso místico e seus olhos lânguidos e sonhadores se pareciam pouco com os de Holmes caçador, implacável, perseguidor astuto e infalível de criminosos. A dualidade de natureza desse personagem singular se manifestava alternadamente. Em minha opinião, a exatidão extrema de Holmes e sua astúcia representavam a reação contra o estado de espírito poético e contemplativo que de vez em quando predominava nele. Mas, graças à elasticidade de sua natureza, passava rapidamente da languidez extrema à energia devoradora.

Eu havia observado que ele se tornava realmente terrível quando permanecia vários dias estendido na poltrona, em meio às improvisações e aos manuscritos antigos. De repente a paixão pela caça se apoderava dele, e tão grande era então a força de seu raciocínio que aqueles que não estavam familiarizados com seu método olhavam como intuições o que eram simples deduções, perguntando-se onde este homem conseguira adquirir conhecimentos tão superiores aos de seus semelhantes. Quando o vi, naquela tarde, absorto na música do Saint-James's Hall, pressenti que nada de bom aguardava aqueles que ele se propunha caçar.

— Imagino que queira voltar para casa, doutor — disse-me, quando saímos do concerto.

— Sim, não tenho nada melhor a fazer.

— Quanto a mim, estarei muito ocupado durante algumas horas. Este caso da Praça Coburg é grave.

— Por que é grave?

— Porque um crime está sendo preparado. Tenho motivos para acreditar que poderemos impedi-lo. Mas precisamos apressar-nos, tanto mais que hoje é sábado. Posso contar com sua ajuda esta noite?

— A que hora?

— Às dez horas.

— Perfeito. Estarei às dez na Baker Street.

— Muito bem. Um momento, doutor. Pode ser que haja algum perigo, por isso é bom que traga seu revólver do exército no bolso.

Holmes se despediu com um aceno de mão, girou sobre os calcanhares e num instante desapareceu no meio da multidão.

Não creio que seja mais lento para entender as coisas que qualquer outro. Contudo, sempre que estava na presença de Sherlock Holmes me sentia esmagado por um sentimento de inferioridade. Neste caso ouvira o mesmo que ele, vira o mesmo que ele e, no entanto, a julgar por suas palavras, ele via com clareza não só o que acontecera, mas também o que ia acontecer, enquanto para mim tudo era confuso e sem sentido.

Enquanto voltava para minha casa em Kensington relembrei todos os momentos da aventura, desde o relato estranho do homem ruivo que copiava a Enciclopédia Britânica até a visita à Praça Saxe-Coburg e as palavras de mau agouro com que Holmes se despediu de mim. Que expedição noturna seria aquela e por que devia ir armado? Aonde iríamos, e para fazer o quê? Holmes dera a entender que o empregado do sr. Wilson era um homem perigoso, envolvido numa trama engenhosa. Tentei desvendar o mistério, mas acabei desistindo e resolvi deixar de pensar no assunto, esperando que nosso passeio noturno me trouxesse alguma explicação.

Eram nove e quinze quando saí de casa, atravessando o parque e a Oxford Street até chegar à Baker Street. Vi dois cabriolés aguardando à porta e, quando entrei no corredor, ouvi distintamente várias vozes. Ao entrar na sala encontrei Holmes em conversa animada com dois homens. Um deles era Peter Jones, o conhecido agente de polícia. O outro, um indivíduo alto e magro, de rosto melancólico, vestindo um fraque estranho e segurando um chapéu lustroso na mão, era totalmente desconhecido para mim.

— Ah, agora nosso grupo está completo — disse Holmes, abotoando seu paletó esverdeado e pegando no cabide seu pesado chicote de caça. — Watson, acho que já conhece o sr. Jones, da Scotland Yard.[3] Permita-me apresentá-lo ao sr. Merryweather, que nos acompanhará na expedição desta noite.

— Como vê, doutor, vamos outra vez caçar em duplas — disse Jones, em seu tom autossuficiente. — Nosso amigo, aqui, é formidável para organizar caçadas. Só precisa de um cachorro velho para pegar a caça.

— Espero que, afinal, não estejamos caçando fantasmas — comentou o sr. Merryweather, em tom sombrio.

— Pode confiar no sr. Holmes — disse o agente de polícia, com ar petulante. — Ele tem um método próprio, um pouco teórico e fantástico em minha opinião, mas leva jeito para ser um bom detetive. Devo acrescentar que em uma ou duas oportunidades, como no caso do assassinato de Sholto e do tesouro de Agra, estava mais perto da verdade que a própria polícia.

— Bem, se é o que diz, sr. Jones, estou de acordo — disse o desconhecido com respeito. — Mas confesso que sinto falta do meu jogo de cartas. É a primeira noite de sábado em vinte e sete anos que não jogo minha partida.

— Não terá do que se arrepender — interveio Holmes —, porque na partida desta noite o senhor joga muito mais do que jogou em sua vida, e ela será muito mais apaixonante. Para o senhor, sr. Merryweather, a aposta é de cerca de trinta mil libras. E para o senhor, sr. Jones, é a prisão do homem a quem procura há tanto tempo.

— John Clay, o assassino, ladrão, vigarista, falsário — continuou o sr. Jones. — Ele é jovem, sr. Merryweather, mas conhece bem sua profissão. Se pudesse escolher entre vários criminosos, seria nele que colocaria as algemas primeiro. É um indivíduo realmente notável, esse jovem Clay. É neto de um duque autêntico e ele mesmo estudou nas universidades de Eton e de Oxford. Seu cérebro é tão hábil como seus dedos e, embora vejamos rastos de sua passagem a cada passo, nunca conseguimos botar a mão nele. Nesta semana pode arrombar uma casa na Escócia e oito dias mais tarde arrecadar fundos para

[3] Scotland Yard é o nome pelo qual é conhecida a força policial de Londres, capital do Reino Unido. Foi uma das primeiras a desenvolver sistemas modernos de perícias criminais, a começar pelo arquivo de impressões digitais. (N. do T.)

construir um orfanato na Cornualha. Estou em sua pista há vários anos, mas nunca consegui pôr os olhos em cima dele.

— Espero ter o prazer de apresentá-lo a ele esta noite. Eu também já tive um ou dois atritos com o sr. John Clay e concordo que ele conhece bem sua profissão. Mas já passa das dez e é hora de nos pormos a caminho. Os senhores podem subir no primeiro cabriolé. Watson e eu os seguiremos no segundo.

Sherlock Holmes não abriu a boca durante o longo trajeto e permaneceu reclinado no banco, cantarolando as melodias que ouvira durante a tarde. Atravessamos sacolejando um labirinto sem fim de ruas iluminadas a gás, até sairmos na Farringdon Street.

— Estamos quase chegando — comentou meu amigo. — Este Merryweather é diretor de um banco e está interessado pessoalmente no caso. Pareceu-me conveniente que também Jones nos acompanhasse. Não é má pessoa, embora seja completamente idiota no exercício de sua profissão. Não posso, no entanto, negar-lhe algumas qualidades. Tem a valentia do buldogue e a constância da lagosta quando lança as garras sobre alguém. Já chegamos e estão nos esperando.

Os dois cabriolés se detiveram na mesma rua cheia de gente em que estivemos de manhã. Mandamos os veículos embora e seguimos o sr. Merryweather por um pequeno corredor até uma porta de serviço que ele nos abriu. Percorremos então um corredor estreito que terminava num portão de ferro pesado. Este dava acesso a uma escada em espiral com degraus de pedra, que descia até uma grade de ferro maciço. O sr. Merryweather parou para acender uma lanterna e nos conduziu a um corredor escuro, impregnado de umidade, no fim do qual se encontrava uma terceira porta. Era a entrada de um porão enorme, onde se amontoavam caixas grandes e engradados por toda parte.

— O senhor não é muito vulnerável lá em cima — comentou Holmes, erguendo a lanterna e examinando o porão.

— Nem aqui embaixo — respondeu o sr. Merryweather, batendo nas lajes com a bengala. — Com os diabos, meu caro, parecem ocas! — exclamou, surpreso.

— Peço-lhe que não faça tanto barulho — disse Holmes, severamente. — Está colocando em perigo o sucesso de nossa expedição. Tenha a bondade de sentar-se numa dessas caixas e não se ocupe mais com nada.

O cerimonioso sr. Merryweather se encarapitou sobre uma caixa, com jeito de quem se sentia muito ofendido. Enquanto isso, Holmes se pôs de joelhos e, com a ajuda da lanterna e de sua lente, passou a examinar atentamente as frestas entre as lajes. Em poucos segundos se deu por satisfeito e se ergueu, guardando a lente no bolso.

— Dispomos pelo menos de uma hora — disse —, pois eles não podem fazer nada antes que o bom agiota vá para a cama. Então não perderão mais um minuto, pois, quanto antes terminarem, maiores chances terão de escapar. Como deve ter adivinhado, doutor, estamos no porão de um dos principais bancos de Londres. O sr. Merryweather é o presidente do conselho de administração e lhe explicará as razões pelas quais os delinquentes mais atrevidos da capital se interessam tanto por este lugar nestes dias.

— Este é o depósito do nosso ouro francês — segredou o diretor. — Fomos avisados diversas vezes de que poderiam tentar roubá-lo.

— Seu ouro francês?

— Sim. Há alguns meses achamos conveniente aumentar nossas reservas e solicitamos ao Banco da França um empréstimo de trinta mil napoleões de ouro. Vazou a notícia de que não tivemos tempo de desembrulhar o dinheiro e que ele ainda se encontra em nosso porão. A caixa sobre a qual estou sentado contém dois mil napoleões empacotados em folhas de chumbo. Neste momento, nossas reservas de ouro são muito maiores do que se costuma guardar numa única agência e os diretores se sentem intranquilos com isso.

— Sua preocupação é plenamente justificada — observou Holmes. — E agora pensemos na execução de nosso plano. Calculo que a movimentação começará daqui a uma hora. Por favor, sr. Merryweather, tem de apagar sua lanterna.

— E vamos ficar no escuro?

— Receio que seja absolutamente necessário. Eu trouxe um baralho no bolso, pensando que poderíamos jogar em quatro. Mas os preparativos do inimigo estão tão adiantados que não podemos nos arriscar a ter uma luz acesa. Antes de qualquer coisa, temos de escolher nossas posições. Estamos lidando com homens capazes de tudo e, embora tenhamos a vantagem da surpresa, podem nos ferir se não tomarmos precauções. Vou me esconder atrás desta caixa e os senhores se escondam atrás daquelas. Quando eu os iluminar com a lanterna, fechem o cerco imediatamente. Se eles atirarem em nós, Watson, atire também, sem a menor hesitação.

Coloquei o revólver carregado em cima da caixa de madeira atrás da qual estava agachado. Holmes escondeu sua lanterna e nos deixou na escuridão mais completa, uma escuridão que eu ainda não conhecia e que me deu uma sensação de mal-estar. Só o cheiro do metal quente nos lembrava que tínhamos uma lanterna, pronta para nos iluminar quando fosse necessário. Eu, que estava com os nervos à flor da pele por causa da espera, fiquei um pouco deprimido e impressionado com a escuridão repentina e com o ar frio e úmido do porão.

— Eles só têm um lugar por onde podem escapar — murmurou Holmes. — É voltar para a casa e sair pela Praça Saxe-Coburg. Fez o que lhe pedi, Jones?

— Pus um inspetor e dois agentes de guarda na porta de entrada.

— Então fechamos todas as saídas. Agora só temos de guardar silêncio e esperar.

O tempo demorou a passar. Segundo os cálculos que fizemos mais tarde, a espera não se prolongou mais de uma hora e quinze minutos. Mas, para mim, pareceu que ficamos ali quase a noite inteira e que o dia já devia estar amanhecendo. Meus braços e minhas pernas estavam cada vez mais rígidos e adormecidos, porque não me atrevia a mudar de posição. Meus nervos tinham alcançado o limite máximo de tensão e meus ouvidos se tornaram tão aguçados que não só podia ouvir a respiração suave de meus companheiros, mas ainda distinguia a inspiração ruidosa do corpulento Jones e o suspiro leve e irregular do diretor do banco.

Do lugar onde me encontrava podia olhar por cima da caixa em direção ao solo e, de repente, apareceu um raio de luz. No início era apenas uma centelha brilhando sobre o pavimento de pedra. Logo foi se alargando, até se converter numa linha amarela. Então, sem nenhum aviso e sem nenhum ruído, uma fresta pareceu abrir-se e apareceu uma mão fina e branca, quase feminina, que apalpou ao seu redor no centro da área iluminada. Durante um minuto ou mais a mão com dedos irrequietos continuou sondando o solo. Depois desapareceu tão rápido como havia surgido e tudo voltou à escuridão, a não ser o ponto luminoso que indicava uma abertura entre as lajes.

Mas esse desaparecimento foi só por um instante. Com um estalido forte, uma das grandes lajes brancas foi deslocada, deixando um buraco escancarado, pelo qual se projetava a luz de uma lanterna. Pela abertura surgiu o rosto de um jovem, que olhou atentamente ao redor. Em seguida, apoiando-se com as mãos em cada lado da abertura, foi se erguendo do buraco com a ajuda dos joelhos, e um instante depois estava de pé dentro do porão. Ajudou então a subir um companheiro, magro e ágil como ele, com o rosto pálido e uma cabeleira bem vermelha.

— O caminho está livre — sussurrou o que subira primeiro. — Traga o formão e os sacos.

De repente um grito de angústia ressoou entre as caixas e os engradados.

— Meu Deus! Fuja, Archie, fuja. Deixe que eu me defenda sozinho.

Sherlock Holmes saíra de um salto do esconderijo e agarrara o intruso pelo colarinho. O outro mergulhou no buraco e pude ouvir o som de tecido rasgado quando Jones o segurou pelo casaco. À luz da lanterna vimos o cano de um revólver brilhar apontado em nossa direção, mas o chicote de Holmes se abateu sobre o pulso do homem e a arma caiu no chão de pedra.

— É inútil, John Clay — disse Holmes, calmamente. — Não tem a menor chance.

— Estou vendo — respondeu o outro, com o maior sangue-frio. — Acredito que meu colega tenha escapado, embora tenham ficado com a aba de seu casaco.

— Três homens o esperam na porta — disse Holmes.

— É mesmo? Parece-me que o senhor previu tudo. Tenho de cumprimentá-lo.

— Também eu o felicito — respondeu Holmes. — Sua ideia dos cabelos vermelhos foi genial e realmente muito prática.

— Logo voltará a ver seu "colega" — disse Jones. — Ele sabe descer em buracos mais rápido que eu. Estenda as mãos para que eu coloque as algemas.

— Não me toque com suas mãos imundas — disse o prisioneiro, no momento em que as algemas se fechavam em seus pulsos. — Talvez ignore que sangue real corre em minhas veias. E, quando se dirigir a mim, tenha a bondade de dizer "senhor" e "faça o favor".

— Perfeitamente — respondeu Jones, ironicamente. — O senhor teria a bondade de subir a escada, para podermos pegar um carro que leve Vossa Alteza até a delegacia?

— Assim é melhor — disse John Clay, alegremente.

Cumprimentou-nos com uma inclinação de cabeça e se pôs a andar tranquilamente, sob a guarda do detetive.

— A verdade, sr. Holmes — disse o sr. Merryweather quando saíamos do porão atrás deles —, é que não sei como o banco poderá agradecer-lhe e recompensá-lo pelo serviço que nos prestou. Descobriu e frustrou uma das tentativas mais ousadas de roubo que já vi.

— Eu tinha duas ou três contas a ajustar com o sr. John Clay —

disse Holmes. — O caso me custou algum dinheiro e espero que o banco me reembolse. Mas, fora disso, considero-me bem pago por ter tido uma experiência tão extraordinária em tantos aspectos e por ter ouvido a história incrível da Liga dos Cabeças Vermelhas.

— Como vê, Watson — explicou-me Holmes na manhã seguinte, enquanto bebia um copo de uísque com soda na sala da Baker Street —, desde o início estava perfeitamente claro que o único objetivo possível do anúncio fantástico da Liga e de copiar a Enciclopédia Britânica era simplesmente afastar durante algumas horas por dia o agiota ingênuo. Era uma maneira estranha de atingir seu objetivo, mas a verdade é que seria difícil encontrar outra melhor. A cor do cabelo do cúmplice inspirou sem dúvida a Clay esta ideia muito sugestiva. As quatro libras por semana eram a isca que não podia deixar de atrair o agiota. O que significava essa quantia para eles em comparação com os milhões que podiam ganhar? Colocaram o anúncio no jornal, um dos malandros alugou temporariamente o escritório, o outro estimulou o agiota a apresentar-se e juntos conseguiram mantê-lo ausente da loja durante semanas. Quando ouvi que o empregado trabalhava por metade do salário compreendi que tinha um motivo muito forte para querer esse lugar.

— Mas como conseguiu adivinhar qual era esse objetivo?

— Se houvesse uma mulher na casa eu pensaria numa intriga amorosa, mas como não havia nenhuma logo pensei num roubo. O negócio do agiota era pequeno e em sua casa não havia nada que justificasse preparativos tão complicados e gastos como os que estavam fazendo. Devia ser algo fora da casa. O que podia ser? Lembrei-me então da paixão do empregado pela fotografia e da mania que tinha de desaparecer no porão. O porão! Ali estava a chave do enigma, pensei. Então fiz uma investigação sobre esse empregado misterioso e descobri que estava lidando com um dos delinquentes mais calculistas e ousados de Londres. Por que se trancava no porão durante várias horas por dia, durante meses? O que poderia ser? A única coisa que me ocorreu é que estava cavando um túnel para outro edifício.

"Estava neste ponto em minhas deduções quando fui com você ao cenário dos fatos. Ali devo tê-lo surpreendido batendo no solo com minha bengala. Estava verificando se o porão ficava na frente ou nos fundos da loja. Não ficava na frente. Então bati à porta e, como esperava, o empregado veio abrir. Já o enfrentara antes, mas não o conhecia pessoalmente. Mal olhei para seu rosto, pois o que me interessava eram suas calças. Você mesmo deve ter notado como estavam gastas, amassadas e manchadas nos joelhos. Isso demonstrava as horas que passara cavando. Com que objetivo esse homem cavava? Era o que faltava averiguar. Ao dobrar a esquina e ver o edifício do Banco Suburbano e da Cidade com os fundos dando para a loja do sr. Wilson, considerei o problema resolvido. Enquanto você voltava para casa depois do concerto, fiz uma visita à Scotland Yard e outra ao diretor do banco, com o resultado que pôde ver."

— E como soube que tentariam dar o golpe esta noite? — perguntei.

— Foi muito simples. O fechamento do escritório da Liga era sinal de que a presença do sr. Jabez Wilson não os preocupava mais. Em outras palavras, já haviam terminado o túnel. Mas era essencial que o utilizassem o mais rápido possível, antes que fosse descoberto ou que o ouro fosse transferido para outro lugar. O sábado era o dia mais apropriado, pois teriam dois dias para escapar. Por todas essas razões, esperava que viessem esta noite.

— Seu raciocínio foi perfeito — exclamei, sem esconder minha admiração. — Não houve nenhuma falha nesta longa série de fatos.

— Este caso me salvou do tédio — respondeu Holmes, bocejando. — Infelizmente, já sinto que ele me invade de novo. Minha vida é um esforço contínuo para escapar da rotina do dia a dia, rotina que só é rompida por estes pequenos problemas.

— Você é com certeza um benfeitor da humanidade.

Ele encolheu os ombros.

— Bem, é possível que eu tenha alguma utilidade — respondeu simplesmente. — "*L'homme c'est rien, l'oeuvre c'est tout*",[4] como Gustave Flaubert[5] escreveu a George Sand.[6]

❖

[4] "O homem não é nada, a obra é tudo." (N. do T.)

[5] Gustave Flaubert (1821-1880) foi um escritor francês, considerado um dos maiores do Ocidente. É conhecido principalmente por sua primeira obra publicada, *Madame Bovary*. (N. do T.)

[6] George Sand (1804-1876), pseudônimo de Amandine Aurore Lucile Dupin, mais tarde baronesa Dudevant, foi uma escritora francesa. (N. do T.)

3
Um caso de identidade

— Meu caro amigo — disse Sherlock Holmes quando estávamos sentados ao lado da lareira, um em frente ao outro, nos aposentos da Baker Street —, a vida é infinitamente mais estranha que qualquer coisa que a mente humana possa inventar. Não nos atreveríamos a imaginar aquilo que, na realidade, é corriqueiro em nossa existência. Se, ao abrir a janela, pudéssemos sair voando os dois, pairar sobre esta grande cidade, levantar com cuidado os telhados e olhar os acontecimentos esquisitos que ocorrem, as coincidências estranhas, as intrigas, as falsidades, os encadeamentos de circunstâncias que se estendem de geração em geração e acabam levando aos resultados mais *outrés*,[1] as histórias de ficção, com seus convencionalismos e conclusões previsíveis, pareceriam algo monótono e sem sentido.

— Não estou convencido disso — respondi. — Os casos que lemos nos jornais são geralmente vulgares e sem importância. Nas reportagens policiais vemos o realismo levado aos seus limites extremos e temos de confessar que o resultado não tem nada de fascinante nem de artístico.

— Para produzir efeitos realistas é preciso utilizar certa seleção e discrição — observou Holmes. — É o que falta ao jornalismo policial, no qual se dá mais importância aos lugares-comuns das autoridades que aos detalhes, que para um observador são a própria

[1] "Extravagantes", em francês no original. (N. do T.)

essência do caso. Acredite em mim: não há nada tão antinatural como o absolutamente vulgar.

Sorri e abanei a cabeça com ar de incredulidade.

— Compreendo perfeitamente nossa divergência de opinião. Na sua posição de investigador particular, que ajuda os desesperados de três continentes, você entra em contato com o que há de mais estranho e fantástico no mundo. Mas aqui — acrescentei, pegando no chão o jornal da manhã — vamos fazer um teste prático. A primeira manchete que encontro é: "Marido trata mulher com crueldade". O texto ocupa meia coluna, mas não preciso lê-lo para saber seu conteúdo. Há, naturalmente, outra mulher, a bebida, a briga, a bofetada e os ferimentos, a irmã ou a proprietária compreensiva. Nem o pior escritor poderia inventar algo mais previsível.

— Na verdade, você escolheu um exemplo que não favorece sua argumentação — disse Holmes, apanhando o jornal e dando uma olhada. — É o processo de separação dos Dundas, e por acaso participei do esclarecimento de alguns pequenos detalhes relacionados com o caso. O marido não bebia, não havia outra mulher e o comportamento de que a mulher se queixava era que o marido adquirira o hábito de tirar a dentadura no final de cada refeição e jogá-la no rosto dela. Você há de convir que não é um tipo de ato que costuma ocorrer à imaginação de um escritor comum. Pegue uma pitada de rapé, doutor, e confesse que refutei seu argumento.

Estendeu-me uma caixa de rapé de ouro antigo, com uma ametista enorme no centro da tampa. Esse objeto de arte contrastava de tal modo com os hábitos de simplicidade e a vida austera de meu amigo que não pude evitar um comentário.

— Ah, eu me esquecia de que passei algumas semanas sem vê-lo — disse ele. — É uma pequena recordação do rei da Boêmia em reconhecimento à minha ajuda no caso dos documentos de Irene Adler.

— E esse anel? — acrescentei, apontando um diamante belíssimo que brilhava em seu dedo.

— É um presente da família real da Holanda. As circunstâncias em que prestei meus serviços a ela eram tão delicadas que não pude comentar o assunto nem com você, que tem sido tão solícito em escrever sobre alguns de meus pequenos sucessos.

— E agora está trabalhando em algum caso? — perguntei com curiosidade.

— Tenho de dez a doze casos a estudar, mas nenhum deles apresenta interesse. São importantes, compreenda, mas não oferecem a menor originalidade. Descobri que os fatos mais insignificantes fornecem, em geral, mais campo para a observação e a análise rápida de causas e efeitos, o que torna a investigação apaixonante. Os maiores crimes são muitas vezes os mais simples, porque seus motivos são evidentes. Os casos que estudo neste momento não apresentam nenhum interesse, com exceção de uma consulta mais complicada que recebi de Marselha. Mas estarei sem dúvida mais ocupado daqui a alguns instantes, pois, se não me engano, vem aí uma de minhas clientes.

Ele se levantara da cadeira e estava de pé entre as cortinas separadas, observando o que acontecia na rua cinzenta e melancólica de Londres. Olhando por cima de seu ombro, vi na calçada do outro lado da rua uma mulher alta e forte que usava uma peliça grossa em volta do pescoço. O chapéu de aba larga graciosamente erguida, à moda da duquesa de Devonshire, estava adornado com uma pluma vermelha enorme que caía sobre a orelha. Debaixo dessa panóplia, seu olhar se fixava nervosamente em nossa janela, enquanto seu corpo oscilava para a frente e para trás e seus dedos se ocupavam em desabotoar e reabotoar as luvas. De repente, num impulso parecido com o do nadador que se atira na água, atravessou apressadamente a rua e logo ouvimos o toque violento da campainha.

— Conheço bem estes sintomas — disse Holmes, jogando o cigarro no fogo. — Esta hesitação na calçada é sempre sinal de *affaire de coeur*.[2] Ela precisa de um conselho, mas acha o assunto muito delicado para revelá-lo a outra pessoa. Mas, mesmo nesta questão, podemos fazer distinções. Uma mulher gravemente enganada por um homem nunca hesita e o sintoma habitual é um cordão de campainha arrebentado. Neste caso, podemos supor que se trata de um assunto sentimental, porém a jovem não está realmente indignada, e sim perplexa e magoada. Mas deixemos que ela mesma esclareça nossas dúvidas.

Ele não tinha terminado de falar quando ouvimos uma batida na porta. O garoto de recados de Holmes entrou, anunciando a srta. Mary Sutherland, que se adiantou atrás de sua figura diminuta como um navio mercante enorme atrás de um bote pequeno. Sherlock Holmes a recebeu com a cortesia espontânea que o caracterizava.

---

[2] "Problema amoroso", em francês no original. (N. do T.)

E, depois de fechar a porta e convidar a visitante a sentar-se numa cadeira, examinou-a minuciosamente, porém com o ar distraído que assumia nestas ocasiões.

— Não lhe parece — disse — que, sendo míope, causa dano à sua vista escrever tanto à máquina?

— No início achei que sim — respondeu ela —, mas agora sei onde as letras se encontram e nem preciso olhar.

De repente, estremeceu violentamente em sua cadeira. Seu rosto até então jovial expressou medo e assombro ao dar-se conta da reflexão de Holmes.

— O senhor certamente ouviu falar de mim — exclamou. — Senão, como poderia saber disso?

— Pouco importa — disse Holmes, rindo. — É meu dever estar sempre bem informado. O hábito que tenho de observar tudo me faz ver o que outros não enxergam. Se não fosse assim, por que a senhorita viria me consultar?

— Foi a sra. Etherege que me aconselhou a procurá-lo. O senhor localizou o marido dela com muita facilidade quando a polícia e todo o mundo o davam como morto. Oh, sr. Holmes, espero que possa fazer o mesmo por mim. Não sou rica, mas disponho de uma renda de cem libras por ano, sem contar o que ganho como datilógrafa. Eu lhe darei tudo o que tenho para saber o que aconteceu com o sr. Hosmer Angel.

— Por que saiu de casa com tanta pressa? — perguntou Sherlock Holmes, juntando as pontas dos dedos e olhando fixamente para o teto.

Novamente o olhar um tanto vago da srta. Mary Sutherland assumiu uma expressão de surpresa.

— Sim, saí de casa correndo, furiosa com a indiferença do sr. Windibank, meu pai, num assunto tão sério. Ele não quis avisar a polícia nem vir vê-lo. Como não queria fazer nada e continuava dizendo que nada demais havia acontecido, fiquei furiosa, vesti-me às pressas para sair e vim procurá-lo.

— Seu pai? — indagou Holmes. — Quer dizer seu padrasto, pois tem o sobrenome diferente do seu.

— Sim, meu padrasto. Eu o chamo de pai, por mais estranho que pareça, pois só tem cinco anos e dois meses mais que eu.

— E sua mãe, ainda está viva?

— Ah, sim, e tem uma saúde excelente. Não fiquei muito satisfeita ao vê-la se casar de novo, pouco depois da morte de meu pai, com um homem quase quinze anos mais jovem que ela. Meu pai tinha uma empresa de encanamentos na Tottenham Court Road e, quando morreu, deixou um negócio próspero, que minha mãe continuou a dirigir com a ajuda do sr. Hardy, o supervisor. Mas, quando o sr. Windibank chegou, convenceu-a a vender o negócio, pois considerava o dele muito melhor: representante comercial de vinhos. Ela obteve quatro mil e setecentas libras, entre capital e juros, quantia muito inferior à que meu pai conseguiria se estivesse vivo.

Pensava que Holmes ficaria impaciente com este relato extravagante e inútil, mas, para meu grande espanto, parecia escutá-lo com o mais vivo interesse.

— É dessa venda que vem sua pequena renda?

— Não, senhor, é algo completamente separado. É uma herança que me deixou meu tio Ned, de Auckland. São ações da Nova Zelândia que rendem quatro e meio por cento ao ano. O capital é de duas mil e quinhentas libras, mas só posso receber os juros.

— Isto me interessa muito — disse Holmes. — Como sua renda se eleva a cem libras ao ano, sem contar o que ganha fora disso, com certeza tem recursos para fazer algumas viagens pequenas e se permitir certos caprichos. Parece-me que uma mulher solteira pode viver muito bem com uma renda de sessenta libras ao ano.

— Posso viver confortavelmente até com uma quantia inferior a essa, sr. Holmes. Mas o senhor há de compreender que, enquanto eu morar com meus pais, não quero ser um peso para eles. Assim, enquanto vivermos juntos, serão eles que administrarão o dinheiro. Evidentemente, isso acontecerá só por algum tempo. O sr. Windibank recebe os juros de três em três meses e os entrega à minha mãe. Eu me viro bem com o que ganho escrevendo à máquina. Recebo dois *pence* por folha e muitas vezes consigo escrever de quinze a vinte folhas por dia.

— A senhorita expôs com muita clareza sua situação — disse Holmes. — Apresento-lhe meu amigo, o dr. Watson. Pode falar diante dele com a mesma liberdade que falaria a mim. Agora lhe peço que nos explique tudo sobre sua relação com o sr. Hosmer Angel.

A srta. Sutherland enrubesceu levemente e se pôs a beliscar nervosamente a barra de seu casaco.

— Encontrei-o pela primeira vez no baile dos instaladores de gás — disse ela. — Essa corporação sempre enviava convites a meu pai quando estava vivo. Depois se lembraram de nós e os enviaram a minha mãe. O sr. Windibank não queria que fôssemos a esse baile.

Ele nunca quer que saiamos para ir a parte alguma. Ficaria louco mesmo se eu quisesse ir a uma festa da escola dominical. Mas desta vez eu estava decidida a ir e nada ia me impedir. Que direito ele tinha de me proibir? Disse-nos que a companhia daquelas pessoas não nos convinha, quando ali estariam presentes todos os amigos de meu pai. Disse também que eu não tinha um vestido adequado, quando havia em meu armário um vestido de pelúcia cor de púrpura, que eu ainda não tinha usado. Por fim, vendo que tudo era inútil, partiu para a França, dando como pretexto os negócios de sua firma. Minha mãe e eu fomos ao baile acompanhadas pelo sr. Hardy, nosso antigo supervisor. Foi ali que conheci o sr. Hosmer Angel.

— Suponho — interrompeu Holmes — que quando o sr. Windibank voltou da França ficou muito contrariado ao saber que tinham ido à festa.

— Bem, ele não disse nada. Riu muito, ergueu os ombros e observou que não adiantava negar nada a uma mulher, porque ela sempre consegue o que quer.

— Compreendo. A senhorita disse que nesse baile dos instaladores de gás conheceu o sr. Hosmer Angel.

— Sim, senhor. Vi-o naquela noite pela primeira vez e no dia seguinte ele nos visitou para perguntar se tínhamos chegado bem em casa, na noite anterior. Depois disso eu e ele saímos duas vezes, para passear. Mas meu padrasto logo voltou e o sr. Hosmer Angel não veio mais à minha casa.

— Não?

— Não lhe disse que meu padrasto não gostava que eu visse pessoas estranhas? Se dependesse dele, eu não receberia uma visita sequer. Ele sempre disse que uma mulher deve sentir-se feliz no círculo de sua própria família. Mas, como eu disse à minha mãe, uma mulher quer escolher o seu próprio círculo de amizades, e eu ainda não tinha o meu.

— Voltemos ao sr. Hosmer. Ele não fez nenhuma tentativa para vê-la novamente?

— Como meu padrasto devia ir à França outra vez oito dias mais tarde, o sr. Hosmer me escreveu dizendo que era melhor e mais seguro que não nos víssemos antes de sua partida. Nesse meio tempo, poderíamos escrever um ao outro, e eu recebia cada dia uma carta dele. Era eu mesma que recebia a correspondência de manhã, e assim meu padrasto não ficava sabendo de nada.

— Naquele momento já havia noivado com o sr. Hosmer?

— Sim, sr. Holmes, ficamos noivos depois do nosso primeiro

passeio. Hosmer, quero dizer, o sr. Angel era caixa num escritório na Leadenhall Street e...

— Que escritório?

— Infelizmente, sr. Holmes, não sei lhe dizer.

— Onde ele morava então?

— Dormia na própria empresa.

— E não sabe o endereço?

— Não, só sei que o escritório fica na Leadenhall Street.

— Mas para onde mandava suas cartas?

— Para a posta-restante da agência dos Correios da Leadenhall Street. Ele me dizia que, se as mandasse para o escritório, os demais empregados não lhe poupariam zombarias, ao ver uma letra de mulher. Então me propus a escrevê-las à máquina como ele fazia, mas ele não quis, dizendo que minha letra lhe dava mais prazer que os caracteres impressos, que ele achava muito triviais. Isso mostra como ele me amava, sr. Holmes, e como dava valor aos pequenos detalhes.

— É muito sugestivo, de fato — prosseguiu Holmes. — Verifiquei, já há muito tempo, até que ponto os pequenos detalhes são importantes. Lembra-se de alguma outra particularidade do sr. Hosmer Angel?

— Era muito tímido, sr. Holmes. Preferia sair comigo à noite, porque não gostava de chamar a atenção. Era muito reservado e perfeito cavalheiro. Até sua voz era suave. Contou-me que teve amigdalite na juventude, o que deixou sua garganta sensível, forçando-o a falar baixo e até sussurrando. Sempre andava bem vestido, com roupas elegantes e discretas. Era míope como eu, o que o obrigava a usar óculos escuros para se proteger da luz forte.

— E o que sucedeu quando seu padrasto, o sr. Windibank, tornou a ir à França?

— O sr. Hosmer Angel voltou a me ver e propôs que nos casássemos antes que meu padrasto regressasse, isto é, na sexta-feira seguinte. Mostrou-se muito ansioso e me fez jurar, com as mãos sobre a Bíblia, que eu lhe seria fiel para sempre, acontecesse o que acontecesse. Minha mãe disse que ele tinha direito a me pedir aquele juramento, vendo aquilo como prova de seu amor. Desde o início, minha mãe sempre o estimulou, e até parecia gostar mais dele do que eu. Quando começaram a falar que devíamos nos casar naquela mesma semana, perguntei como iríamos agir em relação ao meu padrasto. Minha mãe e o sr. Hosmer Angel me aconselharam a não me preocupar com ele e a comunicar-lhe o fato quando estivesse consumado. Minha mãe se comprometeu, inclusive, a ajeitar tudo com ele. Não gostei nada daquilo, sr. Holmes. Eu não precisava pedir a autorização dele, pois era poucos anos mais velho que eu, mas não queria fazer nada às escondidas. Decidi então escrever para ele, que se encontrava em Bordéus, na França, onde a empresa que representa tem uma sucursal. Mas a carta foi devolvida na manhã do casamento.

— Sua carta não o encontrou em seu endereço?

— Não, senhor. Ele retornara à Inglaterra pouco antes que a carta chegasse.

— Uma verdadeira lástima. Então seu casamento estava marcado para a sexta-feira. Seria na igreja?

— Sim, senhor, mas somente em família. Íamos nos casar em São Salvador, perto de King's Cross, e em seguida almoçar no Hotel São Pancrácio. Hosmer veio nos buscar num cabriolé, mas, como só tinha dois lugares, colocou minha mãe e eu dentro dele e chamou uma carruagem fechada, que parecia ser a única em toda a rua. Chegamos primeiro à igreja e, quando a carruagem que nos seguia parou, ficamos espantadas ao encontrá-la vazia. O cocheiro desceu da boleia e, ao ver que não havia ninguém, declarou que não podia entender o que havia acontecido, pois vira o cliente subir ao veículo com seus próprios olhos. Isso aconteceu na sexta-feira passada, sr. Holmes, e desde então não vi mais meu noivo nem ouvi nada que informe sobre seu paradeiro.

— Parece-me que ele a tratou de maneira indigna — disse Holmes.

— Não, senhor. Era muito bom e amável para me abandonar desse jeito. Durante a manhã inteira não parou de insistir que lhe fosse fiel e, mesmo que ocorresse a circunstância mais imprevista, eu devia lembrar-me sempre que tinha compromisso com ele. E que, cedo ou tarde, viria reclamar seus direitos. Parecia uma conversa estranha algumas horas antes do casamento, mas depois do que aconteceu tem muito sentido.

— Evidentemente. Sua opinião é, então, que ocorreu uma catástrofe imprevista com ele?

— Sim, senhor. Foi certamente porque pressentia um perigo que me falou daquela forma. E acredito que o que ele temia aconteceu.

— Tem alguma ideia do perigo que o ameaçava?

— Não, nenhuma.

— Mais uma pergunta. Como sua mãe recebeu esse fato?

— Ficou furiosa e me pediu que nunca mais falasse do assunto.

— E seu pai? Contou-lhe o que aconteceu?

— Sim, e parecia pensar como nós que sucedera um acidente com Hosmer, mas que voltaríamos a ouvir falar dele. Em sua opinião, por que alguém iria levar-me até a porta da igreja e em seguida abandonar-me? Se lhe tivesse emprestado dinheiro, se tivesse casado comigo e colocado meu dinheiro em seu nome, poderia haver um motivo. Mas Hosmer era independente financeiramente e nunca quis aceitar um só xelim meu. Então, o que havia acontecido? E por que não escrevia? Essa incerteza me deixa louca. Não consigo mais nem dormir.

A srta. Sutherland teve de se interromper, pois os soluços a sufocavam. Tirou um lenço da manga e começou a chorar.

— Examinarei seu caso — disse Holmes, levantando-se —, e estou certo de que chegaremos a um resultado concreto. Confie em mim e não fique mais pensando só nisso. E, principalmente, procure fazer que o sr. Hosmer Angel desapareça de suas recordações assim como desapareceu de sua vida.

— Então não voltarei a vê-lo nunca mais?

— Receio que não.

— O que aconteceu com ele?

— Deixe o assunto por minha conta. Gostaria de ter uma boa descrição dele e algumas de suas cartas que puder colocar à minha disposição.

— Mandei publicar um anúncio no *Chronicle* de sábado pedindo notícias dele — disse ela. — Aqui estão o recorte e quatro cartas dele.

— Obrigado. Qual é seu endereço?

— Praça Lyon, 31, em Camberwell.

— A senhorita me disse que não tem o endereço do sr. Angel. Mas onde fica a empresa em que seu padrasto trabalha?

— Ele é representante comercial da Westhouse & Marbank, grandes importadores de vinho clarete da Fenchurch Street.

— Obrigado. Sua exposição foi muito clara. Deixe comigo seus papéis e siga o conselho que lhe dei. Esqueça todo esse incidente e não deixe que afete sua vida.

— É muito amável, sr. Holmes, mas não posso fazer isso. Continuarei fiel ao Hosmer. Ele me encontrará à sua espera quando voltar.

Apesar do chapéu ridículo e do rosto pouco expressivo, nossa visitante falou com tamanha convicção que não ousamos replicar, respeitando sua fé simples e ingênua. Depositou sobre a mesa seus papéis e se retirou prometendo que retornaria assim que fosse chamada.

Sherlock Holmes permaneceu sentado e em silêncio por alguns instantes, com as pontas dos dedos juntas, as pernas esticadas e o olhar fixo no teto. Depois pegou na estante o velho cachimbo de barro oleoso que lhe servia de conselheiro e, após acendê-lo, recostou-se em sua poltrona. Logo uma nuvem de fumaça azulada o envolveu, enquanto seu rosto refletia um abatimento profundo.

— Esta moça é uma personagem interessante — observou Holmes. — É mais interessante que seu pequeno problema, muito trivial. Meu arquivo faz menção a uma situação semelhante em Andover, em 1877. No ano passado ocorreu um caso parecido em Haia. O estratagema é antigo, mas notei dois detalhes inéditos neste caso. A jovem, por si só, merece um estudo.

— Parece que viu nela coisas que eram invisíveis para mim — comentei.

— Invisíveis não, Watson, mas não observadas. Você não soube onde olhar e perdeu tudo o que era importante. Ainda não consegui convencê-lo da importância das mangas, das sugestões feitas pelas unhas dos polegares, das consequências que podem ser tiradas de um cadarço de sapato. Agora diga-me: o que deduziu da aparência desta mulher? Descreva o seu traje.

— Bem, ela usava um chapéu de palha de aba larga e cor de ardósia, com uma pluma cor de tijolo. Seu casaco era preto, enfeitado com contas escuras e uma franja da mesma cor. Seu vestido era marrom, bem mais escuro que o café, com um pouco de veludo púrpura na gola e nos punhos. Usava luvas acinzentadas e gastas no dedo indicador direito. Não olhei os sapatos, mas observei que tinha brincos dourados, pequenos e redondos, e me deu a impressão de ser uma pessoa abastada, com um estilo de vida comum, confortável e sem preocupações.

Sherlock Holmes aplaudiu discretamente e deu uma risada.

— Na verdade, Watson, está fazendo progressos maravilhosos. Sua descrição é exata. Claro que omitiu tudo o que era importante, mas entendeu o método e tem um olho bom para as cores. Nunca se fie nas impressões gerais, rapaz. Concentre-se nos detalhes. Numa mulher, olho sempre as mangas primeiro. Num homem, olho de preferência os joelhos das calças. Como você observou, esta mulher tinha veludo nas mangas, material muito útil para descobrir rastos. A linha dupla pouco acima do punho, onde a datilógrafa se apoia na mesa, estava perfeitamente definida. A mesma marca existe na manga das pessoas que costuram com a máquina manual. Mas então só o braço esquerdo fica marcado, e do lado oposto ao polegar, em vez de cruzar a manga em toda a largura, como no caso da srta. Sutherland. Então, olhando seu rosto atentamente, notei as marcas dos óculos sobre o nariz. Arrisquei o comentário sobre escrever à máquina e a miopia, que pareceu surpreendê-la muito.

— Surpreendeu-me a mim também.

— No entanto, era bem simples. Outra observação me pareceu digna de interesse: embora seus sapatos fossem muito parecidos, não eram do mesmo par: um tinha um pequeno enfeite na ponta e o outro era de ponta lisa. Além disso, um estava abotoado só nos dois botões mais baixos dos cinco que havia, e o outro no primeiro, no terceiro e no quinto. Então, quando você vê que uma jovem, de modo geral bem vestida, saiu de casa com os sapatos de dois pares diferentes e abotoados pela metade, não há nada de extraordinário em deduzir que saiu a toda a pressa.

— E o que mais? — perguntei, cada vez mais interessado pelo raciocínio tão incisivo do meu amigo.

— Notei, de passagem, que antes de sair de casa, mas depois de já estar vestida, ela escreveu um bilhete. Você certamente observou que a luva direita estava gasta no dedo indicador, mas não reparou que tanto a luva como o dedo estavam manchados com tinta roxa. Ela escreveu com pressa e mergulhou a pena muito fundo no tinteiro. Isso deve ter acontecido esta manhã, do contrário a mancha não estaria tão visível no dedo. Tudo o que lhe digo, embora divertido, é elementar e salta aos olhos. Mas temos de voltar ao trabalho, Watson. Poderia ler o anúncio do jornal que descreve o sr. Hosmer Angel?

Aproximei o pequeno recorte impresso da luz e li.

> Desapareceu, na manhã do dia 14, um cavalheiro chamado Hosmer Angel, com 1,70 m de altura. Forte, pele queimada pelo sol, cabelo preto com uma pequena calva no centro, costeletas espessas e bigode preto. Óculos escuros e um pequeno defeito na fala. Na última vez em que foi visto vestia paletó preto com forro de seda, colete preto com uma corrente de ouro e calças cinzentas de casimira. Calçava sapatos com elásticos cobertos com polainas marrons. Estava empregado num escritório na Leadenhall Street. Quem trouxer informações, etc.

— Isto é suficiente para mim — disse Holmes. — Quanto às cartas — acrescentou, depois de percorrê-las —, são muito comuns. Não têm nada que coloque na pista do sr. Angel, a não ser uma citação a Balzac.[3] Mas há um detalhe que deve chamar-lhe a atenção.

— Estão escritas à máquina — repliquei.

— Não só isso. Até a assinatura está datilografada. Veja como o Hosmer Angel está bem feito, embaixo. Há também uma data, porém o endereço do remetente, Leadenhall Street, é muito vago. O detalhe da assinatura é muito sugestivo para mim, e direi até conclusivo.

— Por quê?

— É possível, caro amigo, que não veja a importância que ela tem no caso?

— Não poderia lhe dizer que vejo, a não ser que ele quisesse negar que a assinatura é dele, se houvesse uma ação por quebra de compromisso.

— Não, não é este o ponto. Vou escrever duas cartas que nos oferecerão dados para resolver a questão. Vou endereçar uma delas a uma companhia da City e a outra ao padrasto da jovem, o sr. Windibank, pedindo-lhe que venha visitar-nos amanhã às seis da tarde. Já é hora de tratar do assunto com os personagens masculinos da família. E agora, doutor, não há nada a fazer até que eu receba as respostas às cartas. Podemos, portanto, desligar-nos do problema por enquanto.

Eu tinha razões de sobra para acreditar nas faculdades sutis de raciocínio de meu amigo e na energia extraordinária que sabia desenvolver para atingir seu objetivo. Por isso não duvidei um só instante de que devia haver uma base sólida para a desenvoltura tranquila e firme com que tratava o mistério singular que fora chamado a resolver. Só uma vez o vi fracassar, no caso da fotografia do rei da Boêmia e de Irene Adler, porém me punha a pensar no drama de *O signo dos quatro* e nas circunstâncias estranhas ligadas a *Um estudo em vermelho* e estava convencido de que não havia problema, por mais complicado que fosse, que ele não pudesse esclarecer.

Deixei-o, portanto, fumando em paz seu cachimbo de barro preto, convencido de que, quando voltasse no dia seguinte, encontraria em suas mãos todas as pistas que o levariam à identidade do noivo

---

[3] Honoré de Balzac (1799-1850) foi o escritor francês mais importante da primeira metade do século XIX. Nos 137 romances e novelas que publicou, descreveu de modo quase exaustivo a sociedade francesa do seu tempo, com as diferentes classes sociais e os indivíduos que as compõem. Obra principal: *A comédia humana*. (N. do T.)

desaparecido da srta. Mary Sutherland. Tinha naquele momento um paciente em estado muito grave, cujos cuidados tomaram todo o meu tempo no dia seguinte. Já eram quase seis horas quando fiquei livre e pude saltar num cabriolé que me levaria à Baker Street, com certo receio de chegar tarde demais para assistir ao desfecho do pequeno mistério.

Entretanto, encontrei Sherlock Holmes sozinho, meio adormecido em sua poltrona. Um dispositivo formidável de frascos e tubos de ensaio, mais o cheiro forte e inconfundível do ácido clorídrico, indicavam-me que passara o dia entregue a experiências químicas.

— E então, já achou a solução? — perguntei ao entrar.

— Sim, era o bissulfato de bário.

— Não, não é isso! — exclamei. — Falo do mistério.

— Desculpe. Pensava que se referia ao sal com que estive trabalhando. Não há mistério algum neste caso, como já lhe disse ontem, embora tenha alguns detalhes interessantes. O único problema que temo é que não existe lei para punir este malandro.

— Quem é o culpado e por que abandonou a srta. Sutherland?

Ainda não tinha terminado de formular minha pergunta e Holmes ainda não tinha aberto a boca para responder, quando ouvimos passos pesados no corredor e uma pancada na porta.

— É o padrasto da jovem, o sr. James Windibank — disse Holmes. — Escreveu-me dizendo que viria às seis horas. Entre! — gritou.

O homem que entrou era vigoroso, de estatura mediana, com cerca de trinta anos, bem barbeado e de pele clara, com maneiras suaves e insinuantes, e um par de olhos cinzentos cheios de astúcia e malícia. Lançou-nos um olhar inquiridor, colocou sua cartola lustrosa sobre o aparador e, cumprimentando-nos ligeiramente, deixou-se cair na cadeira mais próxima.

— Boa tarde, sr. James Windibank — disse Holmes. — Creio que foi o senhor quem me enviou esta carta datilografada, marcando encontro comigo às seis horas.

— Sim, senhor. Atrasei-me um pouco, mas não sou dono de meu tempo, como o senhor há de compreender. Lamento muito que a srta. Sutherland o tenha incomodado com este assunto, porque sou de opinião que roupa suja se lava em casa. Foi contra minha vontade que ela veio vê-lo, mas é uma moça muito nervosa e impulsiva, como o senhor mesmo deve ter notado, e não é fácil controlá-la quando mete uma ideia na cabeça. É verdade que o senhor não tem nada que ver com a polícia oficial, mas não é agradável que se comente fora de casa um infortúnio familiar como este. Além disso, é dinheiro jogado fora. Como o senhor poderá encontrar este Hosmer Angel?

— Ao contrário — disse Holmes, calmamente. — Tenho uma série de motivos para acreditar que conseguirei encontrar o sr. Hosmer Angel.

O sr. Windibank teve um estremecimento nervoso e deixou cair suas luvas.

— Fico muito contente em ouvir isso — disse.

— É muito curioso — comentou Holmes — que uma máquina de escrever tenha quase tanta individualidade como o que se escreve à mão. A menos que sejam completamente novas, não há duas máquinas que escrevam absolutamente igual. Algumas letras se desgastam mais que outras e há as que se consomem só de um lado. Como pode ver em sua própria carta, sr. Windibank, o "e" fica sempre borrado e a perna do "r" tem um pequeno defeito. Descobri outros catorze sinais característicos, mas os que citei são os mais evidentes.

— É certo que esta máquina está um pouco usada, pois no escritório escrevemos com ela toda a correspondência — respondeu o visitante, olhando fixamente para Holmes com seus olhinhos muito vivos.

— Não é tudo, sr. Windibank — acrescentou Holmes. — Vou lhe mostrar algo que constitui um estudo realmente interessante. Num dia desses penso escrever outra pequena monografia sobre a máquina de escrever e sua relação com o crime. É um tema ao qual tenho dedicado alguma atenção. Estão comigo quatro cartas enviadas pelo homem que desapareceu, todas escritas à máquina. Em todos os casos, não só os "es" estão borrados e os "erres" não têm perna, como também poderá observar com minha lente, se quiser, as outras catorze características que mencionei.

O sr. Windibank se levantou bruscamente e apanhou a cartola.

— Não tenho tempo a perder, sr. Holmes, e não posso ouvir por mais tempo essa conversa fantástica. Se encontrar o indivíduo, prenda-o e me comunique quando o fizer.

— Certamente — respondeu Holmes, dirigindo-se em direção à porta e fechando-a à chave. — Anuncio-lhe que já o peguei.

— Como? Onde? — gritou o sr. Windibank.

Ficou pálido e olhava ao seu redor como um rato pego na ratoeira.

— Isto de nada lhe adiantará, de nada mesmo — disse Holmes com uma suavidade fingida. — Não conseguirá livrar-se desta, sr. Windibank. Tudo está claro demais e foi muito indelicado ao dizer que eu não conseguiria resolver um problema tão simples. Sente-se e vamos conversar seriamente.

Nosso visitante, cada vez mais lívido e com um brilho de suor na testa, desmoronou numa cadeira.

— Não cometi crime algum — balbuciou.

— Receio que não, sr. Windibank. Mas, cá entre nós, foi o golpe mais cruel, mais egoísta, mais covarde que já conheci. Permita-me agora contar-lhe brevemente os fatos e me interrompa se eu estiver enganado.

O homem se encolheu na cadeira, com a cabeça inclinada no peito. Parecia completamente esmagado. Holmes ergueu os pés, apoiando-os num canto da lareira, colocou as mãos nos bolsos como era seu costume e começou a falar, com a aparência de que se dirigia mais a si mesmo que a nós.

— Um homem se casou com uma mulher muito mais velha que ele, unicamente por causa de seu dinheiro — disse. — E também se beneficiava do dinheiro da filha enquanto esta morasse com eles. As rendas da jovem representavam uma quantia considerável para pessoas de sua posição e a perda desse dinheiro faria uma grande diferença. Era preciso, portanto, manter esse estado de coisas a qualquer preço. A filha tinha um temperamento alegre e comunicativo, e era carinhosa e sensível. Era evidente que, com essas qualidades pessoais e sua pequena renda, não ficaria solteira por muito tempo. Seu casamento significava a perda de cem libras por ano. O que o padrasto imaginou, então, para impedi-lo? Deu um jeito de prendê-la em casa: proibiu-a de sair e buscar a companhia de pessoas de sua idade. Mas logo percebeu que esse sistema não funcionaria por muito tempo. A enteada se rebelou, reclamou seus direitos e por fim anunciou que estava decidida a ir a um baile. O que fez então o padrasto astuto? Ocorreu-lhe uma ideia que honra mais sua cabeça que seu coração. Com a cumplicidade e a ajuda de sua mulher, adotou um disfarce, escondendo com óculos escuros seus olhos penetrantes, colocando um bigode falso e costeletas espessas e transformando sua voz clara num sussurro insinuante. E, aproveitando a miopia da jovem, apresentou-se como o sr. Hosmer Angel. Afastou desse modo os possíveis pretendentes namorando-a ele mesmo.

— Era só uma brincadeira no início — gemeu nosso visitante. — Não podíamos imaginar que ela a levasse tão a sério.

— Provavelmente não. Mas o certo é que a jovem se apaixonou e, acreditando que o padrasto se encontrava na França, nem por um instante passou-lhe pela cabeça a suspeita de uma traição. Sentia-se lisonjeada pelas atenções do cavalheiro, e a admiração não disfarçada de sua mãe aumentava ainda mais o efeito. Então o sr. Angel começou a visitá-la, pois era preciso, para atingir seu objetivo, levar as coisas tão longe quanto possível. Eles se encontraram diversas vezes e, finalmente, ficaram noivos, compromisso que evitaria definitivamente que a moça procurasse outro pretendente. Contudo, o estratagema não podia durar por muito tempo e as supostas viagens do padrasto à França se tornavam cada vez mais difíceis de justificar. Era preciso, portanto, encerrar o caso a qualquer custo, e de maneira tão dramática que deixasse uma impressão tão forte na mente da jovem que ela não pensasse em se casar por um bom tempo.

"Isso explica o voto de fidelidade que ele a fez jurar sobre a Bíblia e suas alusões à possibilidade de que algo ocorresse na manhã do casamento. James Windibank queria que a srta. Sutherland ficasse tão ligada a Hosmer Angel e tão insegura quanto ao seu destino que durante dez anos, pelo menos, não prestaria atenção em nenhum outro homem. Levou-a até as portas da igreja e, como não podia seguir adiante com a farsa, desapareceu oportunamente recorrendo ao velho truque de entrar numa carruagem por uma porta e sair pela outra. Não foi assim que os fatos sucederam, sr. Windibank?"

Enquanto ouvia o relato, nosso visitante recuperara parte da confiança e, quando se levantou para responder, uma expressão fria de desdém se manifestou em seu rosto pálido.

— Pode ser verdade e pode não ser, sr. Holmes — disse. — Mas, se é tão esperto, deve saber que neste momento é o senhor e não eu que está transgredindo a lei. Desde o início não fiz nada que possa ser punido pela lei, mas enquanto mantiver esta porta trancada é o senhor que se expõe a um processo por sequestro e retenção ilegal.

— A lei, como o senhor disse muito bem, não pode atingi-lo — disse Holmes, abrindo a porta. — No entanto, ninguém mais que o senhor merece um castigo. Se a jovem a quem tratou tão indignamente tivesse um irmão ou um amigo, ele teria razão de lhe dar uma surra de chicote. Por Deus! — continuou, irritando-se ao ver o sorriso irônico do outro. — Não faz parte de minhas obrigações para com minha cliente, mas tenho um chicote de caça à mão e acho que vou ter a satisfação de...

Deu dois passos rápidos até onde estava o chicote, mas não teve tempo de apanhá-lo. O sr. Windibank se esquivara e, descendo a escada aos trambolhões, fechara violentamente a porta da entrada e pudemos vê-lo pela janela correndo rua abaixo com toda a velocidade que tinha nos pés.

— Ali vai um malandro que tem topete — disse Holmes, pondo-se a rir enquanto se deixava cair em sua poltrona outra vez. — Este indivíduo está só no início no caminho do crime e irá subindo de delito em delito até cometer algo muito grave e terminar na forca. Este caso, em certos aspectos, não foi completamente desprovido de interesse.

— Confesso que não vejo bem claros todos os passos de seu raciocínio — analisei.

— Pois bem, eu estava convencido desde o início de que este sr. Hosmer Angel devia ter uma boa razão para agir de maneira tão estranha, e também estava claro para mim que o padrasto era o único indivíduo que podia tirar proveito da situação. Outro detalhe que me pareceu sugestivo era que o padrasto e o noivo nunca foram vistos juntos: um aparecia sempre que o outro estava ausente. Os óculos escuros, assim como a voz sussurrante e as costeletas longas, sugeriam um disfarce. Todas as minhas dúvidas se transformaram em convicção quando verifiquei que a assinatura do sr. Angel era datilografada, com o objetivo evidente de dissimular uma caligrafia que a jovem reconheceria. Como vê, todos esses fatos isolados, junto com outros menos importantes, apontavam para a mesma direção.

— E como os verificou?

— Assim que identifiquei o culpado, era fácil corroborar os fatos. Eu sabia em que empresa trabalhava este homem. Encaminhei ao diretor a descrição publicada no jornal, depois de eliminar tudo o que pudesse fazer parte de um disfarce como as costeletas, os óculos e a voz, e pedi que me informasse se um de seus representantes correspondia à descrição. Como já havia observado as falhas da máquina de escrever, enviei também um recado ao sr. Windibank convidando-o a passar por aqui. Como esperava, sua resposta estava escrita à máquina e revelava os mesmos defeitos, pequenos porém característicos. O mesmo correio me trouxe uma carta de Westhouse & Marbank, da Fenchurch Street, comunicando-me que James Windibank correspondia em todos os pontos à descrição que eu enviara. *Voilà tout!*[4]

— E a srta. Sutherland?

---

[4] "Isto é tudo!", em francês no original. (N. do T.)

— Se eu lhe disser a verdade ela não acreditará em mim. Lembre--se do antigo provérbio persa: "É tão perigoso tirar o filhote de uma tigresa quanto roubar a ilusão de uma mulher". Há tanta sabedoria e tanto conhecimento do mundo em Hafiz[5] quanto em Horácio.[6]

❖

[5] Hafiz Shirazi, ou simplesmente Hafiz (1315-1389), originalmente chamado Mohammed Shams od-Din, foi um místico e poeta lírico da Pérsia. Teve grande influência nos poetas persas e deixou sua marca em poetas ocidentais importantes, como Goethe. (N. do T.)

[6] Quinto Horácio Flaco (65 a.C.-8 a.C.) foi o principal poeta lírico e satírico em língua latina. Viveu no tempo de César Augusto. Seus versos cheios de filosofia são ainda hoje para muitos a norma da arte de viver. (N. do T.)

4
O mistério do vale Boscombe

Estávamos tomando o café da manhã, minha mulher e eu, quando a empregada trouxe um telegrama. Era de Sherlock Holmes e dizia:

> Tem dois dias livres? Recebi telegrama do oeste da Inglaterra sobre a tragédia do vale Boscombe. Ficaria feliz se me acompanhasse. Clima e paisagem maravilhosos. Saio da estação de Paddington no trem das onze horas e quinze minutos.

— O que acha, querido? — perguntou minha mulher, olhando para mim. — Aceita?

— Não sei o que responder. Tenho muitos doentes para atender neste momento.

— Se é por isso, Anstruther pode substituí-lo. Você está um pouco pálido ultimamente e creio que uma mudança de ares lhe fará bem, sem falar do interesse que sempre demonstra pelas investigações de Sherlock Holmes.

— Seria um ingrato se não me interessasse, pois foi graças a uma dessas investigações que me tornei seu marido — respondi. — Mas, se tenho de partir, não há tempo a perder. Resta-me exatamente meia hora para fazer a mala e ir à estação.

Minha experiência na vida de acampamento no Afeganistão me transformara, pelo menos, num viajante rápido e sempre pronto para partir. Minhas necessidades eram poucas e simples, de modo que em menos da metade do tempo de que dispunha já estava com a mala num tílburi, rodando em direção à estação de Paddington.

Sherlock Holmes andava de um lado para outro na plataforma. Sua figura parecia ainda mais alta e mais magra por causa da longa capa de viagem e do boné de pano apertado na cabeça.

— Foi muita bondade de sua parte ter vindo, Watson — disse ele. — Será de grande ajuda para mim, pois sei que posso contar inteiramente com você. As informações das pessoas que vivem no lugar geralmente são insignificantes ou reticentes. Suba e guarde dois lugares no canto enquanto vou comprar os bilhetes.

Estávamos sozinhos no vagão, mas ocupávamos quase todo o espaço com o grande número de papéis que Holmes trouxe consigo. Ao longo da estrada meu companheiro folheou e leu os documentos, interrompendo-se de vez em quando para tomar notas ou refletir, até o trem parar em Reading. Então fez uma grande bola com eles e os jogou no porta-bagagem. Em seguida se virou para mim:

— Já ouviu falar alguma coisa sobre o caso? — perguntou.

— Nem uma palavra. Não tenho lido os jornais há vários dias.

— A imprensa de Londres não tem publicado notícias muito completas. Acabo de repassar todos os jornais recentes a fim de conhecer melhor os detalhes. Mas, pelo que vi, parece ser um desses casos muito simples na aparência, porém difíceis de explicar.

— Isto se afigura um tanto paradoxal.

— Mas é a grande verdade. O que foge do comum constitui, quase invariavelmente, uma pista. Quanto mais insignificante e vulgar é um crime, mais difícil é resolvê-lo. No caso que nos ocupa parece que há provas de peso contra o filho do assassinado.

— Trata-se, então, de um assassinato?

— É o que se supõe. Não considerarei nenhum ponto como certo antes de fazer minha própria investigação. Vou explicar-lhe em poucas palavras a situação, tal como a entendi.

"O vale Boscombe é um distrito rural situado perto de Ross, no condado de Hereford. O proprietário mais importante da região é o sr. John Turner, que fez fortuna na Austrália e voltou ao seu país de origem há alguns anos. Uma de suas fazendas, a de Hatherley, estava arrendada ao sr. Charles McCarthy, também proveniente da Austrália. Os dois se conheceram nas colônias e era natural que, ao virem se estabelecer aqui, procurassem residir o mais perto possível um do outro. Turner era o mais rico e McCarthy se tornou seu arrendatário, o que não os impediu de viver na mais perfeita igualdade, sendo vistos juntos com muita frequência. Os dois eram viúvos. McCarthy tinha um filho, um rapaz de dezoito anos, e Turner uma filha única da mesma idade. Nem um nem outro se relacionava com as famílias inglesas das vizinhanças. Levavam uma vida retirada, embora os dois McCarthy gostassem do esporte e acompanhassem de perto as corridas da região. McCarthy tinha dois empregados, um homem e uma moça, enquanto Turner dispunha de pelo menos seis servidores. Isso foi tudo que pude averiguar sobre as famílias.

"Agora passemos aos fatos.

"Em 3 de junho, isto é, na segunda-feira passada, McCarthy saiu de casa, em Hatherley, por volta das quinze horas e desceu a pé até o pequeno lago Boscombe, formado pelo alargamento do rio que passa pelo vale do mesmo nome. De manhã ele tinha ido com seu empregado a Ross e lhe dissera que estava com pressa porque marcara um encontro importante às quinze horas. Um encontro do qual não voltou vivo.

"A distância da casa de Hatherley ao lago Boscombe é mais ou menos de quinhentos metros e duas pessoas viram McCarthy passar pelo terreno. Uma delas é uma senhora de idade, cujo nome não foi mencionado. A outra é William Crowder, guarda do mato a serviço do sr. Turner. Os dois afirmaram que o sr. McCarthy caminhava sozinho. O guarda do mato acrescentou que, alguns minutos depois de ver o sr. McCarthy passar, encontrou seu filho, James McCarthy, indo na mesma direção, com uma espingarda debaixo do braço. Pareceu-lhe que neste momento o pai ainda estava ao alcance da vista e o filho o seguia de perto. Não deu importância ao fato e só se lembrou dele à noite, quando soube do drama que tinha ocorrido.

"Houve mais alguém que viu os dois McCarthy depois que William Crowder, o guarda do mato, os perdeu de vista. O lago Boscombe é rodeado por bosques espessos, com apenas uma pequena orla de grama e juncos. Uma garota de catorze anos, Patience Moran, filha do porteiro da fazenda do vale Boscombe, encontrava-se num dos bosques colhendo flores. Declarou que, enquanto estava ali, viu o sr. McCarthy e o filho à beira do bosque e perto do lago, e parecia que discutiam violentamente. Ouviu o pai dirigir ao filho palavras muito fortes e viu este erguer a mão como se fosse bater nele. Ficou tão assustada que fugiu, e quando chegou em casa contou à mãe que viu os dois McCarthy discutindo junto ao lago Boscombe e que tinha medo de que fossem brigar.

"Mal ela terminou seu relato, o jovem McCarthy chegou correndo à casa do porteiro e pediu ajuda, dizendo que tinha encontrado seu pai morto no bosque. Vinha muito agitado, sem espingarda e sem chapéu.

Sua mão e sua manga direita estavam manchadas com sangue fresco. Com suas indicações, o corpo de seu pai foi encontrado estendido na grama, à margem do lago. A cabeça trazia marcas de golpes produzidos por arma pesada e sem ponta. Eram ferimentos que poderiam perfeitamente ter sido feitos com a coronha da espingarda do filho, a qual foi encontrada na grama a poucos passos da vítima. Nestas circunstâncias, o jovem foi detido imediatamente e a investigação concluiu por 'homicídio intencional'. Na quarta-feira ele compareceu perante o juiz em Ross, que remeteu o caso à próxima sessão do tribunal. Estes são os fatos principais do delito, conforme se depreende da investigação judicial e do relatório policial."

— O caso não poderia apresentar-se pior para o jovem — comentei. — Poucas vezes as provas circunstanciais apontaram com tanta intensidade o criminoso.

— Não há nada mais enganoso que as provas circunstanciais — respondeu Holmes, pensativo. — Pode parecer que indicam claramente uma coisa, mas, se você modificar um pouco seu ponto de vista, poderá notar que elas apontam de modo comprometedor para uma direção completamente oposta. Confesso, no entanto, que os indícios contra o jovem são muito graves. É possível, portanto, que ele seja culpado, embora a srta. Turner, filha do fazendeiro vizinho, e outras pessoas acreditem em sua inocência e tenham contratado Lestrade, que, como você deve se lembrar, interveio no caso a que demos o nome de *Um estudo em vermelho*. Lestrade se encontra perdido e recorreu a mim, e é por esse motivo que dois indivíduos de meia-idade, como você e eu, dirigem-se para o oeste a oitenta quilômetros por hora, em vez de tomarem tranquilamente seu café da manhã em casa.

— Receio — disse eu — que os fatos sejam tão evidentes que este caso dificilmente lhe traga algum prestígio.

— Repito que não há nada mais enganador que um fato evidente — respondeu ele, rindo. — E acrescento que poderemos descobrir outro fato evidente que não foi notado pelo sr. Lestrade. Você me conhece muito bem para saber que não exagero quando digo que sou capaz de confirmar ou destruir a teoria dele recorrendo a meios que ele é incapaz de empregar e mesmo de compreender. Um exemplo simples ao acaso: percebo perfeitamente que em seu quarto a janela fica à direita, e duvido que o sr. Lestrade tenha observado um detalhe tão evidente como este.

— Como sabe disso?

— Meu caro amigo, eu o conheço bem. Conheço os hábitos de perfeição militar que o caracterizam. Você faz a barba todas as manhãs e, nesta época do ano, barbeia-se à luz do sol. Mas como sua barba está menos bem feita do lado esquerdo, e muito malfeita embaixo do queixo, é absolutamente certo que esses lados não estão tão bem iluminados como o outro. Não consigo imaginar um homem com seus hábitos meticulosos contentando-se com esse resultado se pudesse ver os dois lados com a mesma intensidade de luz. Cito o caso de sua barba como exemplo trivial de observação e dedução. Este é o meu trabalho e é possível que me sirva na investigação que vamos fazer. Há um ou dois pontos de menor importância no inquérito, que, no entanto, vale a pena considerar.

— Quais são eles?

— Parece que o filho da vítima não foi detido de imediato, mas só depois que voltou à Fazenda Hatherley. Quando o inspetor de polícia lhe comunicou que estava preso, respondeu simplesmente que não estava surpreso e que não merecia outra coisa. Esta afirmação dissipou naturalmente as dúvidas que ainda poderiam pairar sobre o júri.

— Foi uma confissão! — exclamei.

— Não, pois em seguida ele declarou que era inocente.

— Vindo depois de uma série de fatos muito graves, essa afirmação foi no mínimo suspeita.

— Ao contrário — disse Holmes —, é uma pequena luz, e talvez a única, num céu carregado de nuvens. Por mais inocente que seja, ele não é tão idiota para não perceber que tudo está contra ele. Se tivesse parecido surpreso com sua detenção ou fingido que estava indignado, isso levantaria minhas suspeitas, pois a surpresa ou a indignação não seriam naturais nessas circunstâncias, e talvez parecessem a melhor tática a seguir para um homem calculista. A maneira franca como aceitou a situação o define como inocente ou como homem de grande firmeza e domínio de si mesmo. Quanto ao seu comentário de que era o que merecia, não é tão estranho se pensarmos que estava ao lado do cadáver do pai e que naquele mesmo dia havia esquecido suas obrigações de filho, a ponto de trocar palavras ásperas com ele e até, segundo o testemunho importante da garota, levantar a mão para bater nele. O remorso e o arrependimento que se refletiram em suas palavras me parecem sinais de uma mente sadia e não de uma mente culpada.

— Muitos homens já foram enforcados com provas muito menos graves — comentei, abanando a cabeça.

— Com toda certeza. E muitos foram condenados injustamente.

— Qual é a versão dos fatos do próprio jovem?

— Receio que não seja muito animadora para seus defensores, embora tenha um ou dois detalhes sugestivos. Aqui está, e pode lê-la você mesmo.

Ele tirou do bolo de papéis um exemplar do jornal de Hereford e pôs o dedo no parágrafo em que estava o depoimento do jovem infeliz. Instalei-me confortavelmente num canto do compartimento e li o relato a seguir com muita atenção.

> O sr. James McCarthy, filho único da vítima, foi então interrogado e fez as seguintes declarações:
>
> "Estive fora de casa três dias, que passei em Bristol, e voltei na manhã de segunda-feira passada, dia 3. Quando cheguei meu pai não se encontrava em casa e a empregada me disse que ele fora de charrete a Ross com John Cobb, o cocheiro. Pouco tempo depois de chegar ouvi o barulho das rodas da charrete e, aproximando-me da janela, vi-o descer e se afastar rapidamente, sem que pudesse perceber a direção que ele havia tomado assim que saiu do pátio. Peguei minha espingarda e comecei a andar em direção ao lago Boscombe, com a intenção de visitar as coelheiras que se encontram do outro lado. No caminho cruzei com William Crowder, o guarda do mato, como ele declarou em seu depoimento. Mas afirmo que ele se enganou ao supor que eu seguia meu pai. Não tinha a mínima ideia de que ele se achasse à minha frente. A uns cem metros do lago ouvi o grito 'Cuuiii', sinal habitual entre meu pai e eu. Apressei o passo e o encontrei à beira do lago. Ele pareceu surpreso ao me ver e perguntou com muito mau humor o que eu estava fazendo ali. Houve então uma discussão, que degenerou em palavras injuriosas e quase em briga, pois meu pai era homem de temperamento violento. Ao ver que sua irritação estava ficando fora de controle, deixei-o e tomei o caminho de volta à Fazenda Hatherley. Não havia percorrido mais de cento e cinquenta metros quando um grito horrível, atrás de mim, me fez retornar ao lago. Encontrei meu pai agonizando no chão, com um ferimento terrível na cabeça. Larguei a espingarda e o peguei nos braços, mas ele expirou quase no mesmo instante. Ajoelhei-me por alguns segundos ao lado dele e depois saí correndo buscar ajuda na casa do porteiro do sr. Turner, que era a mais próxima do local. Não vi ninguém perto de meu pai quando voltei e não sei o que provocou seus ferimentos e sua morte. Ele não era popular por ser um tanto

frio e pouco simpático, mas, pelo que sei, não tinha nenhum inimigo. Nada mais posso dizer sobre o assunto.

"*O juiz de instrução*. — Seu pai não fez nenhuma declaração antes de morre

"*O depoente*. — Ele murmurou algumas palavras, mas a única coisa que consegui entender foi a referência a um rato.

"*O juiz de instrução*. — Como a interpretou?

"*O depoente*. — Ela não tinha nenhum sentido para mim e pensei que estava delirando.

"*O juiz de instrução*. — Qual foi o assunto da última discussão que teve com seu pai?

"*O depoente*. — Prefiro não responder a este ponto.

"*O juiz de instrução*. — Lamento, mas sou obrigado a insistir.

"*O depoente*. — É realmente impossível que lhe diga. O que posso afirmar-lhe é que não tem nada que ver com o drama terrível que ocorreu em seguida.

"*O juiz de instrução*. — O tribunal é que decidirá isso. Não é necessário adverti-lo de que sua persistência em não responder pode prejudicar consideravelmente sua situação num processo futuro.

"*O depoente*. — Ainda assim, continuo a recusar-me.

"*O juiz de instrução*. — Segundo entendi, o grito 'Cuuiii' era um sinal habitual entre o senhor e seu pai.

"*O depoente*. — Sim, era.

"*O juiz de instrução*. — Como foi, então, que ele deu o grito antes de vê-lo e antes mesmo de saber que o senhor havia regressado de Bristol?

"O depoente (visivelmente confuso). — Não sei.

"*Um membro do júri*. — Não viu nada que pudesse despertar suas suspeitas quando voltou ao ouvir seu pai gritar e o encontrou mortalmente ferido?

"*O depoente*. — Nada de bem definido.

"*O juiz de instrução*. — O que quer dizer com isso?

"*O depoente*. — Eu estava tão transtornado e nervoso no momento em que me precipitei para o lago que não pensei em nada a não ser em meu pai. No entanto, tenho a vaga impressão de que, ao me aproximar, havia à esquerda, no chão, um objeto de cor cinza que poderia ser um paletó ou talvez uma capa escocesa. Quando me levantei ao deixar meu pai, procurei esse objeto, mas não o encontrei mais.

"*O juiz de instrução*. — Quer dizer que ele desapareceu antes que fosse buscar ajuda?

"O depoente. — Sim.

"*O juiz de instrução*. — Não pode precisar o que era esse objeto?

"*O depoente*. — Não. Só tive a sensação de que havia ali um objeto.

"*O juiz de instrução*. — A que distância do corpo?

"*O depoente*. — A cerca de onze metros.

"*O juiz de instrução*. — E a que distância da beirada do bosque?

"*O depoente*. — A mais ou menos a mesma distância.

"*O juiz de instrução*. — Então, se esse objeto foi removido, foi quando estava a somente onze metros de distância?

"*O depoente*. — Sim, mas quando eu estava de costas para ele."

Assim terminou o interrogatório do depoente.

— Acho que o juiz de instrução foi muito severo com o jovem McCarthy — disse eu, dando uma olhada no resto da coluna do jornal. — Ele insiste, e com razão, no fato contraditório de que seu pai o chamou antes de o ter visto. Insiste também na recusa do filho em dar detalhes da conversa com o pai, e por fim em seu relato estranho das últimas palavras que o moribundo teria pronunciado. Ele observa que são evidências contra o filho.

Holmes sorriu com condescendência e se esparramou sobre o banco estofado do vagão.

— Tanto você como o juiz de instrução se esforçaram em destacar os aspectos mais favoráveis ao rapaz. Não percebe que lhe atribuem imaginação demais ou de menos? De menos, porque ele não é capaz de inventar um motivo para a discussão que lhe traria a simpatia do júri. Demais, porque com toda consciência faz menção a uma coisa tão extraordinária como a alusão do moribundo a um rato ou o incidente de uma capa que desapareceu. Não, senhor, abordemos o caso supondo que o jovem diz a verdade. Veremos, então, até onde essa hipótese nos leva. Agora, tenho aqui o meu Petrarca[1] de bolso, e vou me dedicar à sua leitura. E não vou falar mais nenhuma palavra sobre este caso até chegarmos ao local dos fatos. Faremos um lanche em Swindon, onde estaremos daqui a vinte minutos.

Eram quase quatro horas da tarde quando chegamos enfim à bela

---

[1] Francesco Petrarca (1304-1374) foi um erudito, escritor, poeta, historiador e arqueólogo italiano. Primeiro dos grandes humanistas do Renascimento, tornou-se famoso, principalmente, pelo seu *Romanceiro*. (N. do T.)

cidadezinha de Ross, depois de atravessarmos o lindo vale Stroud e as águas transparentes do rio Severn. Um homem magro, com cara de furão e um olhar furtivo e astuto, nos esperava na estação. Apesar do guarda-pó marrom claro e das perneiras de couro que usava como concessão ao ambiente rural, não tive dificuldade de reconhecer Lestrade, inspetor da Scotland Yard. Fomos com ele até o Hotel Escudo de Hereford, onde nos havia reservado um quarto.

— Arrumei transporte — disse Lestrade, enquanto tomávamos uma xícara de chá. — Conhecendo sua atividade, achei que não sossegaria enquanto não visse a cena do crime.

— É muito amável e lisonjeiro de sua parte — respondeu Holmes. — Mas tudo depende da pressão atmosférica.

Lestrade pareceu surpreso.

— Não compreendo muito bem — disse.

— O que marca o barômetro? Vinte e nove graus, pelo que vejo. Não há vento e nenhuma nuvem no céu. Tenho aqui uma carteira de cigarros para fumar e este sofá é muito mais confortável que as habituais acomodações que se costuma encontrar nos hotéis abomináveis das pequenas cidades do interior. Penso que não precisarei usar transporte esta noite.

Lestrade sorriu com indulgência.

— O senhor já formou uma opinião lendo os jornais — disse ele. — O caso é claro como água de rocha e, quanto mais aprofundado, mais simples se torna. No entanto, não se pode dizer não a uma dama, sobretudo a uma dama tão decidida. Ela ouviu falar do senhor e insistiu em saber seu ponto de vista, mesmo que eu lhe tenha repetido diversas vezes que não faria nada mais do que já fiz. Meu Deus! Acho que é a charrete dela que está aí, em frente da porta.

Mal havia acabado de falar quando a porta se abriu e deu passagem à jovem mais encantadora que vi em minha vida. Seus olhos cor de violeta tinham um brilho especial. Seus lábios estavam ligeiramente entreabertos e havia um toque de rubor nas maçãs de seu rosto. Parecia ter se esquecido completamente de si mesma diante do único pensamento e da grande preocupação que a dominavam.

— Oh, sr. Sherlock Holmes! — exclamou, olhando de um para o outro e, finalmente, com a rápida intuição feminina, detendo-se em meu companheiro. — Obrigado por ter vindo. Quero expressar-lhe desde já todo o meu reconhecimento. Sei que James não é culpado. Sei e quero que o senhor comece sua investigação sabendo disso também. Não existe dúvida alguma a respeito. James e eu nos conhecemos desde crianças. Sei quais são seus defeitos melhor que qualquer pessoa, mas seu coração é tão sensível que não faria mal a uma mosca. Para quem o conhece de verdade, esta acusação é absurda.

— Espero que possamos demonstrar sua inocência, srta. Turner — disse Sherlock Holmes. — Pode contar que farei o possível para conseguir isso.

— O senhor leu o seu depoimento. Que conclusão tirou? Vê alguma saída, algum ponto fraco? Não acha o senhor mesmo que ele é inocente?

— É bem provável que seja.

— O senhor ouviu! — exclamou ela, abanando a cabeça com ar de triunfo e lançando um olhar de desafio para Lestrade. — Ele me dá esperança.

Lestrade deu de ombros.

— Receio que meu colega tenha tirado suas conclusões rápido demais — respondeu.

— Mas ele tem razão, não tenho dúvida. James não cometeu o crime. E, quanto à discussão com o pai, tenho certeza de que não quis falar nada ao juiz de instrução porque o assunto era eu.

— E por que motivo? — perguntou Holmes.

— Não é o momento de esconder nada. James e o pai tinham desavenças por minha causa. O sr. McCarthy estava muito interessado em que nos casássemos. James e eu fomos educados como irmão e irmã, mas ele é muito novo, ainda viu muito pouco da vida e... e não queria decidir nada agora. Por isso tinha discussões com o pai. A última era com certeza sobre esse assunto.

— E seu pai era favorável a esta união? — perguntou Holmes.

— Não, ele também se opunha. O único que a desejava era o sr. McCarthy.

Um ligeiro rubor cobriu suas feições viçosas e juvenis quando Holmes lhe dirigiu um de seus penetrantes olhares inquiridores.

— Obrigado por esta informação — disse ele. — Poderei ver seu pai se o visitar amanhã?

— O médico talvez não o autorize a vê-lo.

— O médico?

— Sim. Ah, é verdade, o senhor ainda não sabe. Há anos meu pobre pai não anda bem de saúde, e o último acontecimento o deixou arrasado. Está de cama e o dr. Willows disse que se encontra muito mal e com o sistema nervoso abalado. O sr. McCarthy era o único homem vivo que conheceu meu pai nos velhos tempos de Vitória.

— Ah, Vitória. Isso é importante.

— Sim, nas minas.

— Exato. Nas minas de ouro onde, ouvi dizer, o sr. Turner fez fortuna.

— É isso mesmo.

— Obrigado, srta. Turner. Prestou-me uma ajuda muito útil.

— Se amanhã tiver alguma novidade, não se esqueça de me comunicar. O senhor certamente irá à prisão ver James. Se for, sr. Holmes, diga a ele, por favor, que sei que é inocente.

— Eu lhe direi, srta. Turner.

— Agora tenho de ir, pois papai está muito doente e sente minha ausência. Até logo, e que Deus o ajude em seu trabalho.

Ela saiu do aposento tão rapidamente como havia entrado e ouvimos logo o ruído das rodas de sua charrete sobre o pavimento da rua.

— Tenho vergonha do senhor, sr. Holmes — disse Lestrade com dignidade depois de alguns minutos de silêncio. — Por que dar a esta infeliz uma esperança que sabe ser irrealizável? Não sou muito sensível, mas o que fez com ela é crueldade.

— Acho que encontrarei a maneira de demonstrar que James McCarthy é inocente — disse Holmes. — Tem autorização para vê-lo na prisão?

— Sim, mas ela só vale para o senhor e para mim.

— Neste caso, vou reconsiderar minha decisão de não sair. Parece-me que ainda temos tempo de tomar o trem para Hereford e ver o preso ainda hoje.

— Tempo de sobra.

— Então a caminho. Watson, receio que vá se aborrecer durante minha ausência, mas estarei de volta em menos de duas horas.

Acompanhei-os a pé até a estação, andei ao acaso pelas ruas da pequena cidade de província e, por fim, regressei ao hotel, onde me deitei no sofá procurando me interessar por um romance policial. Mas a trama da história era tão frágil em comparação com o mistério profundo que se desenrolava diante de nossos olhos que minha atenção se desviava constantemente da ficção para a realidade. Impaciente, acabei jogando o livro no outro extremo do quarto e me pus a pensar somente nos acontecimentos do dia.

Supondo que o relato do jovem infeliz fosse verdadeiro, que acidente fatal poderia ter ocorrido? Que calamidade extraordinária e imprevista viera abater-se sobre a infeliz vítima entre o momento em que James McCarthy deixou o pai e o instante em que, atraído por seus gritos, voltou correndo à clareira? O golpe desferido fora mortal. De onde veio? A natureza dos ferimentos não poderia ser uma revelação para mim, médico? Toquei a campainha e pedi que me trouxessem o jornal semanal da localidade, que publicava um relatório extenso da investigação.

O médico-legista declarou que a parte posterior do osso parietal esquerdo e a metade esquerda do osso occipital foram despedaçadas pelo golpe violento de uma arma sem ponta. Examinei o local em minha própria cabeça. Era evidente que a vítima fora atingida por trás. Isso, até certo ponto, favorecia o acusado, que se encontrava de frente para o pai quando foi visto discutindo com ele. Entretanto, não significava grande coisa, pois o pai podia ter se virado de costas antes de receber o golpe. De qualquer modo, talvez valesse a pena chamar a atenção de Holmes para esse detalhe.

Havia também a alusão curiosa do moribundo a um rato. O que podia significar aquilo? Não era um efeito do delírio. Um homem ferido de morte não costuma delirar. Não, o mais provável era que estivesse tentando dizer o que havia ocorrido. Mas o que poderia indicar? Dei tratos à bola em busca de uma explicação possível.

E a capa cinzenta que o jovem McCarthy viu? Se era verdade, o assassino devia ter deixado cair, em sua fuga, uma peça de seu traje, provavelmente o capote, e teve o sangue-frio de voltar para apanhá-lo no momento em que o filho estava de joelhos, de costas para ele, a menos de doze passos.

Que trama de mistérios e fatos improváveis era tudo aquilo! Eu não estava surpreso com as conclusões de Lestrade, mas tinha tanta fé na percepção de Sherlock Holmes que não perdia as esperanças, pois cada fato novo parecia confirmar sua convicção da inocência do jovem McCarthy.

Era tarde quando Sherlock Holmes voltou. Chegou sozinho. Lestrade fora diretamente à cidade, onde alugara um quarto.

— O barômetro continua alto — comentou ao sentar-se. — É importante que não chova antes de examinarmos o local do crime. Além disso, para um trabalho como este é preciso estar em plena forma e bem desperto, e não quis fazê-lo quando ainda me sentia cansado, após a longa viagem. Vi o jovem McCarthy.

— E o que foi que ele disse?

— Nada.

— Não lançou alguma luz sobre este caso?

— Absolutamente nenhuma. Por um momento pensei que ele

conhecia o autor do crime e o escondia, mas agora estou convencido de que está tão confuso como todos nós. Ele não tem uma inteligência brilhante, mas é agradável e parece honesto.

— Não posso aprovar seu gosto — disse eu —, se é verdade que se recusava a casar-se com uma jovem tão encantadora quanto a srta. Turner.

— Ah, aí se esconde uma história muito triste. O rapaz está loucamente apaixonado por ela, mas há cerca de dois anos, quando ainda era mocinho e antes de conhecer bem a srta. Turner, porque ela havia passado cinco anos num internato, o idiota se deixou fisgar por uma garçonete em Bristol e fez a besteira de se casar com ela num cartório. Ninguém sabe disso, mas você pode imaginar como ele ficava maluco quando era repreendido por não fazer o que mais gostaria, mas que sabia ser absolutamente impossível. Foi um desses arroubos de loucura que o fez levantar as mãos quando seu pai, na última conversa, insistia para que pedisse a srta. Turner em casamento. Por outro lado, ele não tinha recursos pessoais e o pai, que era certamente um homem muito rígido, o teria expulsado de casa se soubesse a verdade. Foi com sua mulher, a garçonete, que ele passou os três últimos dias em Bristol, sem que o pai suspeitasse. Note bem esse detalhe, ele é importante. Mas, como não há mal que sempre dure, a garçonete, ao ler nos jornais que o rapaz estava envolvido num crime e provavelmente seria enforcado, quis se livrar dele e escreveu comunicando-lhe que, antes de se casar com ele, já tinha um marido nos estaleiros da Marinha das Bermudas. Deste modo, o segundo casamento não tinha valor algum. Creio que esta notícia foi suficiente para consolar o jovem McCarthy de todos os seus dissabores.

— Mas, se ele é inocente, quem praticou o crime?

— Ah, quem? Esta é a questão. Quero chamar sua atenção especialmente para dois pontos. O primeiro é que a vítima tinha um encontro com alguém no lago e esse alguém não podia ser o filho, porque este estava fora de casa e o pai não sabia quando ia voltar. O segundo ponto é que se ouviu a vítima gritar "Cuuiii" antes de saber que o filho havia regressado. Estes são os pontos fundamentais sobre os quais o caso repousa. E agora falemos de George Meredith,[2] se não se importa, e deixemos os detalhes secundários para amanhã.

---

[2] George Meredith (1828-1909) foi um escritor inglês. A obra principal de sua vasta produção literária é *O egoísta*. Representante do romance cômico-social, desmascara em suas obras a época vitoriana das falsas virtudes e do fardo que a caracterizam. (N. do T.)

Não choveu, como Holmes havia previsto, e o dia nasceu batido pelo sol e sem nuvens. Às nove em ponto, Lestrade veio nos apanhar de charrete e partimos para a Fazenda Hatherley e o lago Boscombe.

— As notícias não são boas esta manhã — informou Lestrade. — Dizem que o sr. Turner está tão doente que não há mais esperança de que se salve.

— É um homem idoso, suponho — objetou Holmes.

— Tem cerca de sessenta anos, mas a vida nas colônias arruinou seu organismo e sua saúde vem piorando há algum tempo. Este caso o afetou muito. Era velho amigo do sr. McCarthy e, devo acrescentar, seu grande benfeitor, pois fiquei sabendo que não cobrava nada pelo arrendamento da Fazenda Hatherley.

— É mesmo? Isso é interessante — disse Holmes.

— Ah, sim, e o ajudou de diversas outras maneiras. Por aqui todos falam do bem que fazia a ele.

— Realmente? Não lhe parece estranho que esse McCarthy, que parece não ter possuído quase nada e devia tantos favores a Turner, pensasse ainda em casar seu filho com a filha de Turner, presumível herdeira de sua fortuna, e com tanta segurança como se bastasse fazer a proposta para que logo fosse aceita? Isso é ainda mais estranho sabendo, como sabemos, que o próprio Turner se opunha à ideia, como sua filha nos contou. Não deduz nada disso?

— Agora chegamos às deduções e conclusões — disse Lestrade, piscando um olho para mim. — Já é muito difícil lidar com os fatos, Holmes, sem ter de ir atrás de teorias fantasistas.

— Tem razão — aprovou Holmes, calmamente. — De fato, é bem difícil reconstituir os fatos.

— Em todo caso, tenho como certo um fato que o senhor não quer admitir — replicou Lestrade, um pouco exaltado.

— E qual é?

— Que o McCarthy pai foi morto pelo McCarthy filho e que todas as teorias tentando provar o contrário são puras fantasias, devaneios ao luar.

— Ao brilho do luar é possível ver melhor que na neblina — disse Holmes, rindo. — Mas, se não me engano, o que vemos à esquerda é a Fazenda Hatherley.

— De fato, chegamos.

Estávamos diante de um prédio comprido de dois andares e de aspecto confortável. O telhado era coberto com ardósia e nas paredes cinzentas se viam grandes manchas de musgo. Entretanto, as persianas fechadas e as chaminés sem fumaça lhe davam um aspecto de abandono, como se ainda sofresse o peso da tragédia. Batemos à porta e a empregada, a pedido de Holmes, mostrou-nos as botas que seu patrão usava quando foi assassinado. Vimos também as botas do filho, embora não fossem as que calçava no dia da morte do pai. Depois de as medir minuciosamente em sete ou oito pontos diferentes, Holmes pediu para ser levado ao pátio, de onde todos seguimos a trilha sinuosa que levava ao lago Boscombe.

Sherlock Holmes se transformava quando seguia uma pista quente como aquela. Quem só conhecesse o pensador tranquilo e lógico da Baker Street teria dificuldade de reconhecê-lo. O sangue subia à sua cabeça e seu rosto se tornava sombrio. As sobrancelhas se convertiam em duas linhas escuras e rígidas, e os olhos brilhantes tinham a dureza do aço. A cabeça inclinada, os ombros curvos, os lábios comprimidos e as veias do pescoço comprido e nervoso inchavam como as cordas de um chicote. As narinas pareciam dilatar-se como as do animal de caça e a mente estava tão concentrada no trabalho que não ouvia mais nem uma pergunta nem um comentário ou, se os ouvia, respondia com um grunhido de impaciência.

Caminhava depressa e em silêncio ao longo da trilha que atravessava as pastagens e o bosque até o lago Boscombe. O solo era úmido e pantanoso como em toda a região e havia rastos de muitos pés tanto no caminho como na grama plana das duas margens do lago. Às vezes Holmes apressava o passo, outras vezes parava, imóvel. Uma vez chegou a dar uma pequena volta, saindo da trilha. Lestrade e eu o seguimos, o detetive com ar indiferente e cheio de desprezo, enquanto eu observava meu amigo com interesse e confiança, sabendo que cada uma de suas ações tinha um objetivo perfeitamente definido.

O lago Boscombe era um lençol de água com uns cinquenta metros de diâmetro e cercado de juncos. Ficava no limite entre a Fazenda Hatherley e o parque particular do rico sr. Turner. Acima do bosque que se estendia do outro lado podíamos ver o telhado vermelho da residência do fazendeiro. No lado do lago correspondente a Hatherley a mata era fechada, e havia um estreito cinturão de grama encharcada de água, de uns vinte passos de largura, entre a beira das árvores e os juncos que cercavam o lago.

Lestrade nos mostrou o lugar exato onde o cadáver fora encontrado e, de fato, o solo estava tão úmido que ainda era possível ver claramente as marcas deixadas pelo corpo da vítima. A julgar pela ansiedade do rosto e pela expressão dos olhos, Holmes enxergava muitas outras coisas na grama pisoteada. Corria de um lado para outro, como um cão de caça que segue uma pista, e então se virou para o nosso acompanhante.

— Por que entrou no lago? — perguntou.

— Para revolver o fundo com um ancinho. Pensei que talvez pudesse encontrar uma arma ou algum outro indício. Mas como pôde...

— Ora, ora. Não tenho tempo para perder com futilidades. Por toda parte vejo os rastos de seu pé esquerdo, virado para dentro. Até uma toupeira poderia segui-los, mesmo entre os juncos. Ah, minha tarefa teria sido muito mais fácil se eu estivesse aqui antes que este mundaréu de gente chegasse e pisasse tudo, como uma manada de búfalos. Por aqui veio o grupo que acompanhava o porteiro. Suas pegadas são vistas num raio de dois metros em volta do cadáver. Mas aqui há três pistas diferentes dos mesmos pés.

Tirou a lente do bolso e, deitando-se sobre a capa para ver melhor, pôs-se a falar o tempo todo, mais para si mesmo que para nós.

— São as pegadas do jovem McCarthy. Duas vezes ele andou e uma vez correu. Isso é evidente, pois a marca da sola é profunda enquanto a do calcanhar é apenas visível. Confirma o seu depoimento. Ele correu quando viu o pai estendido no chão. Aqui vejo os rastos do pai quando andava de um lado para outro. E isto o que é? Ah, é o sinal do cabo da espingarda do filho, que se apoiava nela enquanto escutava. E o que temos aqui? Impressões de pontas de pés! Pontas de pés! De botas muito raras, de bico quadrado! O indivíduo veio, foi embora, depois retornou, naturalmente para pegar a capa. Agora, de onde vinha?

Holmes correu de um lado para outro, perdendo a pista e voltando a encontrá-la. Seguiu-a assim até a borda do bosque, à sombra de uma grande faia, a árvore mais alta da vizinhança. A pista contornava a árvore. Holmes se deitou mais uma vez de bruços, com uma satisfação visível. Permaneceu ali durante um bom tempo, revirando as folhas e os galhos secos, recolhendo num envelope o que me pareceu poeira e examinando com a lente não só o solo, mas também a casca da árvore até onde pôde alcançar. Uma pedra rachada emergia sobre o musgo e também foi examinada e guardada. Seguiu por fim a trilha através do bosque até sair na grande estrada, onde as pegadas se perdiam.

— Muito interessante — observou Holmes, voltando à sua forma de ser habitual. — Imagino que a casa cinzenta à direita seja do porteiro. Vou entrar e trocar algumas palavras com o sr. Moran, e talvez escrever um bilhete. Poderemos em seguida voltar para almoçar. Podem ir andando até a charrete. Logo me juntarei a vocês.

Dez minutos mais tarde subimos à charrete para regressar a Ross. Holmes ainda carregava a pedra que apanhara no bosque.

— Isto pode interessar-lhe, Lestrade — comentou, mostrando a pedra ao policial. — Foi com ela que o crime foi cometido.

— Não vejo sinal algum.

— Não há sinal.

— Como sabe, então?

— Debaixo dela a grama estava começando a crescer. Portanto, havia poucos dias que estava ali. Não se via nenhum lugar de onde pudesse ter sido tirada e sua forma corresponde aos ferimentos. Não há indício de nenhuma outra arma.

— E o assassino?

— É um homem alto, canhoto, manca um pouco com a perna direita, usa botas de caça com solas grossas e uma capa cinzenta. Fuma charutos indianos com piteira e carrega um canivete sem corte no bolso. Há vários outros indícios, mas esses parecem suficientes para orientar nossa investigação.

Lestrade sorriu.

— Continuo um pouco cético — disse. — As teorias são perfeitas, mas não esqueçamos que teremos de lidar com um júri inglês de cabeças-duras.

— *Nous verrons*[3] — respondeu Holmes, friamente. — Siga seu método e eu seguirei o meu. Estarei ocupado a tarde toda e penso em voltar a Londres no trem da noite.

— Deixando o caso sem terminar?

— Não, terminado.

— E o mistério?

— Está resolvido.

— Quem é o assassino, então?

— O indivíduo que acabei de descrever-lhe.

— Quem é ele?

— Não creio que seja difícil descobrir. Esta região não é muito populosa.

Lestrade deu de ombros.

— Sou um homem prático — disse — e não posso andar pelo condado atrás de um homem canhoto com uma perna manca. Seria motivo de troça na Scotland Yard.

---

[3] "Veremos", em francês no original. (N. do T.)

— Muito bem — disse Holmes, tranquilamente. — Já o coloquei na pista. Chegamos ao seu hotel. Até logo. Mando-lhe uma mensagem antes de partir.

Depois de deixar Lestrade em seu apartamento, regressamos ao nosso hotel, onde encontramos o almoço servido. Holmes estava em silêncio e absorto em seus pensamentos com uma expressão de tristeza, como quem se encontra numa situação desconcertante.

— Escute, Watson — disse ele, quando os pratos foram retirados —, sente-se nesta cadeira à minha frente e vamos conversar um pouco. Não sei bem o que fazer e sua opinião será preciosa para mim. Acenda um charuto e deixe que me explique.

— Fale, por favor.

— Bem, ao estudar este caso dois detalhes das declarações do jovem McCarthy chamaram nossa atenção desde o início, predispondo-me a favor e você contra o jovem. O primeiro ponto é que o pai gritou "Cuuiii" antes de ver o filho. O segundo é a alusão estranha que o moribundo fez a um rato. Ele murmurou algumas palavras, mas o filho só ouviu esta. Partamos desses dois pontos e admitamos que o relato do jovem seja verdadeiro.

— O que significa o "Cuuiii"?

— É evidente que o pai não o dirigiu ao filho, que ele supunha em Bristol. Foi por acaso que o rapaz se encontrava ao alcance de sua voz. O "Cuuiii" era, portanto, um sinal para a pessoa com a qual tinha marcado o encontro. Esse "Cuuiii" é um grito tipicamente australiano, usado entre australianos. Há bons motivos para supor que a pessoa com a qual McCarthy esperava encontrar-se no lago Boscombe tivesse vivido na Austrália.

— E o rato, o que significa?

Sherlock Holmes tirou do bolso um papel dobrado e o estendeu em cima da mesa.

— Este é um mapa da colônia de Vitória — disse. — Telegrafei a Bristol ontem à noite pedindo que o enviassem.

Ele escondeu uma parte do mapa com a mão.

— O que lê aqui? — perguntou.

— Rat — respondi.

— E agora? — disse ele, tirando a mão.

— Ballarat.

— Perfeitamente. Foi o que pronunciou o moribundo, mas o filho só ouviu a última sílaba: *rat*, um rato. Estava tentando dizer o nome do assassino. Fulano de Tal, de Ballarat.

— Maravilhoso! — exclamei.

— Isso é óbvio. Com isso, você vê, restringi consideravelmente o campo de investigação. Por fim, há um terceiro ponto que se torna uma certeza se o relato do filho é correto: o assassino possuía uma capa cinzenta. Não estamos mais na indefinição, passando a uma base segura. O assassino é um australiano de Ballarat que possui uma capa cinzenta.

— Sem dúvida alguma.

— E um homem que mora no distrito, pois o lago só é acessível pela fazenda ou pela propriedade do sr. Turner, por onde os estranhos raramente se aventuram.

— Certamente.

— Passemos agora à expedição de hoje. O exame do terreno me revelou os pequenos detalhes que ofereci ao imbecil do Lestrade sobre a pessoa do criminoso.

— Mas como conseguiu esses detalhes?

— Você conhece o meu método. Ele se baseia na observação de minúcias. Sei que é possível calcular a altura aproximada de um homem pela distância de seus passos. As botas podiam ser reconhecidas por suas características.

— Sim, eram botas pouco comuns. Mas você disse também que ele é manco.

— A impressão do pé direito era sempre menos distinta que a do pé esquerdo. Portanto, ele se apoiava menos neste. Por quê? Porque era manco.

— E como sabe que é canhoto?

— Você mesmo ficou surpreso com a natureza do ferimento descrito pelo legista em seu depoimento. O golpe foi dado de perto e por trás, do lado esquerdo. Como explicar isso, senão porque foi desferido por um canhoto? Ele permaneceu atrás da árvore durante a conversa do pai com o filho. Até fumou enquanto esperava. Encontrei a cinza de um charuto, que meus conhecimentos amplos sobre cinzas de tabaco me permitem reconhecer como sendo de um charuto indiano. Como você sabe, estudei o assunto e escrevi uma pequena monografia sobre as cinzas de cento e quarenta variedades diferentes de tabaco de cachimbo, charuto e cigarro. Depois de encontrar a cinza, olhei ao redor e descobri a ponta do charuto, que ele jogou sobre o musgo. Era, de fato, de um charuto indiano de uma variedade fabricada em Roterdã.

— E a piteira?

— Verifiquei que a ponta do charuto não tinha sido colocada na boca. Portanto, o indivíduo usou piteira. A ponta fora cortada e não mordida, porém o corte não era nítido, daí deduzi que ele possuía um canivete sem fio.

— Holmes — disse eu —, você estendeu uma rede em volta deste homem, da qual ele não poderá escapar, e salvou a vida de um inocente, com tanta certeza como se você mesmo tivesse cortado a corda que o enforcava. Já vejo para que direção aponta tudo isso. O culpado é...

— O sr. John Turner! — anunciou o camareiro do hotel, abrindo a porta de nossa sala de estar e introduzindo um visitante.

O homem que entrou tinha uma aparência estranha, que impressionava. Seus passos lentos e hesitantes e seus ombros arqueados o faziam parecer mais velho do que era realmente. Todavia, os traços duros e enrugados, e os braços e pernas robustos indicavam que possuía uma força física e moral pouco comum. A barba entrelaçada, os cabelos grisalhos e as sobrancelhas espessas que caíam sobre os olhos contribuíam para dar à sua pessoa um aspecto de dignidade e energia. Mas o rosto de uma palidez de cera, os lábios e os cantos das narinas apresentavam um tom azulado. Só ao olhá-lo pude perceber que sofria de uma doença crônica e mortal.

— Sente-se, por favor, no sofá — disse Holmes amavelmente. — Recebeu meu bilhete?

— Sim, o porteiro o entregou a mim. O senhor dizia que queria me ver aqui para evitar um escândalo.

— Pareceu-me que se eu fosse à sua casa poderia dar o que falar.

— E por que queria me ver?

Ele olhou fixamente meu companheiro, com o desespero pintado em seus olhos cansados, como se a pergunta já estivesse respondida.

— Sim — disse Holmes, respondendo mais com o olhar que com as palavras. — Sei como morreu o sr. McCarthy.

O velho escondeu o rosto entre as mãos.

— Deus tenha piedade de mim! — exclamou. — Eu não deixaria que condenassem o rapaz. Dou-lhe minha palavra que confessaria se ele comparecesse perante o tribunal.

— Fico feliz ao ouvi-lo dizer isso — respondeu Holmes muito sério.

— Já teria falado, se não fosse por minha filha. Isso partiria seu coração... e o partirá quando souber que fui preso.

— Pode ser que as coisas não cheguem a esse ponto — comentou Holmes.

— O que disse?

— Não sou da polícia. Foi sua filha que me chamou aqui e trabalho defendendo o interesse dela. É preciso, no entanto, que o jovem McCarthy fique livre de qualquer suspeita.

— Estou morrendo — disse o velho Turner. — Há anos sofro de diabetes. Meu médico não sabe se estarei vivo daqui a um mês. Mas prefiro morrer debaixo de meu teto a morrer na cadeia.

Holmes levantou-se e foi sentar-se à mesa, com a caneta na mão e um maço de papéis à sua frente.

— Limite-se a contar-nos a verdade. Vou escrever seu relato, o senhor o assinará e Watson pode servir como testemunha. Assim poderei, em último caso, apresentar sua confissão para salvar o jovem McCarthy. Prometo-lhe que só a usarei se for absolutamente necessário.

— Assim será melhor — disse o velho. — Duvido muito que viva até o julgamento. Por isso pouco me importa, mas quero a todo custo poupar Alice. Se quiser, explico-lhe tudo. A tragédia demorou muito para acontecer, mas levarei pouco tempo para contá-la.

"O senhor não conheceu o falecido McCarthy. Era o diabo encarnado, garanto-lhe. Que Deus o livre de cair nas garras de um homem como ele. Durante vinte anos estive nas mãos dele e arruinou minha vida. Mas primeiro lhe explicarei como caí em seu poder.

"Nos primeiros anos da década de 1860, eu me encontrava nas minas de ouro da Austrália. Rapaz novo, impulsivo e ousado, estava disposto a aceitar qualquer negócio. Envolvi-me com más companhias, comecei a beber e não tive sorte na escavação de minha mina. Passei a andar à toa e, em poucas palavras, tornei-me o que chamam aqui de salteador de estradas. Éramos seis e levávamos uma vida livre e selvagem, assaltando de vez em quando um rancho ou fazendo parar as carroças nas estradas para as escavações. Eu era conhecido como Black Jack de Ballarat, e ainda hoje se lembram na colônia de nossa quadrilha, o bando de Ballarat.

"Certo dia, um carregamento de ouro partiu de Ballarat em direção a Melbourne. Nós o emboscamos e atacamos. A escolta era integrada por seis homens a cavalo e, como também éramos seis, estávamos em igualdade de condições. Na primeira carga derrubamos quatro, e três dos nossos morreram antes de pegarmos o ouro. Apontei minha pistola para a cabeça do condutor da carroça, que era justamente esse McCarthy. Devia tê-lo matado então. Mas o poupei, embora visse que seus olhos perversos estavam fixados em mim para gravar bem meus traços em sua memória. Fugimos com o ouro, ficamos ricos e regressamos à Inglaterra sem despertar suspeitas.

"Quando chegamos, separei-me de meus velhos companheiros e resolvi fixar-me enfim e viver uma vida calma e respeitável. Comprei esta propriedade, que por acaso estava à venda, e me dediquei a fazer algum bem com meu dinheiro, para compensar o modo como o havia obtido. Casei-me e minha mulher morreu pouco tempo depois, deixando-me uma filha, a querida Alice. Mesmo quando ainda era pequena, sua mãozinha parecia guiar-me para o bom caminho, como até então ninguém havia feito. Numa palavra, comecei uma vida nova e me esforcei para reparar o passado. Tudo ia bem até o momento em que McCarthy apareceu.

"Eu tinha ido a Londres tratar de um investimento quando o encontrei na Regent Street, somente com um casaco nas costas e sapatos nos pés.

"— Aqui estamos, Jack — disse ele, segurando-me familiarmente pelo braço. — Seremos como de sua família, meu filho e eu, e terá de sustentar-nos. Se não o fizer... a Inglaterra é um belo país, que respeita as leis, e há sempre um policial por perto.

"Assim vieram para o oeste e não houve jeito de livrar-me deles. Desde então viveram de graça em minhas melhores terras. Não tive mais um instante de sossego, de paz, nem a possibilidade de esquecer. Para onde me voltasse, via ao meu lado sua cara de velhaco e seu sorriso falso. A situação piorou quando Alice cresceu, pois ele notou que eu tinha mais medo de que ela conhecesse meu passado que da própria polícia. Eu era obrigado a dar a McCarthy tudo o que ele queria, sem discutir: terra, dinheiro, casas, até que por fim me pediu algo que eu não podia lhe dar. Pediu Alice.

"O filho dele crescera, minha filha também, e, como ele sabia que eu não andava bem de saúde, McCarthy pensava que graças a este casamento seu filho logo se tornaria dono de todas as minhas propriedades. Desta vez resisti. Eu não queria que sua raça maldita se misturasse à minha. Não que eu tivesse a menor antipatia pelo rapaz, mas em suas veias corria o mesmo sangue do pai, e isso era suficiente para que eu me opusesse a esse casamento. Mantive-me firme e McCarthy começou a me ameaçar. Desafiei-o a ir até o fim em suas intimidações. Marcamos um encontro no lago que fica a meio caminho entre nossas casas, para conversar sobre o assunto.

"Quando cheguei ele estava conversando com o filho. Acendi um charuto e esperei atrás de uma árvore que o rapaz fosse embora. Mas, ao ouvir o que dizia, todo o ódio e rancor que havia em mim subiram à minha cabeça. Ouvi-o pressionar o filho a casar-se com minha filha com tão pouca consideração pelos sentimentos dela como se fosse uma mulher da rua. Fiquei louco ao pensar que eu e tudo o que mais queria estávamos à mercê daquele homem.

"Como poderia romper os laços que me prendiam a ele? Restava--me um pouco de vida e estava desesperado. Embora ainda conservasse a lucidez mental e tivesse vigor físico suficiente, sabia que meus dias estavam contados. Mas era preciso salvar minha filha e meu nome. Eu conseguiria as duas coisas se reduzisse ao silêncio aquela língua de víbora. Foi o que fiz, sr. Holmes, e voltaria a fazê-lo outra vez. Por mais graves que tenham sido meus pecados, vivi uma vida de martírio para expiá-los. No entanto, não podia suportar que minha filha caísse na mesma rede que me oprimiu. Não senti mais remorsos ao golpeá-lo do que experimentaria ao abater um animal nocivo e perigoso. Seus gritos fizeram o filho retornar, mas eu já tinha me escondido no bosque, embora fosse obrigado a voltar para apanhar a capa que deixara cair quando fugia.

"Este é, senhores, o relato verdadeiro de tudo o que aconteceu."

— Não cabe a mim julgá-lo — disse Holmes, enquanto o velho assinava o depoimento. — Peço a Deus que nunca nos encontremos em situação semelhante.

— Espero que não, senhor. O que pretende fazer agora?

— Levando em conta seu estado de saúde, nada. O senhor mesmo sabe que logo terá de responder por seus atos diante de um tribunal mais alto que o deste condado. Guardarei sua confissão e, se o jovem McCarthy for condenado, serei obrigado a utilizá-la. Caso contrário, ela nunca será vista por olhos humanos e seu segredo, esteja o senhor vivo ou morto, não será divulgado.

— Adeus, então — disse o velho com solenidade. — Quando chegar a hora, seus leitos de morte se tornarão mais suportáveis ao pensar na paz que trouxeram ao meu.

Com um passo incerto e mancando, e todo o seu corpo gigantesco tremendo, o sr. Turner saiu vagarosamente da sala.

— Que Deus nos ajude! — exclamou Holmes, depois de um longo silêncio. — Por que o destino prega estas peças a pobres criaturas indefesas? Não posso ouvir falar de casos como este sem me lembrar das palavras de Baxter: "Lá vai Sherlock Holmes, pela graça de Deus".

James McCarthy foi absolvido no tribunal, graças a uma série de alegações que Holmes preparou e sugeriu ao advogado de defesa. O velho Turner viveu ainda sete meses depois de nossa entrevista, mas já morreu. E tudo parece indicar que o filho e a filha dos principais personagens desta história viverão juntos e felizes, sem saber da nuvem negra que obscurece o seu passado.

❖

5
As cinco sementes de laranja

Acabo de reler as notas que tomei sobre os casos famosos confiados a Sherlock Holmes entre os anos de 1882 e 1890. Considero-os quase todos tão interessantes e estranhos que não sei quais deles escolher. Limitar-me-ei, então, a deixar de lado os que foram publicados pelos jornais e os que não permitem destacar suficientemente o talento que meu amigo possuía em tão alto grau, talento que procuro mostrar nestas páginas.

Há também alguns que escaparam à sua capacidade de análise. Relatá-los aqui seria inútil, pois a investigação não chegou a resultado positivo. Outros foram parcialmente esclarecidos, e sua explicação se baseia mais em suspeitas e conjeturas que em provas de uma lógica absoluta, tão apreciadas por Sherlock Holmes. Foi nesta última categoria que selecionei uma aventura tão notável nos pormenores quanto surpreendente nos resultados, que não deixará de interessar os leitores, embora alguns de seus pontos provavelmente nunca sejam elucidados.

O ano de 1887 forneceu uma longa série de casos, de maior ou menor interesse, que anotei. Citarei a crônica da Sala Paradol e da Sociedade dos Mendigos Amadores, que mantinha um clube de luxo no porão de um depósito de móveis; os fatos relacionados ao desaparecimento do veleiro britânico Sophy Anderson; a aventura curiosa da família Grice Patersons na ilha de Uffa; e, por fim, o caso do envenenamento de Camberweel. Como devem estar lembrados, neste último caso Sherlock Holmes conseguiu, ao dar corda no relógio do morto, demonstrar que ela já havia sido dada duas horas antes e que, portanto, seu dono fora deitar-se naquela hora. Essa dedução foi da maior importância para esclarecer o caso. Contarei todas essas aventuras um dia ou outro, mas não conheço nenhuma mais estranha que aquela que tenho a intenção de contar hoje aos meus leitores.

Eram os últimos dias de setembro, época em que as tormentas equinociais se abatem com violência excepcional. Durante o dia todo, o vento uivara e a chuva batera com tal força nas janelas que mesmo no coração da imensa e artificial Londres éramos obrigados a elevar nossos pensamentos, desviando-os por instantes das rotinas da vida, e aceitar a presença das grandes forças da natureza que atemorizam os homens, apesar de toda a sua civilização, como feras em suas jaulas. Conforme a tarde avançava, a tempestade ia redobrando: o vento na chaminé produzia um barulho semelhante aos gritos e soluços de uma criança. Sherlock Holmes estava sentado tristemente de um lado da lareira, repassando seus arquivos criminais, enquanto eu, do outro lado, lia com interesse uma emocionante história marítima de Clark Russell.[1] Minha mulher fora passar alguns dias na casa de sua tia e eu voltara a ocupar provisoriamente o meu antigo aposento da Baker Street.

— Ouça — disse eu, erguendo os olhos para meu companheiro —, alguém tocou a campainha. Quem pode ser numa noite destas? Um de seus amigos, com certeza.

— Com exceção de você, não tenho amigos — respondeu Holmes. — Não gosto de receber visitas.

— Um cliente, talvez?

— Se for, o caso deve ser muito grave para que um homem resolva sair com este tempo horrível e a esta hora. Acho mais provável que seja uma amiga da proprietária.

Sherlock Holmes se enganava, pois quase no mesmo instante ouvimos um barulho de passos no corredor e uma pancada na porta.

— Entre — disse Holmes, estendendo o braço para aproximar a lâmpada da cadeira destinada ao recém-chegado.

O visitante era um jovem de uns vinte e dois anos, bem vestido, elegante, com certo ar de refinamento e distinção. O guarda-chuva molhado que trazia na mão e a capa impermeável não deixavam

---

[1] William Clark Russell (1844-1911) foi um famoso escritor de romances marítimos. Nasceu em Nova York e ganhou experiência sobre a vida marinha em oito anos de serviço como marinheiro. (N. do T.)

nenhuma dúvida sobre a tempestade que teve de enfrentar. Olhou ao redor com ansiedade. Seus olhos e sua palidez revelavam uma emoção violenta.

— Primeiro devo pedir-lhe desculpas — disse, ajeitando seu pincenê de ouro. — Espero não estar incomodando e lamento trazer respingos de água e de lama para dentro de sua sala confortável.

— Dê-me a capa e o guarda-chuva — pediu Holmes. — Vou pendurá-los no cabide para que vão secando. Suponho que veio do sudoeste.

— Sim, de Horsham.

— A mistura de barro e gesso que vejo no bico de seus sapatos é muito significativa para mim.

— Vim pedir seu conselho.

— Isso é fácil de conseguir.

— E sua ajuda.

— Isso nem sempre é tão fácil.

— Conheço sua reputação, sr. Holmes. Sei como salvou o major Prendergast no escândalo do Clube Tankerville.

— Ah, sim. Ele era acusado injustamente de trapacear no jogo.

— O major me afirmou que o senhor é capaz de resolver os casos mais difíceis.

— Ele talvez tenha ido longe demais.

— E que nunca foi vencido.

— Fui vencido quatro vezes: por três homens e uma mulher.

— O que é isso em comparação com todos os seus sucessos?

— O fato é que geralmente tenho sido bem-sucedido.

— Espero que o mesmo aconteça comigo.

— Faça o favor de aproximar sua cadeira do fogo e me expor alguns detalhes do seu caso.

— É um caso pouco comum.

— Todos os casos que submetem a mim são do mesmo tipo. Sou procurado sempre por último.

— Mesmo assim, senhor, não creio que já tenha visto uma série de acontecimentos mais misteriosos e inexplicáveis que os que têm ocorrido em minha família.

— O senhor está despertando minha curiosidade — disse Holmes. — Peço-lhe que me conte primeiro os fatos principais e em seguida lhe perguntarei sobre os detalhes que me parecerem ter importância.

O jovem puxou a cadeira para a frente e aqueceu os pés no fogo da lareira.

— Meu nome é John Openshaw, mas, pelo que consigo entender, meus próprios assuntos pouco têm que ver com estes acontecimentos terríveis. Trata-se de um caso de herança que vou expor-lhe e, para que o compreenda bem, sou forçado a voltar vários anos atrás.

"O senhor precisa saber que meu avô teve dois filhos: meu tio Elias e meu pai Joseph. Meu pai possuía uma pequena fábrica em Coventry, que ampliou quando foi inventada a bicicleta. Tirou a patente do pneu inquebrável Openshaw e seu negócio teve tanto sucesso que conseguiu vendê-lo e viver comodamente.

"Meu tio Elias emigrou ainda jovem para a América e tornou-se fazendeiro na Flórida, onde dizem que foi muito bem. Durante a guerra civil combateu no exército de Jackson, e depois sob as ordens de Hood, que o nomeou coronel. Quando Lee depôs as armas, meu tio regressou à fazenda, onde permaneceu por mais três ou quatro anos. Por volta de 1869 ou 1870 voltou à Europa e comprou uma pequena propriedade no condado de Sussex, perto de Horsham. Juntara uma bela fortuna nos Estados Unidos e deixou o país por causa da repulsão que lhe inspiravam os negros e de sua aversão à República, que concedera a eles a emancipação e o voto.

"Era um homem original, nervoso, violento, muito desbragado quando se enfurecia e de humor pouco sociável. Durante todos os anos que viveu em Horsham, duvido que tenha ido uma só vez à cidade. Possuía um jardim e dois ou três campos ao redor da casa, e era por ali que andava e fazia exercícios, quando não permanecia semanas inteiras enfurnado em seu quarto. Bebia muito conhaque e fumava sem parar, gostava da solidão e não procurava fazer amigos. Parecia ser indiferente até ao seu próprio irmão.

"Quanto a mim, garoto de uns doze anos e tratado como tal, conquistei logo a afeição dele. Em 1878, oito ou nove anos depois de chegar à Inglaterra, pediu a meu pai que me permitisse ir morar com ele e foi muito bom comigo, à sua maneira. Quando estava sóbrio gostava de jogar gamão ou damas comigo. Deixava-me dar ordens aos empregados e negociar com os fornecedores, de modo que quando completei dezesseis anos já era o dono da casa. Controlava todas as chaves e podia sair quando quisesse e fazer o que bem entendesse, desde que não o incomodasse em seus hábitos.

"Entretanto, havia no sótão um pequeno quarto, espécie de depósito, que permanecia fechado invariavelmente e cujo acesso era proibido tanto para mim como para qualquer outro. Com a curiosidade natural dos adolescentes espiei mais de uma vez pelo buraco da fechadura, mas nunca pude ver nada além de um monte de baús velhos e objetos antigos do tipo daqueles que se encontram habitualmente nos quartos de despejo.

"Certo dia, em março de 1883, vi sobre a mesa da sala de refeições e em frente do prato do coronel uma carta com selo do exterior. Era coisa pouco comum que recebesse correspondência, pois pagava suas contas à vista e não tinha amigos.

"— É da Índia — disse, pegando a carta. — O carimbo é de Pondicherry! O que será isso?

"Abriu-a apressadamente e dela caíram cinco sementes de laranja, que tilintaram sobre o prato. Pus-me a rir, porém o riso morreu em meus lábios ao ver a expressão de seu rosto. Tinha a boca aberta, os olhos esbugalhados e a pele da cor da cera. Olhava fixamente o envelope que sua mão trêmula ainda segurava. Deixou escapar um som agudo e inarticulado, e logo acrescentou:

"— A K. K. K.! Meu Deus! Meus pecados finalmente me alcançaram.

"— O que isto significa, tio?

"— A morte — respondeu.

"E, levantando-se da mesa, retirou-se para o seu quarto. Eu estava apavorado. Peguei o envelope e observei que havia no verso, logo acima da parte gomada, a letra K rabiscada com tinta vermelha e repetida três vezes. O envelope não continha nada mais que as cinco sementes secas. Qual podia ser a razão do terror que não conseguiu conter? Deixei a mesa, subi a escada e encontrei meu tio que descia. Tinha na mão uma velha chave enferrujada que devia ser do sótão e carregava uma pequena caixa de cobre que se parecia com um cofrezinho.

"— Podem fazer o que quiserem, mas os vencerei mais uma vez — disse, soltando uma praga. — Diga a Maria que faça um bom fogo em meu quarto e mande chamar Fordham, advogado de Horsham.

"Fiz o que me ordenara e, quando o advogado chegou, meu tio me pediu que subisse ao seu quarto. O fogo cintilava na lareira, mas observei que na grade se amontoava uma grande quantidade de cinzas escuras e soltas, como de papel queimado. Ao lado, a caixa de cobre estava aberta e vazia. Ao olhar a caixa, notei que a tampa trazia os três K que vira de manhã no envelope.

"— Quero, John, que seja testemunha do meu testamento — disse meu tio. — Deixo a minha propriedade com todas as suas vantagens e inconvenientes para meu irmão, seu pai, que certamente a passará para você em herança. Se puder desfrutar dela em paz, tanto melhor. Se não puder, siga meu conselho, rapaz, e doe-a para seu pior inimigo. Lamento deixá-los nessa incerteza, mas no momento não posso prever como as coisas se desenvolverão. Faça o favor de assinar esse papel no lugar que o sr. Fordham lhe indicar.

"Assinei o testamento e o advogado o levou.

"Como podem imaginar, esse incidente curioso causou em mim impressão profunda. Refleti sobre ele longamente, examinei a questão de todos os pontos de vista sem poder elucidá-la. Não conseguia livrar-me de uma vaga sensação de medo, que foi se atenuando com o passar do tempo. Nada, de resto, veio perturbar a rotina habitual de nossa vida.

"Meu tio, entretanto, não era mais o mesmo. Bebia mais que nunca e se tornava cada dia menos sociável. Passava a maior parte do tempo trancado no quarto. Às vezes saía como um louco de casa, e andava de um lado para outro no jardim, com o revólver em punho, gritando que não tinha medo de ninguém e que não se deixaria encurralar, como ovelha no redil, nem por homens nem pelo diabo. Assim que os acessos passavam, corria precipitadamente até a porta, fechava-a à chave e colocava no interior uma trava de segurança, agindo como homem sem forças para enfrentar por mais tempo um terror incrustado dentro de si mesmo. Naqueles dias, mesmo quando a temperatura estava muito baixa, notei que o suor inundava seu rosto como se tivesse acabado de sair do banho.

"Para concluir, sr. Holmes, e não abusar de sua paciência, certa noite ele deu uma daquelas saídas de bêbado e não voltou. Fomos procurá-lo e o encontramos sem vida na extremidade do jardim, com o rosto mergulhado numa pequena lagoa cheia de água estagnada. Não apresentava sinal algum de violência e a profundidade da água era de apenas sessenta centímetros. Assim, a polícia, levando em conta sua fama de excêntrico, não hesitou em concluir pelo suicídio. Eu, conhecendo o terror que a morte lhe inspirava, tive muitas dificuldades para me convencer que saíra deliberadamente para procurá-la. Como ninguém levou a investigação adiante, meu pai tomou posse da propriedade e de aproximadamente catorze mil libras que meu tio depositara num banco."

— Um instante — interrompeu Holmes. — Seu depoimento é um dos mais curiosos que já ouvi. Diga-me a data em que seu tio recebeu a carta e o dia de seu suposto suicídio.

— A carta chegou em 10 de março de 1883 e sua morte ocorreu sete semanas mais tarde, na noite de 2 de maio.

— Obrigado. Pode continuar.

— Quando meu pai passou a usufruir da propriedade, o sótão, tão bem fechado até aquele dia, foi, a meu pedido, cuidadosamente inspecionado. Encontramos ali a caixa de cobre, mas seu conteúdo fora destruído. Na parte de dentro da tampa havia uma etiqueta com as iniciais K. K. K. repetidas e a inscrição seguinte: "Cartas, memorandos, recibos e lista", indicando sem dúvida a natureza dos papéis que o coronel Openshaw destruíra. Afora isso, não havia no sótão nada de maior importância, a não ser uma grande quantidade de papéis e cadernos esparramados com anotações sobre a vida de meu tio na América. Alguns eram da época da guerra e mostravam que havia cumprido bem seu dever, merecendo a fama de soldado valente. Outros, que datavam da reconstrução dos Estados do Sul, tratavam principalmente de política e revelavam que meu tio tivera participação destacada na oposição aos políticos aventureiros enviados pelo Norte.

"Assim, meu pai se estabeleceu em Horsham nos primeiros dias de 1884 e tudo ia tão bem quanto possível até janeiro de 1885. Em 4 de janeiro estávamos juntos tomando café quando de repente meu pai soltou um grito de surpresa. Tinha numa mão um envelope que acabava de abrir e na outra cinco sementes de laranja. Ele sempre rira do que chamava de minha 'história de assombração' sobre o coronel, mas agora que essa história se tornava realidade para ele parecia muito assustado e confuso.

"— Que diabo isso quer dizer, John? — gaguejou.

"Meu coração quase saltou pela boca.

"— É a K. K. K. — disse eu.

"Meu pai olhou dentro do envelope.

"— É isso mesmo! — exclamou. — Aqui estão as mesmas letras. Mas o que está escrito acima delas?

"— Coloque os papéis no relógio de sol — disse eu, olhando por cima de seu ombro.

"— Que papéis, que relógio de sol?

"— O relógio do jardim. Não há outro. Mas esses papéis devem ser os que foram destruídos.

"— Tolice! — disse ele, recuperando a coragem. — Aqui vivemos num país civilizado e não aceitamos esse tipo de estupidez. De onde vem esse negócio?

"— De Dundee — respondi, olhando o carimbo.

"— É uma brincadeira de mau gosto. O que tenho eu que ver com esta história de relógio de sol e de papéis? Não vou dar importância a esta bobagem.

"— Em seu lugar, eu certamente falaria com a polícia — disse eu.

"— Não, não, não quero que riam de mim.

"— Deixe então que eu fale.

"— Não, proíbo-o de se mexer. Não quero armar um alvoroço por causa desta idiotice.

"Meu pai era muito teimoso e eu ia perder meu tempo tentando convencê-lo. Andava, entretanto, com o coração cheio de maus pressentimentos.

"Três dias depois de a carta chegar, meu pai foi fazer uma visita a um de seus velhos amigos, o major Freebody, que comanda um dos quartéis de Portsdown Hill. No fundo fiquei contente ao vê-lo sair, pois ele me parecia mais protegido fora de casa. Mas como estava enganado! No segundo dia de sua ausência recebi um telegrama do major pedindo-me que atendesse ao seu chamado com urgência. Meu pai caíra num dos profundos poços de calcário que existem em grande número nas redondezas e fora encontrado inconsciente, com o crânio fraturado. Ainda respirava quando cheguei, mas faleceu pouco depois sem que pudéssemos fazê-lo voltar a si.

"Ao que parece, retornava de Fordham ao anoitecer. Como não conhecia a região e o poço não estava cercado, o júri não vacilou em pronunciar-se por um caso de morte acidental. Eu mesmo, depois de examinar as circunstâncias relacionadas com a morte de meu pai, descartei a possibilidade de assassinato. Seu corpo não apresentava nenhum sinal de violência, o roubo não poderia ter motivado o crime e, de resto, ninguém vira estranhos andarem pelos arredores. Apesar disso, não preciso dizer-lhes que meu espírito ficou perturbado e que tinha quase certeza de que ele havia sido vítima de um plano diabólico.

"Eu era fatalmente o único herdeiro de meu pai e, se consenti gozar de seus bens, foi porque estava convencido de que nossos problemas se relacionavam com um incidente da vida de meu tio e que eu seria perseguido em qualquer lugar onde me refugiasse.

"Meu pobre pai morreu em janeiro de 1885 e desde então se passaram dois anos e oito meses. Durante esse tempo vivi feliz em Horsham. Comecei até a alimentar esperanças de que a maldição tivesse se afastado de minha família e de que a série de desgraças terminara com a geração anterior. Infelizmente, senti-me tranquilo cedo demais, pois ontem de manhã o golpe fatal se abateu sobre mim, da mesma forma como acontecera com meu pai."

O jovem tirou do bolso do colete um envelope amarrotado e, virando--o sobre a mesa, deixou cair cinco pequenas sementes secas de laranja.

— Este é o envelope — prosseguiu. — O carimbo é de Londres, setor leste. Dentro estão as mesmas letras que figuravam na mensagem que meu pai recebeu, "K. K. K.", com a seguinte frase: "Coloque os papéis no relógio de sol".

— E o que fez então? — perguntou Holmes.

— Nada.

— Nada?

— Para dizer a verdade — respondeu ele, escondendo a cabeça nas mãos magras e pálidas —, senti-me indefeso, como o coelho infeliz quando a serpente avança rastejando para enlaçá-lo. Parece que sou perseguido por uma fatalidade invencível e inexorável, que vai frustrar todos os meus esforços.

— Ora, vamos! — exclamou Holmes. — Precisa reagir, meu caro, ou está perdido. Só a energia pode salvá-lo. Não é hora de entregar-se ao desespero.

— Fui à polícia.

— Ah, e então?

— Ouviram minha história com um sorriso. Tenho certeza de que o inspetor chegou à conclusão de que as cartas são brincadeiras de mau gosto e as mortes de meus parentes foram simples acidentes, como o júri declarou, e não têm relação alguma com as mensagens de advertência.

Holmes agitou no ar os punhos fechados, gritando:

— Que estupidez incrível!

— Mesmo assim deram um policial para guardar a casa comigo.

— Ele veio com o senhor esta noite?

— Não, pois tinha a ordem de ficar na casa.

Holmes sacudiu os punhos outra vez.

— Por que não veio me procurar? — perguntou. — E, sobretudo, por que não veio mais cedo?

— Eu não o conhecia. Só hoje contei meu problema ao major Prendergast e foi ele quem me aconselhou a vir vê-lo.

— Já faz dois dias que recebeu a carta. Devia ter vindo antes. Não tem nenhum outro indício, suponho, nenhum outro detalhe que nos possa ser útil?

— Sim, tenho outra coisa — disse John Openshaw.

Remexeu no bolso do casaco e tirou um pedaço de papel azul desbotado, que colocou sobre a mesa.

— Lembro-me vagamente de ter observado — acrescentou —, no

dia em que meu tio queimou os papéis, que as margens não queimadas que estavam entre as cinzas eram desta mesma cor. Encontrei somente esta folha no chão do seu quarto e estou achando que ela escorregou longe das outras, escapando assim da destruição. Essa folha menciona as sementes, mas não acredito que nos ajude muito. Acho que é uma página de alguma agenda particular. Em todo caso, a letra é de meu tio.

Holmes mudou a posição da lâmpada e ambos nos inclinamos sobre a folha de papel, cujas margens rasgadas indicavam que ela fora arrancada de uma caderneta. No cabeçalho se lia "Março de 1869" e abaixo estavam estas anotações enigmáticas:

Dia 4: Hudson veio. O mesmo de sempre.

Dia 7: enviei as sementes a McCauley em Paramore e a John Swain de St. Augustine.

Dia 9: McCauley desapareceu.

Dia 10: John Swain desapareceu.

Dia 12: visitei Paramore. Tudo vai bem.

— Obrigado — disse Holmes, dobrando o papel e devolvendo-o ao visitante. — Agora o senhor não tem um minuto a perder. Não podemos perder tempo nem para discutir o que acaba de me contar. Volte para casa imediatamente e aja o mais rápido possível.

— E o que devo fazer?

— Somente uma coisa, e o quanto antes. Coloque esta folha de papel na caixa de cobre de que me falou. Junte a ela um bilhete explicando que seu tio queimou todos os outros papéis e este é o único que sobrou. Deve expressar isso de uma forma que convença. Em seguida coloque a caixa no relógio de sol, como lhe indicaram. Compreendeu?

— Perfeitamente.

— Por enquanto, não pense em vingança ou coisa parecida. Acho que conseguiremos isso por meio da lei. Temos de estender nossa rede, pois a deles já está armada. A primeira coisa a fazer é remover o perigo iminente que o ameaça. Em seguida desvendaremos o mistério e puniremos os culpados.

— Obrigado — disse o jovem, levantando-se e vestindo a capa. — O senhor me devolveu a vida e a esperança. Vou seguir seus conselhos.

— Não perca um só instante e, sobretudo, cuide de sua segurança, porque não há nenhuma dúvida de que corre um perigo real e iminente. Como vai voltar?

— Pelo trem que parte de Waterloo.

— Ainda não são nove horas. As ruas estão cheias e confio que não corre perigo. Lembre-se, no entanto, de que todo cuidado é pouco.

— Estou armado.

— Perfeito. Amanhã começarei a trabalhar em seu caso.

— Então o verei em Horsham?

— Não. É em Londres que se esconde o seu segredo. E é aqui que vou procurá-lo.

— Então voltarei a vê-lo daqui a um ou dois dias e lhe trarei notícias sobre a caixa e os papéis. Seguirei seu conselho em tudo.

Despediu-se de nós com um aperto de mão e se retirou. Fora, o vento continuava uivando e a chuva açoitava as janelas. Aquela aventura estranha e desatinada parecia ter sido trazida a nós pelos elementos em fúria, arrastada pelo vento como um feixe de algas marinhas em dia de tempestade, e parecia destinada a ser engolida pelas mesmas ondas que a haviam trazido.

Sherlock Holmes permaneceu por algum tempo sentado, em silêncio, com a cabeça inclinada para a frente. Seus olhos não largavam a chama que brilhava na lareira. Acendeu o cachimbo e, recostando-se na poltrona, pôs-se a contemplar as espirais de fumaça azulada que se perseguiam umas às outras em direção ao teto.

— Acredito, Watson — comentou por fim —, que de todos os nossos casos nenhum foi tão fantástico como este.

— Com exceção, talvez, do *Signo dos quatro*.

— É verdade. No entanto, parece-me que este John Openshaw corre perigos maiores que os Sholtos.

— Já tem alguma ideia definida sobre esses perigos? — perguntei.

— Não pode haver dúvida alguma sobre sua natureza — respondeu Holmes.

— Então quais são eles? Quem é este K. K. K. e por que persegue esta família infeliz?

Sherlock Holmes fechou os olhos, apoiou os cotovelos nos braços da poltrona e juntou as pontas dos dedos.

— O raciocinador ideal — comentou — é aquele que, depois de conhecer um fato em todos os seus detalhes, deve deduzir não só a série de acontecimentos que o antecederam, mas também todas as suas consequências. Assim como Cuvier[2] podia descrever um animal

---

[2] Georges Léopold Chrétien Frédéric Dagobert Cuvier (1769-1932) era naturalista e zoólogo francês. Foi um dos criadores da anatomia comparada e da paleontologia, e um dos primeiros a propor as teorias da evolução. (N. do T.)

inteiro estudando somente um osso, o observador que examinou bem um acontecimento numa série deve ser capaz de determinar todos os outros, anteriores e posteriores. Ainda não compreendemos as consequências que a razão é capaz de conseguir por si só. É possível resolver pelo estudo problemas que desafiaram os esforços dos que buscaram sua solução apenas com a ajuda dos sentidos. Contudo, para chegar à perfeição da arte, o raciocinador precisa saber utilizar todos os dados que chegaram ao seu conhecimento. Isso implica, como você há de compreender facilmente, a posse de todos os conhecimentos, coisa rara mesmo nestes tempos de ensino gratuito e enciclopédico. Não é impossível, entretanto, que um homem chegue a conhecer tudo o que é necessário à sua profissão. Posso dizer que este foi o objetivo de minha vida. Se a minha memória não falha, você definiu um dia, no início de nossa amizade, minhas limitações de um modo muito preciso.

— Sim — respondi rindo. — Era um documento curioso. Filosofia, astronomia e política receberam nota zero. Em botânica seu conhecimento era desigual. Em geologia, profundo, desde que se referisse a manchas de lama de qualquer região num raio de oitenta quilômetros ao redor de Londres. Considerei-o excêntrico em química, achei que não tinha método em anatomia, mas que era incomparável em literatura sensacionalista e estudos de crimes. Além disso, violinista, lutador de boxe, esgrimista, advogado e envenenador de si mesmo com cocaína e tabaco. Estas eram, acredito, as linhas principais de minha análise.

Holmes fez uma careta ao ouvir as últimas palavras.

— Muito bem! — prosseguiu. — Eu disse então e repito agora que um homem deve guardar no sótão de seu cérebro tudo o que pode ser útil para ele e o resto armazenar no quarto de despejo de sua biblioteca, onde pode procurá-lo se for preciso. Assim, num caso como o que enfrentamos esta noite temos de recorrer a todos os nossos meios. Faça o favor de passar-me a letra K da Enciclopédia Americana que está na estante ao seu lado. Obrigado. Agora examinemos a situação e vejamos o que podemos deduzir dela. Em primeiro lugar podemos presumir que o coronel Openshaw tinha bons motivos para abandonar a América. Um homem de sua idade não gosta de mudar por vontade própria seus hábitos e deixar o clima encantador da Flórida, para vir se isolar numa pequena cidade de província, na Inglaterra. Seu grande amor à solidão me faz crer que era perseguido pelo temor de alguém ou de alguma coisa, e podemos supor que tenha sido esse temor que o fez abandonar a América. Quanto ao que ele temia, só podemos determiná-lo pelo estudo das cartas terríveis que ele e seus herdeiros receberam. Reparou nos carimbos destas cartas?

— A primeira veio de Pondichery, a segunda de Dundee e a terceira de Londres.

— Do leste de Londres. O que pode deduzir disso?

— As três cidades são portos. Quem escreveu as cartas estava a bordo de um navio.

— Muito bem. Já temos uma pista. Com toda probabilidade o remetente estava a bordo de um navio. Passemos agora a outro ponto. No caso da carta de Pondicherry, sete semanas se passaram entre a ameaça e sua execução. No caso de Dundee o intervalo foi de apenas três ou quatro dias. Isso lhe sugere alguma coisa?

— Que a distância a percorrer era maior.

— Sim, mas a carta também veio de uma distância maior.

— Então, não vejo a importância desse detalhe.

— Existe, pelo menos, a possibilidade de que o navio em que este homem, ou estes homens, viajava seja um veleiro. Parece que sempre enviaram sua mensagem estranha antes que eles mesmos se pusessem a caminho. Observe o pouco tempo que transcorreu entre o crime e o aviso quando este veio de Dundee. Se eles tivessem vindo de Pondicherry num vapor, teriam chegado quase ao mesmo tempo que a carta. E na verdade transcorreram sete semanas. Acho que essas sete semanas representam a diferença de velocidade entre o vapor que trouxe a carta e o veleiro que trouxe o autor da carta.

— É possível.

— Mais que isso. É provável. E agora você compreende quanto este novo caso é urgente e por que recomendei ao jovem Openshaw que tomasse muito cuidado. A fatalidade sempre se abateu sobre as vítimas no final do período de tempo necessário para a viagem do remetente da carta. A última vem de Londres. Não devemos, portanto, esperar que ele demore muito.

— Meu Deus! — exclamei. — O que pode significar esta perseguição implacável?

— É evidente que os papéis que Openshaw possuía são da maior importância para a pessoa ou as pessoas que estão a bordo do veleiro. Creio que está muito claro que deve ser mais de um. Um homem só não poderia ter cometido dois homicídios de maneira a enganar um júri. Portanto, os assassinos devem ser vários e têm de ser homens decididos e de muitos recursos. Querem esses papéis, pouco importa com quem estejam. Deste modo, K. K. K. não representa mais as iniciais de um indivíduo, e sim a sigla de uma organização.

— Mas de que organização?

— Já ouviu falar da Ku Klux Klan? — perguntou Holmes, baixando a voz.

— Nunca.

Holmes foi virando as folhas do volume que tinha sobre os joelhos.

— Aqui está — disse ele.

— "Ku Klux Klan. Nome que sugere uma semelhança com o som produzido quando se arma um rifle. Essa sociedade secreta terrível foi fundada nos Estados do Sul por ex-combatentes do exército confederado depois da guerra civil, e logo teve ramificações em diferentes regiões, sobretudo em Tennessee, Louisiana, nas duas Carolinas, na Geórgia e na Flórida. Empregava a força com objetivos políticos, sobretudo para aterrorizar os eleitores negros e assassinar ou expulsar do país os que se opunham a suas ideias. Antes de atacar, os membros desta sociedade enviavam, sob uma forma fantástica, porém fácil de reconhecer, uma mensagem à vítima designada: ora um pequeno ramo de folhas de carvalho, ora sementes de melão ou de laranja. Ao receber o aviso, a vítima devia mudar seu modo de viver ou fugir da região. Quando se atrevia a desafiar a ameaça encontrava a morte infalivelmente e, em geral, de maneira estranha e imprevista. A organização da sociedade era tão perfeita e seus métodos tão sistemáticos que praticamente não se conhece nenhum caso de alguém que a tenha enfrentado e ficado impune, nem de identificação dos autores de nenhum dos crimes. A organização funcionou ativamente durante alguns anos, apesar dos esforços do governo dos Estados Unidos e de amplos setores dos Estados do Sul. Em 1869, o movimento foi dissolvido de repente. Contudo, houve depois dessa época tentativas isoladas para reorganizá-la".

— Você deve ter percebido — disse Holmes, guardando o volume — que a dissolução repentina da sociedade coincidiu com o desaparecimento de Openshaw, que deixou a América levando os documentos. Poderia haver uma relação de causa e efeito. Não é de admirar que ele e sua família estejam sendo perseguidos por espíritos implacáveis. Você bem pode compreender que o registro e a agenda podem comprometer alguns dos homens mais destacados do Sul e que muitos deles não dormirão tranquilos enquanto esses papéis não estiverem em suas mãos.

— Então a página que vimos...

— É o que podíamos esperar. Se bem me lembro, dizia: "Enviei as sementes para A, B e C", o que quer dizer que a sociedade enviou avisos para A, B e C. As anotações a seguir dizem que A e B desapareceram ou deixaram o país. Quanto a C, recebeu uma visita e receio que teve uma sorte triste. Bem, doutor, creio agora que podemos lançar um pouco de luz nesta história obscura e que a única chance de salvação para o jovem Openshaw é fazer o que eu lhe disse. Nada mais podemos dizer nem fazer nesta noite. Por isso passe-me o violino e procuremos esquecer durante meia hora o mau tempo e as paixões ainda piores da espécie humana.

O dia amanheceu claro e o sol brilhava com uma claridade tímida através da neblina que envolve a grande cidade. Sherlock Holmes já estava à mesa quando desci.

— Desculpe-me por não o ter esperado — disse. — Pressinto que hoje vou ter um dia cheio estudando o caso do jovem Openshaw.

— Que passos pretende dar? — perguntei.

— Dependerá do resultado de minhas primeiras averiguações. Pode ser que tenha de ir a Horsham.

— Não irá para lá primeiro?

— Não, começarei pela cidade... Toque a campainha para que a empregada lhe traga o café.

Enquanto aguardava, abri um dos jornais depositados sobre a mesa e dei uma olhada. Meus olhos logo se concentraram numa notícia que me causou arrepios.

— Holmes — exclamei —, acho que já é tarde demais.

— Ah! — disse ele, colocando a xícara sobre a mesa. — Era o que eu temia. Como aconteceu?

Holmes falava com muita calma, porém notei que estava profundamente comovido.

— Meus olhos depararam com o nome de Openshaw e com este título: "Tragédia na ponte de Waterloo". Aqui está a notícia:

> Entre as nove e dez horas da noite de ontem, o policial Cook, da Divisão H, de serviço perto da ponte de Waterloo, ouviu um grito que pedia socorro e o barulho de uma queda na água. Mas a noite estava muito escura, a tempestade caía com violência e, apesar da ajuda de vários transeuntes, foi impossível realizar o resgate. Mesmo assim o alarme foi dado e a polícia costeira conseguiu recuperar o corpo de um jovem, chamado John Openshaw e residente em Horsham,

como atesta um envelope encontrado em seu bolso. Os policiais supõem que, na pressa de chegar a tempo para tomar o último trem na estação de Waterloo e por causa da escuridão, ele se enganou de caminho e caiu da beira de uma plataforma que serve para amarrar os barcos. No corpo não foi encontrado nenhum sinal de violência e parece evidente que o morto foi vítima de um acidente fatal. O acontecimento funesto deve chamar a atenção das autoridades para a situação precária das plataformas de embarque.

Ficamos imóveis e em silêncio por alguns minutos. Holmes estava tão alterado e deprimido como jamais o havia visto.

— Isto fere o meu amor-próprio, Watson — disse ele por fim. — Confesso que é um sentimento mesquinho, mas o meu orgulho sai ferido. Torna-se agora um assunto pessoal e, se Deus me der saúde, botarei a mão nesta quadrilha. Este jovem veio implorar minha ajuda e o enviei à morte.

O detetive se levantou da poltrona de um salto e começou a andar agitado pelo quarto. Seu rosto pálido adquiriu uma leve coloração, e suas mãos longas e magras se contorciam nervosamente.

— Estes indivíduos devem ser astutos como demônios — exclamou — para fazê-lo cair nesta armadilha. A plataforma de embarque não está em linha reta com a estação. Mesmo nesta hora da noite devia haver muita gente na ponte para que eles pudessem executar seus planos. Bem, Watson, vamos ver quem ganhará esta parada. Vou sair agora.

— Para ir à polícia?

— Não. Serei minha própria polícia. Quando preparar minha rede, terei certeza de que apanharei a caça, não antes.

Dediquei o dia inteiro ao meu trabalho profissional e era tarde quando retornei à Baker Street. Holmes ainda não tinha voltado. Eram quase dez horas quando chegou, pálido e extenuado. Foi direto ao guarda-comida, partiu um pedaço de pão e o comeu com voracidade. Depois tomou um grande gole de água.

— Está com fome — comentei.

— Morrendo de fome. Esqueci-me de comer. Não tomei nada desde o café.

— Nada?

— Nem um bocado. Aliás, nem tive tempo de pensar nisso.

— Então, foi bem-sucedido?

— Sim, com toda a certeza.

— Encontrou alguma pista?

— Tenho-os na palma da mão. O jovem Openshaw logo será vingado. Vamos marcá-los com seu próprio emblema diabólico. É uma ótima ideia, não acha?

— O que quer dizer com isso?

Holmes pegou uma laranja no guarda-comida, cortou-a em pedaços e espremeu as sementes sobre a mesa. Escolheu cinco delas, colocou-as dentro de um envelope e escreveu em baixo: "De S. H. para J. C." Em seguida fechou-o e o endereçou ao "*Capitão James Calhoun, Veleiro* Lone Star, *Savannah, Geórgia*".

— Esta carta lhe será entregue quando entrar no porto — disse rindo baixinho — e poderá tirar-lhe o sono à noite. Será o anúncio do que o espera, tão seguro como o foi para Openshaw.

— Quem é esse capitão Calhoun?

— O chefe da quadrilha. Apanharei também os outros, mas ele será o primeiro.

— Como conseguiu localizar sua pista?

Holmes tirou do bolso uma grande folha de papel coberta de datas e nomes.

— Passei o dia inteiro — explicou — consultando os registros do Lloyd e jornais antigos, e seguindo as andanças de todas as embarcações que atracaram em Pondicherry em janeiro e fevereiro de 1883. Trinta e seis embarcações de tonelagem regular foram anotadas nessa cidade nos últimos meses. Uma delas, o *Lone Star*, Estrela Solitária, chamou imediatamente minha atenção porque, embora figurasse como procedente de Londres, tinha o nome de um dos Estados da América.

— O Texas, imagino.

— Não sei muito bem qual, porém tinha certeza de que o navio era de origem norte-americana.

— E depois?

— Procurei nos registros de Dundee e, quando comprovei que o *Lone Star* estivera nesse porto em janeiro de 1885, minha suposição se tornou certeza. Consultei então a lista das embarcações atracadas atualmente no porto de Londres.

— Sim.

— O *Lone Star* chegou na semana passada. Fui até a doca Albert e descobri que o navio havia descido o rio nesta manhã mesmo, e estava a caminho de seu porto de origem, Savannah. Telegrafei a Gravesend e me informaram que havia passado por ali havia algum tempo. Como o vento soprava do leste, o *Lone Star* deve ter deixado Goodwins para trás e não estar longe da ilha de Wight.

— O que vai fazer então?

— Fique tranquilo, já botei a mão em cima deles. Comunicaram--me que o capitão e os dois oficiais são os únicos americanos a bordo. Os outros são finlandeses e alemães. Soube também que os três passaram a noite fora do navio. Isso me contou o estivador que ajudou a carregar a embarcação. Antes que o veleiro atinja Savannah, minha carta terá chegado por navio a vapor, e a polícia de Savannah será informada por cabograma que esses três cavalheiros são procurados por crime de assassinato.

Contudo, sempre existe uma falha até nos planos humanos mais bem delineados e os assassinos de John Openshaw nunca receberam as sementes de laranja que deviam revelar-lhes que um homem tão esperto e decidido como eles seguia sua pista. Naquele ano, as tempestades equinociais foram longas e violentas. Durante semanas esperamos notícias do *Lone Star*; porém nenhuma chegou até nós. Muito tempo depois, entretanto, soubemos que em algum ponto do Atlântico fora visto flutuando entre os vagalhões o cadaste de um navio com as letras L. S. Isso é tudo o que saberemos sobre o destino final do *Lone Star*.

❖

6
O homem do lábio torcido

Isa Whitney, irmão do falecido Elias Whitney, doutor em Teologia e reitor da Escola de Teologia de São Jorge, entregava-se ao ópio. Fiquei sabendo que contraiu o vício no colégio, depois de uma travessura típica de estudante. Tinha lido a descrição dos sonhos e sensações de De Quincey[1] e, para experimentar os mesmos efeitos, embebeu o fumo que usava com láudano. Descobriu, como tantos outros, que é mais fácil adquirir um vício que livrar-se dele, e durante anos viveu escravo da droga, inspirando uma mescla de horror e compaixão a seus amigos e familiares. Parece-me que o vejo, com o rosto amarelado e intumescido, as pálpebras caídas e as pupilas miúdas, encolhido numa cadeira e convertido na ruína e nos despojos de um homem respeitável.

Numa noite de junho de 1889 a campainha de minha porta tocou, mais ou menos na hora em que uma pessoa de hábitos ordenados começa a bocejar e olhar para o relógio, e pensa em ir dormir. Endireitei--me na cadeira e minha mulher deixou cair sobre os joelhos o bordado com que se ocupava com uma leve expressão de desapontamento.

— Um cliente — disse. — Você vai ter de sair.

---

[1] Thomas de Quincey (1785-1859) foi um escritor e intelectual inglês, que se tornou famoso por suas *Confissões de um inglês comedor de ópio*. Nelas conta sua dependência do ópio e do láudano, e os efeitos que teve em sua vida. (N. do T.)

Deixei escapar um suspiro, pois tivera um dia muito cansativo e queria descansar.

A porta se abriu. Ouvimos algumas palavras pronunciadas apressadamente e passos rápidos no corredor. A porta da sala foi empurrada com estrépito e entrou uma senhora de vestido escuro e com o rosto escondido atrás de um véu preto.

— Desculpem-me por vir incomodá-los tão tarde — começou a falar.

De repente perdeu o controle de si mesma, correu até onde minha mulher estava sentada, atirou os braços em volta de seu pescoço e rompeu a chorar em seu ombro.

— Oh, como sou infeliz! – soluçou. — Preciso tanto que alguém me ajude.

— É Kate Whitney! — disse minha mulher, levantando o véu. — Que susto me deu, Kate! Não a reconheci quando entrou.

— Estou em situação horrível. Não sei mais o que fazer. Por isso vim direto à sua casa.

Essas frases não eram novas para mim. As pessoas que enfrentavam dificuldades procuravam minha mulher como os pássaros buscam a luz de um farol.

— Fez bem em ter vindo. Agora, tome um pouco de vinho com água, sente-se confortavelmente e conte-me tudo. Ou prefere que mande James para a cama?

— Oh, não, não. Preciso do conselho e da ajuda do doutor também. É sobre Isa. Faz dois dias que não volta para casa. Tenho medo que alguma coisa ruim tenha acontecido com ele.

Não era a primeira vez que nos falava do problema do marido, a mim como médico e à minha mulher como velha amiga e colega de escola. Fizemos todos os esforços para acalmá-la e consolá-la. Perguntamos se sabia onde o marido estava e se podíamos trazê-lo de volta para casa.

Disse-nos que sabia de boa fonte que, em sua última crise, ele havia ido a um fumadouro de ópio situado no setor leste da cidade. Até então suas orgias não haviam passado de um dia, e sempre retornara para casa, abatido e trêmulo, ao cair da noite. Desta vez, porém, fazia quarenta e oito horas que estava sob o império de sua paixão infeliz. Era nesse fumadouro que devia encontrar-se, respirando veneno ou dormindo até que os efeitos do ópio passassem, no meio da escória das docas. Sua mulher tinha certeza de que se encontrava no "Barra de Ouro", na Upper Swandam Lane. Mas o que podia fazer? Como uma mulher jovem e tímida podia entrar num lugar semelhante e tirar o marido desse antro de malandros?

Esse era o objetivo de sua visita, na esperança de que eu pudesse acompanhá-la a este lugar maldito. Depois, mudando de opinião, considerou que, afinal, sua presença não teria nenhuma serventia e que eu, como médico de Isa Whitney, seria mais capaz de influir sobre ele. Seria melhor que eu fosse sozinho. Prometi a ela que em duas horas mandaria seu marido para casa num tílburi se ele realmente se encontrasse no lugar que me havia indicado.

E assim, dez minutos mais tarde, havia deixado minha poltrona e minha sala de estar confortável, e corria a toda a velocidade num tílburi em direção ao setor leste da cidade, encarregado de uma missão estranha, menos estranha, entretanto, do que veio a tornar-se na realidade.

A primeira etapa de minha aventura foi das mais simples. Upper Swandam Lane é um beco miserável, escondido atrás dos armazéns altos que se estendem no lado norte do rio, a leste da ponte de Londres. Entre uma loja de roupas usadas e um estabelecimento de bebidas alcoólicas encontrei o antro que procurava. Para chegar a ele era preciso descer uma escada de pedra abrupta, que levava até um buraco negro como a entrada de uma caverna.

Mandei o cocheiro esperar e desci os degraus da escada, desgastados na parte do meio pela passagem incessante dos bêbados. À luz vacilante de uma lâmpada de óleo, suspensa em cima da porta, encontrei o trinco e entrei tateando num salão comprido e de teto baixo, com a atmosfera pesada e carregada da fumaça escura do ópio. Beliches de madeira sobrepunham-se ao redor, como no porão de um navio de emigrantes.

Através da penumbra era possível distinguir vagamente numerosos corpos, deitados em posições estranhas e fantásticas, com os ombros arqueados, os joelhos dobrados, a cabeça atirada para trás e o queixo apontando para cima. De vez em quando um olho escuro e sem brilho se fixava no recém-chegado. Entre as sombras negras brilhavam pequenos círculos de luz, que se acendiam e apagavam, conforme o veneno queimasse ou se extinguisse nos fornilhos dos cachimbos de metal.

A maioria dos fumantes estava estendida e não falava. Mas alguns murmuravam seus próprios devaneios e outros trocavam seus pensamentos com voz estranha, cavernosa, entrecortada, e, parando de repente, permaneciam absortos sem prestar atenção no que o vizinho dizia. Na extremidade oposta do salão vi um pequeno braseiro com carvão aceso e ao seu lado, sentado num tamborete de madeira, um ancião alto e muito magro, com o queixo descansando nas mãos e os cotovelos apoiados nos joelhos, olhando fixamente o fogo.

Ao me ver entrar, um empregado malaio, magro e pálido, apressou-se em me oferecer um cachimbo e uma provisão de ópio, convidando-me a me estirar num beliche vazio.

— Obrigado, não vim para ficar, mas para encontrar um amigo meu, o sr. Isa Whitney, com quem quero falar.

Alguém à minha direita fez um movimento brusco e soltou uma exclamação. Como minha vista se acostumasse à meia-luz, distingui à minha frente, com os olhos fixos em mim, Whitney em pessoa, mas um Whitney pálido, com olheiras e desalinhado.

— Meu Deus! É Watson! — exclamou.

O pobre homem estava num estado lastimável, com os nervos excitados no mais alto ponto.

— Diga-me, Watson, que horas são.

— Quase onze horas.

— De que dia?

— De sexta-feira, 19 de junho.

— É horrível! Pensava que fosse quarta-feira. Não, está enganado, é quarta-feira, não é? Que brincadeira é essa de querer assustar um amigo?

Inclinou a cabeça sobre o ombro e começou a soluçar em tom muito agudo.

— Digo-lhe que é sexta-feira, meu caro. Sua mulher o espera há dois dias. Deveria se envergonhar de sua conduta.

— E estou envergonhado. Mas está enganado, Watson, pois só passei aqui algumas horas. Fumei três cachimbos, quatro talvez, não me lembro quantos, mas voltarei para casa com você. Não quero assustar a Kate, pobre Kate. Dê-me a mão. Está de carro?

— Sim, ele está à porta.

— Então vou aproveitar. Mas preciso pagar a conta, Watson. Por favor, veja quanto estou devendo. Não tenho condições de fazer nada sozinho.

Para chegar ao gerente do estabelecimento, percorri a passagem estreita deixada livre entre as fileiras duplas de drogados, prendendo a respiração para não inalar os vapores danosos e entorpecentes do ópio. Ao passar em frente do homem esquálido que estava sentado ao lado do braseiro senti uma mão que puxava minha roupa e ouvi uma voz baixa que sussurrava:

— Vá em frente, vire-se e olhe para mim.

Dei uma olhada à minha volta. Essas palavras foram pronunciadas distintamente e só podiam ter vindo do ancião ao lado do qual me encontrava. Entretanto, ele continuava tão absorto como antes, muito magro, muito enrugado, encurvado pela idade. Tinha o longo cachimbo de ópio caído entre os joelhos, como se o tivesse deixado escapar da mão por puro relaxamento. Dei dois passos para a frente e me virei para olhar. Mas precisei de toda a minha presença de espírito para reter um grito de assombro. O ancião se posicionara de tal maneira que só eu pudesse vê-lo. Seu corpo estava menos magro, suas rugas haviam desaparecido, os olhos embaciados recuperaram o brilho e ali, sentado junto ao braseiro, estava ninguém menos que Sherlock Holmes. Sim, Sherlock Holmes em pessoa, divertindo-se com minha surpresa. Compreendi por um gesto imperceptível que devia me aproximar dele, mas já retomara, com seu lábio pendente, a atitude de ancião decrépito.

— Holmes — murmurei —, que diabo está fazendo aqui, neste antro?

— Fale o mais baixo que puder. Meus ouvidos são excelentes. Se tiver a bondade imensa de se livrar deste seu amigo dopado, ficarei muito feliz em conversar um instante com você.

— Tenho um tílburi à porta.

— Então, por favor, ponha-o dentro dele e o despache para casa. Pode ficar tranquilo, pois parece abatido demais para fazer qualquer bobagem. Recomendo-lhe também que mande um bilhete à sua mulher dizendo que não pode voltar logo por minha causa. Espere-me lá fora. Estarei com você daqui a cinco minutos.

Eu não sabia recusar nada a Sherlock Holmes, pois seus pedidos eram sempre precisos, claros e formulados num tom calmo e autoritário. Também sabia que, quando pusesse Whitney no tílburi, minha missão estaria praticamente concluída. Por outro lado, não podia desejar nada melhor que acompanhar meu amigo numa das aventuras excepcionais que constituíam seu estilo normal de vida. Em alguns minutos escrevi um bilhete à minha mulher e paguei a conta de Whitney. Levei-o até o tílburi e, quando o vi afastar-se, esperei Sherlock Holmes pacientemente. Pouco depois vi sair do antro de ópio um homem de aspecto decrépito que veio juntar-se a mim e descemos a rua lado a lado. Por um bom tempo caminhou arrastando os pés, com as costas curvas e o passo incerto. De repente, deu uma rápida olhada ao redor, endireitou o corpo e explodiu numa gargalhada sonora.

— Você deve pensar, Watson — disse —, que acrescentei o vício do ópio às injeções de cocaína e às outras fraquezas sobre as quais teve a bondade de emitir sua opinião de médico.

— De fato, fiquei muito surpreso de encontrá-lo neste lugar.

— Não mais do que eu de ver você.

— Vim procurar um amigo.

— E eu um inimigo.

— Um inimigo?

— Sim, um de meus inimigos naturais, ou, se preferir, uma de minhas caças naturais. Numa palavra, Watson, estou fazendo uma investigação muito interessante e esperava encontrar, como de outras vezes, alguma pista no meio das divagações incoerentes destes imbecis. Se fosse reconhecido nesta espelunca, minha vida não valeria um tostão. Já usei este recurso antes e o malandro do Lascar, dono do antro, jurou que se vingaria. Há um alçapão nos fundos do prédio, perto do cais de São Paulo, que poderia contar histórias muito estranhas sobre o que passa através dele nas noites sem lua.

— O quê! Está falando de cadáveres?

— Sim, Watson, de cadáveres. Estaríamos ricos se nos dessem mil libras por cada infeliz que encontrou a morte neste antro. É a armadilha mortal mais perversa que existe neste lado do rio e receio que Neville Saint-Clair tenha entrado nela para nunca mais sair. Mas nosso carro deveria estar aqui.

Colocou dois dedos entre os dentes e deu um assobio vigoroso. O sinal foi respondido ao longe por outro assobio seguido pelo barulho de cascos de cavalo e de movimento de rodas.

— Agora, Watson, vem comigo ou não? — indagou Holmes, enquanto uma carruagem alta saía da escuridão, iluminando a rua com seus faróis laterais.

— Se puder ser útil.

— Ah, um companheiro de confiança é sempre útil, e um escritor mais ainda. Tenho, nos Cedros, um quarto com duas camas.

— Nos Cedros?

— Sim, Cedros é o nome da casa do sr. Saint-Clair. Estou alojado ali enquanto faço esta investigação.

— Onde ela fica?

— Perto de Lee, no condado de Kent. Temos um trajeto de onze quilômetros à nossa frente.

— Ainda não sei nada sobre a história.

— Naturalmente. Logo vou lhe contar tudo. Suba aqui. Obrigado,

John, não vamos mais precisar de você. Aqui tem meia coroa. Venha buscar-me amanhã às onze horas. Passe-me as rédeas e até amanhã.

Holmes deu uma chicotada leve no cavalo e saímos a galope numa sucessão interminável de ruas escuras e desertas, que aos poucos foram se alargando até cruzarmos a toda a velocidade uma ponte larga com parapeito, enquanto as águas turvas do rio deslizavam preguiçosamente por baixo. Mais adiante encontramos outro grande espaço coberto de tijolos e de cimento envolto num silêncio completo, interrompido somente pelos passos firmes e compassados do policial da ronda ou pelas canções e pelos gritos de um pequeno grupo tardio de boêmios.

Grandes nuvens escuras se acumulavam no céu, deixando entrever apenas uma ou duas estrelas. Holmes dirigia em silêncio, com a cabeça inclinada sobre o peito, perdido em seus pensamentos. Sentado ao lado dele, eu ardia de curiosidade para saber em que consistia a nova investigação que parecia estar pondo à prova sua capacidade. Não me atrevia, entretanto, a interrogá-lo. Já havíamos percorrido vários quilômetros e atingido as residências suburbanas quando meu companheiro estirou os braços, encolheu os ombros e acendeu o cachimbo com o ar de um homem satisfeito por estar fazendo o melhor possível.

— Tem o grande dom de saber ficar calado, Watson — disse. — É uma qualidade de valor incalculável num companheiro de viagem. Mas preciso conversar com alguém, pois meus pensamentos neste momento não são nada agradáveis. Estava me perguntando o que vou dizer a esta pobre mulher, quando ela sair para me receber à porta.

— Você se esquece de que não sei nada sobre o assunto.

— Tenho tempo suficiente para lhe expor os fatos antes de chegarmos a Lee. Parece um caso ridiculamente simples, porém não encontro uma boa pista para seguir. Há muitos indícios, é certo, mas não formam um conjunto. Agora, Watson, vou lhe contar o caso de forma clara e concisa e talvez brote em seu cérebro uma centelha que me coloque no caminho.

— Vá em frente, então.

— Há alguns anos, em maio de 1884, para ser preciso, veio a Lee um indivíduo chamado Neville Saint-Clair, que parecia ser muito rico. Comprou uma mansão enorme, arranjou os terrenos com muito bom gosto e, de modo geral, vivia confortavelmente. Aos poucos foi fazendo amigos nas redondezas e, em 1887, casou com a filha de um cervejeiro do local, com a qual tem dois filhos. Não trabalhava em nada concreto, mas possuía ações de várias empresas. Ia todos os dias a Londres de manhã e voltava à tarde pelo trem que parte da Canon Street às cinco e catorze. O sr. Saint-Clair conta agora trinta e sete anos. É homem de hábitos moderados, bom marido, pai carinhoso e apreciado por todos que o conhecem. Acrescentarei que, até onde pudemos averiguar, suas dívidas, no momento atual, montam a oitenta e oito libras e dez xelins e sua conta corrente apresenta um saldo favorável de duzentas e vinte libras nos bancos da capital e do condado. Portanto, não há nenhuma razão para supor que seus inimigos, se os tem, sejam credores intransigentes.

"Na segunda-feira passada, o sr. Neville Saint-Clair veio a Londres mais cedo que de costume dizendo, antes de partir, que tinha dois compromissos importantes a cumprir e que na volta traria ao filho pequeno um jogo de construir. Por acaso, sua mulher recebeu um telegrama na mesma segunda-feira, pouco depois que ele saiu, comunicando que um pequeno pacote de valor considerável que ela esperava estava à sua disposição nos escritórios da Companhia Marítima de Aberdeen. Se você conhece bem Londres sabe que o escritório da companhia fica na Fresno Street, na esquina com a Upper Swandam Lane, onde me encontrou esta noite. A sra. Saint-Clair almoçou, foi à cidade, fez algumas compras, seguiu para o escritório da companhia, pegou seu pacote e exatamente às quatro e trinta e cinco caminhava pela Swandam Lane, dirigindo-se à estação. Acompanhou-me bem até aqui?"

— Perfeitamente.

— Talvez se lembre de que na segunda-feira passada fez um calor insuportável. A sra. Saint-Clair andava devagar e olhava à direita e à esquerda na esperança de ver um cabriolé, pois não se sentia à vontade de se encontrar sozinha e a pé naquele bairro mal-afamado. Enquanto descia dessa maneira a Swandam Lane ouviu de repente uma exclamação ou um grito e ficou espantada ao ver o marido olhando para ela e, segundo lhe pareceu, chamando-a com gestos da janela de uma sobreloja. A janela estava aberta e a sra. Saint-Clair afirma que o marido parecia transtornado. Fez com a mão um movimento de desespero e depois desapareceu da janela repentinamente como se tivesse sido puxado por uma força irresistível. Um detalhe estranho chamou sua atenção: embora o marido vestisse o paletó escuro que usava ao sair de casa, não tinha colarinho nem gravata.

"Convencida de que acontecera uma desgraça ao marido, desceu rapidamente os degraus, pois a casa não era outra senão o antro de ópio no qual você me encontrou. Depois de atravessar correndo a sala de entrada, tentou subir a escada que conduz à sobreloja. Mas ao pé da escada esbarrou no homem de que já lhe falei, este malandro do Lascar, que a impediu de passar e que, com a ajuda do dinamarquês que trabalha como seu assistente, empurrou-a para a rua.

"Assaltada por pressentimentos e dúvidas atrozes, desceu correndo a rua e, por sorte, encontrou na Fresno Street alguns policiais com um inspetor que se dirigiam a seus postos de serviço. O inspetor e dois homens a acompanharam e, apesar da resistência obstinada do proprietário, entraram no aposento em que o sr. Saint-Clair fora visto pela última vez, mas não o encontraram. Na verdade, não havia ninguém no andar, a não ser um deficiente infeliz, de aspecto repugnante, que mora ali. Tanto ele como Lascar juraram com insistência que ninguém, além deles, entrara no quarto naquela tarde. E negaram com tanta ênfase que o inspetor começou a ter dúvidas e quase chegou a acreditar que a sra. Saint-Clair tivesse se enganado. Mas ela, soltando um grito, atirou-se sobre uma caixinha de madeira branca que se encontrava sobre a mesa e arrancou a tampa. De dentro caíram em cascata tijolos do jogo de montar, exatamente o brinquedo que o sr. Saint-Clair havia prometido levar ao filho.

"Essa descoberta e a perturbação evidente que o deficiente demonstrou comprovaram ao inspetor que o caso era grave. Os quartos foram revistados cuidadosamente e todos os resultados pareciam indicar um crime abominável. O aposento da frente estava mobiliado como uma sala de estar modesta e se comunicava com um quarto pequeno, que dava para os fundos de um dos cais. Entre o cais e a janela do quarto de dormir havia uma passagem estreita que ficava seca durante a maré baixa, e durante a maré alta era coberta por um metro e meio de água, no mínimo. A janela do quarto era larga e abria por baixo. Ao ser inspecionada, foram encontradas manchas de sangue no peitoril e gotas espalhadas no soalho de madeira.

"No primeiro aposento, atrás de uma cortina, estavam jogadas todas as roupas do sr. Neville Saint-Clair, com exceção de seu paletó. Os sapatos, as meias, o chapéu e o relógio, tudo estava ali. Esses objetos não revelavam nenhum sinal de violência, mas o sr. Saint-Clair havia desaparecido. Devia ter sido jogado pela janela, pois não havia outra saída, e as manchas de sangue horríveis no peitoril não davam sequer a esperança de que pudesse ter se salvado nadando, pois a maré estava em seu ponto mais alto no momento da tragédia.

"E agora uma palavra sobre os patifes que parecem diretamente envolvidos no caso. Lascar, o marinheiro, é um homem de antecedentes péssimos, mas, como a sra. Saint-Clair contou tê-lo visto ao pé da escada alguns instantes depois da aparição de seu marido na janela, ele só pode ter sido um cúmplice no crime. Defendeu-se alegando ignorância absoluta dos fatos. Insistiu dizendo que não sabia nada a respeito das atividades de Hugh Boone, seu locatário, e que não podia de modo algum explicar a presença das roupas do homem que desaparecera. Isso é o que há em relação ao marinheiro.

"Passemos agora ao deficiente de aspecto repugnante que mora no segundo andar do antro de ópio e que certamente foi o último a ver o sr. Neville Saint-Clair. Seu nome é Hugh Boone e seu rosto horrível é conhecido por todos os que frequentam o centro da cidade. É um mendigo profissional, embora finja vender caixas de fósforo de cera para burlar os regulamentos da polícia. Você deve ter notado, a pouca distância ao descer a Thread-Needle Street, na calçada esquerda, um pequeno ângulo na parede. É ali que essa criatura informe senta-se todos os dias, com as pernas cruzadas e o pequeno estoque de fósforos de cera no colo. Oferece um espetáculo tão digno de pena que uma chuva de moedas cai no boné sebento que ele coloca no chão à sua frente.

"Estive observando mais de uma vez esse indivíduo, sem ter a menor ideia de que chegaria a me relacionar com ele por necessidade profissional. Fiquei sempre admirado com a quantia que junta em poucos minutos. Como sabe, sua aparência chama tanto a atenção que ninguém passa ao seu lado sem reparar nele. Um topete de cabelos cor de laranja, um rosto pálido e desfigurado por uma cicatriz horrível que, ao se contrair, torce o canto de seu lábio superior, um queixo de buldogue e um par de olhos escuros muito vivos que contrastam singularmente com a cor de seus cabelos, tudo isso o distingue dos outros mendigos. Também se destaca pelo espírito de réplica, pois sempre tem resposta para os gracejos que os transeuntes podem dirigir-lhe. É este o homem que mora em cima do antro de ópio e foi a última pessoa que viu o cavalheiro que procuramos."

— Mas é um deficiente — disse eu. — O que poderia ter feito sozinho contra um homem no vigor da idade?

— É deficiente no sentido de que manca ao andar, mas em outros aspectos parece ser homem forte e sadio. Sua experiência profissional deve ter-lhe ensinado, Watson, que a fraqueza de um membro é muitas vezes compensada por uma força maior dos outros membros.

— Por favor, continue seu relato.

— A sra. Saint-Clair desmaiou ao ver sangue na janela e a polícia a levou de carro para casa, pois sua presença não podia ajudá-la na investigação. O inspetor Barton, encarregado do caso, examinou atentamente o local, mas não encontrou nada que pudesse esclarecer o mistério. Cometeram um erro ao não prender Boone imediatamente e lhe deram alguns minutos para comunicar-se com seu amigo Lascar. Quando, por fim, foi preso e revistado, nada foi descoberto que pudesse incriminá-lo. É verdade que havia manchas de sangue na manga direita de sua camisa, mas ele mostrou um corte que tinha no anular direito, perto da unha, e declarou que o sangue vinha desse corte, acrescentando que se aproximara da janela pouco antes e que as manchas observadas ali tinham sem dúvida a mesma procedência. Negou energicamente que já tivesse visto o sr. Neville Saint-Clair e jurou que a presença das roupas em seu quarto era tão misteriosa para ele como para a polícia. Quanto à declaração da sra. Saint-Clair de ter visto seu marido na janela, Boone alegou que a mulher estaria louca ou tinha sonhado. Foi levado para a delegacia, apesar de seus protestos. O inspetor de polícia permaneceu no local na esperança de que o refluxo da maré lhe trouxesse um novo indício.

"E não se enganava, pois encontraram na lama não o que procuravam, mas o paletó de Neville Saint-Clair, em vez do próprio Saint-Clair. E adivinhe o que esse paletó continha em seus bolsos?"

— Não tenho nem ideia.

— Não me admira, pois é impossível adivinhar. Todos os bolsos estavam cheios de moedas grandes e pequenas. Havia quatrocentos e vinte e um *pence* e duzentos e setenta meios-*pence*. Não é de estranhar que a maré não o tivesse levado. Mas um cadáver é arrastado mais facilmente. Há um remoinho violento entre o ancoradouro e a casa. Parece portanto natural que o paletó, muito pesado, permanecesse na lama, enquanto o corpo sem roupa fosse transportado até o leito do rio.

— Eu pensava ter ouvido que todas as outras roupas foram encontradas no quarto. O corpo estaria vestido só com o paletó?

— Não, senhor, mas esta tese pode ser defendida. Vamos supor que Boone atirou Neville Saint-Clair pela janela, sem que ninguém visse. O que fez então? Procurou livrar-se das roupas que o comprometeriam. Pegou o paletó para jogá-lo, quando lhe ocorreu que ia flutuar em vez de afundar. Não tinha tempo a perder, pois ouviu o alvoroço ao pé da escada, quando a mulher tentou subir, e seu cúmplice Lascar talvez já o tivesse informado que os policiais vinham correndo pela rua. Não havia um instante a perder. Correu até o esconderijo onde foi juntando os frutos de sua mendicância e colocou nos bolsos do paletó todas as moedas que pôde pegar, para ter certeza de que não ia flutuar. Depois o atirou pela janela e faria o mesmo com as outras roupas se não tivesse ouvido passos apressados na escada. Mas só teve tempo para fechar a janela antes que a polícia irrompesse no aposento.

— Isso parece admissível.

— Em todo caso, partiremos dessa hipótese, na falta de outra melhor. Como já lhe disse, Boone foi detido e levado à delegacia, mas não conseguiram encontrar nenhuma prova contra ele. Era conhecido havia anos como mendigo profissional e em sua vida nunca fora encontrado nada que merecesse repreensão. É neste ponto que a investigação está no momento. Falta descobrir o que Neville Saint-Clair fazia no antro de ópio, o que aconteceu com ele enquanto estava ali, onde se encontra agora e o que Hugh Boone teve que ver com seu desaparecimento. Problemas cuja solução continua longe de ser alcançada. Confesso que não me lembro, em toda a minha experiência, de um caso que parecia tão simples à primeira vista e que apresenta tantas dificuldades.

Enquanto Sherlock Holmes ia contando os detalhes desta série curiosa de acontecimentos, percorríamos a toda a velocidade a periferia da grande cidade, deixando para trás as últimas casas dispersas. Agora rodávamos numa estrada com sebes de propriedades rurais de cada lado. No momento em que Sherlock Holmes terminava seu relato, acabávamos de atravessar dois aglomerados de residências afastadas em cujas janelas ainda brilhavam algumas luzes.

— Estamos nos arredores de Lee — disse meu companheiro. — Nesse curto trajeto atravessamos três condados ingleses. Nosso ponto de partida foi Middlesex, cruzamos uma ponta de Surrey e terminamos em Kent. Vê aquela luz entre as árvores? É ali que se encontram os "Cedros". Ao lado daquela luz, uma lâmpada, há uma mulher cujos ouvidos ansiosos já distinguiram o ruído dos cascos do nosso cavalo.

— Mas por que não está trabalhando neste caso em sua sala, na Baker Street? — perguntei.

— Porque há muitas informações que devo colher aqui. A sra. Saint-Clair colocou gentilmente dois quartos à minha disposição e tenho certeza de que você, meu amigo e colega, será bem recebido. Detesto, meu caro Watson, ter de revê-la sem lhe trazer uma notícia sequer sobre seu marido. Enfim, aqui estamos. Ooa, cavalo, ooa!

Paramos em frente de uma grande casa de campo cercada por um jardim enorme. Um rapaz da cocheira correra para cuidar do cavalo. Pulei no chão e segui Holmes por um caminho estreito e ondeante de cascalho que levava à casa. Quando já estávamos perto, a porta se abriu e uma mulher, pequena e loira, apareceu na soleira, vestida com uma espécie de musselina de seda, ornada com gaze cor-de-rosa na gola e nos punhos. Permaneceu imóvel, com a silhueta delineada pela luz que vinha de dentro. Uma de suas mãos descansava no trinco e a outra estava estendida para nós num gesto de ansiedade. O corpo e a cabeça estavam ligeiramente inclinados para a frente, os olhos demonstravam impaciência e os lábios entreabertos mal continham a pergunta que queria botar para fora.

— Então? — gritou. — Então?

Depois, notando minha presença, soltou um grito de esperança que se transformou num gemido quando observou que meu companheiro abanava a cabeça e dava de ombros.

— Alguma notícia boa?

— Nenhuma.

— Mas nenhuma notícia má.

— Não.

— Graças a Deus! Entrem. O senhor deve estar cansado depois de um longo dia.

— Apresento-lhe meu amigo, o dr. Watson. Ele me ajudou muito em vários casos e uma coincidência feliz me permitiu trazê-lo aqui para tomar parte nesta investigação.

— Prazer em conhecê-lo — disse ela, apertando-me a mão calorosamente. — Tenho certeza de que saberá desculpar as deficiências que encontrar, levando em conta o golpe terrível que sofremos.

— Cara senhora — disse eu —, sou um velho soldado e, mesmo que não fosse, sei que não haverá nada para desculpar. Se puder prestar serviço à senhora ou a meu amigo, ficarei muito feliz.

— Agora, sr. Sherlock Holmes — disse a sra. Saint-Clair, fazendo-nos entrar numa sala de refeições bem iluminada, na qual uma ceia fria fora servida —, gostaria de fazer-lhe uma ou duas perguntas, às quais espero que responda com toda franqueza.

— Certamente, senhora.

— Não leve em consideração meus sentimentos. Não tenho nervos sensíveis nem sou propensa a desmaios. Simplesmente, quero saber sua opinião.

— Sobre que ponto?

— Acredita sinceramente que Neville esteja vivo?

Sherlock Holmes pareceu incomodado com a pergunta.

— Fale sinceramente — repetiu ela, pondo-se de pé em frente da cadeira na qual Holmes estava sentado e olhando fixamente para ele.

— Falando francamente, senhora, acho que não.

— Acredita então que está morto?

— Sim.

— Assassinado?

— Não sei. Pode ser que sim.

— E em que dia morreu?

— Na segunda-feira.

— Então, sr. Holmes, teria a bondade de me explicar como recebi esta carta dele hoje?

Sherlock Holmes se ergueu de um salto, como se tivesse levado um choque.

— O quê? — exclamou.

— Isso mesmo, hoje — disse ela, sorrindo e agitando uma pequena folha de papel.

— Posso lê-la?

— Certamente.

Ele arrancou com impaciência a carta das mãos da senhora e, colocando-a sobre a mesa, aproximou uma lâmpada para examiná-la atentamente. Eu mesmo me levantara e também olhava a carta por cima de seu ombro. O envelope era de papel ordinário e trazia carimbo de Gravesend e data daquele mesmo dia, ou melhor, do dia anterior, pois já passava da meia-noite.

— Está mal escrito — murmurou Holmes, olhando o envelope. — Com certeza, senhora, não é a caligrafia de seu marido.

— Não, mas a carta é dele.

— Vejo também que a pessoa que escreveu no envelope teve de ir perguntar o endereço.

— Como sabe disso?

— Como pode ver, o nome está escrito com tinta bem escura, que secou sozinha. O restante tem a cor cinzenta que a tinta adota quando foi secada com mata-borrão. Se tivesse sido escrito sem interrupção e secado em seguida com mata-borrão, como explicar que parte do endereço esteja em cor mais escura? Esta pessoa escreveu o nome e fez uma pausa antes de escrever o endereço, o que prova que não o conhecia. Esse detalhe parece trivial, à primeira vista, mas pode ter sua importância. Vejamos agora a carta. Ah, ela continha um objeto.

— Sim, um anel, com o sinete de meu marido.

— Tem certeza de que a letra é de seu marido?

— Uma de suas letras.

— O que quer dizer com isso?

— Sua letra quando escreve com pressa. É bem diferente de sua letra habitual, mas, mesmo assim, posso reconhecê-la.

> Querida, não tenha medo. Tudo vai dar certo. Há um mal--entendido grave, e talvez leve algum tempo para esclarecê-lo. Tenha paciência. Neville.

— Isso foi escrito a lápis na folha em branco de um livro, formato oito, sem marca d'água. Hum! Posto no correio hoje em Gravesend, por um homem com o polegar sujo. Ah, e a parte do envelope que se dobra foi colada, se não me engano, por alguém que esteve mascando fumo. Não tem mesmo nenhuma dúvida, senhora, de que a letra é de seu marido?

— Nenhuma. Foi o próprio Neville que escreveu esta carta.

— Ela foi posta no correio hoje em Gravesend. Bem, sra. Saint--Clair, o céu me parece um pouco menos sombrio. Mas não me atrevo a dizer que o perigo esteja afastado.

— Mas ele tem de estar vivo, sr. Holmes.

— A menos que se trate de uma falsificação hábil para nos pôr numa pista falsa. Afinal, o anel não prova nada. Pode ter sido roubado.

— Não, não. A letra é dele, tenho certeza.

— Muito bem. Esta carta pode ter sido escrita na segunda-feira e colocada no correio somente hoje.

— É possível.

— Se foi assim, muitas coisas podem ter acontecido de lá para cá.

— Ah, não tente me desanimar, sr. Holmes. Sei que ele está bem. Existe uma comunicação tão intensa entre nós que, se tivesse acontecido algum mal a ele, eu saberia. No último dia que nos vimos ele se cortou no quarto. Naquele momento eu estava na sala de refeições e subi correndo, com a intuição de que um acidente havia ocorrido com ele. Acha que eu teria essa reação por semelhante trivialidade e seria insensível à sua morte?

— Tenho muita experiência da vida para não saber que a intuição de uma mulher é muitas vezes mais valiosa que as conclusões de um pensador analítico. E esta carta é uma prova palpável que corrobora seu ponto de vista. Mas, se o seu marido está vivo e em condições de escrever cartas, por que continua longe da senhora?

— Não consigo imaginar o motivo. É incompreensível.

— Na segunda-feira, ao deixá-la, ele não fez nenhuma alusão que possa nos orientar?

— Não.

— A senhora ficou surpresa ao vê-lo na casa da Swandam Lane?

— Atônita.

— A janela estava aberta?

— Sim.

— Então poderia tê-la chamado?

— Poderia.

— No entanto, pelo que entendi, somente soltou um grito ininteligível.

— Sim.

— Que lhe pareceu um pedido de socorro.

— Sim. Ele fez um sinal com a mão.

— Talvez tenha sido um grito de surpresa. O espanto ao vê-la quando não esperava poderia tê-lo feito erguer as mãos.

— É possível.

— E lhe pareceu que ele foi puxado para trás.

— Ele desapareceu tão de repente...

— Não poderia ter saltado para trás? Não viu ninguém com ele no quarto?

— Não, mas aquele homem horrível confessou que esteve lá e Lascar se encontrava ao pé da escada.

— Realmente. Pelo que pôde ver, seu marido vestia suas roupas habituais?

— Sim, mas sem colarinho nem gravata. Vi perfeitamente seu pescoço nu.

— Ele lhe falou alguma vez da Swandam Lane?

— Nunca.

— Notou alguma vez que fumava ópio?

— Não.

— Obrigado, sra. Saint-Clair. Estes são os principais detalhes que eu queria ter absolutamente claros. Agora vamos cear, se permitir, e depois vamos nos deitar, pois é possível que amanhã tenhamos um dia muito difícil.

Um quarto com duas camas, espaçoso e confortável, fora posto à nossa disposição e logo me deitei, pois estava exausto depois da noite movimentada. Mas Sherlock Holmes, quando tinha um problema para resolver, podia passar dias, e até uma semana, sem dormir. Examinava a questão de todos os pontos de vista, alinhando e realinhando os fatos, até conseguir resolvê-la ou se convencer de que as informações eram insuficientes. Logo compreendi que se preparava para passar a noite em claro. Tirou o casaco e o colete, vestiu um largo roupão azul e começou a andar pelo quarto, pegando os travesseiros da cama e as almofadas do sofá e das poltronas. Com eles construiu uma espécie de divã oriental, no qual se instalou com as pernas cruzadas, depois de colocar ao alcance da mão uma bolsa de tabaco forte e uma caixa de fósforos.

À luz mortiça da lâmpada que iluminava seus traços acentuados e seu nariz aquilino, eu o via sentado, com um velho cachimbo de madeira entre os lábios e os olhos fixos sem expressão num canto do teto. Permanecia ali, imóvel, enquanto a fumaça do cachimbo se erguia ao redor em espirais azuladas. Assim se encontrava quando adormeci, e não tinha mudado de posição quando, despertado em sobressalto por uma exclamação, notei que o sol de verão já brilhava no aposento. Sherlock Holmes conservava o cachimbo na boca. As espirais de fumaça continuavam a subir para o teto e a atmosfera do quarto estava coberta pela névoa espessa do tabaco, pois nada restava da bolsa que eu vira ao lado de meu amigo, na noite anterior.

— Está acordado, Watson? — perguntou-me.

— Sim.

— Disposto a um passeio matinal?

— Certamente.

— Então vista-se. Ninguém acordou ainda, mas sei onde dorme o rapaz da cocheira e logo teremos a carruagem atrelada.

Holmes sorria para si mesmo enquanto falava e seus olhos brilhavam de alegria. Parecia bem diferente do pensador sombrio da noite anterior.

Olhei o relógio enquanto me vestia. Não era de admirar o silêncio que nos cercava. Ainda eram quatro e vinte e cinco da manhã. Eu terminava de me vestir quando Holmes voltou para anunciar que o rapaz estava atrelando o cavalo na carruagem.

— Quero testar uma pequena hipótese minha — disse, enquanto calçava os sapatos. — Acho, Watson, que está na presença do maior imbecil da Europa. Mereço receber um pontapé formidável nos fundilhos. Mas me parece que já tenho a chave do problema.

— E onde ela se encontra? — perguntei, sorrindo.

— No banheiro — respondeu. — Não, não estou brincando — continuou, ao ver meu gesto de incredulidade. — Acabo de sair dali, peguei-a e a coloquei dentro desta maleta. Venha, meu rapaz, e vamos ver se ela se encaixa ou não na fechadura.

Descemos na ponta dos pés e saímos. O sol já brilhava em todo o seu esplendor. A carruagem e o cavalo se encontravam na estrada, com o moço da cocheira, meio vestido, segurando as rédeas. Subimos rapidamente no veículo e partimos em disparada na direção de Londres.

Encontramos na estrada algumas carroças de verdureiros que levavam legumes e hortaliças para a capital, mas as fileiras de casas dos lados estavam mergulhadas no silêncio mais profundo.

— Em certos aspectos, tem sido uma história curiosa — disse Holmes de repente, estimulando o cavalo a galopar. — Confesso que estive mais cego que uma toupeira, mas é melhor aprender tarde do que nunca.

Na cidade, os mais madrugadores apenas começavam a aparecer meio sonolentos nas janelas quando passamos pelas ruas do lado de Surrey. Atravessamos o Tâmisa pela ponte de Waterloo, subimos a toda a velocidade pela Wellington Street e, virando bruscamente à direita, chegamos à Bow Street. Sherlock Holmes era bem conhecido na polícia e os dois agentes que se encontravam em frente da porta o cumprimentaram. Um deles segurou as rédeas do cavalo, enquanto o outro nos fez entrar.

— Quem está de serviço? — perguntou Holmes.

— O inspetor Bradstreet, senhor.

— Ah, Bradstreet, como vai?

O policial ao qual ele se dirigia era um homem alto e corpulento, com o boné e a jaqueta do uniforme, que vinha em nossa direção por um corredor ladrilhado.

— Gostaria de falar com você, Bradstreet.

— Pois não, sr. Holmes. Venha até minha sala.

Era um aposento pequeno, com um livro enorme em cima da mesa e um telefone na parede. O inspetor sentou-se atrás da mesa.

— Em que posso ajudá-lo, sr. Holmes?

— Vim falar sobre o mendigo Boone, acusado de participar no desaparecimento do sr. Neville Saint-Clair, de Lee.

— Sim. Está detido enquanto prosseguem as investigações.

— Foi o que me disseram. Está aqui?

— Numa das celas.

— Está tranquilo?

— Ah, não causa nenhum problema. Mas a sujeira dele é repulsiva.

— Repulsiva?

— Sim. Tudo o que pudemos obter até agora é que lave as mãos. Seu rosto até parece de um carvoeiro. Quando seu caso for julgado terá de tomar banho periodicamente na cadeia, e não será de luxo. Se o senhor o visse, acho que concordaria comigo que precisa de um banho.

— Eu gostaria muito de vê-lo.

— Realmente? Isso é fácil. Venha comigo. Pode deixar sua maleta aqui.

— Não, prefiro levá-la.

— Como queira. Venha por aqui, por favor.

Levou-nos por um corredor, abriu uma porta fechada com uma barra de ferro, desceu uma escada em espiral e nos introduziu numa galeria revestida de cal, com uma fileira de portas de cada lado.

— A cela é a terceira à direita — disse o inspetor, encaminhando-se em sua direção. — Aqui está.

Abriu sem fazer ruído uma janelinha na parte superior da porta e espiou para dentro.

— Está dormindo — disse —, mas podem vê-lo perfeitamente.

Aproximamo-nos os dois da abertura e vimos o prisioneiro deitado, com o rosto virado para nós. Dormia um sono profundo, com uma respiração lenta e ruidosa. Era um homem de estatura mediana e malvestido, como convinha à sua condição. Usava uma camisa colorida que saía pelos furos do paletó em frangalhos. Como o inspetor havia dito, estava extremamente sujo, mas a imundície que cobria seu rosto não conseguia ocultar a feiura repugnante. Uma sutura larga de uma velha cicatriz atravessava seu rosto do olho ao queixo e o ferimento que a produzira levantara, ao se cicatrizar, um lado do lábio superior e descobrira três dentes que lhe davam o aspecto de uma careta contínua. Uma profusão de cabelos vermelhos muito vivos descia até os olhos e a testa.

— É uma beleza, não lhes parece? — disse o inspetor.

— Está precisando de um bom banho — respondeu Holmes. — A ideia já me ocorrera e tomei a precaução de trazer comigo tudo o que é necessário para isso.

Enquanto falava, abriu a maleta e, para minha surpresa, tirou dela uma esponja de banho enorme.

— Ha! Ha! O senhor é muito engraçado — riu o inspetor.

— Agora tenha a bondade de abrir a porta com muito cuidado, e verá que logo ele terá uma aparência muito mais respeitável.

— Afinal, não será ruim — disse o inspetor. — Assim como está, é um desprestígio para a prisão da Bow Street.

Introduziu a chave na fechadura e entramos os três na cela, abafando os passos. O homem adormecido se virou e voltou a cair em sono profundo. Holmes se aproximou do jarro de água, umedeceu a esponja e a esfregou com força duas vezes no rosto do preso.

— Permitam-me que lhes apresente o sr. Neville Saint-Clair, de Lee, condado de Kent — disse.

Nunca em minha vida presenciei espetáculo semelhante. O rosto do homem se transformara sob a esponja, como se uma crosta lhe fosse tirada. A cor bronzeada desapareceu, assim como a cicatriz horrível que cruzava o rosto e o lábio torcido que formava a careta repulsiva. Os cabelos vermelhos desgrenhados se desprenderam com um puxão, deixando diante de nós, sentado na cama, um homem pálido, de olhar triste e aparência refinada, cabelos pretos e pele lisa, esfregando os olhos e olhando em volta com o atordoamento de alguém que acaba de despertar. De repente, ao perceber que o disfarce fora descoberto, soltou um grito e se atirou na cama, escondendo o rosto no travesseiro.

— Meu Deus! — exclamou o inspetor. — É o homem que procuramos. Posso reconhecê-lo pela fotografia.

O preso olhou para nós com o ar conformado de um homem que se abandona à sua sorte.

— Muito bem — disse. — Posso saber de que sou acusado?

— Do desaparecimento do sr. Neville Saint... Ora, vamos, não pode ser acusado disso, a não ser que seja uma tentativa de suicídio — disse o inspetor, com um sorriso. — Estou na polícia há vinte e sete anos, e nunca vi algo parecido.

— Se sou Neville Saint-Clair, é evidente que não houve crime e, portanto, minha detenção aqui é ilegal.

— Não houve crime, e sim um erro grave — disse Holmes. — Teria feito melhor se tivesse confiado em sua mulher.

— Não era por ela, era pelas crianças — gemeu o prisioneiro. — Que Deus me ajude, eu não queria que se envergonhassem de seu pai. Meu Deus! Que escândalo! O que vou fazer agora?

Sherlock Holmes sentou-se ao lado dele na cama e colocou a mão amigavelmente em seu ombro.

— Se deixar que um tribunal julgue este caso, dificilmente evitará a publicidade. Por outro lado, se conseguir convencer as autoridades policiais de que não há motivo para acusá-lo de nada, não vejo razão para que os detalhes do que ocorreu cheguem aos jornais. Estou certo de que o inspetor Bradstreet tomará nota de seu depoimento e o submeterá às autoridades competentes. Deste modo, o caso não precisará chegar ao tribunal.

— Deus o abençoe! — exclamou o prisioneiro, emocionado. — Eu suportaria a prisão e até a pena de morte, antes de permitir que meu segredo odioso caísse como um estigma sobre meus filhos.

"Ninguém além dos senhores conhecerá a minha história. Meu pai era professor em Chesterfield, onde recebi uma educação excelente. Na juventude viajei pelo mundo, trabalhei como ator no teatro e por fim me tornei repórter de um jornal vespertino em Londres. Um dia meu editor manifestou o desejo de ter uma série de reportagens sobre a mendicância na capital e me propus a fazê-las. Foi o começo de minhas aventuras. Precisei tornar-me mendigo amador para obter os dados que deviam servir de base para as reportagens. No teatro, aprendi naturalmente todos os truques da maquiagem e era famoso nos camarins por minha habilidade. Decidi tirar partido desse talento. Pintei o rosto e, para suscitar a piedade do público, simulei uma cicatriz enorme. Adotei o hábito de levantar o lábio com a ajuda de uma tira de esparadrapo da cor da pele. Depois, com uma peruca vermelha e vestido adequadamente, ocupei meu ponto na região mais movimentada da cidade, fazendo-me passar por um vendedor de fósforos de cera, mas na realidade era um mendigo. Desempenhei meu papel durante sete horas e quando voltei à noite para casa descobri, com grande surpresa, que havia recolhido nada menos que vinte e seis xelins e quatro *pence*.

"Escrevi as reportagens e não voltei a pensar mais na história até que, algum tempo depois, fui fiador de um amigo e arrumei uma dívida de vinte e cinco libras. Não sabia onde encontrar o dinheiro, quando de repente me veio uma ideia. Pedi quinze dias de prazo ao credor e licença a meus chefes e, disfarçado de mendigo, passei os dias pedindo esmola no centro da cidade. Em dez dias juntei o dinheiro e paguei a dívida.

"Podem imaginar como foi difícil submeter-me de novo a um trabalho cansativo por duas libras por semana, sabendo que podia ganhar essa quantia em um dia, sem me mexer, somente pintando o rosto e colocando o boné no chão. Travou-se uma luta longa entre minha vaidade e o amor ao dinheiro, e por fim venceu o dinheiro.

Desisti do jornalismo e vim sentar-me, dia após dia, na mesma esquina do início, inspirando piedade com o rosto horrendo e enchendo os bolsos de moedas.

"Só um homem conhecia meu segredo. Era o dono de um antro da Swandam Lane, de quem aluguei um quarto. Cada manhã saía dali disfarçado de mendigo imundo e à tarde me transformava num homem elegante. Esse indivíduo, um ex-marinheiro das Índias Orientais, era muito bem pago pelos quartos que me alugava, e eu sabia que meu segredo estava seguro em suas mãos.

"Logo notei que estava ganhando muito dinheiro. Não quero com isso dizer que qualquer mendigo que ande pelas ruas de Londres consiga ganhar setecentas libras por ano, o que é menos do que faço, em média. Mas eu tinha em meu poder um dom excepcional de imitação e também uma facilidade de respostas criativas, que fui aperfeiçoando com a prática até me converter num personagem bem conhecido nas ruas do centro. Todos os dias caía sobre mim uma chuva de *pence*, com uma ou outra moeda de prata, e era raro que não juntasse pelo menos duas libras durante o dia.

"À medida que ia ficando rico me tornava mais ambicioso. Comprei uma casa no campo e me casei, sem que ninguém suspeitasse de minha profissão. Minha querida mulher sabia que eu tinha um negócio na cidade, mas nem de longe imaginava em que consistia.

"Na segunda-feira passada havia terminado meu dia e estava me vestindo em meu quarto, em cima do antro de ópio, quando, olhando pela janela, vi, com grande espanto e horror, minha mulher parada na rua com os olhos fixos em mim. Soltei um grito de surpresa, ergui os braços para cobrir o rosto e corri em busca de meu confidente, o marinheiro, pedindo-lhe que não deixasse ninguém subir ao aposento onde me encontrava. Ouvi a voz de minha mulher embaixo, mas sabia que não permitiriam que subisse. Prontamente tirei as roupas elegantes e vesti as de mendigo, maquiei o rosto e coloquei a peruca. Nem mesmo os olhos de minha mulher poderiam me reconhecer com um disfarce tão perfeito.

"Ocorreu-me então que poderiam fazer uma busca no quarto e as roupas me trairiam. Corri para abrir a janela e nesse movimento brusco fiz sangrar um corte que dera na mão de manhã em minha casa. Peguei o paletó com todas as moedas que acabava de transferir da bolsa de couro em que guardava meus ganhos, atirei-o pela janela e vi-o desaparecer nas águas do Tâmisa. As outras roupas teriam a mesma sorte se, naquele momento, os policiais não viessem correndo pela escada. Alguns minutos mais tarde descobri, para grande alívio de minha parte, devo confessar, que, em vez de me identificarem como Neville Saint-Clair, prenderam-me como seu assassino.

"Acho que não falta mais nada para explicar. Estava decidido a conservar o disfarce pelo maior tempo possível, daí minha insistência em não lavar o rosto. Sabendo que minha mulher estaria terrivelmente preocupada, tirei o anel e o entreguei a Lascar num momento em que nenhum policial me vigiava, com um pequeno bilhete escrito às pressas informando-lhe que não tinha nada a temer."

— Esse bilhete só chegou às mãos dela ontem — disse Holmes.

— Meu Deus! Que semana ela deve ter passado!

— A polícia esteve de olho em Lascar — disse o inspetor Bradstreet — e compreendo perfeitamente que tenha tido dificuldade de colocar no correio uma carta sem ser observado. Provavelmente a entregou a um marinheiro cliente de sua casa, que a esqueceu vários dias no fundo de seu bolso.

— Foi isso, sem dúvida alguma — disse Holmes, aprovando com um sinal de cabeça. — Nunca foi multado por mendicância?

— Mais de uma vez, mas o que era uma multa para mim?

— Agora é preciso acabar com isso — interrompeu Bradstreet. — Se quer que a polícia abafe o caso, Hugh Boone deve deixar de existir.

— Juro pelo que há de mais sagrado para um homem.

— Neste caso, é provável que o assunto não vá adiante. Mas, se o apanharmos mendigando outra vez, toda a história voltará à tona. Sr. Holmes, ficamos gratos por ter esclarecido o caso. Gostaria de saber como obtém esses resultados.

— Desta vez resolvi o problema sentado em cinco almofadas, consumindo uma bolsa de tabaco para cachimbo. Creio, Watson, que, se voltarmos logo à Baker Street, chegaremos a tempo de tomar o café.

7
O carbúnculo azul

Dois dias depois do Natal, passei de manhã pela casa de meu amigo Sherlock Holmes para lhe desejar um bom ano. Encontrei-o deitado preguiçosamente no sofá, vestido com um roupão cor de amora. Tinha, ao alcance da mão, um cachimbo e uma pilha de jornais que devia ter lido e relido, a tal ponto estavam amarrotados. Ao lado do sofá havia um chapéu de feltro duro muito gasto e amassado, pendurado numa cadeira de palha. Uma lente e uma pinça, deixadas sobre a cadeira, indicavam que o chapéu fora colocado ali para ser examinado atentamente.

— Parece-me muito ocupado, meu caro — disse eu a Holmes —, e não quero incomodá-lo.

— Nada disso. Gosto de comentar com um amigo as conclusões a que acabo de chegar. É um caso dos mais triviais — acrescentou, apontando com o dedo o chapéu gasto —, mas algumas particularidades relacionadas com ele possuem certo interesse e são até instrutivas.

Sentei-me na poltrona e aqueci as mãos ao fogo que brilhava na lareira, pois fazia muito frio. Caíra uma geada forte e os vidros estavam cobertos com uma camada de gelo.

— Suponho — comentei — que, apesar de seu aspecto inocente, este objeto tenha uma história terrível, ou talvez a pista que vai guiá-lo na solução de um mistério e contribuir para a punição de um crime.

— Não, não. Não se trata de um crime — disse Sherlock Holmes, rindo. — É somente um desses incidentes caprichosos que ocorrem nos centros onde quatro milhões de seres humanos se acotovelam num espaço de alguns quilômetros quadrados. No vaivém dessa colmeia humana tão compacta qualquer combinação de acontecimentos é possível e podem surgir muitos pequenos problemas estranhos e surpreendentes, que nem por isso são crimes. Já tivemos experiências desse tipo.

— De fato — respondi. — Dos últimos seis casos que registrei em meus arquivos, três não continham nenhum traço daquilo que a lei qualifica como crime.

— Exatamente. Você se refere aos esforços que fiz para recuperar a fotografia que estava em poder de Irene Adler, à aventura curiosa da jovem Mary Sutherland e à história do homem do lábio torcido. Pois bem, estou convencido de que o caso atual faz parte da mesma categoria daqueles em que não há crime. Conhece o comissário Peterson?

— Sim.

— Este troféu pertence a ele.

— O chapéu é dele?

— Não, ele o encontrou. O dono é desconhecido. Não o considere como um simples chapéu amarrotado, mas como um problema intelectual. Mas antes vou lhe contar como veio parar aqui. Chegou na manhã de Natal, em companhia de um belo ganso gordo que, não tenho dúvida, a estas horas está sendo assado na cozinha de Peterson. Vou narrar a história desde o início.

"Às quatro horas da manhã, no dia de Natal, Peterson, que, como sabe, é um sujeito honesto, voltava de uma ceia e se dirigia para casa descendo pela Tottenham Court Road. À luz dos lampiões de gás viu um homem alto que caminhava à sua frente, cambaleando um pouco e carregando um ganso branco às costas. Ao chegar à esquina da Goodge Street, ocorreu uma briga entre esse indivíduo e um pequeno grupo de arruaceiros. Um deles derrubou o chapéu do homem. O desconhecido levantou a bengala para se defender e com esse gesto quebrou a vitrina da loja que se encontrava atrás dele.

"Peterson se apressou a ajudar o desconhecido, mas o homem, assustado por ter quebrado o vidro e vendo alguém de uniforme correndo em sua direção, largou o ganso, saiu em disparada e desapareceu no labirinto de ruas pequenas que se encontram atrás da Tottenham Court Road. Os arruaceiros também fugiram ao ver Peterson aparecer, de sorte que ele se tornou dono do campo de batalha e também dos troféus de guerra, na forma de um chapéu velho e de um esplêndido ganso de Natal."

— Troféus que ele certamente devolveu ao proprietário.

— Meu caro amigo, aí está o problema. É verdade que o ganso trazia amarrado na pata esquerda um pequeno cartão no qual estava escrito "Para a sra. Henry Baker" e as iniciais H. B. podem ser lidas no forro do chapéu. Mas como existem alguns milhares de Bakers e algumas centenas de Henrys Bakers em nossa cidade, não é fácil restituir a alguém o que ele pode ter perdido.

— E o que Peterson fez então?

— Trouxe-me na manhã de Natal o chapéu e o ganso para cultivar minha mania, pois sabe até que ponto gosto de resolver problemas, por mais insignificantes que pareçam à primeira vista. Guardamos o ganso até esta manhã, quando começou a dar sinais de que, apesar da geada, era melhor comê-lo sem mais demora. Assim, o homem que o encontrou levou-o para que se cumpra o destino final de todo ganso, enquanto eu continuo com o chapéu do desconhecido que tão malfadadamente ficou privado de sua ceia de Natal.

— Ele não pôs um anúncio no jornal?

— Não.

— Então, que indícios pode ter sobre sua identidade?

— Só aqueles que podemos deduzir por nós mesmos.

— Do chapéu?

— Precisamente.

— Está brincando. Que informação pode tirar desse chapéu velho amarrotado?

— Aqui tem minha lente. Você conhece meus métodos. O que pode deduzir sobre a personalidade do homem que usava esse chapéu?

Peguei o chapéu e, depois de virá-lo e revirá-lo em todos os sentidos, senti-me embaraçado. Era um chapéu-coco preto de feltro duro, ordinário e muito gasto. Tinha um forro de seda vermelha, que estava quase completamente sem cor. Não trazia o nome do fabricante, mas, como Holmes havia observado, as iniciais H. B. estavam rabiscadas num dos lados. A aba tinha um furo para a inserção de um elástico para segurar abaixo do queixo, mas do elástico não havia nem sinal. Além disso, estava rasgado, cheio de pó e coberto de manchas, e parecia que uma tinta preta fora aplicada para escondê-las.

— Não consigo ver nada — disse eu, devolvendo o chapéu ao meu amigo.

— Você é um bom observador, mas não sabe, por meio do raciocínio, tirar conclusões do que tem diante dos olhos.

— Então diga-me o que deduz desse chapéu.

Holmes o apanhou e examinou com o ar introspectivo tão característico dele.

— Talvez sugira menos do que se poderia esperar — observou. — No entanto, tiro dele algumas deduções muito claras e outras baseadas em probabilidades sérias. É evidente que o dono desse chapéu era muito inteligente e vivia bem nos últimos três anos, embora hoje esteja em situação difícil. Era previdente, mas o é muito menos atualmente, prova de uma decadência moral que, somada ao declínio financeiro, parece indicar algum vício em sua vida, provavelmente a embriaguez. Isso explica suficientemente por que a mulher deixou de cuidar dele e talvez não o ame mais.

— Por favor, Holmes!

— No entanto, ainda conserva certo grau de amor-próprio — prosseguiu, sem parecer ter ouvido meu protesto. — É homem de meia-idade que leva uma vida sedentária, sai pouco e não faz nenhum exercício. Aplica um fixador nos cabelos grisalhos, que cortou há poucos dias. Estes são os dados mais salientes que a observação desse chapéu me fez deduzir. Ah, ia me esquecendo de acrescentar que provavelmente falta gás na casa onde mora.

— Certamente está brincando, Holmes.

— De forma alguma. É possível que mesmo depois de dar os resultados, você não seja capaz de ver como os obtive?

— Evidentemente sou muito lento, e tenho de confessar que sou incapaz de segui-lo. Por exemplo, como pode saber de este homem é inteligente?

Como resposta, Holmes pôs o chapéu na cabeça e o desceu pela testa até o nariz.

— É uma simples questão de capacidade cúbica. Um homem que tem uma cabeça tão volumosa deve ter alguma coisa dentro.

— E o declínio de sua fortuna?

— Este chapéu é usado há três anos. Foi naquele momento que lançaram a moda das abas chatas com as beiras ligeiramente curvas. É um chapéu da melhor qualidade. Veja a fita de seda ao redor e o forro de excelente qualidade. Se esse homem tinha condições de comprar há três anos um chapéu tão caro e depois não comprou outro, foi certamente porque sua situação econômica piorou.

— Tudo isso parece muito claro. Mas como explica sua previdência e sua decadência moral?

Sherlock Holmes sorriu.

— Aqui está a explicação de sua previdência — disse, colocando o dedo no pequeno disco e no anel destinados ao cordão do chapéu. — Nenhum chapéu é vendido com esse dispositivo. Se este homem mandou pôr esse cordão por precaução contra o vento, é sinal de que possui certa previdência. No entanto, verifico que o elástico rebentou e ele não o substituiu. Por isso afirmo que já não é tão previdente como antes, o que prova um enfraquecimento de sua personalidade. Mas ainda não perdeu por completo o amor-próprio, porque procurou esconder as manchas do chapéu cobrindo-as com tinta.

— Seu raciocínio é justo.

— Acrescentei que é de meia-idade, tem cabelos grisalhos, mandou cortá-los recentemente e usa fixador. Você pode convencer-se disso examinando de perto a parte inferior do forro. A lente revela muitas pontas de cabelo, cortadas evidentemente por um barbeiro. Todas são pegajosas e desprendem um cheiro inconfundível de fixador. Esta poeira, observe bem, não é a poeira cinzenta e arenosa da rua, mas é parda e fofa como a de dentro de casa, o que demonstra que o chapéu fica pendurado a maior parte do tempo. E as manchas de suor do interior são uma prova palpável de que o dono transpira abundantemente e, por isso, dificilmente pode se encontrar em boa forma física.

— Você também disse que a mulher não o ama mais.

— Este chapéu não é escovado há semanas. Meu caro Watson, quando sua mulher o deixar sair com poeira de uma semana acumulada no chapéu e o vir chegar assim em minha casa, terei dúvidas sobre o bom relacionamento com sua mulher.

— Mas ele pode ser solteiro.

— Não, pois levava o ganso para casa como uma oferta de paz para a esposa. Lembre-se do cartão preso na pata da ave.

— Você tem resposta para tudo. Como deduziu que falta gás em sua casa?

— Um pingo de cera de vela, ou até dois, podem cair por acaso. Mas quando vejo cinco acho que existem poucas dúvidas de que o indivíduo costuma subir a escada com esse tipo de iluminação. Provavelmente sobe à noite ao quarto com o chapéu numa mão e uma vela acesa na outra. Em todo caso, essas manchas não vêm de um bico de gás. Está satisfeito?

— É muito engenhoso — disse eu, rindo. — Mas, como não houve crime e nada aconteceu de grave, a não ser a perda de um ganso, tudo isso me parece uma grande perda de tempo.

Sherlock Holmes ia responder, quando a porta se abriu bruscamente. Peterson, o comissário, apareceu na soleira com o rosto corado e uma expressão de assombro sem limites.

— O ganso, sr. Holmes! O ganso, senhor! — pronunciou com esforço.

— O que tem o ganso? Reviveu e saiu voando pela janela da cozinha?

Holmes mudou de lugar para observar melhor a fisionomia excitada do visitante.

— Olhe, senhor. Veja o que minha mulher encontrou no papo do ganso.

Estendeu a mão e mostrou no centro da palma uma pedra azul de brilho deslumbrante, do tamanho de um feijão, mas tão pura e cintilante que parecia uma luz elétrica no côncavo escuro da mão. Sherlock Holmes se levantou e assobiou.

— Com a breca, Peterson! — exclamou. — Encontrou um tesouro de grande valor. Suponho que saiba o que é esta pedra.

— Uma pedra preciosa, sr. Holmes. Um diamante. Corta o vidro como um papelão.

— É mais que uma pedra preciosa. É "a pedra preciosa".

— Não seria por acaso o carbúnculo azul da condessa de Morcar? — bradei.

— Exatamente. Conheço seu tamanho e sua forma depois do anúncio que o *Times* vem publicando diariamente. É uma joia única no gênero, e sobre seu valor só é possível fazer conjeturas, mas as mil libras de recompensa prometidas a quem der alguma informação não chegam nem à vigésima parte de seu preço no mercado.

— Mil libras, meu Deus!

E o pobre comissário caiu numa cadeira, olhando-nos um após o outro com estupefação.

— É a recompensa prometida — prosseguiu Holmes. — Tenho razões para crer que há aspectos sentimentais ligados a essa pedra que levariam a condessa de Morcar a desfazer-se de metade de sua fortuna para recuperá-la.

— Se bem me lembro, a joia foi perdida no Hotel Cosmopolitan — comentei.

— Justamente, no dia 22 de dezembro, há cinco dias. As suspeitas recaíram sobre o encanador, John Horner, que foi acusado de a ter roubado do porta-joias da condessa. Havia tantas suspeitas contra ele que o caso já passou para os tribunais. Parece-me que tenho uma notícia sobre o assunto.

Foi pegando um a um os jornais e consultando as datas, até que enfim selecionou um, alisou-o, dobrou-o e leu o título seguinte:

> Roubo de joias no Hotel Cosmopolitan
>
> O encanador John Horner, vinte e seis anos, é acusado de ter roubado, em 22 do corrente, a joia preciosa conhecida como "carbúnculo azul" do porta-joias da condessa de Morcar. O chefe de serviço do hotel, James Ryder, declarou que no dia do roubo conduziu Horner ao quarto de vestir da condessa para soldar a segunda barra da grade da lareira, que estava solta. Permaneceu algum tempo com Horner, mas depois foi chamado e teve de ausentar-se. Ao voltar, notou que Horner tinha desaparecido, que a cômoda tinha sido forçada e que o cofrezinho de marroquim, no qual, como se soube mais tarde, a condessa costumava colocar as joias, estava vazio em cima da mesa.
>
> Ryder deu logo o alarme e Horner foi detido na mesma noite, porém a pedra não foi encontrada nem com ele nem em sua casa. A camareira da condessa, Catarina Cusack, depôs que ouviu o grito de pânico de Ryder ao descobrir o roubo e se precipitou para o quarto, onde encontrou as coisas como a última testemunha havia descrito. O inspetor Bradstreet, da divisão B, confirmou a detenção de Horner, que resistiu furiosamente e protestou sua inocência em altos brados. Como se comprovou que o detido já tinha sido condenado por roubo, o magistrado se recusou a julgar o caso sem investigação prévia, remetendo-o a um tribunal superior. Horner, que demonstrara emoção intensa durante o processo, desmaiou ao ouvir a decisão e teve de ser retirado da sala.

— Hum! Até aqui a informação da polícia — disse Holmes com ar pensativo, pondo o jornal de lado. — A questão que falta elucidar é a série de acontecimentos que se desenrolou entre o porta-joias arrombado e o papo de um ganso encontrado na Tottenham Court Road. Como vê, Watson, nossas pequenas deduções assumiram de repente um aspecto muito mais grave e menos inocente. Aqui está a pedra. Foi encontrada dentro de um ganso e este pertencia ao sr. Henry Baker, o senhor do chapéu velho sugestivo de que lhe falei longamente. Agora precisamos procurar seriamente esse indivíduo e determinar o papel que desempenhou nesse pequeno enigma. Para isso, começaremos pelo meio mais simples, que é sem dúvida pôr um anúncio em todos os jornais vespertinos. Se isso não der certo, terei de recorrer a outros meios.

— Como vai redigir esse anúncio?
— Dê-me um lápis e essa folha de papel. Vamos ver:

Encontrados na esquina da Goodge Street um ganso e um chapéu de feltro escuro. Os dois estarão à disposição do sr. Henry Baker a partir das seis e meia da tarde na Baker Street, n° 221 bis.

— É claro e conciso, não é?
— Muito claro realmente, mas ele o lerá?
— É provável que olhe os anúncios dos jornais, pois, para um homem pobre, foi uma perda importante. Assustado por ter quebrado um vidro e ao ver Peterson se aproximando, só pensou em fugir. Mas logo deve ter lamentado o impulso que o fez soltar a ave. Além disso, a precaução que tive de colocar seu nome não foi inútil, pois todos os que o conhecem chamarão sua atenção para o fato. Agora, Peterson, vá depressa à agência e mande pôr esse anúncio nos jornais da tarde.
— Em quais deles, senhor?
— No *Globe*, no *Star*, no *Pall Mall*, na *Saint-James' Gazette*, no *Evening News*, no *Standard*, no *Echo* e em qualquer outro que lhe vier à mente.
— Muito bem, senhor, e a pedra?
— Vou guardá-la, meu amigo. Ah, ia me esquecendo, Peterson. Compre um ganso na volta e traga-o aqui, pois teremos de o dar a este senhor no lugar daquele que sua família está comendo.
Quando o comissário foi embora, Holmes ergueu a pedra e a olhou contra a luz.
— É uma bela pedra — disse. — Veja como brilha e faísca. Naturalmente atrai o crime, como todas as belas pedras. Elas são o chamariz favorito do demônio. Nas joias maiores e mais antigas, pode-se dizer que cada faceta corresponde a um crime com derramamento de sangue. Esta pedra ainda não tem vinte anos de existência. Foi encontrada às margens do rio Amoy, no sul da China, e tem a peculiaridade de possuir todas as características do carbúnculo, menos a cor, que é azul em vez de vermelho-rubi. Apesar de sua pouca idade, já tem uma história sinistra. Esses quatro gramas de carvão cristalizado já foram causa de dois assassinatos, uma tentativa de envenenamento, um suicídio e vários roubos. Quem pensaria que um brinquedo tão lindo seria fornecedor de gente para a forca e a prisão? Vou trancá-la agora em meu cofre-forte e escrever à condessa avisando-a que a pedra está comigo.

— Acredita que esse Horner é inocente?

— Não posso saber.

— Então acha que o outro, Henry Baker, tem algo que ver com este caso?

— Parece-me muito mais provável que Henry Baker seja um homem totalmente inocente, que não tinha nem ideia de que o ganso que levava vale muito mais que se fosse de ouro maciço. Comprovaremos isso com uma prova muito simples, se ele responder ao nosso anúncio.

— E não pode fazer nada até lá?

— Nada.

— Neste caso, vou continuar minhas visitas profissionais, mas estarei de volta na hora que você marcou, pois quero ver a solução de um assunto tão complicado.

— Prazer em revê-lo, meu caro amigo. Janto às sete horas. Creio que há um faisão. A propósito, não acha que, em vista dos acontecimentos recentes, eu deveria pedir à sra. Hudson que examine o papo desse faisão?

Atrasei-me com um paciente e era pouco mais de seis e meia quando retornei à Baker Street. Ao me aproximar da casa vi diante da porta, à luz do poste de iluminação, um homem alto com boina escocesa e paletó abotoado até o queixo. No momento em que chegava, a porta do 221 se abriu e entramos juntos nos aposentos de Holmes, que se levantou imediatamente da poltrona para receber o visitante.

— É o sr. Henry Baker, suponho — disse com a naturalidade e o bom humor que tinha tanta facilidade de adotar. — Sente-se, por favor, nesta cadeira, perto do fogo, sr. Baker. Faz frio e noto que está mais vestido para o verão que para o inverno. Ah, Watson, chegou bem na hora. Este chapéu é seu, sr. Baker?

— Sim, senhor, é meu chapéu, sem dúvida alguma.

Nosso interlocutor era um homem vigoroso, de ombros curvos, cabeça enorme e rosto largo e inteligente, adelgaçando-se em direção ao queixo, que terminava com uma barba em ponta, de cor castanha grisalha. O nariz e as bochechas ligeiramente vermelhos e um leve tremor da mão me lembraram que as suspeitas de Holmes, quanto a seus hábitos, eram justificadas. Seu casaco, escuro e gasto, estava abotoado até o pescoço, com a gola levantada. Nos pulsos emagrecidos não havia indícios de punhos de camisa. Falava em voz baixa e entrecortada, escolhendo cuidadosamente as palavras, e em geral dava a impressão de homem culto e instruído, maltratado pela sorte.

— Guardamos estes objetos por alguns dias — disse Holmes —,

porque esperávamos encontrar, nos jornais, um anúncio seu que nos desse seu endereço. Não entendo por que não recorreu a esse meio.

Nosso visitante emitiu um sorriso constrangido.

— Sou obrigado a economizar muito agora — respondeu. — Estava certo de que o bando de desordeiros que me assaltou havia levado meu chapéu e o ganso. Não queria arriscar meu dinheiro na tentativa inútil de recuperá-los.

— É muito razoável. Quanto à ave, vimo-nos obrigados a comê-la.

— Comê-la!

Nosso visitante estava tão agitado que quase se ergueu da cadeira.

— Sim. Se não fizéssemos assim, ninguém a teria aproveitado. Mas aqui está outra, sobre o aparador, que tem mais ou menos o mesmo peso e está perfeitamente fresca. Imagino que cumprirá o mesmo objetivo.

— Oh, certamente, certamente — respondeu o sr. Baker, com um suspiro de alívio.

— Naturalmente, ainda temos as penas, as patas, o pescoço e demais restos de sua ave, de modo que se quiser...

O homem explodiu numa gargalhada.

— Seriam recordações de minha aventura — disse. — Mas, fora isso, não vejo em que os *disjecta membra* de meu ganso me possam ser úteis. Não, senhor, acho que, com sua permissão, vou contentar-me com a bela ave que observo sobre o aparador.

Sherlock Holmes me lançou um olhar significativo, erguendo ligeiramente os ombros.

— Aqui estão seu chapéu e sua ave — disse. — Por falar nisso, poderia me dizer onde comprou o outro ganso? Sou apreciador de aves de corte e poucas vezes vi uma tão gorda.

— Certamente, senhor — disse Baker, que se levantara e colocara sua nova aquisição debaixo do braço. — Eu e meus amigos frequentamos a Taberna Alfa, ao lado do museu, onde nos encontramos durante o dia. Este ano o taberneiro, que se chama Windigate, fundou um Clube do Ganso do Natal, cujo objetivo é fornecer a cada um de seus membros um ganso, em 25 de dezembro, mediante uma pequena contribuição semanal. Paguei a minha regularmente, e o senhor sabe o resto. Fico-lhe muito grato, senhor, por me devolver o chapéu, pois minha boina escocesa não é adequada para minha idade nem para minha dignidade.

E, com ar pomposo e cômico, cumprimentou-nos solenemente e foi embora.

— Com isso o sr. Henry Baker está descartado — disse Holmes, depois de fechar a porta. — É evidente que ele não tem nada que ver com o caso. Está com fome, Watson?

— Não muita.

— Então lhe proponho que substituamos o jantar por uma ceia e sigamos esta pista enquanto ainda está quente.

— Com muito prazer.

A temperatura estava muito baixa, e por isso vestimos o capote e protegemos o pescoço com cachecol. As estrelas brilhavam com uma luz fria num céu limpo, e a respiração dos transeuntes formava pequenas nuvens leves como as da pólvora. Nossos sapatos estalejavam e nossos passos ressoavam enquanto cruzávamos o bairro dos médicos, a Wimpole Street, a Harley Street e a Wigmore Street, que nos levou direto à Oxford Street. Em quinze minutos nos encontrávamos em Bloomsbury, diante da Taberna Alfa, situada na esquina de uma das ruas que leva a Holborn.

Holmes abriu a porta do bar e pediu dois copos de cerveja ao dono, um homem de rosto corado e avental branco.

— Sua cerveja deve ser excelente se é tão boa como seus gansos — disse a ele.

— Meus gansos?

O homem parecia surpreso.

— Sim, eu conversava, há exatamente meia hora, com o sr. Henry Baker, que é membro de seu Clube dos Gansos do Natal.

— Ah, sim, compreendo. Mas veja, senhor, os gansos não são nossos.

— Não? De onde vêm então?

— Bem, comprei duas dúzias de um vendedor do mercado de Covent Garden.

— É verdade? Conheço alguns deles. Quem é?

— Chama-se Breckinridge.

— Ah, este não conheço — respondeu Holmes. — Bebamos à sua saúde e à prosperidade de sua casa. Boa noite.

— Agora vamos atrás desse sr. Breckinridge — continuou, abotoando o capote, quando saímos no ar gelado da rua. — Observe, Watson, que nossa aventura com um ganso numa ponta da cadeia pode terminar com a condenação de um homem a sete anos de trabalhos forçados na outra, a menos que consigamos provar sua inocência. É possível que nossa investigação confirme sua culpa, porém estamos mais adiantados que a polícia, pois temos uma pista que o maior dos acasos nos proporcionou. Vamos segui-la até o fim. Rumo ao sul, então, e rapidamente.

Atravessamos Holborn, descemos a Endell Street e um labirinto de ruas do bairro pobre e chegamos ao mercado de Covent Garden. Uma das bancas maiores trazia em cima o nome de Breckinridge. O dono, um homem com cara de cavalo, de feições astutas e costeletas bem-aparadas, estava ajudando um rapaz a fechar a banca.

— Boa noite. Faz muito frio neste momento — disse Holmes.

O negociante concordou com a cabeça e lançou um olhar inquiridor ao meu companheiro.

— Parece-me que não tem mais gansos para vender — prosseguiu Holmes, mostrando o balcão de mármore, sem nenhuma mercadoria.

— Amanhã de manhã lhe arrumarei quinhentos, se quiser.

— Amanhã é tarde demais.

— Bem, se os quer imediatamente, ainda há alguns na banca iluminada pelo lampião de gás.

— É que o senhor me foi recomendado especialmente.

— Quem lhe falou de mim?

— O dono da Alfa.

— Ah, sim. Forneci a ele cerca de duas dúzias de gansos.

— E de muito boa qualidade. Onde os comprou?

Para minha grande surpresa, esta pergunta provocou uma explosão de raiva no negociante.

— Espere aí, senhor — disse ele, com a cabeça erguida e as mãos nos quadris —, onde pretende chegar? Gosto das coisas bem claras.

— Fui bem claro. Quero saber quem lhe vendeu os gansos que forneceu à Alfa.

— Não vou lhe dizer. Pode ir andando.

— Ora, não é nada importante. Não entendo por que ficou tão irritado com uma futilidade.

— Irritado! Também ficaria irritado se o incomodassem tanto quanto a mim. Quando pago um bom dinheiro por um bom artigo, aí deve terminar a história. Mas tenho de responder a toda hora: "Onde estão os gansos?", "A quem vendeu os gansos?" e "Quanto quer pelos gansos?" Até parece que só existem esses gansos no mundo, a julgar pelo alvoroço que fazem por causa deles.

— Garanto-lhe que não tenho relação nenhuma com as pessoas que estiveram aqui fazendo perguntas — disse Holmes com indiferença. — Se não quer me responder, não há mais aposta. Mas estou sempre disposto a defender minha opinião em matéria de aves e apostei cinco libras que o ganso que comi foi criado no campo.

— O senhor perdeu a aposta, pois ele foi criado na cidade — disse o negociante em tom mal-humorado.

— Não acredito em uma só palavra.

— Estou dizendo que foi.

— Continuo não acreditando.

— Acha que sabe mais de aves que eu, que lido com elas desde criança? Digo-lhe que os gansos vendidos à Alfa foram criados na cidade.

— Não vai me convencer nunca.

— Quer apostar?

— É apenas para tirar o dinheiro de seu bolso, pois sei o que digo e estou certo de que tenho razão. Mas aposto uma libra, só para que aprenda a não ser tão teimoso.

O negociante riu satisfeito.

— Traga-me os livros, Bill — disse.

O rapaz trouxe dois livros, um pequeno muito fino e outro mais volumoso com a lombada gordurosa, e os alinhou sobre o balcão debaixo de uma lâmpada.

— E agora, senhor Convencido — disse o negociante —, eu pensava que não tinha mais nenhum ganso em minha banca, mas num instante vou lhe provar que ainda há uma besta na minha frente. Está vendo este livro pequeno?

— Sim.

— Contém a lista das pessoas de quem compro as aves. Está vendo? Pois bem, nesta página há a lista das pessoas do campo e os números depois de seus nomes indicam a página de sua conta no livro grande. Agora está vendo esta outra página escrita com tinta vermelha? É a lista de meus fornecedores da cidade. Olhe o terceiro nome. Leia alto, por favor.

— Sra. Oakshott, 117, Brixton Road: 249 — leu Holmes.

— Exato. Agora procure esta página no livro grande.

Holmes abriu na página indicada.

— Aqui está: sra. Oakshott, 117, Brixton Road, fornecedora de ovos e de aves.

— Qual foi a última anotação?

— 22 de dezembro. Vinte e quatro gansos a sete xelins e seis *pence*.

— Perfeito. Aí está. O que está escrito embaixo?

— Vendidos ao sr. Windigate, da Alfa, a doze xelins a unidade.

— O que me diz agora?

Sherlock Holmes parecia profundamente frustrado. Tirou uma libra do bolso e a atirou sobre o balcão de mármore, retirando-se com o ar de quem está tão furioso que até lhe faltam palavras para dizer. A alguns metros adiante parou debaixo de um poste de iluminação para rir à solta, mas em silêncio, conforme seu hábito.

— Quando encontrar um homem com este corte de costeletas e um jornal sobre corridas no bolso, pode estar certo de que tem sempre a possibilidade de tirar dele o que quiser mediante uma aposta — observou. — Atrevo-me a dizer que, se tivesse posto cem libras diante dos olhos daquele homem, não teria obtido uma informação tão completa como a que arranquei dele fazendo-o acreditar que ganhava uma aposta. Bem, Watson, parece-me que nos aproximamos do fim de nossa investigação e o único ponto que falta determinar é se devemos visitar essa tal sra. Oakshott esta noite ou deixar a visita para amanhã. Está claro que, pelo que disse esse indivíduo rabugento, há outras pessoas interessadas no assunto e eu gostaria...

Sua reflexão foi interrompida subitamente por um grande rebuliço na banca que acabávamos de deixar. Voltando-nos, vimos um indivíduo pequeno e com cara de fuinha de pé no centro do círculo de luz projetado pela lâmpada suspensa, enquanto Breckinridge, à porta de sua banca, agitava furiosamente o punho em direção à figura encolhida do outro.

— Já estou cansado de você e de seus gansos — gritou. — Vão todos para o inferno! E, se continuar a me aborrecer com essa conversa fiada, soltarei o cachorro atrás de você. Traga aqui a sra. Oakshott e saberei responder-lhe. Mas o que você tem que ver com isso? Por acaso foi você quem me vendeu os gansos?

— Não, mas um deles era meu — gemeu o homenzinho.

— Então peça-o à sra. Oakshott.

— Ela me mandou pedi-lo ao senhor.

— Por mim, vá pedi-lo ao rei da Prússia e não me amole. Já não aguento mais. Fora daqui.

E avançou furioso em direção ao impertinente, que desapareceu na escuridão.

— Ah, isto pode nos evitar uma visita à Brixton Road — sussurrou Holmes. — Venha comigo e vamos ver o que podemos tirar deste indivíduo.

Abrindo caminho a passos largos entre os pequenos grupos de

pessoas que ainda rondavam as bancas iluminadas, meu companheiro logo alcançou o homenzinho e tocou com a mão em seu ombro. O indivíduo se virou rapidamente e pude ver à luz das lâmpadas a gás que a cor desaparecera de seu rosto.

— Quem é o senhor e o que quer de mim? — perguntou com voz trêmula.

— Desculpe-me — disse Holmes, afavelmente —, mas não pude deixar de ouvir a conversa que teve há pouco com o vendedor de gansos. Acho que posso ajudá-lo.

— O senhor? Quem é o senhor e como pode saber alguma coisa sobre esse assunto?

— Meu nome é Sherlock Holmes e meu trabalho consiste em saber o que os outros não sabem.

— O senhor não pode saber nada sobre isso.

— Desculpe-me, mas sei tudo. Está procurando descobrir o que aconteceu a alguns gansos vendidos pela sra. Oakshott, da Brixton Road, a um negociante chamado Breckinridge, por este ao sr. Windigate, da Alfa, e por este último ao clube do qual faz parte o sr. Henry Baker.

— Ah, é justamente o senhor o homem que procuro! — exclamou o homenzinho, com as mãos estendidas e os dedos trêmulos. — Não posso encontrar palavras para lhe dizer o interesse que tenho por esse assunto.

Sherlock Holmes chamou um tílburi que passava.

— Neste caso é melhor conversarmos numa sala confortável, e não neste mercado aberto a todos os ventos — objetou Sherlock Holmes. — Mas antes de irmos adiante diga-me, por favor, a quem tenho o prazer de ajudar.

O homem hesitou um instante.

— Meu nome é John Robinson — respondeu, olhando de lado.

— Não, não, seu nome verdadeiro — disse Holmes, amavelmente. — É sempre incômodo tratar de um negócio com alguém de nome falso.

O sangue afluiu ao rosto branco do desconhecido.

— Está bem — disse ele. — Meu nome verdadeiro é James Ryder.

— É melhor assim. Trabalha como chefe de serviço do Hotel Cosmopolitan. Entre no tílburi, por favor, e logo lhe direi tudo o que deseja saber.

O homenzinho ficou imóvel, olhando para cada um de nós com olhos nos quais se podia ler alternadamente o medo e a esperança.

Dava a impressão de alguém que não sabe se deve esperar um golpe de sorte ou uma catástrofe. Decidiu-se por fim a subir no tílburi. Meia hora depois estávamos de volta à sala de estar da Baker Street. Não trocamos uma única palavra durante o trajeto, mas a respiração agitada de nosso novo acompanhante e a maneira como cruzava e descruzava os dedos demonstravam a tensão nervosa que o dominava.

— Aqui estamos — disse Holmes alegremente, ao entrarmos na sala. — Não há nada mais acolhedor que um bom fogo, com um tempo desses. Parece que está com muito frio, sr. Ryder. Por favor, sente-se na cadeira de vime. Vou, se me permitir, calçar os chinelos antes de me ocupar com seu pequeno problema. Pronto. Então quer saber o que aconteceu com os gansos.

— Sim, senhor.

— Ou melhor, deveríamos dizer com aquele ganso. Parece-me que está interessado particularmente numa dessas aves: um ganso branco com uma listra preta cruzando a cauda.

Ryder tremia de emoção.

— Oh, senhor — gritou ele —, pode me dizer onde ele foi parar?

— Está aqui mesmo.

— Aqui?

— Sim. Era um ganso dos mais notáveis. Não me admira que se interesse especialmente por ele. Botou um ovo depois de morto, o mais lindo, precioso e brilhante ovo azul que jamais vi. Depositei-o em meu museu.

Nosso visitante se pôs de pé, cambaleando, e se agarrou à lareira com a mão direita. Holmes abriu sua caixa-forte e exibiu o carbúnculo azul, que cintilava como uma estrela, com um brilho frio que irradiava em todas as direções. Ryder ficou olhando para a pedra com as feições contraídas, sem se decidir se deveria reclamá-la ou fingir que não a reconhecia.

— O jogo acabou, Ryder — disse Holmes, com calma. — Segure-se, homem, ou vai cair na lareira. Ajude-o a sentar-se de novo, Watson. Ele não tem sangue-frio suficiente para cometer um crime grave impunemente. Dê-lhe algumas gotas de conhaque para reanimá-lo. Assim. Agora se parece um pouco mais com um ser humano. É, na verdade, uma pessoa desprezível.

Por um momento o homenzinho esteve a ponto de desfalecer, mas o conhaque devolveu um pouco de cor ao seu rosto e voltou a sentar-se, olhando seu acusador com olhos assustados.

— Tenho nas mãos quase todos os elos da corrente e as provas de que posso precisar, de modo que não há muita coisa que possa me informar. Mesmo assim, terá de esclarecer um ou outro ponto para tornar minha investigação completa. Já sabia, Ryder, da existência desta pedra azul da condessa de Morcar?

— Foi Catarina Cusack quem me falou dela — disse o homem, com voz apagada.

— Ah, sim, a camareira da condessa. Então não soube resistir à tentação de ficar rico de um só golpe e facilmente, como não souberam antes homens melhores que você. Mas não se mostrou muito escrupuloso nos meios que empregou. Parece-me, Ryder, que tem potencial para ser um malandro perfeito. Sabia que esse pobre encanador, Horner, já esteve envolvido num caso semelhante no passado e que as suspeitas recairiam mais facilmente sobre ele. O que fez, então? Você e sua cúmplice Cusack provocaram um pequeno estrago nos aposentos da condessa e arranjaram de modo que esse homem fosse mandado para fazer o conserto. Assim que ele foi embora, forçaram o porta-joias, deram o alarme e fizeram que o infeliz fosse preso. Em seguida...

De repente, Ryder se atirou no tapete e agarrou os joelhos de meu companheiro.

— Pelo amor de Deus, tenha piedade de mim — gritou. — Pense em meu pai, em minha mãe. Isso lhes partiria o coração. Nunca fiz nada errado antes e juro que não voltarei a fazer algo parecido. Juro sobre a Bíblia. Suplico-lhe que não me leve aos tribunais. Por amor de Cristo, não faça isso.

— Volte a sentar na cadeira — disse Holmes, severamente. — É muito comovente chorar e arrastar-se agora, mas nem por um instante pensou no pobre Horner, preso por um crime que não cometeu.

— Fugirei, sr. Holmes. Sairei do país. Assim terão que retirar a acusação contra ele.

— Hum! Logo falaremos sobre isso. Agora quero ouvir a versão verdadeira sobre como a pedra foi engolida por um ganso e como esse ganso foi parar no mercado. Diga a verdade, pois é sua única chance de escapar ao castigo.

Ryder passou a língua pelos lábios ressecados.

— Vou lhe contar tudo o que sucedeu, senhor — disse. — Quando Horner foi preso, pareceu-me que o melhor seria me livrar da pedra o quanto antes, pois não sabia em que momento a polícia teria a ideia de fazer uma investigação sobre mim e em meu quarto. Não havia lugar seguro no hotel. Saí a pretexto de dar um recado e fui à casa de minha irmã. Ela se casou com um homem chamado Oakshott e mora na Brixton Road, onde engorda gansos para vendê-los ao mercado.

"Ao longo do caminho, todo homem que encontrava me parecia um agente de polícia ou um detetive e, embora a noite fosse fria, as gotas de suor escorriam pelo meu rosto. Minha irmã me perguntou o que ocorria comigo para que estivesse tão pálido. Disse-lhe que estava nervoso por causa de um roubo de joias no hotel. Em seguida fui ao quintal dos fundos, fumei o cachimbo e comecei a pensar no que seria mais conveniente fazer.

"Tive em outros tempos um amigo chamado Maudsley, que enveredara pelo mau caminho e cumprira pena em Pentonville. Um dia nos encontramos e se pôs a falar sobre os diferentes tipos de ladrões e como se desfaziam do que haviam roubado. Sabia que podia contar com ele, pois conhecia um ou dois de seus negócios escusos. Resolvi então ir à casa dele, em Kilburn, e lhe contar o que havia ocorrido. Ele me indicaria como converter a pedra preciosa em dinheiro.

"Mas como chegar até lá sem contratempo? Pensei na angústia que havia sentido ao vir do hotel à casa de minha irmã. A qualquer instante podia ser detido pela polícia e revistado, e a pedra se encontrava no bolso de meu colete. Naquele momento estava encostado na parede, olhando os gansos que andavam gingando ao redor de meus pés, quando de repente me veio uma ideia para enganar o melhor detetive do mundo.

"Minha irmã me dissera algumas semanas antes que eu podia escolher um ganso como presente de Natal, e eu sabia que sempre cumpria a palavra. Era só pegar meu ganso ali mesmo e, fazendo-o engolir a pedra, ir sossegado até Kilburn.

"Havia no quintal um pequeno galpão, e fui empurrando para trás dele uma das aves que escolhi entre as mais gordas. Era branca com uma listra preta na cauda. Peguei-a e, abrindo-lhe o bico, introduzi a pedra em sua goela, tão fundo quanto meu dedo pôde alcançar. O pássaro teve um estremecimento e vi a pedra descendo até o seu papo. Mas neste momento o animal se pôs a resistir e bater as asas e minha irmã, atraída pelo barulho, saiu para ver o que estava acontecendo. Quando me virei para falar com ela, o bicho escapou e com um pequeno voo foi misturar-se aos outros.

"— O que estava fazendo com esta ave, Jim? — perguntou minha irmã.

"— Não me prometeu um ganso para o Natal? Eu os apalpava para ver qual é o mais gordo.

"— Oh, já separamos um para você — disse ela. — Nós o chamamos o ganso do Jim. É aquele grande e branco que vê ali adiante. No total são vinte e seis: um para você, um para nós e duas dúzias para vender.

"— Obrigado, Maggie — disse-lhe eu. — Mas, se não faz diferença para você, prefiro o que estava segurando ainda há pouco.

"— O outro pesa quase um quilo e meio a mais. Nós o engordamos especialmente para você.

"— Pouco importa. Quero o outro e vou levá-lo agora mesmo — disse eu.

"— Bem, faça como quiser — replicou ela, um pouco enfezada. — Qual é o que quer, mesmo?

"— Aquele branco com uma listra na cauda, que está no meio do bando.

"— Está bem. Pode matá-lo e levá-lo.

"Não me fiz de rogado, sr. Holmes, e levei a ave comigo a Kilburn. Contei a meu amigo o que havia feito, pois é homem de ouvir com interesse uma história como aquela. Riu até sufocar. Pegamos então uma faca e abrimos o ganso. Mas o sangue gelou em minhas veias, porque não encontrei nem sinal da pedra dentro do animal. Compreendi que havia cometido um erro terrível.

"Larguei o ganso, voltei o mais rápido que pude à casa de minha irmã e fui direto ao quintal. Não havia uma só ave à vista.

"— Onde estão todos eles, Maggie? — indaguei.

"— Já foram levados ao mercado.

"— Para qual vendedor?

"— Para Breckinridge, de Covent Garden.

"— Havia outro com a cauda listrada, igual ao que levei? — perguntei.

"— Sim, Jim, havia dois com listra na cauda. Nunca consegui distinguir um do outro.

"Então compreendi tudo e corri, tão depressa quanto meus pés podiam aguentar, à casa desse Breckinridge. Mas tinha vendido todo o lote e se negou a me dizer para quem. Os senhores ouviram o que disse esta noite. Ele sempre me respondeu com a mesma amabilidade. Minha irmã acha que fiquei louco. Às vezes, eu também acho. E agora sou um ladrão qualificado, e nem sequer toquei na riqueza pela qual sacrifiquei minha honra. Que Deus tenha piedade de mim."

Rompeu num choro convulsivo e escondeu o rosto entre as mãos.

Um longo silêncio seguiu este relato, interrompido somente por sua respiração agitada e pelo tamborilar rítmico dos dedos de Holmes na borda da mesa. Por fim, meu amigo se levantou e abriu a porta.

— Saia — ordenou.

— O quê, senhor? Que Deus o abençoe.

— Nem mais uma palavra. Fora daqui.

Não houve mais nenhuma palavra: uma corrida precipitada, um tombo na escada, uma porta que bateu violentamente e passos rápidos na calçada. Depois, tudo voltou ao silêncio.

— Afinal de contas, Watson — disse Holmes, pegando o cachimbo de argila —, a polícia não me paga para suprir suas deficiências. Se Horner corresse perigo, seria diferente, mas este indivíduo não testemunhará contra ele e o processo não irá adiante. E, supondo que estivesse indultando um delinquente, também é possível que esteja salvando uma alma. Este homem nunca mais sairá dos trilhos. Está muito assustado. Uma condenação à cadeia agora o converteria em indivíduo sem escrúpulos mais tarde. Além disso, estamos na época do ano própria para perdoar. O acaso colocou em nosso caminho um problema dos mais curiosos e caprichosos, e só o fato de o ter resolvido é uma satisfação. Se quiser ter a bondade de tocar a campainha, doutor, vamos começar uma nova investigação na qual uma ave também figura como protagonista principal.

❖

8
A faixa malhada

Ao repassar minhas anotações sobre os setenta e tantos casos curiosos nos quais tenho estudado os métodos de meu amigo Sherlock Holmes nos últimos oito anos, encontrei muitos trágicos, alguns cômicos, um bom número de simplesmente estranhos, mas nenhum trivial. Pois, trabalhando mais por amor à arte que para ganhar dinheiro, nunca começava uma investigação que não se inclinasse ao incomum e mesmo ao fantástico. Entre todos esses casos tão variados, não me lembro de nenhum que apresente características mais extraordinárias que aquele que afetou uma família bem conhecida de Surrey, os Roylotts, de Stoke Moran.

Os acontecimentos que vou relatar aqui se desenrolaram no início de minha amizade com Holmes, quando compartilhamos um apartamento de solteiros na Baker Street. Poderia publicá-los antes, se não tivesse feito uma promessa de mantê-los em silêncio, da qual só me vi livre no mês passado com a morte inesperada daquela a quem fiz a promessa. Chegou o momento de tornar esses fatos conhecidos, pois soube de fonte segura que correm boatos sobre a morte do dr. Grimesby Roylott que tendem a tornar o caso ainda mais grave do que foi na realidade.

Numa manhã do início de abril de 1883, ao acordar, encontrei Sherlock Holmes de pé, vestido, ao lado de minha cama. Em geral ele se levantava tarde e, como o relógio sobre a lareira só marcava sete horas e quinze, olhei para ele com surpresa e um pouco ressentido, porque eu tinha hábitos muito regulares e ele perturbara meu sono.

— Lamento acordá-lo, Watson — disse ele —, mas isso aconteceu com todos nós esta manhã. Primeiro foi com a sra. Hudson. Ela se vingou em mim e agora acordo você.

— O que está acontecendo? Um incêndio?

— Não, uma cliente, uma jovem que chegou há pouco num estado de grande agitação e insiste em me ver. Está aguardando na sala de estar. Ora, quando mocinhas correm pela metrópole a esta hora da manhã e tiram da cama gente que ainda está com sono, concluo que têm algo urgente a comunicar. Se ela nos traz um caso interessante para analisar, tenho certeza de que você gostaria de acompanhá-lo desde o início. Por isso tive a ideia de acordá-lo, para não deixar que perca a oportunidade.

— Meu caro, eu não a perderia por nada neste mundo.

Nada me causava maior prazer que acompanhar Holmes em suas investigações profissionais e admirar as deduções rápidas, tão velozes como se fossem intuições, porém sempre baseadas na lógica, por meio das quais ele deslindava os problemas que lhe eram trazidos. Vesti-me prontamente e em poucos minutos estava ao lado de meu amigo na sala de estar.

Uma senhorita vestida de preto e com o rosto coberto por um véu espesso estava sentada à janela e se levantou quando entramos.

— Bom dia, senhorita — disse Holmes, cordialmente. — Meu nome é Sherlock Holmes e este é o dr. Watson, meu amigo íntimo e colaborador. Pode falar diante dele com a mesma liberdade como se fosse para mim. Ah, fico contente de comprovar que a sra. Hudson teve o bom senso de acender o fogo. Por favor, chegue mais perto e vou pedir que lhe tragam uma xícara de café quente, pois vejo que está tremendo.

— Não é o frio que me faz tremer — disse a jovem, em voz baixa, mudando de lugar como Holmes lhe sugerira.

— De que treme então?

— De medo, sr. Holmes. E diria até de pavor.

Enquanto falava ergueu o véu e pudemos ver que estava realmente num estado de agitação lamentável. O rosto estava desfigurado, a pele lívida, os olhos inquietos e assustados, como os de um animal acuado. Seu exterior correspondia ao de uma mulher de trinta anos, mas seu cabelo apresentava mechas grisalhas prematuras e sua expressão denotava cansaço e prostração. Sherlock a examinou da cabeça aos pés com uma de suas olhadas rápidas que enxergavam tudo.

— Não tenha medo — disse num tom afetuoso, inclinando-se para ela e tocando seu braço. — Logo vamos esclarecer tudo, tenho certeza. Vejo que veio de trem esta manhã.

— O senhor já me conhece?

— Não, mas observei a passagem de volta em sua luva esquerda. Deve ter saído bem cedo e fez um longo trajeto de charrete por estradas ruins antes de chegar à estação.

A moça se assustou e olhou espantada para meu companheiro.

— Não há mistério nenhum, cara senhorita — explicou Holmes, sorrindo. — A manga esquerda de seu casaco está manchada com pingos de lama em sete lugares. As manchas ainda estão frescas. Só uma charrete pode espirrar lama desse jeito, sobretudo quando o passageiro está sentado do lado esquerdo do condutor.

— Seja qual for seu método de raciocínio, acertou em cheio — disse ela. — Saí de casa antes das seis horas, cheguei a Leatherhead às seis e vinte, e vim a Waterloo no primeiro trem. Senhor, não consigo mais aguentar essa tensão. Ficarei louca se isso continuar. Não tenho ninguém a quem recorrer. Só uma pessoa gosta de mim, e o pobre não seria de grande valia. Ouvi falar do senhor, sr. Holmes. Foi a sra. Farintosh, a quem ajudou numa circunstância difícil. Foi ela quem me deu seu endereço. Oh, senhor, não pode ajudar a mim também, e pelo menos lançar um pouco de luz no caos que me cerca? No momento não posso remunerar seus serviços, mas daqui a um ou dois meses vou me casar, poderei dispor de minha renda e então verá que não sou ingrata.

Holmes dirigiu-se à sua escrivaninha, abriu-a e tirou uma caderneta de anotações, que consultou.

— Farintosh — disse. — Ah, sim, lembro-me do caso. Era a respeito de uma tiara de opalas. Acho que foi antes de nos conhecermos, Watson. Posso assegurar-lhe, senhorita, que terei grande prazer em dedicar ao seu caso a mesma atenção que dediquei ao de sua amiga. Não falemos em remuneração, pois minha profissão traz a recompensa em si mesma. Deixo-a livre, no entanto, de me reembolsar de qualquer despesa que possa haver, quando lhe for conveniente. Agora lhe peço que nos exponha tudo o que possa nos servir para formar uma opinião sobre o assunto.

— Infelizmente — respondeu nossa visitante —, o maior horror de minha situação está em que meus temores são tão vagos e minhas suspeitas se baseiam em detalhes tão pequenos e que para outras pessoas pareceriam triviais que aquele mesmo a quem tenho o direito de pedir ajuda e conselho os considera imaginações de mulher nervosa. Ele não diz, mas posso percebê-lo em suas respostas tranquilizadoras e em seus olhos esquivos. Mas ouvi dizer, sr. Holmes, que sabe ler as muitas maldades do coração humano. Talvez possa me aconselhar como devo comportar-me entre os perigos que me ameaçam.

— Estou prestando toda a atenção, senhorita.

— Meu nome é Helen Stoner e moro com meu padrasto, o último representante de uma das famílias saxônias mais velhas da Inglaterra, os Roylotts, de Stoke Moran, estabelecida na margem oeste de Surrey.

Holmes fez um sinal com a cabeça.

— O nome me é familiar — disse.

— Essa família esteve em outras épocas entre as mais ricas da Inglaterra e suas propriedades se estendiam além dos limites do condado, entrando pelo norte em Berkshire e pelo oeste em Hampshire. Mas, no século passado, houve quatro herdeiros seguidos de caráter dissoluto e dissipador, e a ruína da casa se completou com um jogador, nos tempos da Regência. Não resta mais nada de suas terras, a não ser alguns alqueires de terra e a casa, com duzentos anos de idade, sobre a qual pesa uma hipoteca onerosa. O último dono arrastou ali sua existência miserável de nobre arruinado.

"Mas seu filho único, meu padrasto, compreendendo que devia adaptar-se às novas condições, fez um empréstimo de um parente, que lhe permitiu estudar medicina, e emigrou para Calcutá, onde, graças ao seu talento profissional e à sua força de vontade, formou uma grande clientela. Mas, num assomo de raiva, provocado por uma série de furtos em sua casa, açoitou até matá-lo seu mordomo indiano, e faltou pouco para ser condenado à morte. Passou vários anos na prisão e voltou à Inglaterra, taciturno e amargurado.

"Quando estava na Índia o dr. Roylott se casou com minha mãe, a sra. Stoner, viúva ainda jovem do general-de-divisão Stoner, da artilharia de Bengala. Minha irmã Julia e eu éramos gêmeas, e só tínhamos dois anos quando nossa mãe voltou a se casar. Ela era rica, com uma renda de não menos de mil libras ao ano, e a transferiu integralmente ao dr. Roylott enquanto vivêssemos com ele, estipulando que cada uma de nós devia receber certa quantia anual se contraísse matrimônio.

"Minha mãe faleceu pouco depois de voltarmos à Inglaterra, há oito anos, num acidente ferroviário perto de Crewe. A partir daquele momento o dr. Roylott não fez mais nenhum esforço para formar uma clientela em Londres e nos levou para viver com ele na velha mansão de Stoke Moran. O dinheiro que minha mãe deixou era suficiente para atender a todas as nossas necessidades e não parecia que pudesse haver obstáculo para a nossa felicidade.

"Mas, quase na mesma época, nosso padrasto mudou terrivelmente. Em vez de fazer amizades e trocar visitas com nossos vizinhos, que no início ficaram muito contentes ao ver um Roylott de Stoke Moran instalado de novo na velha mansão da família, trancou-se em casa, e só saía para brigar ferozmente com quem cruzasse seu caminho. O temperamento violento, próximo da loucura, parece ser hereditário nos homens da família, e no caso de meu padrasto creio que se intensificou em consequência de sua longa estada nos trópicos. Provocou vários incidentes deploráveis, dois dos quais terminaram no tribunal. Acabou por converter-se no terror do povoado e as pessoas fogem ao vê-lo aproximar-se, pois tem uma força extraordinária e perde totalmente o controle quando fica furioso.

"Na semana passada atirou o ferreiro do povoado por cima do parapeito no rio e só consegui evitar um escândalo público dando à vítima todo o dinheiro que pude juntar. Não tem nenhum amigo, a não ser os ciganos nômades. Permite que eles acampem nos poucos hectares de terra coberta de espinheiros que compõem a única propriedade da família e aceita em troca a hospitalidade de suas tendas, chegando a viajar com eles durante semanas inteiras. Também tem paixão por alguns animais selvagens indianos, que lhe são enviados por um correspondente. Neste momento tem um guepardo e um babuíno que passeiam em liberdade por suas terras, e que o povo teme quase tanto quanto o dono.

"Pelo que estou lhe dizendo, pode imaginar que minha pobre irmã Julia e eu não tínhamos prazer na vida. Nenhuma empregada queria trabalhar em nossa casa e durante muito tempo nós mesmas fazíamos todos os serviços domésticos. Quando ela morreu não tinha mais de trinta anos, e seus cabelos já estavam ficando brancos, assim como os meus."

— Sua irmã morreu?

— Morreu há dois anos, e é de sua morte que quero falar-lhe. O senhor deve compreender que, levando a vida que acabei de descrever, havia poucas oportunidades para ver pessoas de nossa idade e posição. Tínhamos no entanto uma tia solteira, irmã de minha mãe, a srta. Honoria Westphail, que vive perto de Harrow, e de tempos em tempos obtínhamos a permissão para lhe fazer uma curta visita. Julia passou com ela as festas de Natal, há dois anos, e ali conheceu um capitão-de-corveta a meio soldo, de quem ficou noiva. Meu padrasto tomou conhecimento do noivado quando minha irmã voltou e não se opôs ao casamento. Mas duas semanas antes do dia fixado para a cerimônia ocorreu o drama terrível que me privou de minha única companheira.

Sherlock Holmes permanecera recostado em sua poltrona com os olhos fechados, descansando a cabeça numa almofada. Mas neste momento entreabriu os olhos e fitou sua cliente.

— Peço-lhe que seja precisa nos detalhes — disse.

— Isso é muito fácil para mim, pois cada minuto daquela noite terrível está gravado em minha memória. A mansão é, como já lhe disse, muito antiga, e só uma das alas é habitada. Os quartos de dormir se encontram no andar térreo, e as salas, no bloco central do edifício. O primeiro desses quartos é do dr. Roylott, o segundo era de minha irmã e o terceiro é o meu. Eles não se comunicam, mas todos se abrem no mesmo corredor. Estou sendo clara?

— Perfeitamente.

— As janelas desses três aposentos dão para o jardim. Na noite fatal em que minha irmã morreu, o dr. Roylott se retirara cedo, mas sem se deitar, pois Julia se sentia mal com o cheiro forte dos charutos indianos que ele costuma fumar. Saiu então de seu quarto e veio para o meu, onde ficou algum tempo, falando sobre os preparativos do casamento. Às onze horas levantou-se para ir embora, mas se deteve à porta e virou-se para mim.

"— Diga-me, Helen, tem ouvido alguém assobiar no meio da noite?

"— Nunca — respondi.

"— Suponho que não é você que assobia enquanto dorme, não é?

"— Claro que não. Por quê?

"— Porque nas últimas noites tenho ouvido, pelas três horas da madrugada, um assobio fraco, porém distinto. Meu sono é leve e isso me acordou. Não posso dizer de onde vem, talvez do quarto ao lado, talvez do jardim. Queria saber se também ouviu esse assobio.

"— Não, não ouvi. São provavelmente os malditos ciganos acampados no parque.

"— Pode ser. Mas, se é lá fora, acho estranho que você também não o tenha ouvido.

"— É porque tenho o sono mais pesado que o seu.

"— Bem, isso não tem muita importância — acrescentou ela, sorrindo.

"Depois me deixou e um instante mais tarde ouvi-a fechar sua porta à chave."

— Realmente? — disse Holmes. — Tinham o costume de fechar sempre a porta à chave à noite?

— Sempre.

— Por quê?

— Acho que já disse que o doutor tinha um guepardo e um babuíno que andavam soltos. Só nos sentíamos em segurança quando nossas portas estavam fechadas à chave.

— É natural. Continue, por favor.

— Não consegui dormir naquela noite. Tinha o pressentimento vago de que uma desgraça nos ameaçava. Minha irmã e eu, como se lembra, éramos gêmeas e o senhor sabe como são sutis os laços que ligam duas almas tão intimamente unidas. Foi uma noite terrível. Fora, o vento soprava em rajadas e um aguaceiro forte vinha se quebrar contra as janelas. De repente, no meio do estrondo da tempestade, ouvi o grito desesperado de uma mulher apavorada e reconheci a voz de minha irmã. Saltei da cama, pus um xale nos ombros e saí correndo para o corredor. Ao abrir a porta pareceu-me ouvir um assobio leve, como o que minha irmã descrevera, e um instante depois distingui um barulho como se um objeto de metal tivesse desabado no chão. Enquanto eu corria pelo corredor, a porta do quarto de minha irmã se abriu lentamente. Parei olhando horrorizada, não sabendo o que ia acontecer. À luz da lâmpada do corredor vi minha irmã aparecer à porta, com o rosto pálido de terror e as mãos estendidas pedindo socorro, e cambaleando como uma bêbada. Corri para junto dela e a segurei em meus braços, mas suas pernas cederam e ela caiu ao chão. Contorcia-se como se sofresse dores horríveis, agitando convulsivamente os braços e as pernas. De início pensei que não me havia reconhecido, mas quando me debrucei sobre ela gritou com uma voz que não esquecerei jamais:

"— Meu Deus, Helen! Foi a faixa! A faixa malhada!

"Quis dizer ainda outra coisa e apontou com o dedo em direção ao quarto do doutor, mas uma nova convulsão se apoderou dela e a impediu de falar. Corri chamando aos gritos meu padrasto e o encontrei, de roupão, saindo apressadamente de seu quarto. Quando chegamos ao lado de minha irmã, ela já estava inconsciente. O doutor lhe derramou conhaque entre os lábios e mandou chamar o médico do povoado, mas todos os nossos esforços foram em vão. Sua vida foi se apagando aos poucos e morreu sem recuperar a consciência. Este foi o fim horroroso de minha querida irmã."

— Um instante — disse Holmes. — Tem certeza de que ouviu o assobio e o som de metal? Pode jurar que os ouviu?

— Foi o que o juiz de instrução do condado me perguntou no inquérito. Tenho a convicção de que os ouvi, mas, em meio ao barulho da tempestade e aos rangidos da casa velha, posso ter-me enganado.

— Sua irmã estava vestida?

— Não, estava de camisola. Em sua mão direita foi encontrado o resto de um fósforo queimado e em sua mão esquerda uma caixa de fósforos.

— O que prova que acendeu um fósforo e olhou ao redor quando ouviu o barulho. Isso é importante. E qual foi o resultado da investigação?

— O caso foi investigado minuciosamente, pois o comportamento do dr. Roylott era bem conhecido no condado, mas não foi possível descobrir nenhuma causa de morte satisfatória. Meu depoimento comprovou que a porta estava trancada por dentro e as janelas tinham persianas antigas, com barras de ferro que eram fechadas toda noite. As paredes foram examinadas cuidadosamente e encontradas intactas em todas as partes, e o mesmo foi feito com o soalho, com resultado idêntico. A lareira é larga, mas está gradeada com quatro barras grossas. Portanto, não há dúvida alguma de que minha irmã se encontrava sozinha no instante de sua morte. Além disso, seu corpo não apresentava nenhum sinal de violência.

— O que me diz de veneno?

— Os médicos investigaram essa possibilidade, sem nenhum resultado.

— A que atribui então a morte dessa jovem infeliz?

— Estou convencida de que morreu de medo ou de choque nervoso, mas não consigo explicar o que foi que a assustou tanto.

— Havia ciganos no parque naquele dia?

— Sim, quase sempre há alguns.

— Ah, e que ideia lhe sugeriu a alusão a uma faixa, uma faixa malhada?

— Pensei inicialmente que era um simples efeito do delírio, depois que devia referir-se a um bando de pessoas, talvez os ciganos do parque. Não sei se os lenços de cor que muitos deles usam na cabeça não lhe inspiraram as palavras estranhas que empregou.

Holmes abanou a cabeça com o ar de alguém que está longe de considerar-se satisfeito.

— Isso me parece muito misterioso — disse. — Prossiga seu relato, por favor.

— Dois anos se passaram desde então, e minha vida foi mais solitária que nunca, até recentemente. No entanto, há cerca de um mês um amigo, que conheço faz muitos anos, deu-me a honra de me pedir em casamento. Chama-se Armitage, Percy Armitage, e é o segundo filho do sr. Armitage, de Crane Water, perto de Reading. Meu padrasto não fez nenhuma objeção ao projeto e devemos nos casar na primavera. Há dois dias começaram alguns trabalhos de reparação na ala oeste do prédio e a parede de meu quarto foi demolida. Tive de me mudar e ir instalar-me no quarto onde minha irmã morreu, e dormir na mesma cama em que ela dormia. Imagine então meu arrepio de horror quando, na noite passada, enquanto tentava dormir e pensava em sua triste sorte, ouvi de repente, no silêncio da noite, o assobio apenas perceptível que anunciou sua morte. Levantei-me de um salto e acendi a lâmpada, mas não vi nada de anormal no aposento. Estando muito nervosa para voltar a deitar-me, vesti-me e, assim que amanheceu, desci em silêncio. Peguei uma charrete na Estalagem da Coroa, que fica em frente de casa, e fui até Leatherhead, de onde vim esta manhã, com o único objetivo de vê-lo e pedir-lhe conselho.

— Fez muito bem — disse meu amigo. — Mas me contou tudo?

— Sim, tudo.

— Srta. Stoner, não me disse tudo. Está encobrindo seu padrasto.

— Como? O que quer dizer com isso?

Em resposta, Holmes puxou para trás o punho de renda preta da manga, descobrindo a mão que nossa visitante apoiava sobre os joelhos. Impressas no pulso branco se viam cinco pequenas manchas azuis, marcas de quatro dedos e um polegar.

— Foi tratada com brutalidade — disse Holmes.

A jovem enrubesceu profundamente e escondeu o pulso machucado.

— É um homem violento — disse — e talvez não se dê conta de sua própria força.

Houve um longo silêncio, durante o qual Holmes, com o queixo apoiado nas mãos, olhava fixamente o fogo que ardia na lareira.

— É um assunto muito complicado — disse por fim. — Há mil detalhes que gostaria de conhecer antes de fixar nossa linha de conduta. Mas não podemos perder um só instante. Se fôssemos a Stoke Moran hoje mesmo, poderíamos visitar os aposentos sem que seu padrasto soubesse?

— Por acaso ele falou que viria à cidade hoje para tratar de um assunto importante. É provável que fique fora o dia inteiro e o senhor poderá agir sem nada para atrapalhá-lo. Temos agora uma empregada, mas está velha e estúpida, e não será difícil afastá-la.

— Perfeito. Não tem nada a dizer contra esta viagem, Watson?

— Absolutamente nada.

— Então iremos juntos. E a senhorita, o que pretende fazer?

— Uma ou duas compras, já que estou na cidade. Voltarei pelo trem do meio-dia, para estar em casa a tempo de recebê-los.

— Pode esperar-nos à uma hora da tarde. Eu também tenho um ou dois assuntos para resolver. Não quer ficar e almoçar conosco?

— Não, tenho de ir. Já me sinto mais aliviada depois de lhe contar meu problema. Espero voltar a vê-lo à tarde.

Deixou o espesso véu preto cair sobre o rosto e saiu com um passo leve.

— O que acha de tudo isso, Watson? — perguntou Holmes, recostando-se em sua poltrona.

— Parece-me um caso muito obscuro e sinistro.

— Obscuro e sinistro até demais.

— Entretanto, se o que a moça disse é verdade, se o soalho e as paredes estão intactos, e a porta, a janela e a lareira são intransponíveis, sua irmã estava sem dúvida sozinha no momento em que encontrou a morte de maneira tão misteriosa.

— E o que diz dos assobios noturnos e das palavras estranhas da moça antes de morrer?

— Não me ocorre nenhuma ideia.

— Se combinarmos os assobios durante a noite, a presença de um bando de ciganos que contam com a amizade do velho doutor, as fortes presunções de que ele tem interesse em impedir o casamento da enteada, a alusão a uma faixa na hora da morte e o fato de que a srta. Helen Stoner ouviu o som de um metal, que pode ter sido produzido pelo deslocamento de uma das barras de ferro das persianas, parece-me que há uma base suficiente para pensar que podemos esclarecer o mistério seguindo essas linhas.

— Mas o que os ciganos fizeram?

— Não tenho a menor ideia.

— Não acho seu raciocínio muito decisivo.

— Eu também não e por isso vamos hoje a Stoke Moran. Quero ver se as objeções que se apresentam são insuperáveis ou se podem ser explicadas. Mas que diabo é isso!

A exclamação fora arrancada de meu companheiro porque a porta havia sido aberta bruscamente e um homem enorme aparecera no vão. Sua roupa era uma mistura curiosa do profissional e do agricultor. Usava uma cartola preta, um casaco comprido e um par de polainas altas, e agitava um chicote de caça na mão. Era tão alto que sua cartola roçava o topo do vão da porta e tinha ombros tão largos que parecia preenchê-la de lado a lado. Seu rosto grande, sulcado por mil rugas, queimado pelo sol até adquirir uma tonalidade amarela, trazia as marcas de todas as más paixões. Seu olhar se detinha alternadamente em cada um de nós: seus olhos fundos, injetados de bílis, e seu nariz curvo e ossudo lhe davam a aparência de uma ave de rapina velha e feroz.

— Quem dos senhores é Holmes? — perguntou o personagem estranho.

— Este é o meu nome, senhor, mas gostaria de saber com quem tenho a honra de falar — disse meu companheiro muito tranquilo.

— Sou o dr. Grimesby Roylott, de Stoke Moran.

— Muito prazer, doutor — disse Holmes, em tom ameno. — Sente-se, por favor.

— Não estou com vontade. Minha enteada esteve aqui. Segui sua pista. O que ela lhe contou?

— Faz um tempo muito frio para esta época do ano — respondeu Holmes.

— O que ela lhe disse? — gritou o velho, furioso.

— Ouvi dizer que a colheita de açafrão promete ser muito boa este ano — continuou meu amigo, sem se perturbar.

— Ah, está se fazendo de desentendido, não é? — disse nossa nova visita, dando um passo para a frente e esgrimindo o chicote. — Eu o conheço, seu patife. Já ouvi falar do senhor. É Holmes, o intrometido.

Meu amigo deu um sorriso leve.

— Holmes, o homem que mete o bedelho onde não é chamado.

O sorriso de meu amigo se alargou.

— Holmes, o pau-mandado da Scotland Yard.

Holmes, desta vez, riu com prazer.

— Sua conversa é muito divertida — disse. — Quando sair, faça o favor de fechar a porta, porque há uma forte corrente de ar.

— Só irei quando disser o que vim dizer. Não se atreva a se meter em meus assuntos. Sei que a srta. Stoner esteve aqui. Eu a segui. Sou homem perigoso para quem me incomoda. Olhe só.

Deu um passo rápido para a frente, pegou o atiçador de fogo e o dobrou em dois com sua enorme mão morena.

— Procure manter-se fora de meu alcance — berrou.

E, jogando o atiçador torcido na lareira, saiu a passos largos.

— Parece uma pessoa muito simpática — disse Holmes, rindo. — Não tenho o corpo grande como ele, mas, se tivesse ficado mais tempo, poderia mostrar-lhe que minhas mãos não são mais fracas que as dele.

E, dizendo isso, apanhou o atiçador de aço e o endireitou com um só golpe.

— Veja a insolência de me confundir com a força policial oficial. Este incidente dá maior interesse à nossa investigação. Só espero que nossa amiga não sofra as consequências de sua imprudência de se deixar seguir. E agora, Watson, vamos pedir o almoço e em seguida irei à Doctors' Commons,[1] onde espero encontrar algumas informações úteis.

Era quase uma hora quando Sherlock Holmes voltou de sua excursão. Trazia na mão um papel azul cheio de números e anotações.

— Vi o testamento da esposa falecida — disse. — Para determinar seu valor exato, fui obrigado a averiguar os preços atuais dos investimentos que nele figuram. A renda total, que na época em que ela faleceu era de aproximadamente mil e cem libras, não passa hoje de setecentas e cinquenta libras, por causa da queda dos preços dos produtos agrícolas. Cada filha tem direito, ao se casar, a uma renda de duzentas e cinquenta libras. É evidente, portanto, que se as duas se casassem este belo homem ficaria com uma mesada muito pequena. Mesmo o casamento de uma só causaria um rombo considerável em suas rendas. Minha pesquisa desta manhã não foi inútil, pois prova que o dr. Roylott tem motivos de sobra para impedir que isso ocorra. E agora, Watson, o problema é muito grave para perdermos tempo, sobretudo se levarmos em conta que o velho já sabe que nos interessamos por seus negócios. Se estiver disposto, vamos chamar um tílburi que nos leve à estação de Waterloo. Ficaria muito grato se colocasse o revólver em seu bolso. Um Eley número 2 é um argumento excelente para lidar com indivíduos que podem dobrar em dois atiçadores de aço. Isso e uma escova de dente é tudo de que necessitamos.

Em Waterloo, tivemos a sorte de encontrar um trem que partia para Leatherlead, onde alugamos, na estalagem da estação, um car-

[1] Doctors' Commons era uma sociedade de advogados que exerciam o direito civil, em Londres. A sociedade tinha edifícios com salas onde seus membros viviam e trabalhavam e uma grande biblioteca. Por ela também passavam os processos judiciais de direito civil. Foi extinta em 1912. (N. do T.)

ro que nos transportou, no espaço de sete a oito quilômetros, pelas lindas estradas de Surrey. Era um dia esplêndido de primavera, com um belo sol e algumas nuvens no céu. As árvores e as sebes da beira da estrada começavam a desabrochar e o ar estava impregnado do cheiro agradável de terra úmida. Para mim, pelo menos, havia um contraste estranho entre o despertar da natureza tão rica de esperança e a aventura sinistra em que estávamos envolvidos. Meu companheiro, sentado na parte dianteira do carro, tinha os braços cruzados, o chapéu cobrindo os olhos e o queixo inclinado sobre o peito. Parecia perdido em suas reflexões. De repente se endireitou, deu um tapa em meu ombro e apontou os campos com o dedo.

— Olhe lá — disse ele.

Um parque com muitas árvores se estendia numa encosta suave, até se converter num bosque cerrado em seu ponto mais alto. Entre os ramos apareciam os frontões cinzentos e o telhado alto de uma mansão muito antiga.

— Stoke Moran? — perguntou.

— Sim, senhor, é a casa do dr. Grimesby Roylott — confirmou o cocheiro.

— Estão fazendo reformas no edifício — disse Holmes. — É para lá que vamos.

— O povoado está ali — disse o cocheiro, mostrando um agrupamento de telhados a certa distância à esquerda. — Mas, se querem ir até a casa, o caminho mais curto é pular a cerca e seguir a trilha através do campo. Ali, onde a senhora está passeando.

— A senhora é, imagino, a srta. Stoner — comentou Holmes, protegendo os olhos com a mão para enxergar melhor. — Sim, parece-me que sua ideia é excelente.

Descemos do carro, pagamos a corrida e o veículo regressou para Leatherhead.

— Achei melhor — disse Holmes, ao pular a cerca — que o rapaz pensasse que viemos aqui como arquitetos ou para um trabalho determinado. Isso pode evitar falatórios. Boa tarde, srta. Stoner. Está vendo que cumprimos nossa palavra.

Nossa cliente da manhã correra ao nosso encontro com a alegria estampada no rosto.

— Eu os esperava com muita impaciência! — exclamou, apertando calorosamente nossas mãos. — Tudo vai admiravelmente bem. O dr. Roylott foi à cidade e é provável que não volte antes do anoitecer.

— Tivemos o prazer de conhecer o doutor — disse Holmes.

E, em poucas palavras, contou o que acontecera. A srta. Stoner empalideceu até os lábios ao ouvi-lo.

— Meu Deus! — exclamou. — Então ele me seguiu?

— É o que parece.

— Ele é tão esperto que nunca tenho certeza de nada. O que dirá quando voltar?

— É melhor que ele se cuide, porque pode encontrar alguém mais esperto que ele. A senhorita deve proteger-se, fechando à chave sua porta esta noite. Se ele se tornar violento, nós a levaremos à casa de sua tia, em Harrow. Agora, não desperdicemos nosso tempo. Mostre--nos imediatamente os aposentos que temos de examinar.

O edifício era de pedra cinzenta manchada de liquens, com um bloco central mais alto e duas alas curvas, como as garras de um caranguejo, uma de cada lado. Numa dessas alas, as janelas estavam em mau estado e tapadas com tábuas, e parte do telhado havia caído, dando a esse canto um aspecto de ruína. A parte central não estava em melhor estado, mas a ala direita parecia relativamente moderna. As cortinas nas janelas e a fumaça azul que saía das chaminés indicavam que esse canto era habitado. Haviam levantado andaimes e aberto alguns buracos na parede dos fundos, mas naquele momento não se via nenhum sinal dos operários. Holmes caminhou lentamente de um lado para outro da relva mal cortada, examinando com muita atenção a parte externa das janelas.

— Suponho que esta janela é do quarto em que dormia, a do meio era do quarto de sua irmã e a mais próxima do bloco central é a do quarto do dr. Roylott.

— Exatamente. Mas agora durmo no quarto do meio.

— Enquanto durarem as reformas, pelo que entendi. A propósito, não me parece que aquele lado da parede precise de reparos.

— Não havia nenhuma necessidade. Acho que foi apenas um pretexto para me fazer mudar de quarto.

— Ah, isso é muito sugestivo. Bem, do lado de trás desta ala há um corredor que dá para os três quartos. Suponho que há janelas nesse corredor.

— Sim, mas são muito pequenas, estreitas demais para que alguém possa passar por elas.

— Em todo caso, como as duas fechavam a porta à chave durante a noite, o acesso a seus quartos por esse lado era impossível. Quer ter a bondade de ir ao seu quarto, fechar as janelas e trancar as persianas com as barras?

A srta. Stoner obedeceu, e Holmes, depois de examinar cuidadosamente a janela aberta, tentou por todos os meios abrir as persianas fechadas, sem sucesso. Não havia sequer uma fresta por onde se pudesse passar uma faca para levantar a barra de ferro. Em seguida observou as dobradiças com a lente, mas estas eram de ferro maciço, encravadas firmemente na alvenaria.

— Hum! — exclamou com ar perplexo, coçando o queixo. — Meu raciocínio peca pela base. Ninguém poderia passar por aqui quando estas persianas estavam fechadas. Agora, vejamos se um exame no interior do aposento nos dará algum indício.

Uma pequena porta lateral dava acesso ao corredor revestido de cal, para o qual se abriam os três quartos. Holmes se negou a examinar o terceiro e passamos imediatamente ao segundo, aquele em que a srta. Stoner dormia atualmente e em que sua irmã encontrara a morte. Era um quarto acolhedor, com teto baixo e uma lareira larga, encontrada com frequência nas velhas casas de campo. Num canto havia uma cômoda escura, em outro uma cama estreita com uma colcha branca e à esquerda da janela uma mesa de toucador. Esses três móveis, duas cadeiras pequenas de vime e um tapete quadrado constituíam todo o mobiliário do aposento. As tábuas do soalho e das paredes eram de madeira de carvalho, escura e carcomida, tão velha e descorada que parecia ser tão antiga como o próprio edifício.

Holmes puxou uma das cadeiras para um canto e sentou-se em silêncio, enquanto seus olhos percorriam todos os cantos e recantos do quarto, para fixar todos os seus detalhes.

— Com que aposento se comunica esta campainha? — perguntou por fim, apontando para um cordão grosso pendurado sobre a cabeceira da cama e cuja borla caía sobre o travesseiro.

— Com o quarto da empregada.

— Este cordão parece mais novo que o resto do mobiliário.

— Sim, foi instalado há aproximadamente dois anos.

— Suponho que foi sua irmã que o pediu.

— Não. Que eu saiba, nunca o usou. Se precisássemos de alguma coisa, nós mesmas íamos buscá-la.

— Então me parece desnecessário instalar aqui um cordão de campainha tão bonito. Agora vou lhe pedir permissão para examinar o soalho.

Debruçou-se no solo, com a lente na mão, e se arrastou velozmente de um lado para outro, inspecionando atentamente as frestas do soalho. Em seguida fez o mesmo com o forro de madeira que cobria as paredes. Por último aproximou-se da cama e permaneceu algum tempo olhando-a fixamente em todos os sentidos assim como a parede na qual se encostou. Para terminar, pegou no cordão da campainha e o puxou com força.

— Ora essa, é falso! — exclamou.

— Como? Não toca?

— Não, nem mesmo está ligado a um fio. Ah, isso está ficando interessante. Podem ver que o cordão está ligado a um gancho, logo acima da abertura da ventilação.

— Que absurdo! Nunca reparei nisso.

— É bem estranho — murmurou Holmes, puxando o cordão. — Há uma ou duas coisas muito curiosas neste quarto. Por exemplo, o construtor devia ser um idiota para abrir um orifício de ventilação dando para outro quarto, quando era tão simples abri-lo na parede externa.

— Isso também é recente — disse a jovem.

— Deve ser mais ou menos da mesma época que o cordão da campainha — acrescentou Holmes.

— Sim, na época foram feitas várias pequenas reformas.

— E são todas muito interessantes: cordão de campainha sem campainha e ventilador que não ventila. Com sua permissão, srta. Stoner, vamos prosseguir a investigação no outro aposento.

O quarto do dr. Grimesby Roylott era maior que o de sua enteada, porém mobiliado com a mesma simplicidade. Uma cama estreita, uma pequena estante de madeira cheia de livros, de ciências na maioria, uma poltrona ao lado da cama, uma cadeira comum de madeira encostada na parede, uma mesa redonda e um cofre-forte grande eram os móveis principais do aposento. Holmes percorreu o quarto lentamente, examinando cada objeto com o mais vivo interesse.

— O que há aqui dentro? — perguntou, batendo com os nós dos dedos no cofre-forte.

— Papéis de negócios de meu padrasto.

— Ah, então já olhou lá dentro.

— Só uma vez, há alguns anos. Lembro-me que estava cheio de papéis.

— Não pode haver um gato ali dentro, por acaso?

— Não. Que ideia esquisita!

— Então veja isto.

Ele mostrou um pires cheio de leite, depositado em cima do cofre.

— Não, não temos gato aqui. Mas temos um guepardo e um babuíno.

— Ah, sim, claro. Bem, o guepardo não é mais que um gato grande. Mas me atrevo a dizer que um pires com leite não é suficiente para satisfazer suas necessidades. Há aí uma coisa que desejo comprovar.

Agachou-se diante da cadeira de madeira e examinou o assento com a maior atenção.

— Obrigado. Não há mais dúvida — disse ele, levantando-se e colocando a lente no bolso. — Ah, aqui há um objeto interessante.

Mostrava um pequeno chicote para cães, pendurado num canto da cama. Sua ponta estava atada, de modo a formar um laço.

— O que pensa disso, Watson?

— É um chicote comum. Só não sei por que tem um laço.

— Isso já não é tão comum, não lhe parece? Ah, Watson, vivemos num mundo malvado e, quando um homem coloca sua inteligência a serviço do crime, é capaz das piores infâmias. Acho que já vi o suficiente, srta. Stoner, e com sua permissão vamos dar um passeio pelo jardim.

Nunca havia visto meu amigo com o rosto tão preocupado e a testa tão franzida como no momento em que deixamos com ele o campo de sua investigação. Eu e a srta. Stoner andamos de um lado para outro pelo jardim sem ousar interromper suas reflexões, quando ele mesmo rompeu o silêncio.

— É essencial, srta. Stoner — disse —, que siga exatamente minhas instruções até nos menores detalhes.

— Asseguro-lhe que farei o que disser.

— A situação é muito grave para que haja hesitações. Sua vida corre perigo.

— Volto a dizer que estou em suas mãos.

— Para começar, meu amigo e eu teremos de passar a noite em seu quarto.

O espanto da srta. Stoner foi igual ao meu.

— Sim, é preciso. Vou lhe explicar por quê. É a estalagem do povoado que vejo ali adiante?

— Sim, é a Estalagem da Coroa.

— Muito bem. É possível ver dali sua janela?

— Certamente que sim.

— Assim que seu padrasto voltar, a senhorita se retirará para seu quarto, dizendo que está com uma forte dor de cabeça. Quando ele for se deitar, a senhorita abrirá a janela, levantará a tranca, colocará uma lâmpada que nos sirva de sinal e, em seguida, irá para seu quarto antigo levando tudo o que for preciso. Estou certo de que, apesar das obras, poderá acomodar-se ali para passar uma noite.

— Sem nenhum problema.

— O resto deixe por nossa conta.

— O que vão fazer?

— Passaremos a noite em seu quarto, para descobrir a causa do barulho que tanto a assustou.

— Parece-me, sr. Holmes, que já chegou a uma conclusão — disse a srta. Stoner, colocando a mão no braço de meu companheiro.

— É possível.

— Então, por Deus, diga-me o que causou a morte de minha irmã.

— Prefiro ter provas mais seguras antes de falar.

— Pode pelo menos me dizer se tenho razão de acreditar que ela morreu de susto?

— Não, não creio. Acho que houve uma causa mais concreta. Agora, srta. Stoner, temos de a deixar, pois, se o dr. Roylott regressar e nos encontrar aqui, nossa viagem terá sido em vão. Até mais tarde, e seja corajosa, pois, se fizer o que lhe disse, logo não correrá mais nenhum perigo.

Sherlock Holmes e eu encontramos facilmente dois quartos com sala na Estalagem da Coroa. Ficavam no primeiro andar e de nossas janelas tínhamos uma visão esplêndida do portão de entrada e da ala habitada da mansão de Stoke Moran. Ao cair da noite vimos o dr. Grimesby Roylott passar de carro. Com sua figura enorme parecia esmagar o rapaz com dimensões frágeis que guiava o veículo. Este teve alguma dificuldade para abrir os pesados portões de ferro, e pudemos ouvir os gritos roucos do doutor e ver a fúria com que agitava os punhos fechados, ameaçando-o.

Alguns minutos depois que o carro entrou no parque, vimos uma luz brilhar entre as árvores, indicando que o proprietário da velha mansão se instalara numa das salas.

— Sabe, Watson — disse Holmes enquanto permanecíamos sentados na escuridão que avançava —, tenho certos escrúpulos de levá-lo comigo esta noite. Há indícios de perigo incontestáveis.

— Posso ser útil?

— Sua presença poderá ser valiosa.

— Então o acompanharei, sem dúvida alguma.

— É muito amável de sua parte.

— Você disse que há perigo. Evidentemente, tirou mais informações que eu de nossa visita a esta casa.

— Não, mas suponho que deduzi algumas coisas a mais. Tudo o que vi você também viu.

— Não vi nada que possa destacar, a não ser o cordão de campainha. Não consigo entender para que serve.

— Viu também a abertura de ventilação?

— Sim, mas uma comunicação desse tipo entre dois aposentos não me parece tão incomum. De resto, é tão pequena que um rato teria dificuldade de passar por ela.

— Eu sabia que encontraríamos um orifício assim antes de vir a Stoke Moran.

— Por favor, Holmes!

— Sabia, sim. Lembra-se de que em seu relato a srta. Stoner mencionou que sua irmã sentia o cheiro do charuto do dr. Roylott? Naturalmente, isto significava que devia haver uma comunicação entre os dois aposentos. Só podia ser uma abertura muito pequena, pois a investigação da polícia não fazia alusão a ela. Concluí, então, que devia existir um orifício de ventilação.

— Mas que inconveniente enxerga nisso?

— Bem, há pelo menos uma coincidência curiosa de fatos. Abre-se um orifício de ventilação, instala-se um cordão de campainha e uma mulher que dorme na cama morre de uma morte estranha. Isso não o surpreende?

— Até agora não vejo relação alguma entre tudo isso.

— Não observou um detalhe muito curioso na cama?

— Não.

— Estava presa ao soalho. É costume fixar uma cama deste modo?

— Nunca vi nada parecido.

— Assim a moça não podia mover a cama. Era forçada a deixá-la sempre na mesma posição da abertura e do cordão. Podemos chamá-lo assim, porque nunca houve campainha.

— Holmes — exclamei —, começo a entender vagamente sua ideia. Chegamos no momento certo para impedir um crime horrível e refinado.

— Muito horrível e muito refinado. Quando um médico se perverte, torna-se o pior dos criminosos, pois tem a seu favor o sangue-frio e os conhecimentos. Palmer e Pritchard estavam no auge de sua profissão. Este homem vai ainda mais longe, porém creio, Watson, que seremos mais inteligentes que ele. Enquanto esperamos assistir a todos esses horrores, fumemos um cachimbo tranquilamente e pensemos em coisas mais amenas durante algumas horas.

Por volta das nove horas, a luz que brilhava entre as árvores se apagou e tudo voltou a ficar escuro na direção da mansão. Duas longas horas transcorreram. Assim que soaram onze horas, uma luz viva atravessou as trevas bem à nossa frente.

— Este é o nosso sinal — disse Holmes, levantando-se de um salto. — Vem da janela do meio.

Ao sair, Holmes trocou algumas palavras com o dono da estalagem, explicando que íamos fazer uma visita de última hora a um conhecido e que era possível que passássemos a noite na casa dele. Um instante depois caminhávamos pela estrada escura, com o rosto açoitado por um vento frio e uma luz amarela piscando à nossa frente no meio das trevas para nos guiar em nossa missão sinistra.

Não tivemos dificuldade para entrar no parque, porque a cerca velha estava caindo em vários lugares. Abrimos caminho entre as árvores, atravessamos o gramado e nos preparávamos para entrar pela janela quando de uma moita de rododentros saiu disparado algo parecido com um menino disforme e repugnante, que se jogou na grama contorcendo os braços e as pernas e depois correu a toda a velocidade pelo jardim até se perder na escuridão.

— Meu Deus! — sussurrei. — Viu isso?

Por um momento Holmes ficou tão surpreso quanto eu e me apertou nervosamente a mão. Depois se pôs a rir em voz baixa e cochichou em meu ouvido:

— Que casa encantadora! Era o babuíno.

Eu me esquecera dos estranhos animais de estimação do doutor. Ele também tinha um guepardo, que podia pular sobre nossos ombros a qualquer momento. Confesso que me senti mais tranquilo quando, seguindo o exemplo de Holmes e tirando os sapatos, encontrei-me dentro do quarto. Meu companheiro fechou as persianas sem fazer barulho, colocou a lâmpada em cima da mesa e olhou ao redor. Tudo estava como havíamos visto durante o dia. Então se aproximou de mim e, dobrando a mão em forma de concha, murmurou tão baixo em meu ouvido que mal pude distinguir as palavras:

— O menor barulho pode ser fatal para o nosso plano.

Fiz um sinal para dar a entender que havia ouvido.

— Temos de apagar a luz. Ele pode vê-la pela abertura do ventilador.

Respondi positivamente com um gesto.

— Não durma. Sua vida pode depender disso. Tenha o revólver à mão, no caso de precisarmos dele. Vou sentar na beira da cama. Sente naquela cadeira.

Tirei meu revólver e o coloquei no canto da mesa.

Holmes trouxera uma vara longa e fina, que colocou na cama ao seu lado. Junto dela pôs uma caixa de fósforos e um toco de vela. Em seguida apagou a lâmpada e desaparecemos no escuro.

Nunca me esquecerei daquela vigília aflitiva. Não ouvia nenhum som, nem mesmo o de nossa respiração. Mas sabia que meu companheiro se encontrava a poucos passos de mim, sentado com os olhos abertos e no mesmo estado de nervos que eu. As persianas não deixavam passar nem um raio de luz e esperamos na escuridão total. De fora chegava até nós o grito de uma ou outra ave noturna e uma vez, ao lado de nossa janela, o miado de um felino, o que indicava que o guepardo andava solto. Ao longe, ouvíamos as notas graves do relógio da igreja anunciando os quartos de hora a intervalos que nos pareciam infinitos. Soou a meia-noite, depois uma hora, duas horas e três horas, e continuávamos sentados em silêncio, aguardando o que pudesse acontecer.

De repente apareceu na direção da abertura de ventilação uma claridade intensa que logo se extinguiu, seguida por um cheiro forte de óleo queimado e de metal aquecido. Alguém acendera uma lanterna no quarto ao lado. Ouvi um rumor suave de movimento e logo tudo voltou a ficar em silêncio, embora o cheiro se tornasse mais forte. Permaneci mais meia hora imóvel, com os ouvidos atentos. De repente, outro som se fez ouvir, muito suave e acariciante, como o ruído de um jato de vapor saindo de uma chaleira. No momento em que se produziu, Holmes pulou da cama, acendeu um fósforo e se pôs a bater furiosamente com sua vara o cordão da campainha.

— Está vendo, Watson? — gritou. — Está vendo?

Eu não via absolutamente nada. No momento em que Holmes acendeu o fósforo ouvi um assobio baixo, mas bem distinto, porém a claridade da luz impediu meus olhos cansados de ver em que meu amigo batia com tanto furor. Pude perceber, entretanto, que seu rosto estava pálido como a morte, com uma expressão de horror e repugnância.

Ele parara de bater e olhava para a abertura de ventilação, quando de repente irrompeu no silêncio da noite o grito mais horrível que jamais ouvi. Um grito cuja intensidade foi aumentando, até transformar-se num berro rouco de dor, medo e raiva, tudo misturado num tremendo uivo aterrador. Dizem que no povoado, e mesmo na igreja mais distante, aquele grito acordou e tirou da cama aqueles que dormiam. Meu coração gelou e eu fiquei olhando para Holmes, e ele para mim, até que os últimos ecos se extinguiram no silêncio do qual haviam surgido.

— O que aconteceu? — perguntei ofegante.

— Tudo acabou — respondeu Holmes —, e é no final de contas o melhor que poderia ocorrer. Pegue seu revólver e vamos entrar no quarto do dr. Roylott.

Com o rosto muito sério, acendeu a lâmpada e saiu ao corredor. Bateu duas vezes à porta do quarto sem obter resposta. Então girou a maçaneta e entrou, e eu junto, grudado em seus calcanhares, com o revólver engatilhado na mão.

Uma cena extraordinária se oferecia aos nossos olhos. Uma lanterna colocada sobre a mesa iluminava o cofre-forte, cuja porta estava entreaberta. Junto a essa mesa, no assento de madeira, estava sentado o dr. Grimesby Roylott, vestido com um longo roupão cinzento, debaixo do qual apareciam os tornozelos nus e os pés calçando chinelos vermelhos. Sobre os joelhos descansava o chicote curioso com laço na ponta que vimos no dia anterior. A cabeça apontava para cima e os olhos olhavam fixos para um canto do teto. Ao redor da testa tinha uma faixa amarela esquisita, com pintas marrons, que parecia muito apertada na cabeça. Quando entramos, não fez movimento algum.

— A faixa! A faixa malhada! — murmurou Holmes.

Dei um passo à frente. No mesmo instante a faixa estranha começou a mover-se e se desenrolou, aparecendo entre os cabelos a cabeça achatada em forma de triângulo e o pescoço inchado de uma serpente repugnante.

— É uma víbora dos pântanos — gritou Holmes —, a serpente mais venenosa da Índia. O doutor morreu dez segundos depois de ser mordido. A violência se volta contra o violento e o que apronta a armadilha acaba caindo nela. Voltemos a fechar esse bicho em seu covil, levemos a srta. Stoner a um lugar mais seguro e informemos à polícia do condado o que sucedeu.

Enquanto falava pegou o chicote dos joelhos do morto, passou o laço em volta do pescoço do réptil, arrancou-o de seu pedestal macabro e, levando-o com o braço bem estendido, atirou-o no cofre-forte, onde o trancou.

Foi assim que morreu o dr. Grimesby Roylott, de Stoke Moran. Não é necessário prolongar um relato já muito longo, contando como informamos a notícia à jovem aterrorizada, como a levamos no trem da manhã à casa de sua tia de Harrow e como o lento processo de investigação policial chegou à conclusão de que o doutor encontrara a morte quando brincava imprudentemente com um animal de estimação perigoso. O pouco que ainda me faltava saber sobre o caso foi contado por Sherlock Holmes no dia seguinte, durante a viagem de regresso.

— Minhas primeiras conclusões eram totalmente erradas, o que mostra, meu caro Watson, como é perigoso fazer deduções com base em dados insuficientes. A presença dos ciganos e o emprego da palavra "faixa" pela pobre moça para explicar o que viu confusamente à luz de seu fósforo bastaram para me lançar numa pista falsa. Meu único mérito foi reconhecer meu erro quando ficou claro para mim que o perigo que ameaçava a ocupante do quarto não podia vir nem pela janela, nem pela porta.

"Como já lhe disse, minha atenção foi logo atraída pela abertura de ventilação e pelo cordão de campainha suspenso em cima da cama. Ao descobrir que o cordão era falso e a cama estava pregada ao solo, comecei a suspeitar que o cordão poderia servir como ponte para que algo entrasse pelo buraco e descesse sobre a cama. A ideia de uma serpente me ocorreu naturalmente e, ao saber que o doutor recebia animais da Índia, pensei que me encontrava na pista certa. A ideia de usar um veneno que as análises químicas não poderiam descobrir deveria vir à mente de um homem instruído e sem escrúpulos que viveu no Oriente. Um médico-legista teria de ser bom observador para descobrir as duas picadas produzidas pelas presas venenosas.

"Lembrei-me também do assobio. O doutor devia naturalmente chamar a serpente antes que a vítima pudesse vê-la à luz do dia. Provavelmente a havia adestrado, por meio do leite que vimos, a voltar quando fosse chamada. Fazia que passasse pelo orifício de ventilação, na hora que julgava mais conveniente, certo de que o animal deslizaria pela corda e chegaria à cama. Várias noites podiam se passar sem que a vítima fosse mordida, mas cedo ou tarde a serpente a atacaria.

"Cheguei a esta conclusão antes mesmo de entrar no quarto do doutor. Ao examinar sua cadeira comprovei que tinha o costume de subir nela, o que era necessário para alcançar o ventilador. Quando vi o cofre-forte, o pires com leite e o laço no chicote, desapareceram as últimas dúvidas que ainda podia ter. O som de metal que a srta. Stoner ouviu provinha evidentemente do fechamento rápido do cofre--forte, para colocar dentro dele sua ocupante terrível. Assim que me convenci de que estava na pista certa, você sabe as medidas que tomei para obter a prova definitiva. Você ouviu como eu o animal sibilar. Acendi a luz imediatamente e o ataquei sem perder um instante."

— E o resultado foi que a serpente voltou para o lugar de onde tinha vindo.

— E também a fez virar-se contra o seu próprio dono. Alguns de meus golpes certamente a atingiram e deixaram tão irritada que ela se atirou sobre a primeira pessoa que encontrou. Deste modo, sou indiretamente responsável pela morte do dr. Grimesby Roylott, mas não posso dizer que essa responsabilidade pese muito em minha consciência.

❖

9
O polegar do engenheiro

De todos os problemas apresentados ao meu amigo Sherlock Holmes nos anos de nossa convivência, só dois chegaram ao seu conhecimento por meu intermédio: o do polegar do sr. Hatherley e o da loucura do coronel Warburton. O último foi, sem dúvida, o mais interessante para um observador tão arguto e dotado de originalidade como ele. O outro, entretanto, foi tão estranho no início e tão dramático nos detalhes que vale a pena contá-lo, embora tenha dado a meu amigo menos oportunidades para aplicar os métodos de raciocínio dedutivo com os quais obtinha resultados tão extraordinários.

A história foi reproduzida mais de uma vez nos jornais. Mas, como sempre ocorre com essas narrações, seu efeito é muito menos intenso quando são apresentadas em bloco, em meia coluna de letra impressa, do que quando os fatos se desenrolam lentamente diante de nossos olhos e o mistério vai sendo esclarecido de maneira gradual, à medida que cada nova descoberta permite dar um passo para a verdade completa. Na ocasião, os pormenores deste caso causaram uma impressão profunda em mim e, mesmo dois anos depois, seu efeito quase não diminuiu.

Os fatos que me disponho a resumir ocorreram no verão de 1889, pouco tempo depois do meu casamento. Eu voltara a exercer a medicina e deixara Holmes sozinho em seu apartamento da Baker Street, embora o visitasse com frequência e às vezes até conseguisse convencê-lo a abandonar seus hábitos boêmios e ir visitar-nos.

Minha clientela aumentava constantemente e, como eu morava perto da estação de Paddington, consegui alguns pacientes entre os empregados da ferrovia. Um deles, que eu havia curado de uma doença longa e dolorosa, não se cansava de elogiar meus talentos e procurava enviar-me todos os doentes sobre os quais tinha alguma influência.

Um dia, pouco antes das sete da manhã, fui acordado pela empregada, que batia à minha porta para anunciar que dois homens da estação de Paddington me esperavam no consultório. Vesti-me às pressas, pois sabia por experiência que os acidentes de estrada de ferro quase nunca eram triviais e desci correndo a escada. Ao chegar embaixo, meu velho amigo, o guarda, saiu do consultório e fechou com cuidado a porta atrás dele.

— Ele está ali — cochichou, apontando com o dedo o aposento que acabava de deixar. — Está bem.

— O que há então? — perguntei, pois o comportamento de meu interlocutor indicava que havia uma criatura estranha em meu consultório.

— É um cliente novo — continuou cochichando. — Quis trazê-lo eu mesmo, pois assim não podia fugir. Ele está ali, e não há nada a temer. Agora preciso ir, doutor. Tenho meu trabalho a fazer, assim como o senhor.

E o leal intermediário foi embora, sem mesmo me dar tempo para agradecer.

Entrei no consultório e encontrei um homem sentado junto à mesa. Estava vestido discretamente, com um terno de lã enxadrezado e um boné de pano que havia deixado em cima de meus livros. Uma de suas mãos estava enfaixada por um lenço, todo manchado de sangue. Era um jovem de não mais de vinte e cinco anos, com um rosto enérgico, porém muito pálido. Deu-me a impressão de ser vítima de uma agitação intensa, que só conseguia controlar recorrendo a toda a sua força de vontade.

— Lamento acordá-lo tão cedo, doutor — disse —, mas sofri um acidente grave esta noite. Cheguei de trem esta manhã e, ao perguntar em Paddington onde poderia encontrar um médico, este homem tão gentil me acompanhou até aqui. Dei meu cartão à empregada, mas vejo que ela o deixou sobre a mesa.

Peguei o cartão e li: Victor Hatherley, engenheiro hidráulico, Victoria Street, 16A (3º andar). Eram o nome, a profissão e a residência de meu visitante da manhã.

— Lamento tê-lo feito esperar — disse eu, sentando em minha poltrona. — Acaba de fazer uma viagem noturna, o que por si só é algo muito monótono, não é?

— Oh, não posso dizer que minha noite tenha sido monótona — respondeu ele, rindo nervosamente.

Ria com vontade, em tom estridente, jogando-se para trás em sua cadeira e sacudindo-se da cabeça aos pés. Todos os meus instintos médicos se rebelaram contra esse ataque de riso.

— Pare com isso! — gritei. — Acalme-se!

Dei-lhe um copo de água, mas de nada adiantou. Ele era vítima de um desses ataques histéricos que sofrem as pessoas de temperamento forte depois de passar por uma crise grave. Por fim conseguiu acalmar-se, porém se mostrou exausto e um pouco envergonhado.

— Estou me comportando de maneira ridícula — disse, quase sem fôlego.

— De forma alguma. Beba isto.

Derramei algumas gotas de conhaque na água e a cor começou a voltar ao seu rosto.

— Já me sinto melhor — disse. — Agora, doutor, tenha a bondade de tratar do meu polegar, ou melhor, do lugar onde estava o meu polegar.

Desenrolou o lenço e estendeu a mão. Ao ver a ferida me assustei, apesar do sangue-frio que uma longa prática me deu. Havia apenas quatro dedos e uma horrível superfície vermelha e esponjosa onde estivera o polegar. Este fora cortado ou arrancado pela raiz.

— Céus! — exclamei. — É uma ferida horrível. Deve ter perdido muito sangue.

— Creio que sim. No primeiro momento desmaiei e acho que fiquei sem sentidos muito tempo. Quando voltei a mim, notei que continuava perdendo sangue. Amarrei o lenço bem apertado no pulso e o apertei mais ainda com um palito.

— Perfeito! Deveria ser um cirurgião.

— Aprendi isso nas aulas de hidráulica. Faz parte da minha especialidade.

— Esta ferida deve ter sido feita por um instrumento muito pesado e cortante — disse eu, depois de examinar a ferida.

— Sim, por um instrumento parecido com a machadinha de um açougueiro.

— Suponho que foi um acidente.

— De modo algum.

— Então foi uma agressão criminosa?

— Acho que foi criminosa.

— Isso é horrível.

Passei uma esponja na ferida, limpei-a, fiz o curativo e, por fim, cobri-a com algodão e bandagens embebidas em ácido fênico. Meu cliente aguentou tudo sem se mexer, embora mordesse o lábio de vez em quando.

— Como se sente? — perguntei ao terminar.

— Muito bem. Seu conhaque e suas bandagens fizeram de mim um homem novo. Eu me sentia muito fraco ao chegar, pois passei muito mal.

— Talvez seja melhor não falar sobre o assunto, para não o deixar nervoso.

— Oh, não, agora não. Terei de contar o que sucedeu à polícia. Mas, cá entre nós, se não fosse a evidência convincente de minha ferida, eles não acreditariam em meu depoimento, pois a história é realmente extraordinária e não tenho quase nada para prová-la. E, mesmo que acreditem, as pistas que posso dar-lhes são tão vagas que dificilmente justiça poderá ser feita.

— Ah! — exclamei. — Se há um problema que deseja ver resolvido, recomendo que vá ao apartamento do meu amigo Sherlock Holmes antes de ir à polícia.

— Já ouvi falar deste homem e ficarei muito contente se ele se ocupar do assunto, embora deva naturalmente recorrer também à polícia. O senhor poderia me dar uma apresentação?

— Farei melhor. Eu mesmo o levarei ao apartamento dele.

— Ficarei imensamente grato por isso.

— Chamarei um tílburi e iremos juntos. Chegaremos a tempo de tomar café com ele. Sente-se em condições de ir até lá?

— Sim. Não terei sossego enquanto não contar minha história.

— Então minha empregada vai buscar um tílburi e estarei com o senhor num instante.

Subi rapidamente ao andar de cima, expliquei o assunto a minha mulher em poucas palavras e em menos de cinco minutos estava dentro de um carro, rodando com meu novo cliente rumo à Baker Street.

Como imaginei, Sherlock Holmes se encontrava em sua sala de estar, vestido com um roupão, lendo a coluna de anúncios de pessoas desaparecidas no *Times* e fumando seu cachimbo costumeiro antes do café da manhã, que se compunha de todos os resíduos do dia anterior, cuidadosamente secados e reunidos num canto da lareira. Recebeu-nos com sua amabilidade habitual, mandou vir mais ovos e toicinho defumado, e juntou-se a nós num lauto café da manhã. Ao terminar, instalou nosso novo conhecido no sofá, colocou uma almofada debaixo da cabeça e um copo de conhaque com água ao alcance da mão.

— É fácil ver que sua experiência não foi nada trivial, sr. Hatherley — disse. — Tenha a bondade de recostar-se e faça de conta que está em sua casa. Conte-nos o que puder, mas pare quando se cansar, e recupere suas forças tomando este estimulante.

— Obrigado — disse meu cliente —, mas me sinto outro homem depois que o doutor tratou de minha mão, e creio que seu café da manhã completou a cura. Procurarei abusar o menos possível de seu valioso tempo, por isso começarei a contar logo o que aconteceu comigo.

Holmes se acomodou numa poltrona grande, com a expressão cansada e sonolenta que encobria seu temperamento vivo e animado. Sentei-me em frente dele e ouvimos em silêncio a história estranha que nosso visitante nos foi contando.

— É preciso que saibam que sou órfão e solteiro, e moro sozinho num apartamento em Londres. Por profissão sou engenheiro hidráulico e adquiri uma experiência apreciável nos sete anos em que fui aprendiz na Venner & Matheson, a conhecida empresa de Greenwich. Há dois anos, terminando o período de aprendizado e dispondo de uma boa quantia de dinheiro que herdei com a morte de meu pobre pai, decidi estabelecer-me por conta própria e aluguei um escritório na Victoria Street.

"Suponho que o início de um negócio independente é uma experiência terrível para todo o mundo. Para mim foi excepcionalmente duro. Em dois anos não tive mais que três consultas e um serviço de pouca importância. Isso foi tudo que minha profissão me proporcionou. Nesse período, meus vencimentos brutos se elevaram a vinte e sete libras e dez xelins. Todos os dias, das nove da manhã às quatro da tarde, esperei em vão em meu pequeno reduto visitantes que não vinham e comecei a perder a paciência e a acreditar que nunca teria clientela.

"Ontem, no entanto, bem na hora em que me preparava para deixar o escritório, meu secretário entrou e anunciou que um senhor queria me ver para falar sobre um negócio. Entregou-me um cartão com o nome do coronel Lysander Stark, que entrou quase ao mesmo tempo. Era um homem de estatura acima da média, mas tão magro como nunca tinha visto outro igual. Seu rosto parecia reduzir-se ao nariz e ao queixo, e a pele da face se retesava sobre os ossos salientes. Essa magreza extrema devia ser natural, e não efeito de uma doença, pois seus olhos brilhavam, e seu passo era rápido e firme. Vestia-se com simplicidade, porém com esmero, e sua idade, diria, aproximava-se mais dos quarenta que dos trinta.

"— Sr. Hatherley? — perguntou, com um leve sotaque alemão. — O senhor me foi recomendado não só por sua competência profissional, mas também por sua discrição e capacidade de guardar segredo.

"Inclinei-me, sentindo-me tão lisonjeado como se sentiria qualquer jovem que recebesse esse cumprimento.

"— Posso saber quem lhe deu referências tão boas? — indaguei.

"— Bem, talvez seja melhor não lhe dizer agora. Soube pela mesma fonte que é órfão e solteiro e vive sozinho em Londres.

"— É verdade — respondi —, mas não vejo bem que relação isso pode ter com minhas qualidades profissionais. Pensei que queria falar comigo sobre um assunto profissional.

"— Sem dúvida. No entanto, essa introdução era necessária, pois, se preciso de um homem de sua profissão, preciso também de alguém que seja de uma discrição absoluta, *absoluta*, ouviu bem? Essa qualidade é encontrada com mais frequência num homem que mora sozinho que em outro que vive com a família.

"— Se prometo guardar segredo — disse eu —, pode estar totalmente certo de que o farei.

"Ele me olhava fixamente enquanto eu falava, e acho que nunca vi olhar tão desconfiado e inquiridor.

"— Promete, então? — perguntou ele por fim.

"— Sim, prometo.

"— Um silêncio absoluto e completo, antes, durante e depois? Nenhum comentário sobre o negócio, nem com palavras, nem por escrito?

"— Já lhe dei minha palavra.

"— Muito bem.

"Ele se levantou de repente, atravessou a sala como um raio e abriu a porta. O corredor estava deserto.

"— Está tudo bem — disse, ao voltar. — Sei que os empregados às vezes mostram curiosidade sobre os assuntos de seus patrões. Agora podemos conversar com segurança.

"Aproximou sua cadeira da minha e recomeçou a me examinar com o mesmo olhar inquiridor e pensativo. Experimentei de repente uma sensação de repulsa e algo parecido com medo ante as maneiras estranhas daquele homem esquálido. Nem mesmo o receio de perder um cliente pôde me impedir de mostrar minha impaciência.

"— Faça o favor de me explicar o que deseja, senhor — eu disse. — Meu tempo é valioso.

"Que o céu me perdoe esta última frase, uma mentira vulgar, mas as palavras saíram espontaneamente de meus lábios.

"— Aceitaria cinquenta guinéus por uma noite de trabalho?

"— Perfeitamente.

"— Digo uma noite de trabalho, mas talvez não demore mais de uma hora. Quero simplesmente sua opinião sobre uma prensa hidráulica que não funciona bem. Se nos mostrar onde está o defeito, nós mesmos poderemos consertá-la. O que pensa de um trabalho desse tipo?

"— O trabalho parece fácil e o pagamento, generoso.

"— É o que me parece. Gostaríamos que viesse esta noite, no último trem.

"— Para onde?

"— Para Eyford, em Berkshire. É um lugarejo situado nos limites de Oxfordshire e a onze quilômetros de Reading. Sai um trem de Paddington que o deixará lá aproximadamente às onze e quinze da noite.

"— Muito bem.

"— Estarei à sua espera com um carro.

"— Então é muito longe da estação?

"— Sim. Nossa pequena empresa fica no campo, a onze quilômetros da estação de Eyford.

"— Duvido, então, que possamos chegar antes da meia-noite, e suponho que não encontrarei um trem para me trazer de volta. Terei de passar a noite lá?

"— Sim, mas não teremos problema para preparar-lhe uma cama.

"— É muito inconveniente. Não poderia ir a uma hora mais oportuna?

"— Pareceu-nos melhor que venha à noite. É para compensá-lo por qualquer incômodo que lhe pagamos, mesmo sendo jovem e desconhecido, honorários iguais aos que poderia pedir uma das figuras de maior prestígio de sua profissão. No entanto, se prefere desistir do negócio, ainda tem tempo de sobra para fazê-lo.

"Pensei nos cinquenta guinéus e como poderiam ser úteis para mim.

"— De modo algum — respondi. — Ficarei satisfeito em conformar-me ao que deseja. Mas gostaria de saber mais claramente o que querem que eu faça.

"— Certamente. É natural que a promessa de guardar segredo que exigimos desperte sua curiosidade. Não pretendo que se comprometa a nada antes que lhe explique do que se trata. Tem certeza de que ninguém está nos ouvindo atrás das portas?

"— Certeza absoluta.

"— Pois bem, o assunto é o seguinte. O senhor não ignora que a greda de pisoeiro é um produto de valor e na Inglaterra só se encontra em um ou dois lugares.

"— Ouvi dizer.

"— Há algum tempo comprei uma pequena propriedade, uma fazenda muito pequena, a uns dezesseis quilômetros de Reading, e tive a sorte de descobrir uma jazida de greda de pisoeiro num de meus campos. Ao examiná-la, comprovei que era uma jazida relativamente pequena, mas formava uma junção entre outras duas, muito maiores, à direita e à esquerda, situadas em terrenos de meus vizinhos. Essa boa gente ignorava por completo que suas terras continham um produto tão precioso quanto o ouro. Como é natural, era de meu interesse comprar suas terras antes que descobrissem seu verdadeiro valor. Infelizmente, não tinha capital suficiente para fazer essa aquisição. Confiei o segredo a alguns amigos e eles me aconselharam a explorar discretamente a pequena jazida e juntar desse modo o dinheiro necessário para comprar os terrenos vizinhos.

"É o que estamos fazendo há algum tempo e, para facilitar as operações, compramos uma prensa hidráulica. Essa prensa estragou, como já lhe expliquei, e queremos ter sua opinião sobre ela. Mas guardamos nosso segredo cuidadosamente, pois, se vierem a saber que especialistas em hidráulica estiveram em nossa casa, isso poderia despertar a curiosidade. O senhor compreende que, se a verdade for conhecida, será o adeus à possibilidade de comprar aqueles campos e realizar nosso projeto. Por isso o fiz prometer que não dirá a ninguém que vai a Eyford esta noite. Espero ter-me explicado com clareza.

"— Compreendi perfeitamente. Só não entendi muito bem para que serve uma prensa hidráulica na extração de greda de pisoeiro, que é tirada de um poço como a areia, segundo me disseram.

"— Ah! — disse ele, com ar desenvolto —, é porque temos um processo próprio. Comprimimos a terra em pequenos tijolos, para poder transportá-la sem que se saiba o que é. Mas são detalhes sem importância. Já lhe revelei tudo, sr. Hatherley, demonstrando a confiança que tenho no senhor.

"Ele se levantou enquanto falava.

"— Espero-o, portanto, em Eyford às onze e quinze.

"— Estarei lá sem falta.

"— E não diga uma palavra a ninguém.

"Fitou-me com um último e longo olhar cheio de desconfiança e, com um aperto de mão frio e úmido, saiu rapidamente.

"Quando recuperei o sangue-frio e me pus a pensar em tudo aquilo, achei muito estranho, como podem imaginar, o tipo de trabalho que me foi oferecido. De um lado, estava satisfeito, pois o pagamento era no mínimo dez vezes superior ao que eu teria pedido e era possível que com esse serviço surgissem outros. Mas, de outro lado, a expressão e a atitude de meu cliente causaram em mim uma impressão desagradável, e não me parecia que suas explicações sobre a greda de pisoeiro fossem suficientes para justificar a necessidade de uma viagem noturna e de um segredo tão absoluto. Por fim, pus de lado minhas apreensões, jantei com apetite, fui de tílburi até Paddington e iniciei a viagem, obedecendo ao pé da letra ao compromisso de não falar a ninguém para onde ia.

"Em Reading tive de trocar não só de vagão, mas também de estação. Subi no último trem que se dirigia a Eyford, e cheguei a essa pequena estação mal iluminada depois das onze. Fui o único passageiro a descer ali e não havia ninguém na plataforma, a não ser um guarda sonolento com uma lanterna. Mas, ao atravessar o portão, vi que o visitante da manhã me esperava no escuro do outro lado da rua. Sem dizer uma palavra, pegou-me pelo braço e me fez subir a toda a pressa num veículo que aguardava com a porta aberta. Fechou as janelas dos dois lados, deu uma leve batida na parede e o cavalo partiu a galope."

— Era um cavalo só? — interveio Holmes.

— Sim, um só.

— Viu de que cor era?

— Sim. Vi quando subia no carro, à luz das lanternas. Era castanho.

— Parecia cansado, ou não?

— Estava descansado e tinha o pelo brilhante.

— Obrigado. Desculpe a interrupção. Prossiga, por favor, seu relato interessante.

— Partimos então e rodamos pelo menos durante uma hora. O coronel Lysander Stark havia dito que o trajeto era de onze quilômetros, mas, pela velocidade com que andávamos e pelo tempo que transcorreu entre a partida e a chegada, eu diria que seriam mais ou menos dezesseis quilômetros. Meu acompanhante não falava e eu sentia seu olhar fixo em mim. A estrada devia estar em más condições, a julgar pelos solavancos da condução. Tentei olhar pelas janelas para ver por onde passávamos, mas eram de vidro fosco e não era possível enxergar nada, a não ser uma luz nebulosa e fugaz de vez em quando. De tempos em tempos eu arriscava um comentário para romper a monotonia da viagem, mas o coronel respondia com monossílabos, e a conversa morria logo.

"Por fim, os solavancos da estrada foram substituídos pelo movimento mais suave numa alameda de cascalho e o carro parou. O coronel Lysander Stark saltou primeiro do veículo e, como o segui, fez-me entrar rapidamente por uma porta aberta à nossa frente. Assim, descemos do carro e entramos diretamente no vestíbulo, de modo que não pude ver a fachada da casa. Tão logo transpus a soleira, a porta se fechou com grande ruído e ouvi o rodar do carro que se afastava.

"Dentro da casa reinava uma escuridão total e o coronel procurou às apalpadelas uma caixa de fósforos, resmungando em voz baixa. De repente uma porta se abriu na outra extremidade do corredor e uma longa faixa de luz chegou até nós. A faixa se ampliou e apareceu uma mulher segurando uma lâmpada acima da cabeça e inclinando o corpo para a frente a fim de olhar para nós. Pude ver que era linda e pelo brilho que a luz provocava em seu vestido escuro notei que o tecido era de boa qualidade. Pronunciou algumas palavras em língua estrangeira, que pelo tom pareciam uma pergunta e, quando meu acompanhante lhe deu uma resposta rude e breve, ela experimentou tal sobressalto que quase deixou a lâmpada cair. O coronel Stark se aproximou dela, murmurou-lhe alguma coisa no ouvido e, empurrando-a para o lugar de onde saíra, voltou em minha direção com a lâmpada na mão.

"— Quer ter a bondade de aguardar neste quarto alguns minutos? — disse, abrindo outra porta.

"O aposento no qual eu me encontrava estava mobiliado sobriamente, com uma mesa redonda no centro, sobre a qual havia diversos livros em alemão. O coronel Stark colocou a lâmpada em cima de um harmônio situado ao lado da porta.

"— Não o farei esperar quase nada — disse, e sumiu na escuridão.

"Dei uma olhada nos livros que estavam sobre a mesa e, apesar de não saber alemão, verifiquei que dois deles eram tratados científicos, e os outros, livros de poesia. Então me dirigi até a janela, esperando ver o campo ao redor, mas a janela estava fechada com tábuas de carvalho e uma forte barra de ferro. Era uma casa espantosamente silenciosa. Afora o tique-taque de um velho relógio no corredor, tudo parecia morto dentro do edifício.

"Uma vaga sensação de mal-estar começou a me invadir. Quem eram aqueles alemães e o que faziam naquele lugar estranho e afastado? Onde estávamos? A uns dezesseis quilômetros de Eyford, era tudo o que eu sabia, mas não tinha a menor ideia se era ao norte, ao sul, a leste ou a oeste. Para me tranquilizar dizia a mim mesmo que Reading e talvez outras grandes cidades se encontrassem naquele raio e que, no final de contas, o lugar não estava tão isolado como eu imaginava. Todavia, a julgar pelo silêncio absoluto, não havia dúvida de que estávamos no campo. Andei de um lado para outro, cantando baixinho uma canção para me dar coragem e pensando nos cinquenta guinéus que estava ganhando.

"De repente, no meio do silêncio mais absoluto e sem que nenhum barulho de passos no exterior anunciasse, a porta se abriu lentamente. A mulher que já vira apareceu na abertura, com a escuridão do corredor às suas costas. Seu lindo rosto, iluminado em cheio pela luz amarela da lâmpada, revelava um medo intenso que me transmitiu. Levantou um dedo trêmulo fazendo-me sinal para guardar silêncio e sussurrou em meu ouvido algumas palavras num inglês vacilante, virando sem parar os olhos para a porta aberta atrás dela, como um animal assustado.

"— Se fosse o senhor, iria embora — disse, parecendo-me fazer um grande esforço para falar com calma. — Com certeza não ficaria aqui. O senhor não foi feito para o trabalho que o aguarda.

"— Mas, senhora — disse eu —, ainda não fiz o que vim fazer. Não posso ir embora sem ter visto a máquina.

"— Não vale a pena esperar — prosseguiu. — Pode sair pela porta. Ninguém o impedirá.

"Então, ao ver que eu sorria e abanava a cabeça, abandonou toda reserva e deu um passo à frente, torcendo as mãos.

"— Pelo amor de Deus — insistiu —, saia daqui antes que seja tarde demais!

"Sou teimoso por natureza e basta que um assunto apresente algum obstáculo para que sinta mais vontade de me envolver nele. Pensei nos cinquenta guinéus, na viagem cansativa que acabava de fazer, na noite desagradável que parecia esperar-me. Faria tudo isso em troca de nada? Por que fugiria, afinal de contas, sem realizar meu trabalho e sem receber a remuneração a que tinha direito? Aquela mulher, pelo que dava para perceber, podia até ser uma pobre louca.

Abanei a cabeça com ar decidido, embora a atitude dela me tivesse impressionado mais do que eu gostaria de admitir, e declarei claramente minha intenção de permanecer onde estava. Ela ia recomeçar suas súplicas quando uma porta foi fechada ruidosamente em cima e ouvimos passos na escada. Ela escutou por um instante, ergueu as mãos ao céu num gesto de desespero e desapareceu tão rápida e silenciosamente como tinha vindo.

"Os recém-chegados eram o coronel Lysander Stark e um homem baixo e gordo, com uma barba grisalha que saía das dobras de sua papada e que me foi apresentado como sendo o sr. Ferguson.

"— É meu secretário e gerente — explicou o coronel. — A propósito, parece-me que deixei esta porta fechada quando saí. Receio que a corrente de ar o tenha incomodado.

"— Ao contrário — disse eu —, abri-a porque estava um pouco abafado.

"Lançou-me um de seus olhares desconfiados.

"— Neste caso, talvez seja melhor tratarmos de nosso negócio — disse. — O sr. Ferguson e eu o acompanharemos para ver a máquina.

"— Devo levar meu chapéu?

"— Não é necessário. Ela está dentro da casa.

"— O quê! Então extraem a greda de pisoeiro de dentro da casa?

"— Não, não. Só usamos a máquina quando comprimimos a greda. Mas isso não tem importância. A única coisa que queremos é que examine a máquina e nos diga o que não funciona bem."

"Subimos os três, o coronel na frente com o lampião na mão, o gerente gordo e eu seguindo-o de perto. A casa velha era um verdadeiro labirinto, com corredores, passagens estreitas, escadas em espiral, portas pequenas e baixas com soleiras gastas pelas gerações que haviam passado por elas. Não havia tapetes nem sinal de móveis acima do andar térreo, e o reboco caía das paredes que a umidade cobria de manchas verdes e insalubres. Procurei adotar uma atitude tão despreocupada quanto era possível, mas não podia esquecer totalmente as advertências da mulher, embora não quisesse escutá-las, e não perdia de vista meus dois acompanhantes. Ferguson parecia um homem mal-humorado e silencioso, mas, pelas poucas palavras que disse, compreendi que era pelo menos um compatriota.

"O coronel Lysander Stark parou finalmente em frente de uma porta baixa, que abriu. Ela dava para um aposento pequeno e quadrado, no qual teríamos dificuldade de caber os três. Ferguson permaneceu fora e o coronel me fez entrar com ele.

"— Estamos dentro da prensa hidráulica — disse — e seria particularmente desagradável para nós se alguém a pusesse em funcionamento. O teto desse pequeno compartimento é, na realidade, o pistão compressor que vem bater no piso de metal com uma força de várias toneladas. Há ali fora pequenos cilindros laterais de água que recebem a pressão e a transmitem e multiplicam da forma que o senhor conhece. A máquina ainda funciona, mas com certa rigidez, e perdeu um pouco de sua força. Tenha a bondade de examiná-la e nos explicar como podemos consertá-la.

"Peguei o lampião de suas mãos e comecei um exame minucioso. Era um mecanismo gigantesco, capaz de exercer uma pressão enorme. Quando saí e acionei as alavancas de comando reconheci imediatamente, por um ruído sibilante, que havia um pequeno escoamento de água por um dos cilindros laterais. Um novo exame revelou que uma das fitas de borracha que rodeava a cabeça de uma das barras propulsoras encolhera e não cobria por completo o cilindro ao longo do qual trabalhava. Era esta, claramente, a causa da perda de potência e indiquei-a a meus acompanhantes, que me ouviram com muita atenção e fizeram várias perguntas concretas sobre o que deviam fazer para consertar a prensa.

"Quando terminei de dar as explicações, voltei ao compartimento do pistão para satisfazer de novo minha curiosidade. Saltava aos olhos que a história da greda de pisoeiro era uma invenção pura e simples, pois seria um absurdo usar uma máquina de uma força tão desproporcional para uma finalidade tão inadequada. As paredes da peça eram de madeira, mas notei que o soalho era de ferro e estava coberto com uma camada de sedimento metálico em toda a superfície. Estava de cócoras e a raspava com a unha para saber exatamente o que era, quando ouvi uma exclamação em alemão e vi o rosto cadavérico do coronel que me olhava de cima.

"— O que está fazendo? — perguntou.

"Eu estava furioso por ter sido enganado com uma história tão disparatada como a que me havia contado.

"— Estava admirando sua greda de pisoeiro — respondi. — Acho que poderia dar-lhe conselhos mais apropriados se soubesse a verdadeira destinação de sua máquina.

"Nem bem havia terminado de pronunciar aquelas palavras e já lamentava ter falado com tanto atrevimento. O rosto do coronel se tornara feroz e uma luz ameaçadora brilhava em seus olhos cinzentos.

"— Muito bem — disse. — Vai saber tudo a respeito dela.

"Deu um passo para trás, fechou violentamente a porta e girou a chave na fechadura. Atirei-me sobre a maçaneta e a forcei, mas nem mesmo meus pontapés e empurrões conseguiram fazê-la ceder um mínimo que fosse.

"— Ouça, coronel! — gritei. — Ouça! Deixe-me sair!

"Então, de repente, no silêncio da noite, ouvi um barulho que gelou o sangue em minhas veias. Era o rangido das alavancas e o som sibilante do cilindro com defeito. O coronel tinha ligado a máquina. O lampião continuava no chão onde o colocara para examinar o soalho. Sua luz me permitia ver o teto escuro descer sobre mim, lentamente e aos arrancos, mas, como ninguém podia saber melhor que eu, com uma força que devia num minuto reduzir-me a uma polpa informe. Atirei-me de encontro à porta gritando por socorro e tentei arrancar a fechadura com as unhas. Implorei ao coronel que me deixasse sair, mas o ruído implacável das alavancas abafou meus gritos.

"O teto já estava a apenas um ou dois palmos acima de minha cabeça. Levantei a mão e pude sentir sua superfície dura e áspera. Então me ocorreu a ideia de que minha morte seria mais ou menos dolorosa conforme a posição em que me encontrasse. Se me deitasse com o rosto voltado para baixo o peso cairia sobre a coluna vertebral, e estremeci ao pensar nos estalidos terríveis. Talvez fosse melhor deitar de costas, mas teria o sangue-frio necessário para contemplar aquela sombra escura mortal descendo, oscilante, sobre mim? Já não podia ficar de pé, quando meus olhos captaram algo que devolveu um sopro de esperança ao meu coração.

"Eu disse que o teto e o soalho eram de ferro e as paredes, de madeira. Ao dar uma última e rápida olhada ao meu redor, vi um fio tênue de luz amarela entre duas tábuas, que ia aumentando mais e mais à medida que um pequeno painel era aberto. Por um instante quase não pude acreditar que ali se abria uma porta pela qual poderia escapar da morte. No instante seguinte me atirei como um louco nessa abertura e caí, quase desmaiado, do outro lado da parede. O painel voltou a fechar-se atrás de mim e, alguns segundos depois, o barulho do lampião esmagado e o choque das duas chapas de metal me fizeram compreender que tinha escapado por um fio.

"Um puxão violento no pulso me fez voltar a mim. Abri os olhos e vi que estava caído nas lajes de um corredor estreito. Uma mulher que segurava uma vela estava inclinada sobre mim, esforçando-se para arrastar-me com a mão que estava livre. Era a mesma boa amiga cuja advertência havia desprezado com tanta estupidez.

"— Venha! Venha! — gritou, fora de si. — Eles estarão aqui num instante. Verão que não está onde o deixaram. Não perca tempo. Venha!

"Desta vez, pelo menos, não desprezei seu aviso. Levantei-me com esforço e corri com ela até o fim do corredor, onde se encontrava uma escada em espiral que nos levou a uma passagem mais larga. No momento em que chegamos ali, ouvimos o ruído de passos apressados e gritos de duas vozes, uma respondendo à outra, no andar onde nos encontrávamos e no andar de baixo. Minha guia se deteve e olhou ao redor, como se não soubesse o que fazer. Abriu então uma porta que dava acesso a um quarto, onde uma janela aberta permitia ver a lua brilhar.

"— É a sua única oportunidade — disse. — É muito alto, mas acho que pode saltar.

"Enquanto ela falava apareceu uma luz no extremo oposto do corredor e vi a silhueta longa e magra do coronel Lysander Stark correndo em nossa direção com uma lanterna em uma mão e uma arma parecida com uma machadinha de açougueiro na outra. Atravessei o quarto correndo, abri a janela e olhei para fora. O jardim não podia parecer mais tranquilo, agradável e acolhedor ao luar. A distância que me separava dele era grande. Subi ao parapeito, mas não quis saltar antes de ouvir o que ia suceder entre minha salvadora e o miserável que me perseguia. Se a maltratasse, eu estava decidido a enfrentar tudo e correr em sua ajuda. Esse pensamento mal havia passado pela minha cabeça quando ele chegou à porta, afastando a mulher para passar à força, mas ela o abraçou e tentou detê-lo.

"— Fritz, Fritz — gritou em inglês —, lembre-se do que me prometeu da última vez. Disse que não ia acontecer nunca mais. Ele não dirá nada. Tenho certeza de que não dirá nada.

"— Está louca, Elisa! — gritou ele por sua vez, tentando se desvencilhar. — Será a nossa ruína. Ele viu demais. Deixe-me passar."

"Empurrou-a com força para um lado e, correndo até a janela, atacou-me com sua arma pesada. Eu me dependurara no parapeito, agarrado com as duas mãos, quando recebi o golpe. Senti uma dor intensa, minhas mãos se soltaram e caí no jardim.

"A queda foi violenta, mas não sofri dano algum. Levantei-me e corri entre os arbustos tão depressa quanto pude, pois sabia que ainda não estava fora de perigo. De repente, enquanto corria, comecei a sentir tontura e quase desmaiei. Olhei minha mão, na qual sentia pontadas dolorosas, e vi então que o dedo polegar havia sido cortado e o sangue jorrava da ferida. Tentei estancá-lo enrolando a mão com o lenço, mas meus ouvidos começaram a zunir e caí desfalecido no meio das roseiras.

"Não saberia dizer quanto tempo permaneci sem sentidos. Deve ter sido por muito tempo, pois quando voltei a mim a lua tinha desaparecido e um belo dia começava a despontar. Minhas roupas estavam úmidas de orvalho e a manga do casaco manchada de sangue. A dor de minha ferida me lembrou num instante todos os incidentes da noite, e me levantei de um salto, com a sensação de que ainda não me encontrava a salvo de meus perseguidores. Mas qual não foi meu espanto, ao olhar ao redor, que não havia mais sinal da casa, nem do jardim. Estava no canto de uma sebe, ao lado da grande estrada, e um pouco mais abaixo se encontrava um edifício longo e baixo que reconheci, ao me aproximar, como sendo a estação na qual havia descido na noite anterior. Não fosse a ferida feia na mão, tudo o que acontecera naquelas horas terríveis poderia não ter sido mais que um pesadelo.

"Ainda atordoado, entrei na estação e me informei sobre o horário dos trens. Saía um para Reading em menos de uma hora. Vi que estava de serviço o mesmo guarda que vira ao chegar. Perguntei-lhe se tinha ouvido falar do coronel Lysander Stark. O nome lhe era totalmente desconhecido. Havia observado um carro que viera me esperar na noite anterior? Não, não havia observado. Indaguei então se havia uma delegacia de polícia perto dali. Havia uma a cerca de cinco quilômetros, respondeu-me.

"Era muito longe para mim, no estado de fraqueza em que me encontrava. Resolvi esperar até chegar a Londres para contar minha história à polícia. Eram pouco mais de seis horas quando cheguei. Minha primeira preocupação foi fazer um curativo na mão e em seguida o doutor teve a bondade de me trazer aqui. Coloco meu caso em suas mãos e farei exatamente o que me disser."

Permanecemos algum tempo em silêncio depois de ouvir este relato extraordinário. Então Sherlock Holmes pegou numa estante um dos arquivos enormes nos quais guardava os recortes de jornais.

— Tenho aqui um anúncio que pode interessar-lhe — disse. — Foi publicado em todos os jornais, há cerca de um ano. Ouça:

> Desaparecido desde o dia 9 do corrente Jeremiah Hayling, de vinte e seis anos, engenheiro hidráulico. Saiu de sua residência às dez horas da noite e não foi mais visto depois. Estava vestido, etc.

— Ah, imagino que esta foi a última vez que o coronel precisou consertar sua prensa.

— Meu Deus! — exclamou meu cliente. — Isso explica o que a mulher disse.

— Sem dúvida alguma. Está claro que o coronel é um homem frio e determinado que nada detém. Está decidido a não deixar nada atrapalhar seus planos, como os piratas antigos que não deixavam nenhum sobrevivente nos navios que capturavam. Bem, cada minuto agora é precioso. Assim, se o senhor se sentir com força suficiente, passaremos agora mesmo pela Scotland Yard e iremos em seguida a Eyford.

Cerca de três horas mais tarde estávamos todos no trem que saía de Reading com destino ao povoado de Berkshire, que fora o cenário do drama. Éramos ao todo cinco: Sherlock Holmes, o engenheiro hidráulico, o inspetor Bradstreet, da Scotland Yard, um detetive e eu. Bradstreet desdobrara um mapa militar do condado sobre o banco e estava ocupado com o compasso, desenhando um círculo, tendo Eyford como centro.

— Aqui está — disse. — Este círculo tem um raio de dezesseis quilômetros a partir do povoado. O lugar que nos interessa deve estar dentro dessa linha. O senhor disse dezesseis quilômetros, não foi?

— Foi mais ou menos uma hora de viagem.

— E acha que o trouxeram de volta ao ponto de partida quando estava inconsciente?

— Deve ter sido assim. Conservo também a vaga lembrança de ter sido erguido e levado a alguma parte.

— O que não consigo entender — disse eu — é que o tenham poupado quando o encontraram desmaiado no jardim. O miserável talvez tenha se sensibilizado com as súplicas da mulher.

— Não me parece provável. Nunca em minha vida vi rosto mais implacável.

— Logo esclareceremos tudo isso — assegurou Bradstreet. — Agora, no círculo que desenhei, gostaria de saber em que ponto poderemos encontrar as pessoas que procuramos.

— Acho que posso apontá-lo — disse Holmes com calma.

— É possível? — exclamou o inspetor. — Então já tem uma opinião sobre o caso? Vamos ver quem concorda com o senhor. Eu digo que estão no sul, porque a região é menos habitada deste lado.

— Eu fico com o leste — arriscou meu cliente.

— Eu voto pelo oeste — apontou o detetive. — Há muitas casas isoladas nesta parte.

— E eu me inclino pelo norte — disse eu —, porque ali não há nenhuma colina e nosso amigo não notou que o carro tivesse subido alguma elevação.

— Ora! — exclamou o inspetor, rindo. — É uma bela diversidade de opiniões. Dividimos os quatro pontos cardeais entre nós. A quem concede o voto decisivo, sr. Holmes?

— Estão todos errados.

— Mas não podemos estar *todos* errados.

— Podem, sim. O meu voto é por este ponto — e ele colocou o dedo no centro do círculo. — É aqui que os encontraremos.

— E a viagem de dezesseis quilômetros? — indagou Hatherley.

— Oito para ir e oito para voltar. Nada mais simples. O senhor mesmo disse que o cavalo estava descansado. Como poderia estar, se já tinha feito dezesseis quilômetros por estradas em más condições?

— Realmente, é um truque que não deixa de ser provável — comentou Bradstreet, pensativo. — O que não levanta dúvida nenhuma é a natureza dessa quadrilha.

— Absolutamente nenhuma — disse Holmes. — São fabricantes de moedas falsas em grande escala e usam a prensa para fazer o amálgama que substitui a prata.

— Há algum tempo sabíamos que uma quadrilha bem organizada fabricava moeda falsa — explicou o inspetor. — Vinham cunhando meias-coroas aos milhares. Seguimos sua pista até Reading, mas não foi possível ir adiante. Dissimulavam seus vestígios com perfeição, o que indica que se trata de profissionais experientes. Mas agora, graças a este feliz acaso, acho que vamos botar as mãos neles.

O inspetor se enganava. Estes malfeitores não deviam cair nas mãos da justiça. Quando o trem entrava na estação de Eyford, vimos uma coluna de fumaça enorme que se erguia por trás de um pequeno grupo de árvores na vizinhança e se estendia sobre a paisagem como uma imensa pena de avestruz.

— Um incêndio numa casa? — perguntou Bradstreet ao chefe de estação, no momento em que o trem se punha em movimento para seguir seu caminho.

— Sim, senhor.

— Quando começou?

— Ouvi dizer que foi durante a noite, mas foi se agravando e agora a casa inteira está em chamas.

— A quem a casa pertence?

— Ao dr. Becher.

— Diga-me — interrompeu o engenheiro —, o dr. Becher é alemão, muito magro, com um nariz fino e comprido?

O chefe da estação se pôs a rir.

— Não, senhor. O dr. Becher é inglês e não há em toda a região homem mais gordo. Mas com ele vive um senhor, doente segundo ouvi dizer, que é estrangeiro, e a quem um bom bife de Berkshire não faria mal.

O chefe da estação ainda não havia terminado sua explicação e já corríamos em direção ao incêndio. A estrada subia uma pequena colina e no alto pudemos ver diante de nós uma grande casa branca soltando fogo por todas as janelas e aberturas, enquanto no jardim da frente três carros de bombeiros se esforçavam em vão para dominar as chamas.

— É esta mesma! — gritou Hatherley, no auge da agitação. — Ali estão a alameda de cascalho e as roseiras em que caí, e foi da janela do segundo andar que saltei.

— Bem, pelo menos conseguiu vingar-se deles — disse Holmes. — Não há a menor dúvida de que foi seu lampião de querosene, ao ser esmagado pela prensa, que pôs fogo nas paredes de madeira. Eles estavam tão ocupados em persegui-lo que não perceberam a tempo. Agora abra bem os olhos para ver se consegue reconhecer no meio de toda essa gente seus amigos de ontem à noite, embora eu receie que a estas horas já se encontrem a centenas de quilômetros daqui.

Os temores de Holmes se confirmaram, pois daquele dia em diante ninguém mais ouviu falar da linda mulher, do alemão sinistro e do inglês mal-humorado. Nas primeiras horas daquela manhã um camponês cruzou com uma charrete que rodava a toda a pressa em direção a Reading, carregando várias pessoas e caixas volumosas. Mas ali se perdia a pista dos fugitivos, e nem mesmo a habilidade de Holmes foi capaz de descobrir o menor indício de seu paradeiro.

Os bombeiros se surpreenderam muito com os dispositivos estranhos que encontraram na casa, e ainda mais ao descobrir um polegar humano, recentemente amputado, no parapeito de uma janela do segundo andar. Ao entardecer, seus esforços foram finalmente recompensados e controlaram as chamas. Mas o telhado já havia caído e a casa inteira estava reduzida à ruína completa. Com exceção de alguns cilindros retorcidos e alguns canos de ferro, não sobrou nenhum rasto da máquina que custou tão caro ao nosso infortunado amigo. Grandes quantidades de níquel e estanho foram encontradas num depósito ao lado da casa, mas nenhuma moeda foi descoberta, o que talvez possa ser explicado pela presença das caixas volumosas a que se referiu o camponês.

A maneira como o ferido foi levado do jardim ao local onde recuperou os sentidos poderia tornar-se um mistério para sempre se não fosse a terra macia do jardim, que nos revelou uma história simples. Era evidente que fora carregado por duas pessoas, uma das quais tinha os pés notavelmente pequenos e a outra os pés extraordinariamente grandes. O mais provável é que o inglês silencioso, menos ousado ou menos sanguinário que o companheiro, tenha ajudado a mulher a transportar o homem inconsciente para um lugar que fosse menos comprometedor para eles.

— Que belo negócio acabei fazendo! — disse o nosso engenheiro com um sorriso forçado enquanto ocupávamos nossos lugares no trem para regressar a Londres. — Perdi o polegar e os cinquenta guinéus. E o que ganhei em troca?

— Experiência — disse Holmes, rindo. — E, indiretamente, com mais uma vantagem, pois, em toda parte onde narrar esta aventura, ganhará a fama de contador de histórias mais interessante do mundo.

❖

10
O solteirão nobre

Já faz muito tempo que o casamento de lorde Saint-Simon e a maneira curiosa como terminou deixaram de ser assunto de interesse no ambiente aristocrático que o noivo infortunado frequentava. Escândalos novos o eclipsaram e seus detalhes mais picantes desviaram do caso os mexeriqueiros nos quatro anos que se passaram depois do drama. Mas nem todos os fatos ligados a ele chegaram ao conhecimento do público. Além disso, meu amigo Sherlock Holmes desempenhou papel importante na solução do problema, e considero que nenhuma biografia dele estaria completa sem um breve resumo desse episódio estranho.

Algumas semanas antes do meu casamento, no tempo em que morava com Holmes na Baker Street, meu amigo, ao voltar de um passeio, encontrou em cima da mesa da sala uma carta que o aguardava. Não saí de casa o dia todo. O tempo começou a ameaçar chuva de repente, com fortes ventos de outono. A bala que trazia na perna como lembrança da campanha do Afeganistão latejava com persistência monótona. Sentado numa cadeira com as pernas cruzadas, cerquei-me de uma pilha de jornais. Depois de ler todos eles e espalhá-los em volta permaneci estendido preguiçosamente, olhando o grande brasão e o monograma impressos no envelope que estava sobre a mesa e me perguntando quem seria o nobre que escrevia ao meu amigo.

— Recebeu uma carta muito elegante — disse eu a Holmes quando ele entrou. — Contrasta com as que chegaram esta manhã, que, se não me engano, eram de um vendedor de peixes e de um funcionário da alfândega.

— Sim, minha correspondência tem pelo menos o encanto da variedade — respondeu-me, sorrindo. — E as cartas dos mais humildes são geralmente as mais interessantes. Esta me parece um desses convites sociais desagradáveis que o obrigam a aborrecer-se ou a mentir.

Ele partiu o lacre e deu uma olhada no conteúdo.

— Ora, até que pode ser interessante.

— Não é um ato social, então?

— Não, é estritamente profissional.

— Vem de um cliente da aristocracia?

— De um dos mais nobres da Inglaterra.

— Meu caro amigo, dou-lhe os parabéns.

— Asseguro-lhe, Watson, sem a menor afetação, que a posição social de um cliente vale menos para mim que o interesse do seu caso. É possível, no entanto, que a nova investigação tenha certa dose de interesse. Tem lido os jornais dos últimos dias com atenção, não é?

— É o que parece — disse eu tristemente, apontando com o dedo a pilha enorme de jornais jogados num canto. — Não tenho outra coisa para fazer.

— Ainda bem, pois talvez me dê algumas informações. Não leio nada a não ser notícias sobre crimes e anúncios pessoais. Estes são sempre instrutivos. Mas, se tem acompanhado as notícias recentes deve conhecer a história de lorde Saint-Simon e de seu casamento.

— Ah, sim, acompanhei tudo com o maior interesse.

— Ótimo. Esta carta é justamente de lorde Saint-Simon. Vou lê-la para você e em troca me contará o que foi publicado nestes jornais sobre o assunto. Eis o que ele diz:

> Prezado sr. Sherlock Holmes,
>
> Lorde Backwater me garante que posso confiar inteiramente em seu discernimento e discrição. Decidi, portanto, fazer-lhe uma visita para consultá-lo sobre o incidente doloroso que ocorreu por ocasião de meu casamento. O sr. Lestrade, da Scotland Yard, já está trabalhando no caso, mas me assegura que não vê nenhum inconveniente em sua colaboração e acha mesmo que pode ser útil. Passarei para vê-lo às quatro horas da tarde e se por acaso tiver outro compromisso neste horário peço que o adie, pois o assunto de que vou tratar é da mais alta importância.
>
> Atenciosamente,
>
> Robert Saint-Simon.

— A carta traz o endereço de Grosvenor Mansions, está escrita com pena de ganso e o nobre lorde teve a infelicidade de manchar com tinta o dedo mindinho de sua mão direita — observou Holmes, dobrando a carta.

— Ele disse quatro horas. Já são três. Estará aqui dentro de uma hora.

— Tenho portanto o tempo exato, contando com sua ajuda, para me inteirar do assunto. Olhe os jornais e coloque as notícias por ordem de data, enquanto vejo quem é nosso cliente.

Pegou um volume vermelho numa série de anuários, ao lado da lareira.

— Aqui está — disse, sentando-se e abrindo o livro sobre os joelhos. — Robert Walsingham de Vere Saint-Simon, segundo filho do duque de Balmoral... Hum! Brasão azul celeste, com três ramos na parte superior do escudo sobre uma faixa de cor preta. Nasceu em 1846. Tem quarenta e um anos, idade madura para se casar. Foi subsecretário das Colônias no último ministério. O duque, seu pai, foi durante algum tempo ministro das Relações Exteriores. É descendente em linha direta dos Plantagenetas e dos Tudors pelo lado materno. Ah, não vejo nada de muito instrutivo em tudo isso. Acho que tenho de recorrer a você, Watson, para obter informações mais sérias.

— É muito fácil — disse eu —, pois os fatos são recentes e o assunto me chamou particularmente a atenção. Não falei nada a você porque já tinha uma investigação e não gosta nestas ocasiões que outras coisas o atrapalhem.

— Ah, você se refere ao pequeno problema do caminhão de mudança da Praça Grosvenor. Ele já foi esclarecido e, de resto, a solução saltava aos olhos desde o início. Por favor, dê-me o resultado de sua pesquisa nos jornais.

— Aqui está a primeira notícia que pude achar. Encontra-se na coluna social do *Morning Post* e foi publicada há algumas semanas:

> Foram anunciados o noivado e o próximo casamento de lorde Robert Saint-Simon, segundo filho do duque de Balmoral, com a srta. Hatty Doran, filha única do Ilmo. Sr. Aloysius Doran, de São Francisco, Califórnia, Estados Unidos.

— Ponto, e é só.

— Claro e conciso — observou Holmes, aproximando-se do fogo para aquecer as pernas.

— Na coluna social da mesma semana apareceu um parágrafo ampliando o anterior. Ah, aqui está.

> Logo será preciso aplicar uma medida protecionista ao nosso mercado matrimonial, pois os princípios atuais de livre comércio estão prejudicando os produtos nacionais. Uma após outra, as casas ilustres da Grã-Bretanha vão passando às mãos de nossas belas primas do outro lado do Atlântico.
>
> Na semana passada ocorreu uma incorporação importante à lista de prêmios obtidos por essas invasoras fascinantes. Lorde Saint-Simon, que durante mais de vinte anos se mostrou rebelde ao casamento, anunciou oficialmente seu noivado com a srta. Hatty Doran, a filha sedutora de um milionário da Califórnia. A srta. Doran, cuja aparência graciosa e rosto atraente chamaram vivamente a atenção nas festas de Westburg House, é filha única e corre o rumor de que seu dote terá mais de seis dígitos, podendo aumentar no futuro.
>
> É de conhecimento público que o duque de Balmoral foi obrigado a vender sua coleção de quadros nos últimos anos, e, como lorde Saint-Simon não tem outra propriedade a não ser a pequena quinta de Birchmoor, parece evidente que a herdeira da Califórnia não é a única que sai ganhando com uma aliança que lhe permitirá realizar a transição fácil e comum, nesses dias, de dama republicana para nobre inglesa.

— Mais alguma coisa? — perguntou Holmes, bocejando.

— Sim, muita. Sempre no *Morning Post* encontrei outra notícia dizendo que o casamento seria um ato estritamente privado, que ocorreria na Igreja de São Jorge, na Praça Hanover, que só meia dúzia de amigos seriam convidados, e que depois da cerimônia iriam a uma casa de Lancaster Gate, alugada pelo sr. Aloysius Doran. Dois dias depois — isto é, na quarta-feira passada — há uma notícia curta de que o casamento foi celebrado e que os noivos passariam a lua de mel na casa de lorde Backwater, perto de Petersfield. Essas foram as notícias publicadas antes do desaparecimento da noiva.

— Antes do quê? — perguntou Holmes, pulando da cadeira.

— Do desaparecimento da noiva.

— Quando ela desapareceu?

— Durante o almoço, depois da cerimônia.

— Realmente? Isso é muito mais interessante do que eu pensava, e até mais dramático.

— Sim. Isso me parece um pouco fora do comum.

— Muitas noivas desaparecem antes da cerimônia, e vez ou outra durante a lua de mel, mas não conheço nenhum caso igual a este. Dê-me todos os detalhes, por favor.

— Devo avisá-lo que são muito incompletos.

— Talvez possamos remediar isso.

— O pouco que se sabe está numa só notícia publicada ontem de manhã, que vou ler. O título é: *Incidente estranho num casamento da alta sociedade*.

> A família de lorde Robert Saint-Simon está profundamente consternada com os incidentes estranhos e dolorosos que acompanharam seu casamento. A cerimônia ocorreu ontem, como os jornais noticiaram. Mas só hoje foi possível confirmar os rumores estranhos que circularam com insistência. Apesar dos esforços dos amigos da família para abafar o caso, ele se tornou público e seria inútil ignorar um acontecimento discutido em todas as rodas.
>
> A cerimônia, muito simples, foi celebrada na Igreja de São Jorge, na Praça Hanover. Dela só participaram o pai da noiva, sr. Aloysius Doran, a duquesa de Balmoral, lorde Backwater, lorde Eustace e lady Clara Saint-Simon (o irmão mais novo e a irmã do noivo), e lady Alicia Whittington. Todos se dirigiram em seguida à casa do sr. Aloysius Doran, em Lancaster Gate, onde um almoço fora preparado. Parece que ali ocorreu um pequeno incidente, provocado por uma mulher cujo nome não foi possível confirmar, que tentou entrar à força na casa atrás do cortejo nupcial, alegando que tinha reclamações a fazer a lorde Saint-Simon. Foi só depois de uma cena constrangedora e prolongada que o mordomo e um lacaio conseguiram expulsá-la.
>
> A noiva, que felizmente entrara na casa antes desse incidente desagradável, sentara-se à mesa com os convidados. Mas, sentindo-se subitamente indisposta, retirou-se alguns instantes depois para o quarto. Como sua ausência prolongada começasse a provocar comentários, seu pai foi buscá-la. Soube então pela camareira que ela só entrara no quarto para apanhar um casaco e um chapéu e logo saíra às pressas pelo corredor. Um dos lacaios declarou ter visto sair da casa uma senhora cujo traje correspondia à descrição, mas não acreditou que pudesse ser a noiva, pois achava que ela estivesse com os convidados.
>
> Ao comprovar que a filha havia desaparecido, o sr. Aloysius Doran,

acompanhado pelo noivo, pôs-se em contato com a polícia. A investigação que prossegue neste momento provavelmente esclarecerá logo esse caso misterioso. Porém, nas últimas horas desta noite não havia nenhum indício sobre o paradeiro da senhora desaparecida. Correm boatos de que houve um rapto e que a polícia deteve a mulher que quis entrar à força na casa. Existe a suposição de que, por ciúme ou por outro motivo qualquer, ela esteja envolvida no desaparecimento estranho da noiva.

— É tudo?

— Há ainda uma pequena nota em outro jornal da manhã, porém muito sugestiva.

— O que ela diz?

— Que a srta. Flora Millar, a mulher que causou o distúrbio, foi presa. Parece que é uma ex-bailarina do Clube Allegro e conhecia o noivo havia vários anos. Não há mais nenhum pormenor e o caso está agora em suas mãos. Foi, pelo menos, o que os jornais publicaram sobre este casamento.

— É um caso muito interessante. Não o perderia por nada deste mundo. Mas estão tocando a campainha, Watson, e, como estamos perto das quatro horas, não duvido que seja nosso cliente nobre. Não pense em ir embora, Watson. Prefiro ter uma testemunha, ainda que seja para controlar a minha própria memória.

— Lorde Robert Saint-Simon — anunciou o criado, abrindo a porta.

Entrou um cavalheiro de rosto agradável e expressão inteligente. Uma palidez leve se manifestava em suas feições. Tinha o nariz imponente, a boca petulante e o olhar calmo e firme do homem acostumado a mandar e ser obedecido. Seus movimentos eram ágeis, mas os ombros um pouco curvos e uma ligeira flexão dos joelhos davam a impressão de ser mais velho do que era realmente. Quando tirou o chapéu de abas muito altas, vimos que seus cabelos estavam grisalhos nas têmporas e começavam a rarear na parte superior da cabeça. Seu traje era dos mais apurados, chegando quase à afetação. Usava colarinho muito alto, sobrecasaca preta com colete branco, luvas amarelas, sapatos de pelica e polainas claras. Avançou lentamente na sala, olhando à direita e à esquerda e girando na mão direita o cordão que prendia seu pincenê de ouro.

— Bom dia, lorde Saint-Simon — disse Holmes, levantando-se para cumprimentá-lo. — Sente-se, por favor, naquela poltrona e permita-me apresentar-lhe meu amigo e colaborador, o dr. Watson. Aproxime-se um pouco do fogo e me exponha seu caso.

— É um assunto muito doloroso para mim, como pode imaginar, sr. Holmes. Feriu-me profundamente. Parece-me que o senhor já resolveu vários problemas delicados parecidos com o meu, mas presumo que não afetaram pessoas da mesma classe social.

— Devo confessar-lhe que desta vez estou descendo um grau na hierarquia.

— O que disse?

— Meu último cliente, num caso semelhante, foi um rei.

— Realmente? Eu não tinha a menor ideia. E que rei era?

— O rei da Escandinávia.

— O quê! Sua mulher também desapareceu?

— Como o senhor há de compreender — disse Holmes, com delicadeza —, trato os assuntos de meus outros clientes com a mesma discrição que prometo ao seu.

— Naturalmente. É justo. Muito justo. Peço-lhe que me perdoe. Com relação ao meu caso, estou disposto a fornecer-lhe todas as informações que possam ser úteis.

— Obrigado. Estou inteirado de tudo o que foi publicado, e nada mais. Diga-me, por exemplo, se esta notícia que relata o desaparecimento da noiva é exata.

Lorde Saint-Simon deu uma olhada na notícia.

— Sim, é mais ou menos correto o que está escrito.

— Mas isso não é suficiente para que eu possa formar uma opinião. Entendo que o meio mais simples para conhecer os fatos é perguntando-os ao senhor.

— Vá em frente, por favor.

— Quando encontrou a srta. Hatty Doran pela primeira vez?

— Em São Francisco, há um ano.

— Estava de viagem pelos Estados Unidos?

— Sim.

— Foi então que ficaram noivos?

— Não.

— Mas já mantinha boas relações de amizade com ela?

— Eu a achava agradável e divertida, e ela sabia disso.

— O pai dela é muito rico?

— Dizem que é o homem mais rico da costa do Pacífico.

— Como adquiriu sua fortuna?

— Nas minas. Não tinha nada, há alguns anos. Encontrou um filão, fez bons investimentos e enriqueceu depressa.

— Qual é sua opinião sobre o caráter da jovem... da sua mulher?

O nobre agitou nervosamente o pincenê e olhou o fogo fixamente.

— Sabe, sr. Holmes, minha mulher tinha vinte anos quando o pai ficou milionário. Estava acostumada a correr sozinha num acampamento de garimpeiros, a vagar pelos bosques e pelas montanhas, de modo que sua educação ocorreu mais na natureza que em sala de aula, com professores. Ela é o que chamamos na Inglaterra uma travessa, com personalidade forte, independente e livre, não sujeita a nenhum tipo de tradição. É impetuosa, diria até vulcânica, e rápida em suas decisões, que executa sem se preocupar com as consequências. Mas eu não lhe daria o nome que tenho a honra de carregar — aqui ele tossiu e assumiu um ar digno — se não a julgasse dotada de sentimentos elevados. Creio que é capaz de sacrifícios heroicos e que nunca praticaria nenhum ato que a desabonasse.

— Tem uma fotografia dela?

— Trouxe isso comigo.

Abriu um medalhão e nos mostrou o retrato de uma mulher encantadora. Não era uma fotografia, mas uma miniatura em marfim, e o artista soubera extrair o efeito máximo dos cabelos pretos lustrosos, dos olhos grandes e escuros e dos lábios delicados do modelo. Holmes o examinou por um bom tempo e com atenção. Depois fechou o medalhão e o devolveu a lorde Saint-Simon.

— Então a jovem veio a Londres, onde o senhor teve oportunidade de vê-la com frequência.

— Sim, o pai a trouxe para passar a última temporada. Vimo-nos diversas vezes, ficamos noivos e por fim nos casamos.

— Ouvi dizer que veio com ela um dote considerável.

— Um bom dote, mas não maior do que é habitual em minha família.

— E, naturalmente, esse dote agora é seu, já que o casamento é um fato consumado.

— Devo confessar-lhe que não o pedi e não fiz averiguações a respeito.

— É muito natural. Viu a srta. Doran no dia anterior ao casamento?

— Sim.

— Estava de bom humor?

— Mais do que nunca, e não parava de fazer planos para a vida que levaríamos no futuro.

— Certamente. É um detalhe muito interessante. E na manhã do casamento?

— Estava animadíssima, pelo menos até depois da cerimônia.

— Observou alguma mudança naquele momento?

— Bem, para dizer a verdade, foi então que ela me deu uma amostra da vivacidade de seu temperamento. Mas o incidente foi insignificante demais para ser mencionado e pode não ter nenhuma relação com o caso.

— Conte-o mesmo assim.

— Oh, é uma banalidade. Quando íamos para a sacristia, ela deixou o buquê cair, no primeiro banco. O cortejo parou por um instante, mas o cavalheiro que estava naquele banco o devolveu, sem que as flores tivessem sofrido nenhum dano com a queda. Quando mencionei o episódio, respondeu-me asperamente. E na carruagem, no caminho entre a igreja e a casa, parecia absurdamente agitada com aquela insignificância.

— De fato. O senhor falou de um indivíduo que estava no banco. Então havia outras pessoas presentes à cerimônia, além dos convidados?

— Oh, sim. É impossível impedir que o público entre quando a igreja está aberta.

— Este senhor não seria amigo de sua mulher?

— Não, não. Chamei-o senhor por cortesia. Era um homem muito comum. Aliás, nem olhei direito para ele. Mas parece que estamos nos desviando do assunto.

— Assim, a sra. Saint-Simon voltou do casamento com uma disposição de espírito menos feliz do que quando foi. E o que fez ao entrar de novo na casa do pai?

— Eu a vi conversando com a empregada.

— Quem é essa mulher?

— O nome dela é Alice. É norte-americana e veio da Califórnia com os patrões.

— É uma pessoa de confiança?

— Até demais. Parecia-me que sua patroa lhe permitia liberdades excessivas. Mas, nos Estados Unidos, estas coisas são vistas de maneira diferente.

— Quanto tempo ela conversou com essa Alice?

— Ah, alguns minutos. Estava pensando em outras coisas e não prestei muita atenção.

— Não ouviu o que elas diziam?

— A sra. Saint-Simon disse alguma coisa sobre "tirar uma concessão". Costumava usar a gíria dos garimpeiros quando falava. Não sei o que quis dizer com isso.

— Às vezes a gíria norte-americana é muito expressiva. O que sua mulher fez quando terminou de conversar com a empregada?

— Entrou na sala de refeições.

— De braço dado com o senhor?

— Não, sozinha. Ela é muito independente nas situações corriqueiras da vida. Mais ou menos dez minutos depois de nos sentarmos levantou-se com pressa, murmurou algumas palavras de desculpa e saiu. E não voltou mais.

— Mas, pelo que entendi, essa empregada, Alice, contou que sua mulher subiu ao quarto, cobriu o vestido de noiva com um casaco longo, pôs um chapéu e saiu de casa.

— Exatamente. E mais tarde foi vista entrando no Hyde Park em companhia de Flora Millar, mulher que agora está detida e que, de manhã, já havia provocado um incidente à porta do sr. Doran.

— Ah, sim! Gostaria de saber alguns detalhes sobre essa senhora e suas relações com ela.

Lorde Saint-Simon encolheu os ombros e franziu a sobrancelha.

— Durante alguns anos mantivemos relações de amizade. De amizade íntima, poderia dizer. Ela trabalhava no Allegro. Sempre a tratei com generosidade e não tem motivo para se queixar de mim. Mas sabe como são as mulheres, sr. Holmes. Flora, embora encantadora e muito dedicada a mim, tem a cabeça quente. Escreveu-me cartas injuriosas quando soube que ia me casar. E, para dizer a verdade, se eu quis que a cerimônia fosse tão simples, foi porque temia um escândalo na igreja. Ela chegou à casa do sr. Doran no momento em que acabávamos de voltar e tentou forçar a entrada, empregando expressões insultuosas contra minha mulher e ameaçadoras contra mim. Mas eu havia previsto essa possibilidade e dei ordem aos empregados para expulsá-la. Ela se acalmou quando viu que o escândalo não serviria para nada.

— Sua mulher ouviu o que ela disse?

— Graças a Deus, não ouviu.

— E foi vista mais tarde andando com essa mesma mulher?

— Sim. E ao sr. Lestrade, da Scotland Yard, isso parece muito grave. Ele acha que Flora atraiu minha mulher e a fez cair numa armadilha terrível.

— Bem, é uma suposição possível.

— O senhor também acredita nisso?

— Eu não disse provável, mas possível. O senhor não admite essa hipótese?

— Não. Não creio que Flora seja capaz de fazer mal a uma mosca.

— No entanto, o ciúme pode transformar as pessoas tremendamente. Poderia dizer-me qual é sua opinião sobre o que aconteceu?

— Na realidade, vim aqui atrás de uma opinião e não para expor a minha. Contei-lhe tudo. Mas, como quer saber o que penso, posso dizer-lhe que me passou pela cabeça a possibilidade de que a emoção do casamento e a consciência de ter dado um salto social tão grande provocaram um pequeno transtorno nervoso de natureza transitória em minha mulher.

— Em poucas palavras, ela ficou louca de repente?

— Realmente, quando penso que virou as costas, não direi a mim, mas a tudo o que tantas outras desejaram sem sucesso, não posso encontrar outra explicação.

— Sim, esta é também uma hipótese — disse Holmes, sorrindo. — Agora, lorde Saint-Simon, acho que disponho de quase todos os dados. Ah, quer me dizer ainda uma coisa? Estavam sentados à mesa de modo que podiam olhar pela janela?

— Estávamos de frente e podíamos ver o outro lado da rua e o parque.

— Perfeito. Neste caso, acho que não preciso retê-lo por mais tempo. Logo entrarei em contato com o senhor.

— Se for feliz em resolver este problema — disse nosso cliente, levantando-se.

— Já o resolvi.

— Hem? O que foi que disse?

— Digo que já o resolvi.

— Então, onde está minha mulher?

— Este é um detalhe que logo lhe comunicarei.

Lorde Saint-Simon abanou a cabeça.

— Receio que isso exija cabeças mais inteligentes que a sua ou a minha — comentou.

E, fazendo uma inclinação pomposa, ao estilo antigo, saiu da sala.

— Lorde Saint-Simon me concede uma grande honra colocando sua inteligência no mesmo nível que a minha — disse Sherlock Holmes, pondo-se a rir. — Depois de todo esse interrogatório, não irão nada mal um uísque com soda e um charuto. Eu já havia chegado às minhas conclusões antes que nosso cliente entrasse na sala.

— Meu caro Holmes!

— Tenho em meu arquivo vários casos semelhantes, como disse antes, com a diferença de que nenhum teve desfecho tão rápido como esse. Todas as perguntas que fiz serviram apenas para transformar minhas hipóteses em certezas. A evidência circunstancial é às vezes muito convincente, sobretudo quando se encontra uma truta no leite, para citar o exemplo de Thoreau.[1]

— Mas ouvi a mesma coisa que você ouviu e nem por isso estou mais adiantado.

— Porque não conhece outros casos parecidos que me serviram de base. Um caso semelhante ocorreu em Aberdeen há alguns anos, e outro do mesmo tipo em Munique, um ano depois da guerra franco-prussiana. É um desses casos... Mas aí vem Lestrade. Bom dia. Pegue um copo no bufê e um charuto nesta caixa.

O detetive de polícia vestia uma jaqueta e uma gravata de marinheiro, que lhe davam uma aparência decididamente náutica, e trazia na mão uma sacola de lona preta. Com uma breve saudação, sentou-se e acendeu o charuto que lhe foi oferecido.

— O que o traz por aqui? — perguntou Holmes, com um brilho malicioso nos olhos. — Parece que não está contente.

— E não estou mesmo. É este caso infernal do casamento de lorde Saint-Simon, que não tem pé nem cabeça.

— Realmente? O senhor me surpreende.

— Quem já viu um caso tão confuso? Nenhuma pista leva a lugar algum. Estive trabalhando nele o dia inteiro.

— E parece que andou se molhando muito — disse Holmes, tocando com a mão a manga de sua jaqueta.

— Sim, estive dragando o rio Serpentine.

— E para que, em nome de todos os santos?

— Para procurar o corpo da sra. Saint-Simon.

Sherlock Holmes se recostou na poltrona e caiu na gargalhada.

— E não lhe ocorreu dragar também a fonte da Praça Trafalgar? — perguntou.

— Por quê? O que quer dizer?

— Porque as possibilidades de encontrar o corpo dessa mulher são as mesmas num lugar e noutro.

Lestrade dirigiu a meu companheiro um olhar furioso.

— Suponho que já sabe tudo! — disse ele, debochando.

---

[1] Henry David Thoreau (1817-1862) foi um escritor, transcendentalista e filósofo dos Estados Unidos. É considerado pioneiro da ecologia e da ética ambientalista. Deu fundamentos teóricos à prática da desobediência civil. (N. do T.)

— Bem, acabo de ouvir o relato do que aconteceu, mas já cheguei a uma conclusão.

— Ah, claro. E acha que o Serpentine não tem nada que ver com o caso.

— Parece-me pouco provável.

— Então, tenha a bondade de explicar-me como foi que encontramos isto.

Enquanto falava, abriu a sacola e tirou dela um vestido de noiva de seda furta-cor, um par de sapatos de cetim branco, uma grinalda e um véu de noiva, tudo desbotado e encharcado de água. Em cima da pilha colocou um anel de casamento novo.

— Quero ver como vai descascar esta noz, mestre Holmes.

— Ora, ora! — respondeu ele, lançando espirais de fumaça para o teto. — Encontrou estes objetos ao dragar o Serpentine?

— Não. Quem os encontrou, flutuando perto da margem, foi um guarda do parque. Foram identificados como sendo as roupas que a noiva vestia, e me parece que, se foram encontradas ali, o corpo não deve estar longe.

— Se o seu raciocínio fosse verdadeiro, o corpo de cada pessoa deveria encontrar-se perto de seu guarda-roupa. Diga-me a que conclusão pensava chegar com isso.

— À prova de que Flora Millar está envolvida no desaparecimento da senhora.

— Receio que não será nada fácil.

— Acha mesmo? — exclamou Lestrade, com certo ressentimento. — Pois receio, sr. Holmes, que lhe falta espírito prático com toda a sua lógica e suas deduções. Acaba de cometer dois erros graves em menos tempo do que levo para dizê-lo. Só este vestido é uma prova contra a srta. Flora Millar.

— De que maneira?

— No vestido há um pequeno bolso. No bolso, uma carteira. Na carteira, um bilhete. Aqui está o bilhete.

E o atirou sobre a mesa.

— Escute só isto: "Você me verá quando tudo estiver preparado. Venha imediatamente. F. H. M." Sempre defendi a teoria de que a sra. Saint-Simon foi atraída com um ardil por Flora Millar e que esta é responsável por seu desaparecimento, certamente com a ajuda de alguns cúmplices. Aqui tem, assinado com suas iniciais, o bilhete que sem dúvida foi colocado discretamente debaixo da porta da sra. Saint-Simon e a fez cair nas mãos dessa quadrilha.

— Muito bem, Lestrade — disse Holmes, com um sorriso. — É realmente fantástico. Deixe-me ver.

Apanhou o papel com indiferença, mas logo se interessou por sua leitura e soltou de repente um grito de satisfação.

— Isto é realmente importante — disse ele.

— Ah, acha mesmo?

— Imagino que sim. Felicito-o calorosamente.

Lestrade se levantou triunfante e olhou para o papel.

— Mas está lendo do lado avesso — bradou.

— Ao contrário, este é o lado direito.

— O lado direito? Está maluco! É deste lado que se encontram as linhas escritas a lápis.

— Vejo aqui um pedaço de um recibo de hotel, que me interessa enormemente.

— Isso não significa nada — disse Lestrade. — Já olhei antes: "4 de outubro, quartos oito xelins, almoço dois xelins e seis *pence*, coquetel um xelim, lanche dois xelins e seis *pence*, uma dose de xerez oito *pence*". Não vejo nada de significativo nisso.

— Provavelmente, não. Mas, mesmo assim, tem grande importância. Também o recibo tem seu valor, ou pelo menos as iniciais, e por isso o felicito mais uma vez.

— Já perdi muito tempo — disse Lestrade, levantando-se. — Tenho mais confiança num trabalho sério que nas teorias que são elaboradas em frente à lareira. Bom dia, sr. Holmes. Veremos quem chegará primeiro a descobrir a verdade.

Pegou as roupas, colocou-as na sacola e se dirigiu à porta.

— Ouça, Lestrade. Mais uma palavra somente — disse Holmes, arrastando as palavras antes que seu rival saísse. — Vou lhe dar a verdadeira solução. A sra. Saint-Simon é um mito. Essa pessoa não existe e nunca existiu.

Lestrade olhou pesaroso para meu companheiro. Depois se virou para mim, bateu três vezes na testa, abanou a cabeça lentamente e se retirou. Assim que fechou a porta, Holmes se levantou e vestiu o sobretudo.

— Há um pouco de verdade no que ele disse sobre o trabalho de campo — comentou. — Por isso, Watson, acho que terei de deixá-lo algum tempo sozinho com seus jornais.

Eram mais de cinco horas quando Sherlock Holmes saiu, mas não tive tempo de aborrecer-me, pois menos de uma hora depois chegou um empregado de rotisseria com uma grande caixa plana. Desembrulhou-a com a ajuda de um rapaz que trouxera com ele. Em pouco tempo, para grande espanto de minha parte, os vi disporem, sobre a modesta mesa de mogno de nosso apartamento, uma ceia fria das mais gastronômicas. Havia um par de quartos de galinha-d'angola frios, um faisão, uma torta de *foie gras*, acompanhados por garrafas antigas e cobertas de pó. Depois de arrumar todas aquelas iguarias, os dois visitantes desapareceram, como gênios das *Mil e uma noites*, sem dar nenhuma explicação, a não ser que tudo estava pago e que foram encarregados de fazer a entrega em nosso endereço.

Pouco antes das nove da noite, Holmes voltou bem-disposto. Tinha a expressão séria, mas pelo brilho de seus olhos compreendi que não se enganara em suas conclusões.

— Vejo que trouxeram a ceia — disse ele, esfregando as mãos.

— Parece que espera convidados. Arranjaram a mesa para cinco pessoas.

— Sim, acho possível que algumas visitas apareçam por aqui. Admira-me que lorde Saint-Simon ainda não tenha chegado. Ah, creio que está subindo a escada.

Era, de fato, nosso visitante da manhã que entrava. Parecia agitado e balançava com raiva entre os dedos o cordão de seu pincenê. Seus traços finos e delicados tinham uma expressão de transtorno e cansaço.

— Recebeu minha mensagem? — perguntou Holmes.

— Sim, e confesso que seu conteúdo me surpreendeu imensamente. Tem certeza absoluta de tudo o que disse?

— Tanta certeza quanto é possível.

Lorde Saint-Simon se deixou cair numa cadeira e passou a mão na testa.

— O que vai dizer o duque — murmurou — quando souber que um membro de sua família sofreu uma humilhação semelhante?

— Foi um simples acidente. Não vejo que tenha havido humilhação.

— Ah, o senhor encara as coisas de outro ponto de vista.

— Não creio que se possa culpar alguém. Em minha opinião, a jovem não poderia agir de outro modo, embora se possa lamentar a maneira brusca que escolheu. Como não tem mãe, não encontrou nesta crise apoio nem conselho.

— Repito-lhe que foi um insulto, senhor, um insulto público — disse lorde Saint-Simon, tamborilando com os dedos sobre a mesa.

— Deve ser indulgente com esta pobre moça, que se achou numa situação muito difícil.

— Não terei piedade. Estou furioso, pois fui vítima de uma ofensa grave.

— Acho que tocaram a campainha — disse Holmes. — Sim, ouço passos na escada. Como não consigo convencê-lo a considerar o assunto com menos rigor, lorde Saint-Simon, trouxe um advogado que talvez tenha mais sucesso que eu.

Abriu a porta e fez entrar um homem e uma mulher.

— Lorde Saint-Simon, permita-me que lhe apresente o sr. e a sra. Francis Hay Moulton. Creio que já conhece a senhora.

Ao ver os recém-chegados, nosso cliente se pôs de pé de um salto e, muito altivo, com os olhos fixos no soalho e a mão enfiada no peito do casaco, assumiu a atitude de um homem cuja dignidade fora ofendida. A sra. Moulton se adiantara rapidamente para oferecer--lhe a mão, porém ele continuava negando-se a levantar os olhos. Possivelmente seu rancor teria desaparecido num instante se ele se dispusesse a olhar o rosto suplicante que se voltava para ele.

— Você está aborrecido, Robert — disse ela —, e tem boas razões para isso.

— Por favor, não se incomode em pedir desculpas — disse lorde Saint-Simon, em tom amargo.

— Oh, sei que o tratei muito mal e que deveria ter explicado tudo antes de partir, mas estava aturdida e, desde o momento em que vi Frank aqui, não soube mais o que fazia nem o que dizia. Não posso imaginar como não caí desmaiada diante do altar.

— Talvez queira, sra. Moulton, que meu amigo e eu nos retiremos para que possa se explicar livremente — disse Holmes.

— Se me permite dar uma opinião — interveio o cavalheiro desconhecido, que se chamava sr. Moulton —, parece-me que já houve segredo demais neste assunto. Da minha parte, gostaria que a Europa e a América inteiras conhecessem a verdade.

O homem que falava assim era baixo, magro, vigoroso e bronzeado, com uma expressão inteligente e movimentos ágeis.

— Então vou contar nossa história agora mesmo — prosseguiu sua mulher. — Frank e eu nos conhecemos em 1881, no acampamento de garimpeiros de McQuire, perto das Montanhas Rochosas, onde meu pai explorava uma mina. Ficamos noivos, mas eis que um dia papai descobriu um filão rico e ganhou muito dinheiro, enquanto o pobre Frank não encontrava nada em sua concessão. Quanto mais rico meu pai ficava, mais pobre Frank se tornava, até que um dia meu pai não quis mais ouvir falar de casamento e me levou para São

Francisco. Mas Frank não quis desistir de mim e me seguiu. Continuamos a nos ver sem que meu pai soubesse de nada. Se descobrisse ficaria furioso, e nos escondíamos dele. Frank disse que ia trabalhar para também se tornar rico e que só voltaria a me procurar quando fosse tão rico quanto meu pai. Prometi esperá-lo para sempre e não me casar enquanto ele vivesse.

"— Por que não nos casamos agora mesmo? — disse ele. — Não exigirei nada de você antes de voltar, mas pelo menos ficarei mais tranquilo.

"Depois de refletir muito decidimos apresentar-nos perante um padre que Frank havia avisado e nos casamos sem alarde. Então Frank partiu para fazer fortuna e eu fiquei morando com meu pai.

"A primeira carta de Frank veio de Montana. Em seguida foi procurar ouro no Arizona e por fim me escreveu do Novo México. Depois disso li nos jornais uma reportagem sobre um acampamento de garimpeiros atacado pelos índios apaches, e o nome de meu Frank se encontrava entre os mortos. Caí desmaiada e fiquei doente durante vários meses. Papai pensou que eu tinha uma doença rara e me levou à metade dos médicos de São Francisco. Durante mais de um ano não recebi mais notícias e já não duvidei de que Frank estivesse realmente morto. Então lorde Saint-Simon apareceu em São Francisco, em seguida viemos a Londres e combinei me casar com ele. Papai ficou muito contente, porém eu continuava convencida de que nenhum homem no mundo poderia ocupar o lugar do pobre Frank em meu coração.

"Mesmo assim, se tivesse casado com lorde Saint-Simon, cumpriria minhas obrigações em relação a ele. Não temos controle sobre nosso coração, mas sobre nossa vontade sim. Fui com ele ao altar com a intenção de ser a melhor esposa possível. Mas podem imaginar o que senti quando, ao me aproximar do altar, olhei para trás e vi Frank fitando-me do primeiro banco. No início pensei que era um fantasma. Mas, ao olhar de novo, vi que continuava ali, como se me perguntasse com os olhos se eu estava contente em vê-lo ou não. Só por milagre não desmaiei. Tudo girava ao meu redor e as palavras do padre soavam como um zumbido de abelhas em meus ouvidos. Não sabia o que fazer. Devia interromper a cerimônia e dar um escândalo na igreja? Voltei a olhar para Frank e me pareceu que compreendia meu pensamento, porque pôs os dedos nos lábios indicando-me que permanecesse calada. Em seguida o vi rabiscar num papel e soube que estava escrevendo um bilhete. Na saída, ao passar ao lado dele, deixei meu buquê cair no lugar onde ele se encontrava e colocou o bilhete em minha mão ao me devolver as flores. Eram só algumas palavras pedindo-me que fosse ao seu encontro quando me desse o sinal. Naturalmente, nem por um instante duvidei que minha obrigação principal era para com ele e estava disposta a fazer o que me recomendasse.

"Ao voltar para casa, contei tudo à minha camareira, que o conhecera na Califórnia e sempre tivera simpatia por ele. Ordenei-lhe que nada dissesse e preparasse um pacote com algumas roupas e deixasse o casaco e o chapéu à mão. Sei que deveria ter falado com lorde Saint-Simon, mas era difícil fazê-lo diante de sua mãe e de todos aqueles convidados da alta sociedade. Decidi fugir e dar explicações depois. Ainda não estava dez minutos à mesa quando vi Frank pela janela, do outro lado da rua. Fez sinal para que fosse ter com ele e se encaminhou em direção ao parque. Saí da mesa, pus um chapéu e um casaco e fui com ele.

"Na rua aproximou-se de mim uma mulher, que me contou uma história sobre lorde Saint-Simon. Pelo pouco que entendi, lorde Saint-Simon também tivera uma pequena aventura secreta antes do casamento. Mas logo consegui me livrar da mulher e alcancei Frank. Entramos num cabriolé, fomos ao apartamento que ele reservara na Praça Gordon e foi ali meu verdadeiro casamento depois de tantos anos de espera. Frank caíra prisioneiro dos apaches, mas tivera a sorte de fugir. Foi a São Francisco e soube que eu o julgara morto e partira para a Inglaterra. Seguiu-me até aqui e me encontrou na manhã de meu segundo casamento."

— Li o anúncio da cerimônia num jornal — explicou o norte-americano. — Trazia o nome e a igreja, mas não dava o endereço da noiva.

— Então discutimos o que devíamos fazer e Frank queria contar toda a verdade, mas eu sentia tanta vergonha que preferia desaparecer e nunca mais ver nenhuma das pessoas envolvidas neste caso. Só admitia escrever algumas linhas a meu pai para comunicar-lhe que estava viva. Pensava com horror em todos aqueles personagens da nobreza, sentados à mesa esperando minha volta. Frank pegou minhas roupas de casamento, fez um pacote e atirou-o num lugar onde pensava que nunca seria encontrado, para que não seguissem minha pista. Contávamos partir para Paris amanhã, porém este cavalheiro, o sr. Holmes, veio ver-nos esta tarde, sem que pudéssemos compreender como conseguiu nos encontrar. Fez ver com toda clareza que eu estava errada e Frank tinha razão, e que nossa situação só iria piorar se continuássemos a nos esconder. Então nos ofereceu a oportunidade de conversar com lorde Saint-Simon a sós, e por isso viemos à sua casa sem perda de tempo. Agora, Robert, já sabe tudo o que aconteceu. Sinto muito se o magoei e espero que não pense mal de mim.

Lorde Saint-Simon não mudara nada de sua atitude rígida. Ouvira esse longo relato com a testa franzida e os lábios comprimidos.

— Desculpem-me — disse —, mas não tenho o costume de discutir meus assuntos pessoais mais íntimos em público.

— Então não vai me perdoar? Nem apertar minha mão antes que eu me vá?

— Claro, se isso pode causar-lhe algum prazer.

Estendeu a mão e apertou friamente a que ela lhe oferecia.

— Tinha a esperança — sugeriu Holmes — de que aceitaria acompanhar-me nesta ceia de reconciliação.

— Acho que já é pedir demais — respondeu o lorde. — Posso ser forçado a me submeter aos acontecimentos, mas não esperem que os aceite festivamente. Vou me retirar, com sua permissão, e desejo boa noite a todos.

Fez uma reverência ampla que dirigiu a todos nós e saiu a passos largos da sala.

— Espero que pelo menos o casal jovem me conceda a honra de sua companhia — disse Sherlock Holmes. — É sempre um grande prazer conhecer um norte-americano, sr. Moulton, pois sou daqueles que acreditam que a estupidez de um monarca e a falta de habilidade de um ministro em tempos antigos não impedirão que nossos filhos se tornem um dia cidadãos do mesmo império, sob uma bandeira que combinará as cores da *Union Jack* com as estrelas e barras dos Estados Unidos.

— Este caso foi muito interessante — comentou Holmes, quando nossos convidados se retiraram —, porque demonstra com clareza como pode ser simples a explicação de um problema que à primeira vista parece tão complicado. Este parecia inexplicável, porém nada foi mais natural que a sequência de acontecimentos contados por esta jovem, enquanto o resultado ao qual chegou o sr. Lestrade, da Scotland Yard, era totalmente absurdo.

— Então, você não estava errado.

— Desde o início, havia dois fatos evidentes para mim. O primeiro, que a noiva consentira voluntariamente com a cerimônia do casamento. O outro, que havia se arrependido minutos antes de voltar para casa. Portanto, devia ter ocorrido, de manhã, uma circunstância que a fizera mudar de ideia. Qual era essa circunstância? Não podia ter falado com ninguém, pois esteve o tempo todo acompanhada pelo noivo. Então tinha visto alguém? Em caso positivo, devia ser alguém que veio dos Estados Unidos. Ela passara pouco tempo na Inglaterra e com certeza não conhecia ninguém que tivesse sobre ela influência suficiente para mudar radicalmente seus planos. Como vê, chegamos, por um simples processo de eliminação, à ideia de que a noiva havia visto um norte-americano. Quem poderia ser esse norte-americano, e por que teria tanta influência sobre ela? Poderia ser um namorado, ou poderia ser o marido.

"Eu sabia que a jovem passara a juventude em ambientes rudes e em condições pouco normais. Havia chegado a esse ponto antes de ouvir o relato de lorde Saint-Simon. Quando ele nos falou de um homem sentado no banco, da mudança de humor da noiva, do artifício tão comum de receber um bilhete deixando um buquê de flores cair, da conversa da sra. Saint-Simon com a empregada e confidente, e de sua expressão tão significativa de tirar uma concessão, que na gíria dos garimpeiros significa tomar posse de uma coisa pertencente de direito a outro, a situação se tornou clara para mim. A jovem fugira com um homem, e esse homem era um namorado ou o marido anterior. As probabilidades eram a favor da última hipótese."

— Mas como foi que conseguiu localizá-los?

— Isso poderia ser difícil, mas o amigo Lestrade tinha nas mãos informações cujo valor ignorava. As iniciais eram da maior importância, porém ainda mais importante era saber que menos de uma semana antes o norte-americano havia pago sua conta num dos hotéis mais caros de Londres.

— Como adivinhou isso?

— Pelos preços. Oito xelins por um quarto e oito *pence* por uma dose de xerez indicavam que se tratava de um dos hotéis mais dispendiosos. Não há muitos em Londres que cobrem esses preços. No segundo que visitei, na Avenida Northumberland, pude ver no livro de registros que o sr. Francis H. Moulton, cidadão norte-americano, saíra no dia anterior e, ao examinar sua conta, deparei com os mesmos itens que vimos no recibo. A correspondência devia ser encaminhada ao número 26 da Praça Gordon, para onde me dirigi. Tive a sorte de encontrar o casal jovem no hotel e me atrevi a dar aos dois alguns conselhos paternais. Observei que seria melhor, de todos os pontos de vista, que esclarecessem sua situação ao público em geral e a lorde Saint-Simon em particular. Convidei-os a vir encontrar-se aqui com ele e, como viu, consegui que o nobre também viesse.

— Mas o resultado não foi feliz — comentei. — A atitude dele certamente não foi muito elegante.

— Ah, Watson — disse Holmes, sorrindo —, você talvez também não se comportasse com muita elegância se, depois de todo o trabalho de fazer a corte e se casar, se visse despojado num instante da mulher e da fortuna. Acho que devemos julgar lorde Saint-Simon com muita indulgência e dar graças à nossa boa estrela por nos ter poupado de nos encontrarmos em situação semelhante. Aproxime sua cadeira e passe-me o violino. O único problema que ainda nos resta resolver é saber como passar o tempo nestas noites desalentadoras de outono.

❖

11
A coroa de berilos

— Caro Holmes — disse eu um dia, olhando pela janela —, um louco está passando pela rua. É lastimável que a família dele o deixe sair sozinho.

Meu amigo se levantou devagar da poltrona, com as mãos nos bolsos do roupão, e se aproximou para olhar por cima do meu ombro. Era uma bela manhã de fevereiro. Fazia frio e a neve da véspera, ainda cobrindo o solo, brilhava ao sol pálido de inverno. Na rua, ela fora pisada e se tornara quase escura, mas nas bordas e nos montes onde fora jogada para desobstruir as calçadas continuava tão branca como quando caiu. A calçada cinza estava limpa e varrida, mas ainda perigosamente escorregadia, por isso havia muito menos transeuntes que de costume. Mesmo do lado da estação de metrô não vinha ninguém, a não ser o indivíduo cujo andar excêntrico chamara minha atenção.

Era um homem com aproximadamente cinquenta anos, alto, corpulento e de aspecto imponente, com um rosto largo, de traços vigorosos. Sua aparência era severa, porém cuidada: casaco preto, chapéu impecável, polainas marrons e calça cinzento-pérola, de corte excelente. Entretanto, suas ações estavam em contradição absoluta com a dignidade de sua pessoa e de seu porte, pois corria com todas as forças, dando de vez em quando um pequeno salto, como os que dá um homem cansado e que não está habituado a submeter as pernas a um esforço. Enquanto corria, gesticulava com as mãos, meneava a cabeça e fazia as caretas mais extraordinárias.

— Que diabo ele pode ter? — perguntei. — Está olhando os números das casas.

— Parece que vem aqui — disse Holmes, esfregando as mãos.

— Aqui?

— Sim, e diria que vem consultar-me profissionalmente. Creio que estou reconhecendo os sintomas. Veja! Não lhe disse?

Enquanto Holmes falava, o homem, arfando e resfolegando, chegou correndo à nossa porta e puxou tanto a campainha que seu tilintar ressoou na casa inteira.

Um instante depois estava na sala, sempre ofegando e gesticulando, mas com uma expressão tão aflita e desesperada nos olhos que nossos sorrisos logo se transformaram em espanto e compaixão. Durante alguns segundos não conseguiu articular uma palavra. Balançava-se de um lado para outro e arrancava os cabelos como um homem que perdeu a razão. De repente se ergueu de um salto, bateu com a cabeça na parede com tanta força que tivemos de correr em sua ajuda e arrastá-lo para o centro da sala.

Sherlock Holmes o empurrou até uma poltrona, sentou-se ao lado dele e, batendo-lhe de leve na mão, procurou reconfortá-lo com o tom calmo e amável que sabia empregar tão bem.

— O senhor veio para me contar sua história, não é? Veio com tanta pressa que está cansado. Espere até recuperar-se e então ficaremos contentes em examinar qualquer pequeno problema que quiser confiar-nos.

Com o peito agitado, o homem ainda lutava para controlar sua emoção. Por fim, passando o lenço na testa, comprimiu os lábios e olhou para nós.

— Devem estar pensando que fiquei louco — disse.

— Vejo que se encontra em situação muito difícil — respondeu Holmes.

— Ah, só Deus sabe! Uma situação tão inesperada e terrível que transtornou completamente minha razão. Eu poderia suportar a desonra pública, embora minha reputação nunca tenha sofrido o menor arranhão. Poderia suportar uma desgraça na família, pois isso pode ocorrer a qualquer um. Mas as duas juntas, e de forma tão assombrosa, conseguiram destroçar meu coração. Ademais, não sou o único atingido. Serão afetadas as personagens mais altas do país, a menos que se encontre uma saída para este problema horrível.

— Acalme-se, por favor — disse Holmes —, e me explique com clareza quem é o senhor e o que lhe aconteceu.

— É possível que já tenha ouvido meu nome — respondeu o visitante. — Sou Alexander Holder, da casa bancária Holder & Stevenson, da Threadneedle Street.

De fato, conhecíamos bem aquele nome, pois era o do sócio principal de um dos maiores bancos particulares da cidade de Londres. O que podia ter acontecido para que um dos cidadãos mais destacados da cidade chegasse àquele estado de nervos? Nossa curiosidade estava excitada no mais alto grau. Por fim, nosso visitante fez um novo esforço e nos contou sua história.

— Sinto que o tempo é precioso — disse — e por isso vim correndo, quando o inspetor de polícia me sugeriu a ideia de obter sua cooperação. Saltei no metrô e dali vim a pé, porque os tílburis não andam depressa por causa da neve. Por isso também fiquei sem fôlego, pois não tenho o hábito de fazer muito exercício. Sinto-me melhor agora e vou lhe expor os fatos sucintamente, mas tão claramente quanto possível.

"Naturalmente, os senhores sabem que, para um banco ser bem-sucedido, precisa encontrar bons investimentos para seus fundos, assim como ampliar suas relações e o número de depositantes. Um dos investimentos mais lucrativos é o empréstimo de dinheiro com garantia segura. Nos últimos anos fizemos muitas operações desse tipo e adiantamos grandes quantias de dinheiro a muitas famílias nobres, aceitando como garantia quadros valiosos, bibliotecas ou baixelas de prata.

"Ontem de manhã eu estava em meu escritório, no banco, quando um dos empregados me trouxe um cartão de visita. Assustei-me ao ler o nome, pois não era outro senão... Mas, mesmo na presença do senhor é preciso ser discreto e me contentarei em lhe dizer que é um nome conhecido em todo o mundo, um dos nomes mais importantes e ilustres da Inglaterra. Senti-me comovido com a honra e tentei dizê-lo a meu visitante quando entrou, porém ele tratou do negócio imediatamente, com o ar de quem quer liquidar um assunto desagradável o quanto antes.

"— Sr. Holder — disse ele —, fui informado de que empresta dinheiro.

"— A casa faz isso quando a garantia é boa.

"— Tenho necessidade absoluta de cinquenta mil libras imediatamente. É claro que poderia obter uma soma dez vezes superior a esta pedindo emprestado a meus amigos, mas prefiro recorrer a um banco e ocupar-me do assunto pessoalmente. Como há de compreender, em minha posição não convém contrair certas obrigações.

"— Por quanto tempo vai precisar dessa quantia? — perguntei.

"— Na próxima segunda-feira vou cobrar uma soma enorme e

então poderei, com toda segurança, devolver-lhe o que me adiantar agora, mais os juros que considerar adequados. Mas é imprescindível que eu disponha já desse dinheiro.

"— Teria muito prazer de emprestar-lhe essa quantia de meu próprio bolso e sem outras exigências, mas ela está um pouco acima de minhas possibilidades. Entretanto, se o fizer em nome da casa, então, em consideração ao meu sócio, devo insistir que, mesmo em seu caso, terei de tomar todas as precauções de praxe.

"— Prefiro que seja assim — disse ele, erguendo um porta-joias de couro escuro que depositara ao lado da cadeira. — O senhor certamente já ouviu falar da coroa de berilos.

"— Uma das joias mais preciosas do Império — respondi.

"— Exatamente.

"Ele abriu o porta-joias e me mostrou, engastada em veludo macio, cor da pele, a joia magnífica que acabava de mencionar.

"— Há trinta e nove berilos enormes, e o preço do engaste de ouro é incalculável. A avaliação mais baixa da coroa é o dobro da quantia que estou pedindo. Estou disposto a deixá-la como garantia.

"Peguei o porta-joias precioso nas mãos e olhei com certa perplexidade para meu visitante ilustre.

"— Duvida do seu valor? — indagou.

"— De modo algum. Só duvido...

"— Se estou agindo corretamente ao deixá-la aqui. Pode ficar tranquilo. Nem em sonhos me ocorreria fazê-lo se não estivesse seguro de poder recuperá-la em quatro dias. É uma mera formalidade. Acha a garantia suficiente?

"— Mais que suficiente.

"— O senhor compreende, sr. Holder, que estou lhe dando uma grande prova de confiança e ela está baseada em tudo o que me disseram a seu respeito. Confio que não só será discreto e não fará nenhum comentário sobre esse negócio, mas sobretudo que tomará todas as precauções para que a joia fique em segurança. É inútil dizer-lhe que haveria um escândalo enorme se ela sofresse o menor dano. Qualquer dano seria quase tão grave como sua perda total, pois não há no mundo berilos comparáveis a estes e seria impossível substituí-los. Contudo, deixo-lhe a coroa com toda a confiança e virei buscá-la pessoalmente na manhã de segunda-feira.

"Vendo que meu cliente tinha pressa de ir embora, achei inútil responder. Chamei o caixa e dei ordem para que pagasse cinquenta mil libras em notas de mil. Mas, quando fiquei sozinho com o porta-

-joias precioso em cima da mesa à minha frente, não pude evitar certa preocupação ao pensar na responsabilidade imensa que havia assumido. Não havia dúvida de que, como objeto pertencente à nação, um escândalo horrível estouraria se alguma desgraça ocorresse com a joia. Eu já lamentava ter aceitado ficar com ela, porém era tarde demais para voltar atrás. Guardei-a em meu cofre-forte particular e voltei ao trabalho.

"Ao chegar a noite, pareceu-me que seria uma imprudência deixar um objeto de tanto valor no escritório. Cofres de banqueiros já foram forçados, e quem poderia me assegurar que o meu não o seria? Se isso acontecesse, em que posição terrível iria me encontrar! Decidi então que nos dias seguintes levaria sempre a coroa comigo, de modo que nunca estivesse fora de meu alcance. Com essa intenção, chamei um carro e voltei para casa em Streatham, levando a joia. Só respirei tranquilo quando a depositei em segurança no andar de cima e a tranquei numa gaveta do meu quarto de vestir.

"E agora uma palavra sobre o pessoal de minha casa, sr. Holmes, pois quero que compreenda a situação perfeitamente. Meu mordomo e o cocheiro dormem fora de casa e podem ser descartados completamente. Três empregadas estão comigo há muitos anos e sua honestidade está acima de qualquer suspeita. Outra, Lucy Parr, a segunda camareira, está a meu serviço somente há alguns meses. Tinha referências excelentes e até agora estou totalmente satisfeito com ela. É uma jovem muito bonita e de vez em quando atrai admiradores que rondam a casa. É o único inconveniente que encontrei nela, mas quanto ao resto é excelente em todos os aspectos.

"Isto quanto aos empregados. Minha família é tão reduzida que sua descrição não será longa. Sou viúvo e tenho um único filho, Arthur. Ele tem sido uma decepção para mim, sr. Holmes, uma decepção triste. Certamente, a culpa é minha. Todos dizem que o mimei demais e é muito provável que tenham razão. Quando perdi minha querida esposa, o menino foi tudo que me restou no mundo. Não podia suportar que o sorriso desaparecesse de seu rosto nem por um instante. Nunca lhe recusei nenhum capricho. Talvez tivesse sido melhor para nós dois que eu me mostrasse mais severo, mas fiz tudo com a melhor das intenções.

"Naturalmente, eu queria que me sucedesse no banco, mas ele não tem inclinação para os negócios. É violento, teimoso e, para dizer a verdade, não posso confiar-lhe grandes somas de dinheiro. Tornou-se membro de um clube aristocrático, no qual, graças à sua simpatia, não tardou a fazer amizade com jovens de bolsos cheios e hábitos dispendiosos. Pôs-se a jogar muito dinheiro e apostar nas corridas, e recorria continuamente a mim, suplicando que adiantasse a mesada para poder saldar suas dívidas. Mais de uma vez tentou afastar-se dessas companhias perigosas, mas a influência de seu amigo, *sir* George Burnwell, sempre o fazia retroceder em sua decisão.

"Na verdade, não me espanta que um homem como *sir* George Burnwell tenha tanta influência sobre ele, pois vinha com frequência à minha casa, e confesso que até para mim era difícil resistir ao fascínio de seus modos. É mais velho que Arthur, um homem do mundo dos pés à cabeça. Esteve em toda parte, viu tudo, tem uma conversa brilhante e um grande magnetismo pessoal. No entanto, quando penso nele friamente, longe do encanto de sua presença, fico convencido, por sua maneira cínica de falar e pela expressão que reparei em seus olhos, de que não se pode confiar nele. É o que penso, e é também o que pensa minha pequena Mary, que possui uma grande intuição feminina.

"Só falta ela para descrever. Mary é minha sobrinha. Quando meu irmão morreu, há cinco anos, deixou-a sozinha no mundo. Adotei-a e desde então a considero minha filha. É como um raio de sol em minha casa. É doce, carinhosa, encantadora, excelente administradora e dona de casa, e ao mesmo tempo tão tranquila, gentil e sensível quanto uma mulher pode ser. É meu braço direito, e não sei o que seria de mim sem ela. Só num ponto se opôs ao que eu queria. Duas vezes meu filho a pediu em casamento, pois a ama apaixonadamente, e nas duas vezes ela o recusou. Acho que se alguém pode reconduzi-lo ao bom caminho é ela, e esse casamento poderia mudar completamente a vida de meu filho. Mas, infelizmente, agora é tarde demais. Tarde demais para sempre.

"Agora que conhece as pessoas que vivem debaixo do meu teto, sr. Holmes, vou prosseguir minha triste história.

"Ao tomarmos café na sala depois do jantar, contei a Arthur e a Mary o que acontecera e falei do tesouro que tínhamos em casa, omitindo somente o nome de meu cliente. Tenho certeza de que Lucy Parr, que havia servido o café, tinha saído, mas não posso garantir que a porta estivesse fechada. Mary e Arthur me ouviram com muito interesse e quiseram ver a coroa famosa, mas me pareceu melhor não tocar nela.

"— Onde a guardou? — perguntou Arthur.

"— Numa gaveta em meu quarto de vestir.

"— Bem, Deus queira que os ladrões não entrem na casa esta noite — disse ele.

"— Está fechada à chave.

"— Aquela gaveta se abre com qualquer chave velha. Quando era criança, abri-a com a chave do armário do quarto de despejo.

"Ele dizia muitas bobagens desse tipo e não prestei grande atenção ao que falou. Mas me seguiu ao meu quarto naquela noite com uma expressão muito séria.

"— Escute, papai — disse, com os olhos baixos —, pode me dar duzentas libras?

"— Não, não posso! — respondi, irritado. — Tenho sido muito generoso com você em questões de dinheiro.

"— O senhor tem sido muito bom, eu sei. Mas preciso desse dinheiro sem falta. Ou então nunca mais poderei aparecer no clube."

"— Eu ficaria muito contente com isso! — exclamei.

"— Sim, mas não vai querer que eu saia de lá desonrado. Não posso suportar esta ideia. Tenho de arrumar esse dinheiro de qualquer jeito e, se não me der, serei obrigado a recorrer a outros meios.

"Eu estava indignado, pois era a terceira vez que me pedia dinheiro naquele mês.

"— Não terá mais um centavo meu! — gritei, e ele me fez uma reverência e deixou o quarto sem dizer mais uma palavra.

"Depois que ele saiu, abri a gaveta, para verificar se meu tesouro estava em segurança, e voltei a trancá-la cuidadosamente à chave. Em seguida comecei a ronda da casa para ver se tudo estava bem fechado. É uma tarefa que deixo normalmente para Mary, mas naquela noite me pareceu melhor realizá-la eu mesmo. Ao descer, notei que Mary estava à janela da entrada, que trancou quando cheguei perto.

"— Diga-me, papai — disse com um ar que me pareceu um pouco preocupado —, deu permissão a Lucy para sair esta noite?

"— Claro que não.

"— Ela acaba de entrar pela porta dos fundos. Estou segura de que foi só até o portão para ver alguém, mas mesmo isso não me parece prudente e acho que devemos proibir essas saídas.

"— Fale com ela amanhã de manhã ou, se preferir, falarei eu mesmo. Tem certeza de que tudo está bem fechado?

"— Certeza absoluta, papai.

"— Então, boa noite.

"Dei-lhe um beijo e subi ao meu quarto, onde não demorei a adormecer.

"Como vê, sr. Holmes, estou entrando nos mínimos detalhes que possam ter alguma relação com o caso. Mesmo assim, espero que me pergunte sobre qualquer ponto que não tenha ficado suficientemente claro.

— Sua exposição não poderia ter sido mais precisa.

— Chego agora à parte da história que quero que seja especialmente clara. Meu sono é leve e, como estava preocupado, devia ser ainda mais leve que de costume. Pelas duas horas da manhã fui despertado por um barulho que parecia vir de dentro da casa. Quando acordei totalmente não ouvi mais nada, mas tive a impressão de que uma janela era fechada com cuidado. Fiquei deitado, escutando atentamente. De repente, para grande espanto de minha parte, ouvi o som inconfundível de passos abafados no quarto ao lado. Deslizei da cama tremendo de medo e olhei pelo canto da porta.

"— Arthur! — gritei. — Ladrão miserável! Como se atreve a tocar nesta coroa?

"A lamparina estava meio acesa, como eu a havia deixado, e meu filho infeliz, vestido somente com calça e camisa, estava de pé ao lado da luz, com a coroa nas mãos. Parecia estar torcendo-a ou apertando-a com todas as forças. Ao ouvir meu grito soltou-a e se tornou pálido como um morto. Peguei a joia e examinei-a. Estava faltando uma das pontas de ouro, com três berilos.

"— Moleque! — gritei, louco de raiva. — Você a quebrou! Desonrou-me para sempre! Onde estão as pedras que roubou?

"— Que roubei?! — exclamou.

"— Sim, ladrão! — berrei, sacudindo-o pelos ombros.

"— Não falta nenhuma. Não pode faltar nenhuma — disse ele.

"— Faltam três. E você sabe onde estão. Tenho de chamá-lo de mentiroso, além de ladrão? Por acaso não acabo de vê-lo tentando quebrar outro pedaço?

"— O senhor já me ofendeu demais — disse. — Não vou aguentar mais. Já que prefere insultar-me, não direi mais uma palavra sobre o assunto. Sairei de sua casa de manhã e abrirei caminho com meus próprios meios.

"— Sairá de casa nas mãos da polícia! — gritei, meio louco de dor e de raiva. — Farei que o caso seja investigado a fundo.

"— De minha parte não saberá nada — disse, com uma paixão que me surpreendeu. — Se decidir chamar a polícia, que ela descubra o que puder.

"Neste momento a casa toda estava de pé, pois em minha ira eu elevara a voz. Mary foi a primeira a entrar correndo no quarto. Ao ver a coroa e o rosto de Arthur, compreendeu o que sucedera e, soltando um grito, caiu desmaiada. Mandei a empregada avisar a polícia e entreguei o caso em suas mãos. Quando o inspetor e um agente de polícia entraram, Arthur, que permanecera o tempo todo calado e com os braços cruzados, perguntou-me se tinha a intenção de acusá-lo de roubo. Respondi que não era mais um assunto particular, e sim público, porque a coroa quebrada era propriedade do país. Minha decisão era que a lei fosse cumprida até o fim.

"— Pelo menos — disse ele — não me faça prender imediatamente. É de seu interesse, assim como do meu, permitir que eu saia de casa por cinco minutos.

"— Para poder escapar ou talvez esconder o que roubou — respondi.

"Então, percebendo a situação terrível em que ele se encontrava, implorei que pensasse que não era só minha honra que estava em jogo, mas também a de alguém muito mais importante que eu, e que sua conduta podia provocar um escândalo capaz de abalar o país inteiro. Ele podia evitar aquilo se me dissesse o que havia feito com as três pedras que faltavam.

"— É melhor que enfrente a situação — acrescentei. — Foi pego com a mão na massa e confessar não agravará sua culpa. Se procurar repará-la na medida do possível, dizendo-nos onde estão os berilos, tudo será perdoado e esquecido.

"— Guarde seu perdão para quem o pedir — respondeu, afastando-se de mim com um gesto de desprezo.

"Percebi que estava inflexível para que minhas palavras pudessem influenciá-lo. Só havia uma coisa a fazer. Chamei o inspetor e pedi que o prendesse. Revistaram imediatamente não só sua pessoa, mas também seu quarto e todo lugar da casa onde pudesse esconder as gemas. Mas não encontraram nenhum vestígio delas e o infeliz rapaz se recusou a abrir a boca apesar de minhas súplicas e de todas as ameaças. Esta manhã o levaram à cadeia e eu, depois de passar por todas as formalidades da polícia, vim correndo para implorar-lhe que aplique seus talentos para esclarecer o mistério. A polícia confessou sem rodeios que não sabe por onde começar. O senhor pode fazer as despesas que achar necessárias. Já prometi uma recompensa de mil libras. Meu Deus, o que será de mim? Perdi minha honra, as pedras e meu filho numa só noite. O que posso fazer?"

Colocou a cabeça entre as mãos e começou a se balançar da direita para a esquerda, choramingando como uma criança que não encontra palavras para expressar sua dor.

Sherlock Holmes permaneceu calado por alguns minutos, com as sobrancelhas franzidas e os olhos fixos no fogo da lareira.

— O senhor recebe muitas visitas? — perguntou, por fim.

— Nenhuma, a não ser a do meu sócio com sua família, e às vezes um amigo de Arthur. *Sir* George Burnwell esteve diversas vezes em casa nos últimos tempos. E me parece que ninguém mais.

— Sai muito?

— Arthur sai. Mary e eu ficamos em casa. Nenhum de nós dois gosta de reuniões sociais.

— Isso é raro numa moça.

— É uma moça muito quieta. Além disso, não é tão jovem. Já tem vinte e quatro anos.

— Pelo que disse, este caso a afetou muito.

— De modo terrível. Ela está mais abalada que eu.

— Nenhum dos dois tem dúvida sobre a culpa de seu filho?

— Como poderíamos ter, se o vi com meus próprios olhos com a coroa na mão?

— Isso não pode ser considerado uma prova decisiva. O restante da coroa também estava danificado?

— Sim, estava torcido.

— Não acha que talvez estivesse tentando endireitá-la?

— Que Deus o abençoe! O senhor está fazendo tudo o que pode por ele e por mim. Mas é uma tarefa muito difícil. Afinal, o que ele estava fazendo ali? Se suas intenções eram honestas, por que não disse logo?

— Justamente. E, se era culpado, por que não inventou uma história? Seu silêncio pode ser interpretado de dois modos. O caso apresenta vários detalhes muito curiosos. Qual é a opinião da polícia sobre o barulho que o acordou?

— Dizem que pode ter sido provocado por Arthur ao fechar a porta de seu quarto.

— Bela explicação. Como se um homem que se propõe praticar um roubo batesse uma porta para acordar a casa inteira. E o que disseram sobre o desaparecimento das pedras?

— Ainda estão procurando entre as tábuas do soalho e nos móveis na esperança de encontrá-las.

— Pensaram em fazer uma busca fora da casa?

— Sim, têm demonstrado uma atividade extraordinária. Todo o jardim já foi examinado minuciosamente.

— Diga-me, caro senhor, não lhe parece evidente que este caso é muito mais complexo que o senhor e a polícia pensaram no início? Parecia um caso simples. Para mim é muito complicado. Pense no que sua teoria representa. O senhor supõe que seu filho saiu da cama, arriscou-se a ir ao seu quarto de vestir, abriu a gaveta, tirou a coroa, quebrou uma parte dela, foi a outro lugar onde escondeu três das trinta e nove pedras com tanta habilidade que ninguém consegue encontrá-las, e em seguida voltou com as outras trinta e seis ao quarto de dormir, onde se expunha com muita probabilidade a ser descoberto. Agora lhe pergunto: esta teoria pode se manter de pé?

— Então, qual é a sua? — indagou o banqueiro, com um gesto de desespero. — Se ele não tinha más intenções, por que não as explica?

— Cabe a nós descobrir o motivo desse silêncio — replicou Holmes. — Se achar conveniente, sr. Holder, iremos juntos a Streatham e passaremos uma hora examinando os detalhes mais de perto.

Meu amigo insistiu para que eu fizesse parte da expedição, com o que concordei vivamente, pois a história que acabava de ouvir despertara minha curiosidade e simpatia. Confesso que a culpa do filho do banqueiro me parecia tão evidente quanto ao seu pobre pai, mas tinha tanta confiança no julgamento de Holmes que me parecia que, enquanto ele não se mostrasse satisfeito com a explicação oficial, ainda havia base para conceber esperanças.

Ele não disse quase nenhuma palavra durante todo o trajeto. Permaneceu mergulhado nas reflexões mais profundas, com a cabeça inclinada sobre o peito e o chapéu cobrindo os olhos. Nosso cliente parecia ter recobrado novo ânimo com o clarão de esperança que lhe fora dado, e até conversou um pouco comigo sobre seu negócio. Uma viagem curta de trem e uma caminhada a pé ainda mais curta nos levaram a Fairbank, a residência do grande financista.

Fairbank era uma casa quadrada muito grande, construída com pedra branca, situada a certa distância da estrada. Atravessando um gramado coberto de neve, um caminho com duas pistas para carruagens conduzia a duas largas grades de ferro que obstruíam a entrada. À direita havia um pequeno bosque do qual saía uma trilha estreita com duas sebes bem cuidadas dos lados, que levava da estrada até a porta da cozinha. Era a entrada dos fornecedores. À esquerda saía uma pequena rua que conduzia à cocheira. Não fazia parte da propriedade e era pública, embora pouco frequentada.

Holmes nos deixou em frente da porta e andou lentamente ao redor da casa. Em seguida retornou à parte da frente, percorreu a trilha dos fornecedores e o jardim atrás da casa, até chegar à ruazinha que levava à cocheira. Demorou tanto tempo que o sr. Holder e eu entramos na sala de refeições e esperamos sua volta junto à lareira.

Estávamos sentados em silêncio, quando a porta se abriu e uma jovem entrou. Era de estatura acima da média, esbelta, com olhos e cabelos escuros, que pareciam ainda mais escuros em contraste com a palidez da pele. Creio nunca ter visto um rosto de mulher tão pálido. Também os lábios pareciam desprovidos de sangue, mas os olhos estavam inchados de tanto chorar. Ao vê-la entrar em silêncio no aposento, dava uma sensação de sofrimento que me impressionou muito mais que o banqueiro de manhã. Isso era especialmente surpreendente, porque se via claramente que era uma mulher de temperamento forte, com capacidade enorme para se dominar. Sem se preocupar com minha presença, dirigiu-se diretamente ao tio e passou a mão em sua cabeça, com uma carícia bem feminina.

— O senhor deu ordem para soltar Arthur, não é, papai? — perguntou.

— Não, não, minha filha. Este caso deve ser esclarecido a fundo.

— Mas estou certa de que é inocente. Sabe como é a intuição feminina. Sinto que não fez nada de mal e que o senhor lamentará ter agido tão duramente.

— Por que se recusa a falar, se é inocente?

— Quem sabe? Talvez porque esteja indignado de que tenha suspeitado dele.

— Como não ia suspeitar, ao vê-lo com a coroa nas mãos?

— Deve tê-la pegado só para olhar. Por favor, acredite em mim, ele é inocente. Dê o assunto por encerrado e que não se fale mais dele. É tão horrível pensar que nosso Arthur está na prisão.

— Só pararei as buscas quando as pedras forem encontradas, não antes, Mary. Sua afeição por Arthur a cega e não a deixa ver as consequências terríveis que isso terá para mim. Em vez de abafar o assunto, trouxe de Londres uma pessoa que me ajudará a investigá-lo mais a fundo.

— É o senhor aqui presente? — perguntou ela, voltando-se para mim.

— Não, é seu amigo. Ele nos pediu que o deixássemos sozinho. Agora está andando pela ruazinha da cocheira.

— A ruazinha da cocheira? — a moça franziu as sobrancelhas escuras. — O que espera encontrar ali? Ah, suponho que seja este senhor... Espero, senhor, que consiga demonstrar que aquilo de que tenho certeza seja verdadeiro: que meu primo Arthur é inocente deste crime.

— Compartilho inteiramente sua opinião e, como a senhorita, também acredito que poderemos demonstrá-lo — respondeu Holmes, indo sacudir a neve de seus sapatos no capacho. — Creio que tenho a honra de falar com a srta. Mary Holder. Posso lhe fazer uma ou duas perguntas?

— Por favor, senhor, se isso puder servir para esclarecer esta situação horrível.

— Não ouviu nenhum barulho na noite passada?

— Não, até que meu tio começou a falar aos gritos. Ao ouvi-lo, desci correndo.

— Foi a senhorita que fechou as janelas e portas à noite. Trancou todas as janelas?

— Sim.

— Continuavam trancadas esta manhã?

— Sim.

— Uma de suas empregadas tem um namorado? Creio que comentou com seu tio ontem à noite que havia saído para encontrar-se com ele.

— Sim, é a mesma que serviu o chá na sala, e pode ter ouvido meu tio falar sobre a coroa.

— Compreendo. Supõe que ela pode ter saído para contar ao namorado e que os dois puderam organizar o roubo.

— De que adiantam todas essas conjeturas? — exclamou o banqueiro com impaciência. — Não lhe disse que vi Arthur com a coroa nas mãos?

— Aguarde um momento, sr. Holder. Já falaremos sobre esse ponto. E quanto a essa moça, srta. Holder, imagino que a viu voltar pela porta da cozinha.

— Sim, quando fui verificar se a porta estava bem fechada, encontrei-a entrando de mansinho. Também vi o homem no escuro.

— Conhece-o?

— Sim. É o rapaz que traz as verduras. Chama-se Francis Prosper.

— Ele estava à esquerda e a certa distância da porta — disse Holmes.

— Sim, à esquerda.

— E tem uma perna de pau.

Um instante de medo pareceu passar pelos olhos escuros e expressivos da jovem.

— O senhor é mágico? — perguntou. — Como sabe disso?

A moça sorria, mas o rosto magro e sério de Holmes permaneceu impassível.

— Agora gostaria de subir ao andar de cima — disse. — Provavelmente terei de sair de novo. Talvez seja melhor inspecionar as janelas do térreo antes de subir.

Caminhou rapidamente de uma janela à outra, detendo-se mais longamente na maior, que dava da entrada para a ruazinha da cocheira. Abriu-a e examinou cuidadosamente o parapeito com sua lente.

— Vamos subir agora — disse por fim.

O quarto de vestir do banqueiro era mobiliado simplesmente, com um tapete cinzento, uma grande cômoda e um espelho alto. Holmes se dirigiu primeiro à cômoda e examinou a fechadura.

— Que chave usou para abri-la? — perguntou.

— A mesma que meu filho mencionou: a do armário do quarto de despejo.

— Está com ela aqui?

— É a que está em cima da mesinha.

Sherlock Holmes pegou a chave e abriu a cômoda.

— É uma fechadura silenciosa. Não admira que não o tenha acordado. Imagino que a coroa esteja dentro deste estojo. Vou dar uma olhada.

Abriu o estojo e, tirando a joia, colocou-a sobre a mesa. Era um exemplar magnífico da arte da joalheria, e as trinta e seis pedras eram as mais belas que já vi. Num dos lados estava torcida. Na ponta faltava um pedaço, exatamente aquele no qual estavam engastadas as três pedras.

— Agora, sr. Holder — disse Holmes —, aqui tem o canto que faz simetria com o que infelizmente está perdido. Posso pedir-lhe que o quebre?

O banqueiro recuou, horrorizado.

— Nem em sonho me atreveria a tentá-lo — disse.

— Então eu mesmo o farei.

Holmes aplicou toda a sua força na ponta, sem nenhum resultado.

— Sinto que cedeu um pouco — disse. — Mas, embora eu tenha os dedos extraordinariamente fortes, demoraria um tempo enorme para quebrá-la. Um homem com força normal seria incapaz de fazê-lo. E o que acha que sucederia se a quebrasse, sr. Holder? Faria um barulho como um tiro de revólver. Quer me dizer que tudo isso aconteceu a poucos metros de sua cama e o senhor não ouviu nada?

— Não sei o que pensar. Tudo está cada vez mais confuso.

— Mas poderá ir se esclarecendo à medida que examinarmos o caso. O que acha, srta. Holder?

— Confesso que continuo a compartilhar a perplexidade de meu tio.

— Quando viu seu filho, não usava sapatos nem chinelos?

— Estava só de calça e camisa.

— Obrigado. Não resta dúvida de que tivemos uma sorte extraordinária nesta investigação e será culpa exclusivamente nossa se não chegarmos à verdade completa. Com sua permissão, sr. Holder, vou continuar as investigações lá fora.

O detetive insistiu em sair sozinho, explicando que novos vestígios de passos tornariam sua tarefa mais difícil. Esteve ocupado durante mais de uma hora e, quando por fim regressou, trazia os pés cobertos de neve e o rosto mais impenetrável que nunca.

— Acho que vi tudo o que havia para ver, sr. Holder — disse. — Serei mais útil ao senhor retornando ao meu apartamento.

— E as pedras, sr. Holmes, onde estão?

— Não posso lhe dizer.

O banqueiro torceu as mãos.

— Não voltarei a vê-las nunca mais — gemeu. — E meu filho? Ainda posso ter alguma esperança?

— Minha opinião sobre ele não mudou em nada.

— Então, pelo amor de Deus, que tragédia sinistra ocorreu em minha casa ontem à noite?

— Se quiser passar pela Baker Street amanhã de manhã, entre as nove e dez horas, terei o maior prazer de fazer o possível para explicar-lhe tudo. Se entendi bem, o senhor me dá carta branca para agir em seu nome, contanto que eu recupere as pedras, sem colocar limites para os gastos que eu o faça pagar.

— Darei todo o meu dinheiro para reavê-las.

— Muito bem. Continuarei a examinar a questão até amanhã. Até logo. É possível que tenha de voltar aqui antes que anoiteça.

Era evidente para mim que meu companheiro já formara uma opinião sobre o caso, embora nem de longe conseguisse imaginar a que conclusões havia chegado. Durante o trajeto de volta para casa, várias vezes tentei sondá-lo a respeito, mas ele sempre desviava a conversa para outro assunto, e acabei desistindo. Ainda não eram três horas da tarde quando nos encontramos em nossa sala. Ele foi direto ao seu quarto e saiu poucos minutos depois, vestido como um vagabundo comum. Com a gola levantada, o casaco pobre e lustroso, o cachecol vermelho e as botas gastas, era um exemplar perfeito da espécie.

— Acho que isto servirá — disse, olhando-se no espelho que

havia sobre a lareira. — Gostaria que pudesse vir comigo, Watson, mas receio que não seria bom. Não sei se estou na pista certa ou se estou seguindo um alarme falso. Mas logo vou ficar sabendo. Espero estar de volta em poucas horas.

Foi ao aparador, cortou um pedaço de carne assada, que colocou entre duas fatias de pão e, guardando a comida improvisada no bolso, saiu em expedição.

Eu acabava de tomar o chá das cinco quando ele voltou, de muito bom humor, trazendo na ponta dos dedos um par de sapatos velhos com elástico. Jogou-os num canto e se serviu uma xícara de chá.

— Só entrei de passagem — disse. — Tenho de ir em frente.

— Para onde vai?

— Oh, para o outro lado do West End. Talvez fique ausente por algum tempo. Não espere por mim, pois posso chegar muito tarde.

— Como vai indo até agora?

— Mais ou menos. Não tenho motivo para me queixar. Fui até Streatham depois que o deixei, mas sem entrar na casa. É um problema interessante, e não o perderia por nada neste mundo. Mas não tenho tempo para ficar conversando. Preciso tirar estas roupas de aparência duvidosa e voltar a ser um homem de respeito.

Eu via pela maneira como se comportava que tinha mais motivos para estar satisfeito do que suas palavras davam a entender. Os olhos brilhavam e as faces, tão pálidas comumente, estavam ligeiramente coloridas. Subiu correndo as escadas e alguns minutos mais tarde ouvi a porta da rua bater violentamente. Isso indicava que havia retomado a caçada que o apaixonava tanto.

Esperei até meia-noite e, como não dava sinais de que regressaria logo, retirei-me para meu quarto. Não era raro que, ao seguir uma pista, ficasse ausente dias inteiros, de modo que essa demora não me espantou. Não sei a que horas chegou, mas, quando desci para o café, na manhã seguinte, ali estava Holmes com uma xícara de café numa mão e o jornal na outra, tão descansado e elegante quanto possível.

— Desculpe-me ter começado sem você, Watson — disse —, mas deve estar lembrado de que nosso cliente ficou de vir esta manhã bem cedo.

— Já são mais de nove horas — respondi. — Creio que é ele que está chegando. Parece-me que tocou a campainha.

Era, de fato, nosso amigo financista. Impressionou-me a mudança que ocorrera nele, pois seu rosto, normalmente largo e cheio, estava desinchado e flácido, e seus cabelos pareciam um pouco mais brancos. Entrou com ar cansado e letárgico, que era ainda mais penoso de ver que a violência da véspera, e caiu pesadamente na poltrona que lhe apresentei.

— Não sei o que fiz para merecer esse castigo — disse. — Há dois dias, somente, era um homem feliz e próspero, sem uma preocupação sequer. Hoje não me resta mais que uma velhice solitária e sem honra. As desgraças vêm uma atrás da outra. Minha sobrinha Mary me abandonou.

— Abandonou?

— Sim. Sua cama não foi desfeita esta noite, seu quarto estava vazio esta manhã e havia uma carta para mim em cima da mesa da entrada. Eu lhe disse ontem, com tristeza mas sem ressentimento, que se ela tivesse casado com meu filho nada disso teria acontecido. Foi uma palavra irrefletida. É a isso que ela faz alusão em sua carta:

> Meu querido tio,
>
> Sinto que fui a causa de sua infelicidade e que, se tivesse agido de maneira diferente, essa desgraça terrível poderia ter sido evitada. Com esse pensamento na cabeça, não poderei nunca mais ser feliz vivendo debaixo de seu teto e devo deixá-lo para sempre. Não se preocupe com meu futuro, pois já está acertado. E, sobretudo, não procure saber onde estou, pois seria tempo perdido e não me favoreceria em nada. Na vida e na morte, sempre o amarei.
>
> Mary.

— O que esta carta quer dizer, sr. Holmes? Será que indica suicídio?

— Não, não, de forma alguma, e talvez seja a melhor solução. Acho que posso dizer-lhe, sr. Holder, que suas dificuldades estão chegando ao fim.

— Ah, como pode dizer isso, sr. Holmes? Ouviu alguma coisa? Descobriu alguma coisa? Sabe onde estão as pedras?

— Daria mil libras por cada uma delas?

— Daria dez mil.

— Seria inútil. Três mil libras são suficientes. Suponho que há também uma pequena recompensa. Trouxe seu talão de cheques? Aqui tem uma caneta. É melhor que assine um cheque de quatro mil libras.

O banqueiro, atordoado, preencheu o cheque. Holmes foi até sua escrivaninha, tirou uma peça triangular de ouro com três pedras incrustadas e a atirou sobre a mesa.

Nosso cliente se apoderou dela com um grito de alegria.

— O senhor a encontrou! — disse, ofegante. — Estou salvo! Estou salvo!

A reação de alegria foi tão violenta como fora a de desolação anterior, e o pobre homem apertava as gemas recuperadas contra o peito.

— O senhor tem outra dívida, sr. Holder — disse Sherlock Holmes, com certa gravidade.

— Quanto devo? — Ele pegou a caneta. — Diga a quantia e pagarei.

— Não, não a mim. Deve desculpas muito humildes a este rapaz nobre, seu filho, que se comportou neste caso tão bem que eu ficaria orgulhoso se um filho meu se conduzisse desse modo, se tivesse um.

— Então não foi Arthur que pegou as pedras?

— Já lhe disse ontem e repito hoje que não foi ele.

— Tem certeza disso? Então vamos agora mesmo dizer a ele que descobrimos a verdade.

— Ele já sabe. Depois de tirar tudo a limpo, tive uma entrevista com ele e, vendo que não queria falar, expliquei-lhe tudo o que aconteceu. Ele não teve outro remédio senão reconhecer que eu estava certo e acrescentar os poucos detalhes que ainda me faltavam. Agora, talvez, consinta em romper o silêncio.

— Pelo amor de Deus, explique-me então este mistério extraordinário.

— Vou fazê-lo, contando-lhe também os passos que dei para chegar à solução. Permita-me começar pelo que, para mim, é mais difícil dizer e, para o senhor, ouvir. Houve uma combinação entre *sir* George Burnwell e sua sobrinha Mary. Eles fugiram juntos.

— Minha Mary? Impossível!

— Infelizmente, é mais que possível: é certo. Nem o senhor nem seu filho conheciam a verdadeira personalidade deste homem que admitiram em sua intimidade. É um dos homens mais perigosos da Inglaterra, um jogador arruinado, um canalha sem escrúpulo, um homem sem coração nem consciência. Sua sobrinha não sabia nada sobre esse tipo de homens. Quando ele sussurrou em seu ouvido palavras de amor, as mesmas que segredou a tantas outras mulheres antes dela, sentiu-se lisonjeada, pensando que fora a única a tocar seu coração. O demônio inspirava esse miserável, e a infeliz se tornou um joguete em suas mãos. Encontravam-se quase todas as noites.

— Não posso, não quero acreditar nisso! — exclamou o banqueiro, cujo rosto se tornara lívido.

— Então vou lhe contar o que sucedeu em sua casa naquela noite.

Sua sobrinha, quando pensou que o senhor havia se retirado para dormir, desceu às escondidas e foi conversar com o namorado na janela que dá para a ruazinha da cocheira. A marca de seus pés atravessou completamente a camada de neve, o que prova que permaneceu ali por longo tempo. Ela lhe falou da coroa. Sua paixão perversa pelo ouro se animou ao ouvir a notícia e ele dobrou sua sobrinha à sua vontade. Não tenho dúvida de que ela o ama, mas há mulheres nas quais o amor a um homem domina os outros afetos, e me parece que sua sobrinha é uma delas. Mal acabara de ouvir as instruções de *sir* George quando o viu descer. Fechou a janela rapidamente e lhe falou da escapadela de uma das empregadas com o namorado da perna de pau, que era absolutamente verdadeira.

"Seu filho Arthur foi se deitar depois de conversar com o senhor, mas não conseguiu dormir por causa da preocupação que lhe causavam as dívidas de jogo. No meio da noite, ouviu passos furtivos em frente de sua porta, levantou-se e, olhando no corredor, ficou surpreso ao ver a prima andando com precaução e entrando em seu quarto de vestir. Paralisado de espanto, vestiu algumas roupas e aguardou no escuro para ver o que ia acontecer. Sua sobrinha logo saiu do aposento e, à luz da lâmpada do corredor, seu filho a viu carregando a coroa preciosa. A moça desceu e ele, tremendo de horror, seguiu-a e, escondido atrás de uma cortina, pôde ver o que acontecia na entrada. Ela abriu sem ruído a janela, entregou a coroa a alguém que esperava no escuro, fechou-a e retornou a toda a pressa ao seu quarto, passando bem perto de seu filho, que continuava escondido atrás da cortina.

"Enquanto ela estava à vista, ele não se atreveu a fazer nada, pois isso comprometeria de modo terrível a mulher que amava. Mas, assim que ela desapareceu, compreendeu a desgraça que aquilo representava para o senhor e quis remediá-la a todo custo. Descalço como estava, precipitou-se escada abaixo, abriu a janela, saltou na neve e correu pela ruazinha, onde percebeu um vulto escuro que se afastava à luz da lua. *Sir* George Burnwell tentou fugir, mas Arthur o alcançou. Houve uma luta entre eles, seu filho puxando a coroa de um lado e o adversário do outro. Na disputa ele bateu em *sir* George e o feriu acima do olho. De repente se ouviu um estalo forte e seu filho, vendo que tinha a coroa nas mãos, correu de volta para casa, fechou a janela e retornou ao quarto de vestir. Notou que a coroa fora torcida durante a luta e tentava endireitá-la quando o senhor chegou."

— É possível? — murmurou o banqueiro, com a respiração entrecortada.

— O senhor despertou sua raiva injuriando-o, justamente no momento em que ele pensava que merecia sua gratidão mais afetuosa. Não podia dizer a verdade sem trair alguém que certamente não merecia a menor consideração. Mesmo assim, adotou a atitude mais cavalheiresca e guardou o segredo para protegê-la.

— Foi por isso que ela soltou um grito e desmaiou ao ver a coroa! — exclamou o sr. Holder. — Oh, meu Deus! Que cego e estúpido fui! E ele me pediu permissão para sair por cinco minutos! O que meu pobre rapaz queria era ver se o pedaço que faltava havia caído no local da luta. Como fui cruel ao julgá-lo!

— Quando cheguei à sua casa — continuou Holmes —, fui logo examinar atentamente os arredores, para ver se algum vestígio na neve poderia me orientar. Sabia que não havia nevado desde a noite anterior e que uma geada forte devia ter conservado as pegadas. Olhei a trilha dos fornecedores, mas a encontrei toda pisoteada e irreconhecível. Um pouco mais adiante, porém, do outro lado da porta da cozinha, uma mulher estivera conversando com um homem que deixara uma marca de perna de pau. Pude inclusive notar que foram interrompidos, porque a mulher voltara correndo até a porta, como demonstravam as pegadas. Elas eram profundas na ponta do pé e leves no calcanhar. Enquanto isso, o Perna-de-Pau ficou esperando um pouco, para depois ir embora. Pensei que essas duas pessoas poderiam ser a empregada e o namorado de que me havia falado, e um par de perguntas confirmou isso mais tarde. Percorri o jardim e não encontrei nada a não ser pegadas sem direção precisa, que deviam ser dos policiais. Mas, quando cheguei à ruazinha da cocheira, encontrei uma história longa e complicada escrita na neve.

"Havia uma pista dupla de passos de um homem de botas, e uma segunda pista dupla proveniente de um homem que, como comprovei com satisfação, correspondia a um homem com os pés descalços. Fiquei logo convencido, pelo que o senhor me disse, de que esse homem era seu filho. O primeiro tinha andado ao ir e ao voltar, mas o segundo tinha corrido e suas pegadas, que às vezes cobriam as do primeiro, demonstravam que tinha corrido atrás do outro. Segui essa pista e ela me conduziu à janela da entrada, onde o homem de botas permanecera tanto tempo que deixara a neve completamente pisada.

"Em seguida segui as pistas na direção da ruazinha da cocheira, até uns cem metros ou mais. Ali o homem de botas se virara, e as pegadas na neve pareciam indicar que ocorrera uma luta. Alguns pingos de sangue confirmaram que minha teoria estava certa. O homem de botas continuou correndo pela ruazinha, e outra pequena mancha de sangue indicava que era ele que tinha sido ferido. Quando cheguei à estrada grande, os vestígios se perdiam, pois haviam limpado a neve da calçada.

"Como o senhor deve lembrar-se, ao entrar na casa examinei com a lente o parapeito e a moldura da janela da entrada. Pude distinguir que alguém havia passado por ela. Notei o rasto deixado por um pé molhado ao entrar. Já podia começar a formar uma opinião do que havia acontecido. Um homem havia aguardado fora da casa, junto à janela, e alguém lhe entregara a joia. Seu filho ouvira um barulho e, vendo o que acontecia, saiu em perseguição ao ladrão. Lutou com ele, os dois puxaram a coroa e a combinação de suas forças provocou danos que nenhum deles poderia ter causado sozinho. Seu filho voltou com a coroa, porém deixou um pedaço nas mãos do adversário. Até aí tudo estava claro. Faltava descobrir quem era o homem e quem lhe entregara a coroa.

"Há muito tempo tenho como princípio que, quando o impossível é eliminado, o que resta, por mais improvável que seja, deve ser a verdade. Eu sabia que não foi o senhor que entregou a coroa. Assim, só restavam sua sobrinha e as empregadas. Mas, se fossem as empregadas, por que seu filho ia permitir que o acusassem em seu lugar? Ele não tinha nenhum motivo para isso. Sabíamos que amava a prima, e esse era um motivo excelente para guardar segredo, tanto mais que esse segredo envolvia desonra. Quando me lembrei que o senhor vira a jovem à janela e que ela desmaiara ao ver a coroa, minha suposição se converteu em certeza.

"E quem era o cúmplice? Um namorado, evidentemente, pois quem mais poderia fazê-la esquecer a afeição e o reconhecimento que devia ao senhor? Eu sabia que saíam pouco e que seu círculo de amizades era muito restrito, mas entre eles figurava *sir* George Burnwell. Ouvi falar dele como homem de péssima reputação entre as mulheres. O homem de botas só podia ser ele e as joias deviam estar em suas mãos. Mesmo sabendo que Arthur o havia reconhecido, considerava-se em segurança, pois era impossível que o rapaz o denunciasse sem comprometer sua própria família.

"O senhor adivinhará facilmente as medidas que adotei em seguida. Fui, disfarçado de vagabundo, à casa de *sir* George e fiz amizade com seu criado de quarto. Ele me informou que seu patrão se ferira na cabeça na noite anterior e, pela modesta quantia de seis xelins, consegui a prova definitiva comprando um par de sapatos velhos dele.

Trouxe-os a Streatham e comprovei que se adaptavam perfeitamente às marcas que eu constatara na neve."

— Ontem à tarde vi um vagabundo mal-arranjado na trilha — disse o sr. Holder.

— Justamente. Era eu. Como havia encontrado meu homem, voltei para casa e troquei de roupa. Mas o mais delicado ainda devia ser feito. Não podia denunciá-lo, para evitar o escândalo, e sabia que um canalha tão astucioso como *sir* George logo perceberia que tínhamos as mãos atadas. Decidi ir vê-lo. De início, como era de esperar, ele negou tudo. Mas, quando lhe contei ponto por ponto o que havia ocorrido, tentou me intimidar e pegou uma arma pendurada na parede. Mas eu conhecia o homem e apontei uma pistola à sua cabeça antes que pudesse se mexer. Tornou-se então um pouco mais razoável. Disse-lhe que pagaríamos bem pelas pedras que tinha em seu poder, mil libras cada uma. Aquilo provocou nele os primeiros sinais de arrependimento.

"— Que diabo! — exclamou. — Já vendi as três por seiscentas libras.

"Obtive facilmente o endereço do receptador, com a promessa de que *sir* George não seria denunciado. Fui imediatamente atrás do outro e, depois de muita barganha, fiquei com as pedras por mil libras cada uma. Então fui ver seu filho, disse-lhe que tudo estava esclarecido e, por fim, voltei para casa e me deitei às duas da madrugada, depois do que posso chamar de um duro dia de trabalho."

— Um dia que poupou à Inglaterra um grande escândalo político — disse o banqueiro, levantando-se. — Senhor, não encontro palavras para lhe agradecer, mas logo verá que sei expressar minha gratidão. Sua habilidade superou tudo o que já me haviam contado. Agora devo correr ao lado de meu filho e pedir-lhe perdão pelo mal que lhe causei. Quanto à pobre Mary, o que me disse parte meu coração. Suponho que nem mesmo o senhor, com todo o seu talento, pode me informar onde se encontra agora.

— Acho que podemos dizer, sem medo de errar — replicou Holmes —, que está onde se encontra *sir* George Burnwell. Também é certo que, por mais graves que sejam seus pecados, logo receberá uma punição mais que suficiente.

❖

12
As Faias Cor de Cobre

— O homem que ama a arte pela arte — comentou Sherlock Holmes, deixando de lado o caderno de anúncios do *Daily Telegraph* — encontra muitas vezes os prazeres mais intensos em suas manifestações mais simples e menos importantes. Fico contente ao verificar, Watson, que até agora captou muito bem esta verdade. E, nos pequenos relatos de nossas aventuras que teve a bondade de escrever, devo dizer que, embelezando-as em alguns pontos, não deu realce às *causes célèbres* e aos processos sensacionais em que tomei parte, destacando também incidentes triviais em si mesmos, mas que davam oportunidade ao exercício das faculdades de dedução e síntese lógica que transformei em minha especialidade.

— Entretanto — retorqui, sorrindo —, não me considero totalmente absolvido da acusação de sensacionalismo que desferiu contra meus relatos.

— Talvez tenha cometido um erro — disse ele, pegando uma brasa com as pinças para acender o longo cachimbo de cerejeira, que geralmente substituía o de argila, quando se sentia mais propenso à polêmica que à reflexão. — Seu erro foi tentar dar cor e vida a cada uma de suas descrições, em vez de se limitar a expor os raciocínios rigorosos de causa e efeito, que são na realidade os únicos verdadeiramente dignos de menção.

— Parece-me que nesse aspecto lhe fiz justiça plena — respondi um pouco friamente, pois estava chocado com o sentimento de personalismo que tinha espaço tão amplo no caráter singular de meu amigo.

— Não, não é egoísmo nem amor-próprio — disse ele, respondendo, como era seu costume, mais a meus pensamentos que a minhas palavras. — Se reclamo justiça plena para minha arte é porque se trata de algo impessoal, fora de mim mesmo. Os crimes são comuns, a lógica é rara. Portanto, é preciso enfatizar mais a lógica que os crimes. Você rebaixou ao nível de simples contos o que deveria ser uma série de conferências.

Era uma manhã fria de início de primavera e estávamos sentados, depois do desjejum, em frente de um fogo faiscante no velho apartamento da Baker Street. Uma neblina espessa envolvia as casas acinzentadas, e as janelas da frente pareciam manchas escuras entre as densas grinaldas amareladas. A luz de gás estava acesa no aposento, iluminando a toalha branca, e arrancava reflexos da porcelana e dos talheres, pois a mesa ainda estava posta. Sherlock Holmes passara calado a manhã inteira, imerso na leitura dos anúncios de uma série de jornais. Por fim, desistindo aparentemente de suas pesquisas, emergiu, não de muito bom humor, para me advertir sobre meus defeitos literários.

— Por outro lado — comentou depois de uma pausa durante a qual aspirou vigorosamente seu longo cachimbo e contemplou o fogo —, não se pode acusá-lo de sensacionalismo, pois entre os casos pelos quais teve a bondade de interessar-se há boa proporção que não trata de crime algum, no sentido legal da palavra. O pequeno caso no qual tentei ser útil ao rei da Boêmia, a aventura curiosa da srta. Mary Sutherland, o problema relativo ao homem do lábio torcido e o incidente do solteirão nobre eram todos assuntos que escapavam ao alcance da lei. Mas, para evitar o sensacional, receio que chegou bem próximo do trivial.

— No desfecho, pode ser que tenha sido — respondi —, mas acredito que a maneira de proceder era particularmente original e interessante.

— Ora, meu caro amigo, o público, o grande público que não sabe observar, é incapaz de reconhecer um tecelão por seus dentes ou um compositor por seu polegar esquerdo e não liga a mínima às diferenças mais delicadas entre análise e dedução. Mas, na verdade, se você é trivial não é por culpa sua, pois o tempo dos grandes casos já passou. O homem, ou pelo menos o criminoso, perdeu toda a ousadia e originalidade. Minha profissão parece estar degenerando numa agência para reencontrar lápis perdidos e dar conselhos a moças que saem de pensionato. Acredito que cheguei ao fundo do poço. O bilhete que recebi esta manhã parece ser o limite extremo do aviltamento. Leia-o.

Jogou uma folha de papel amassado em minha direção. Vinha da Praça Montague e trazia a data do dia anterior. Eis o seu conteúdo:

Prezado sr. Holmes,

Estou muito interessada em consultá-lo sobre se devo ou não aceitar um emprego de governanta que me foi oferecido. Se não for inconveniente, passarei às dez e meia de amanhã para vê-lo.

Atenciosamente,

Violet Hunter.

— Conhece esta jovem? — perguntei.

— Não.

— Já são dez e meia.

— Sim, e com certeza é ela que está tocando a campainha.

— Talvez seja mais interessante do que você imagina. Lembre-se da aventura do carbúnculo azul, que no início parecia uma futilidade e acabou se convertendo numa investigação séria. O mesmo pode ocorrer neste caso.

— Tomara que sim. Nossas dúvidas logo serão dissipadas, pois creio que aí vem a pessoa em questão.

Enquanto ele falava a porta se abriu, dando passagem a uma jovem. Estava vestida modestamente, mas com bom gosto. Seu rosto expressivo e inteligente estava coberto de sardas, e suas maneiras desenvoltas revelavam uma mulher acostumada a ganhar a vida por conta própria.

— Estou certa de que me desculpará por vir incomodá-lo — disse ao meu amigo, que se levantara para recebê-la. — Aconteceu comigo uma coisa muito estranha e, como não tenho parentes nem amigos a quem possa recorrer, pensei que talvez tivesse a amabilidade de me indicar o que devo fazer.

— Sente-se, por favor, srta. Hunter. Ficarei muito contente em lhe ser útil.

Notei que Holmes estava favoravelmente impressionado com as maneiras e a forma de se expressar de sua nova cliente. Contemplou-a com seu olhar escrutador, como era seu costume, e logo se acomodou na poltrona para ouvi-la, com as pálpebras caídas e as pontas dos dedos juntas.

— Trabalhei cinco anos como governanta na família do coronel Spence Munro — disse ela —, mas há dois meses o coronel foi transferido para Halifax, na Nova Escócia, e levou os filhos com ele para a América, de modo que fiquei sem emprego. Pus anúncios nos jornais e respondi aos que podiam me convir, mas sem sucesso. Finalmente o pouco dinheiro que economizei começou a acabar e eu não sabia mais o que fazer.

"Há no West End uma agência muito conhecida para governantas, chamada Westaway, e eu passava por lá uma vez por semana para ver se havia aparecido alguma coisa que me servisse. Westaway é o nome do fundador da agência, mas quem a dirige é a srta. Stoper. Ela fica sentada numa sala pequena, e as mulheres que procuram emprego aguardam numa antessala e são recebidas por ela uma a uma. A srta. Stoper consulta os fichários na presença de cada cliente e vê se há algo que possa interessar-lhe.

"Quando fui a essa agência na semana passada, entrei na pequena sala como de costume e fiquei surpresa ao ver que a srta. Stoper não estava sozinha. Ao lado dela estava sentado um homem prodigiosamente gordo, com um rosto muito afável e uma papada enorme que caía em dobras sobre o pescoço. Usava óculos e olhava com muita atenção as mulheres que iam entrando. Quando me viu, deu um salto na cadeira e se virou rapidamente para a srta. Stoper.

"— Esta serve — disse. — Não poderia pedir nada melhor. Perfeito! Perfeito!

"Parecia entusiasmado e esfregava as mãos com uma alegria e satisfação que dava gosto ver.

"— Está atrás de trabalho, senhorita? — perguntou.

"— Sim, senhor.

"— Como governanta?

"— Sim, senhor.

"— E que salário está pedindo?

"— Em meu último emprego, na casa do coronel Spence Munro, ganhava quatro libras por mês.

"— Oh, que absurdo! É exploração, exploração pura! — exclamou, erguendo as mãos como homem indignado. — Como podem oferecer uma quantia tão irrisória para uma jovem com tantos atrativos e qualidades?

"— Minhas qualidades, senhor, talvez sejam menores que imagina — respondi. — Um pouco de francês, um pouco de alemão, música, desenho...

"— Ora, ora! — exclamou. — Isso está fora de questão. O que interessa é se possui ou não o porte e a distinção de uma dama. Isso é o essencial. Se não os possui, não está capacitada a educar uma criança que um dia pode desempenhar um papel importante na história do país. Mas, se os possui, como pôde um cavalheiro pedir-lhe que aceitasse uma soma tão insignificante? Se trabalhar para mim, senhora, começará com um salário de cem libras por ano.

"Pense bem, sr. Holmes, que na situação em que me encontrava aquela oferta me pareceu boa demais para ser verdade. O cavalheiro, tendo talvez observado minha expressão de incredulidade, abriu a carteira e tirou uma nota.

"— É também meu costume — disse sorrindo com o semblante mais amável, de maneira que seus olhos desapareciam entre as dobras de gordura do rosto — adiantar às jovens que emprego metade de seu salário para que possam fazer frente aos pequenos gastos de viagem e guarda-roupa.

"Nunca havia encontrado homem tão fascinante e previdente. Como já devia dinheiro a meus fornecedores, o adiantamento vinha em boa hora. No entanto, sentia-me desconfiada com a transação e não quis me comprometer antes de saber um pouco mais.

"— Posso perguntar onde o senhor mora?

"— Nas Faias Cor de Cobre, em Hampshire, a oito quilômetros de Winchester. É um lugar muito agradável, senhorita, e a casa de campo tem uma característica antiga que a torna maravilhosa.

"— E minhas funções, senhor? Gostaria de saber quais são.

"— Um menino. Um diabinho encantador de apenas seis anos. Ah, se o visse matando baratas com o chinelo! Plac! Plac! Plac! Três mortas num abrir e fechar de olhos!

"Encostou-se na cadeira e voltou a rir de tal maneira que seus olhos desapareceram mais uma vez. Fiquei um pouco admirada com a natureza das diversões do menino, mas a risada do pai me fez pensar que estivesse gracejando.

"— Não terei então outras funções — disse eu —, a não ser cuidar desta criança.

"— Não, não serão só estas, minha cara senhorita — respondeu. — Sua tarefa consistirá, como já deve ter imaginado, em obedecer às instruções que minha mulher lhe der, contanto que sejam ordens que uma dama possa executar com dignidade. Não vê nenhum inconveniente nisso, não é?

"— Ficarei contente em poder ser útil.

"— Perfeitamente. Na questão das roupas, por exemplo. Temos algumas manias, sabe? Somos maníacos, mas boa gente. Se lhe pedirmos para usar um vestido que lhe daremos, não se oporia à nossa pequena fantasia, não é?

"— Não — respondi, muito surpresa com suas palavras.

"— Se lhe pedirmos que sente em um lugar ou em outro, isso não a ofenderia?

"— De modo algum.

"— Ou que corte o cabelo bem curto antes de se apresentar em nossa casa?

"Não podia acreditar no que estava ouvindo. Como vê, sr. Holmes, meus cabelos são exuberantes e de um tom pouco comum de castanho. Ouvi até dizer que têm uma gradação sonhada pelos artistas. Não podia aceitar a ideia de sacrificá-los assim, sem mais nem menos.

"— Receio que isso não seja possível — disse eu.

"Ele me observava atentamente com seus olhinhos e vi uma sombra passar pelo seu rosto ao ouvir minha resposta negativa.

"— Sinto muito, mas isso é essencial — disse. — É um pequeno capricho de minha mulher e os caprichos das mulheres, senhorita, devem ser respeitados. Então não está disposta a cortar o cabelo?

"— Não, senhor, realmente não posso — respondi claramente.

"— Ah, muito bem. Então não temos mais o que falar. É uma pena, porque em todos os outros aspectos a senhorita me conviria admiravelmente. Neste caso, srta. Stoper, gostaria de ver mais algumas de suas jovens clientes.

"A gerente da agência permanecera durante toda a entrevista concentrada em seus papéis, sem dizer uma só palavra, mas naquele momento olhou para mim com uma expressão tão desapontada que compreendi que com minha recusa perdia uma bela comissão.

"— Deseja que seu nome continue em nossas listas? — perguntou.

"— Se não for inconveniente, srta. Stoper.

"— Na verdade, isso me parece inútil, pois recusa as ofertas mais vantajosas — disse de mau humor. — Não espere que nos esforcemos para encontrar-lhe outra oportunidade igual a esta. Tenha um bom dia, srta. Hunter.

"Tocou a sineta e o contínuo me acompanhou até a saída.

"Devo confessar-lhe, sr. Holmes, que, ao voltar para casa e encontrar a despensa meio vazia e duas ou três contas sobre a mesa, comecei a lamentar minha decisão. Afinal de contas, se aquelas pessoas tinham manias estranhas e esperavam que seus caprichos mais extravagantes fossem obedecidos, pelo menos estavam dispostas a pagar bem por suas excentricidades. São poucas as governantas na Inglaterra que ganham cem libras por ano. Além disso, de que me serviriam meus cabelos? Muitas mulheres ficam bem com cabelos curtos, e eu podia ser uma delas.

"No dia seguinte comecei a achar que havia feito uma bobagem, e um dia depois estava plenamente convencida. Já estava decidida a pôr o orgulho de lado e voltar à agência para ver se o emprego ainda estava disponível, quando recebi esta carta do próprio cavalheiro. Eu a trouxe e vou lê-la.

> Faias Cor de Cobre, perto de Winchester.
>
> Prezada srta. Hunter,
>
> A srta. Stoper teve a amabilidade de me dar seu endereço e estou lhe escrevendo para perguntar se reconsiderou sua posição. Minha mulher tem muito interesse em que venha trabalhar conosco, pois ficou favoravelmente impressionada com a descrição que lhe fiz. Estamos dispostos a pagar-lhe trinta libras por trimestre, ou cento e vinte por ano, para compensá-la pelos incômodos que nossos caprichos possam ocasionar-lhe. Afinal de contas, eles não são tão terríveis. Minha mulher aprecia um tom especial de azul-elétrico e gostaria que usasse um vestido dessa cor de manhã, dentro de casa. No entanto, não precisa comprá-lo, pois temos um que pertencia à minha filha Alice (que agora reside na Filadélfia) e acho que lhe servirá muito bem.
>
> Quanto a sentar-se em um lugar ou outro, ou se divertir da maneira que lhe for indicada, não creio que isso possa importuná-la. E, com relação a seus cabelos, é uma pena cortá-los, pois não pude deixar em nossa curta entrevista de admirá-los, mas devo insistir neste ponto, e espero que o aumento de salário a compense pelo sacrifício. Suas funções com o menino serão fáceis.
>
> Peço-lhe que faça o possível para vir. Irei esperá-la de carro em Winchester. Avise-me em que trem chegará.
>
> Atenciosamente,
>
> Jefro Rucastle.

"Esta é a carta que acabo de receber, sr. Holmes, e decidi aceitar a oferta. Mas, antes de dar o passo definitivo gostaria de submeter o assunto à sua consideração."

— Bem, srta. Hunter, se já se decidiu, isso encerra a questão.

— Acha que devo recusar?

— Confesso que não é exatamente o emprego que escolheria para minha irmã.

— O que tudo isso pode significar, sr. Holmes?

— Ah, não tenho dados suficientes a respeito. Não posso dizer-lhe nada. Talvez a senhorita já tenha uma opinião.

— Bem, só vejo uma explicação possível. O sr. Rucastle parece ser um homem amável, dotado de um bom coração. Mas sua mulher talvez seja louca e ele quer manter isso em segredo com medo que a internem num asilo, satisfazendo todas as suas fantasias para evitar que tenha uma crise.

— É possível e direi até provável. De qualquer modo, não parece um lugar muito adequado para uma jovem.

— E o dinheiro, sr. Holmes?

— Bem, o salário é tentador, confesso, muito tentador mesmo. E é isso que me preocupa. Por que lhe oferecem cento e vinte libras por ano, quando poderiam escolher outra por quarenta? Deve haver algum motivo muito forte por trás disso.

— Pensei que se lhe contasse as circunstâncias o senhor entenderia mais tarde, se precisar de sua ajuda. Eu me sentiria mais segura sabendo que tenho seu apoio.

— Pode contar comigo. Garanto-lhe que seu pequeno problema promete ser o mais interessante que se apresentou a mim em vários meses. Alguns aspectos são realmente originais. Se tiver alguma dúvida ou achar que está em perigo...

— Perigo? Em que perigo está pensando?

Holmes abanou a cabeça muito sério.

— Se pudéssemos defini-lo não seria mais um perigo. Mas a qualquer hora do dia ou da noite um telegrama seu fará que eu vá ajudá-la.

— Isto é suficiente para mim.

Levantou-se animada da cadeira e todo traço de ansiedade havia desaparecido de seu rosto.

— Agora posso ir para Hampshire muito mais tranquila. Escreverei logo ao sr. Rucastle, sacrificarei meu pobre cabelo esta noite e partirei para Winchester amanhã.

Depois de dirigir ainda alguns agradecimentos a Holmes, desejou-nos boa noite e saiu com um passo rápido.

— Pelo menos — disse eu ao ouvi-la descer a escada — parece uma jovem perfeitamente capaz de cuidar de si mesma.

— Tanto melhor para ela — disse Holmes, pensativo. — Ficarei muito admirado se não recebermos notícias dela daqui a alguns dias.

A profecia de meu amigo não demorou a cumprir-se. Quinze dias se passaram e durante esse tempo me surpreendi mais de uma vez pensando nessa mulher e nas dificuldades contra as quais ela talvez tivesse de lutar sozinha. O salário excepcional, as condições curiosas, o trabalho leve, tudo apontava para circunstâncias anormais, embora estivesse fora de minhas possibilidades determinar se era uma mania inofensiva ou uma trama, se o homem era um filantropo ou um malandro.

Quanto a Holmes, observei que muitas vezes ficava sentado durante meia hora ou mais, com a testa enrugada e um ar absorto. Mas, cada vez que eu tocava no assunto, ele o descartava com um gesto da mão.

— Informações! Quero informações! — exclamava com impaciência. — Não posso fabricar tijolos sem barro.

E sempre terminava resmungando que nunca permitiria que uma irmã dele aceitasse um emprego desses.

O telegrama que esperávamos chegou à noite, no momento em que eu já ia me deitar e Holmes se preparava para trabalhar numa das pesquisas noturnas em que se concentrava com frequência. Nessas ocasiões, eu o deixava à noite inclinado sobre uma retorta ou um tubo de ensaio, e o encontrava na mesma posição quando descia para o café da manhã. Ele abriu o envelope amarelo, leu a mensagem e a passou para mim.

— Veja o horário dos trens no guia — disse ele, e voltou a aplicar-se à sua experiência química.

A mensagem era curta e urgente.

> Por favor, esteja no Hotel Cisne Negro, em Winchester, amanhã ao meio-dia. Venha sem falta. Não sei o que fazer.
>
> Hunter.

— Quer vir comigo? — perguntou Holmes.

— Não lhe peço outra coisa.

— Então consulte o horário.

— Há um trem às nove e meia, que chega a Winchester às onze e meia.

— Este serve muito bem. Talvez seja melhor deixar minha análise das acetonas para mais tarde, pois precisaremos estar em plena forma amanhã de manhã.

Às onze horas da manhã seguinte nos aproximávamos da antiga capital inglesa. Holmes passou a viagem inteira lendo os jornais da manhã, mas quando entramos em Hampshire jogou-os de lado e se pôs a admirar a paisagem. Era um dia ideal de primavera, com um céu azul-claro, manchado com pequenas nuvens brancas em flocos que se deslocavam do oeste para o leste. O sol brilhava alegremente, mas havia no ar um friozinho que beliscava e enervava. Por toda a planície, até as colinas ondulantes das vizinhanças de Aldershot, os pequenos telhados vermelhos e cinzentos das fazendas emergiam por entre o verde-claro da folhagem nova.

— Tudo está lindo e viçoso! — exclamei, com o entusiasmo de quem se vê livre da neblina da Baker Street.

Holmes abanou a cabeça com grande seriedade.

— Você sabe, Watson, que uma das maldições de um cérebro como o meu é olhar tudo do ponto de vista da minha especialidade. Você olha estas casas dispersas e fica impressionado com sua beleza. Eu olho para elas e o único pensamento que vem à minha cabeça é seu isolamento e a impunidade com que um crime pode ser cometido dentro delas.

— Meu Deus! — exclamei. — Quem seria capaz de associar a ideia de um crime a essas casas velhas com um encanto tão difícil de definir?

— Elas sempre produzem em mim certo horror. Tenho a convicção, Watson, baseada na minha experiência, de que os becos mais escuros e miseráveis de Londres não apresentam uma história de delitos tão terrível como os belos e risonhos campos ingleses.

— Você me assusta.

— A razão disso é evidente. A pressão da opinião pública pode fazer nas cidades o que só a lei é incapaz de conseguir. Não há ruazinha, por mais miserável que seja, onde o grito de uma criança maltratada ou o barulho das pancadas de um marido bêbado não desperte a simpatia e a indignação dos vizinhos. Num piscar de olhos a justiça com todo o seu aparato está sempre tão à mão que basta uma palavra de queixa para colocá-la em movimento e levar o criminoso ao banco dos réus. Mas veja estas casas isoladas, cada uma cercada por seu campo, em sua maior parte cheias de pessoas pobres e ignorantes que mal conhecem a lei. Pense nos atos de crueldade infernal, nos crimes ocultos que podem ser cometidos nestes lugares, ano após ano, sem que ninguém saiba. Se esta jovem que solicitou nossa ajuda fosse morar em Winchester, não temeria por ela. São estes oito quilômetros no campo que me preocupam. Mesmo assim, parece que ela não se encontra ameaçada pessoalmente.

— Não. Se pode vir a Winchester para nos receber, também pode escapar.

— Exato. Ela tem liberdade para sair.

— Então, o que está acontecendo? Pode me dar alguma explicação?

— Encontrei sete explicações diferentes e cada uma pode se adaptar aos poucos fatos que conhecemos. Mas qual delas é a correta?

Isto só pode ser determinado pela nova informação que, sem dúvida, nos aguarda. Bem, ali está a torre da catedral e logo saberemos o que a srta. Hunter tem para nos contar.

O "Cisne Negro" é um hotel de certa fama situado na High Street, a pouca distância da estação. Ali encontramos a jovem que nos esperava. Reservara uma sala particular e mandara servir o almoço.

— Fico feliz por terem vindo — disse francamente. — Os dois foram muito amáveis. Na verdade, não sei o que fazer. Seus conselhos serão preciosos para mim.

— Diga-nos primeiro o que aconteceu.

— É o que farei e preciso ser rápida, pois prometi ao sr. Rucastle que voltaria antes das três horas. Ele me deu permissão para vir à cidade esta manhã, mas não imagina o que vim fazer.

— Pode começar seu relato e diga tudo na devida ordem.

Holmes estendeu as pernas longas e magras diante do fogo e se instalou comodamente para escutar.

— Devo confessar primeiro que, de modo geral, o sr. e a sra. Rucastle não me tratam mal. Tenho de ser justa em relação a isso. Mas não consigo entendê-los e a atitude deles não me deixa tranquila.

— O que é que não consegue entender?

— Os motivos de seu comportamento. Mas vou contar os fatos exatamente como ocorreram. Quando cheguei, o sr. Rucastle me esperava na estação e me levou de carro às Faias Cor de Cobre. É, como havia dito, uma casa bem situada, mas não é bonita. É um bloco grande e quadrado, pintado de branco, todo manchado pela umidade e pela intempérie. Ao seu redor há bosques em três lados e no quarto um campo que desce até a grande estrada de Southampton, que faz uma curva a uns cem metros da porta de entrada. O terreno da frente pertence à casa, mas os bosques em volta fazem parte das propriedades de lorde Southerton. Um conjunto de faias cor de cobre plantadas em frente da porta deu o nome ao local.

"O próprio sr. Rucastle, amável como sempre, conduzia o carro e me apresentou à mulher e ao filho assim que chegamos. A hipótese que nos pareceu tão provável em sua casa da Baker Street era falsa, sr. Holmes. A sra. Rucastle não é louca. É uma mulher quieta e pálida, muito mais nova que o marido. Não conta mais de trinta anos, enquanto ele não tem menos de quarenta e cinco. Pela conversa deles, soube que estão casados há uns sete anos, que o sr. Rucastle era viúvo quando se casou com ela e que a única filha que teve com a primeira mulher é a moça que agora está na Filadélfia. O sr.

Rucastle me disse confidencialmente que ela foi embora porque não suportava a madrasta. Como a filha deve ter pelo menos vinte anos, imagino perfeitamente que se sentia incomodada de estar sempre em companhia da jovem esposa do pai.

"A sra. Rucastle me pareceu insignificante tanto na aparência quanto na personalidade. Não me causou nenhuma impressão, nem boa, nem ruim. É como se não existisse. Nota-se à primeira vista que é apaixonadamente devotada ao marido e ao filho pequeno. Seus olhos cinza-claros passam continuamente de um para outro, a fim de atender seus menores desejos e antecipar-se a eles se possível. Ele a trata com carinho, à sua maneira rude e impetuosa, e em geral parecem um casal feliz. No entanto, essa mulher tem um sofrimento secreto. Perde-se às vezes em pensamentos profundos, com uma expressão muito triste no rosto. Mais de uma vez a surpreendi chorando.

"Pensei às vezes que era o caráter do filho que a afligia, pois nunca vi criança mais malcriada e de instintos tão perversos. É pequeno para a idade, com uma cabeça desproporcionalmente grande. Passa a vida numa alternância de acessos de raiva selvagem e intervalos de melancolia negra. Seu único prazer parece ser atormentar as criaturas mais fracas que ele, e possui um talento notável para espreitar e capturar ratos, pássaros e insetos. Mas prefiro não falar do menino, sr. Holmes, que na verdade tem muito pouco que ver com minha história."

— Gostaria de ouvir todos os detalhes — comentou meu amigo —, mesmo que não lhe pareçam úteis.

— Tentarei não esquecer nada importante. A única coisa desagradável da casa, que logo me chamou a atenção, é a aparência e o comportamento dos empregados. São só dois, marido e mulher. Toller, este é seu nome, é um homem mal-educado e grosseiro, com cabelos e costeletas grisalhos. Está sempre cheirando a álcool. Desde que estou na casa o vi duas vezes completamente bêbado, mas o sr. Rucastle parece não se importar com isso. Sua mulher é muito alta e forte, com o rosto azedo. É tão quieta como a sra. Rucastle, porém muito menos amável. Formam um casal muito desagradável, que pouco me incomoda, pois passo quase o tempo todo no quarto do menino e no meu, dois aposentos contíguos situados num dos cantos do prédio.

"Nos dois primeiros dias após minha chegada às Faias Cor de Cobre minha vida foi muito tranquila. No terceiro dia, a sra. Rucastle desceu logo depois do café da manhã e sussurrou algumas palavras no ouvido do marido.

"— Ah, sim — disse ele, virando-se para mim —, estamos muito gratos, srta. Hunter, por ter sacrificado seus cabelos para atender à nossa fantasia. Garanto-lhe que lhe caiu muito bem. Vamos ver agora como fica com o vestido azul-elétrico. Vai encontrá-lo na cama de seu quarto e, se tiver a bondade de prová-lo, ficaremos muito satisfeitos.

"O vestido que encontrei preparado para mim, em meu quarto, tinha uma tonalidade azul especial. O tecido, uma espécie de lã macia, era de boa qualidade, porém apresentava sinais evidentes de que havia sido usado. Não assentaria melhor em mim se tivesse sido feito sob medida. Ao ver-me com ele, o sr. e a sra. Rucastle mostraram sua alegria de maneira que me pareceu exagerada. Esperavam-me na sala de estar, um aposento muito grande que ocupa a parte da frente da casa, com três janelas que vão até o chão.

"Junto à janela do meio colocaram uma cadeira, com as costas viradas para fora. Pediram-me que me sentasse nela e, em seguida, o sr. Rucastle começou a andar de um lado para outro, contando-me algumas das histórias mais engraçadas que ouvi em minha vida. Não podem imaginar como era divertido, e ri até me cansar. A sra. Rucastle, que parece não ter senso de humor, nem sequer chegou a sorrir. Ficou sentada com as mãos no colo e uma expressão de tristeza e ansiedade no rosto. Isso durou aproximadamente uma hora. De repente, o sr. Rucastle comentou que era hora de iniciar os trabalhos do dia e que eu podia trocar de vestido e ir ao quarto do pequeno Edward.

"Dois dias depois a mesma encenação se repetiu, exatamente nas mesmas condições. Mais uma vez troquei de vestido, voltei a sentar-me junto à janela e ri tanto quanto da primeira vez das histórias engraçadas de meu patrão, que parece possuir um repertório inesgotável e as conta de maneira inimitável. Em seguida me deu um romance de capa amarela e, virando um pouco a cadeira para que minha sombra não caísse sobre as páginas, pediu-me que lesse em voz alta. Li durante cerca de dez minutos, começando numa página aberta ao acaso. De repente, o sr. Rucastle me interrompeu no meio de uma frase e me mandou ir trocar de vestido.

"Pode imaginar facilmente, sr. Holmes, quanto essas representações extravagantes excitaram minha curiosidade. Observei que sempre tinham o cuidado de me fazer virar de costas para a janela, de modo que logo quis ansiosamente ver o que ocorria atrás de mim. À primeira vista parecia impossível, mas logo encontrei um jeito. Meu espelho de bolso havia quebrado, o que me deu a ideia de esconder um pedacinho no lenço. Na vez seguinte, no meio das risadas, levei o lenço aos olhos e pude ver, com certa habilidade, o que havia atrás de mim. Confesso que fiquei decepcionada. Não havia nada, absolutamente nada.

"Pelo menos, foi esta minha primeira impressão. Mas, ao olhar de novo, notei que havia um homem parado na estrada de Southampton, uma estrada importante na qual há sempre gente passando. Era um homem de baixa estatura, com barba e traje cinza, que parecia estar olhando para mim. Estava apoiado na cerca que rodeia o nosso campo e olhava com muito interesse. Baixei o lenço e encontrei os olhos escrutadores da sra. Rucastle fixos em mim. Ela não disse nada, mas estou convencida de que adivinhara meu estratagema, e se levantou imediatamente.

"— Jefro — disse —, há um impertinente na estrada olhando para a srta. Hunter.

"— Não é um de seus amigos, srta. Hunter? — perguntou.

"— Não. Não conheço ninguém por aqui.

"— Meu Deus, que impertinência! Por favor, vire-se e faça um gesto para que vá embora.

"— Parece-me que seria melhor não lhe dar atenção.

"— Não, não. Ficaria sempre rondando por aqui. Vire-se e mande-o embora, sim?

"Fiz o que me dizia e no mesmo instante a sra. Rucastle baixou a persiana. Isso aconteceu na semana passada e desde então não me sentei mais à janela, não pus mais o vestido azul e não vi mais o homem na estrada."

— Continue, por favor — disse Holmes. — Seu relato promete ser dos mais interessantes.

— Receio que o ache um pouco incoerente, e o mais provável é que haja pouca relação entre os diferentes incidentes que vou contar. No mesmo dia em que cheguei às Faias Cor de Cobre, o sr. Rucastle me conduziu a uma pequena dependência, ao lado da porta da cozinha. Ao nos aproximarmos, ouvi um ruído de correntes e o som de um animal grande que se movia.

"— Olhe por aqui — disse o sr. Rucastle, mostrando-me uma fresta entre duas tábuas. — Não é uma beleza?

"Olhei pela fresta e vi dois olhos que brilhavam e uma figura que a escuridão tornava muito vaga.

"— Não tenha medo — disse meu patrão, rindo do susto que levei. — É apenas Carlo, meu mastim. Digo "meu", mas o velho Toller é a única pessoa que pode controlá-lo. Só lhe damos de comer uma vez por dia, e não muito, para que esteja sempre agressivo. Toller o solta toda noite, e Deus tenha piedade do ladrão em quem ele enfiar os dentes. Pelo amor de Deus, não coloque os pés fora de casa à noite, seja qual for o motivo, pois estaria arriscando a vida.

"Não era um aviso sem fundamento. Duas noites depois, olhei pela janela de meu quarto às duas horas da madrugada. Era uma noite linda de luar, que dava à relva na frente da casa um reflexo prateado e a iluminava quase como em pleno dia. Encontrava-me contemplando a beleza tranquila da cena quando percebi que alguma coisa se mexia entre as sombras das faias cor de cobre. Por fim saiu à luz do luar e vi o que era: um cão enorme, do tamanho de um bezerro, com pelo castanho, mandíbulas pendentes, focinho preto e ossos grandes e salientes. Atravessou lentamente o gramado e desapareceu na sombra do lado oposto. A visão dessa terrível sentinela silenciosa provocou em mim um calafrio maior que algum ladrão poderia causar.

"Agora vou contar-lhe uma experiência muito estranha. Como sabem, cortei o cabelo em Londres e o guardei, num grande cacho, no fundo de minha mala. Uma noite, depois de pôr o menino na cama, comecei a examinar os móveis de meu quarto e arrumar meus pertences. Havia no quarto uma velha cômoda, com as duas gavetas de cima vazias e a de baixo trancada à chave. Enchi de roupa as duas primeiras e, como ainda faltava muita coisa para guardar, estava chateada por não poder usar a terceira. Imaginei que talvez estivesse trancada por esquecimento e peguei meu molho de chaves para tentar abri-la. A primeira chave se ajustou com perfeição e a gaveta se abriu. Dentro dela só havia uma coisa e aposto que nunca adivinhariam o que era: meus próprios cabelos.

"Peguei-os e examinei-os. Eram exatamente da mesma cor e da mesma qualidade. Mas como meus próprios cabelos podiam ter sido guardados naquela gaveta? Era absolutamente impossível. Com as mãos trêmulas, abri minha mala, derramei seu conteúdo e encontrei meus cabelos no fundo. Comparei as duas tranças e lhes asseguro que eram absolutamente idênticas. Não era extraordinário? Por mais que pensasse, não conseguia compreender o que isso significava. Recoloquei os outros cabelos na gaveta e não disse nada aos Rucastle, pois achei que não agi bem ao abrir uma gaveta que eles tinham fechado.

"Como talvez tenha notado, sr. Holmes, sou observadora por natureza e não demorei em traçar em minha cabeça um plano muito claro de toda a casa. No entanto, uma ala parecia completamente desabitada. Em frente dos aposentos do casal Toller havia uma porta que conduzia a este setor, mas estava invariavelmente fechada à chave. Um dia, contudo, ao subir a escada, vi o sr. Rucastle passar por essa porta com as chaves na mão e uma expressão no rosto que o transformava numa pessoa completamente diferente do homem benevolente e jovial que eu conhecia. Tinha o rosto avermelhado, a testa enrugada pela raiva e as veias das têmporas inchadas de fúria. Fechou a porta e passou ao meu lado sem me falar e sem mesmo me olhar.

"Isso excitou minha curiosidade e, quando saí com o menino para passear no jardim, dirigi-me para um lado de onde pudesse ver as janelas dessa parte da casa. Havia quatro em fileira, três das quais estavam simplesmente imundas, enquanto a quarta se encontrava tapada com tábuas. Evidentemente ali não morava ninguém. Como continuei a passear de um lado para outro, lançando olhares ocasionais para as janelas, o sr. Rucastle veio até mim, tão alegre e jovial como de costume.

"— Ah! — disse —, não me considere mal-educado porque passei ao seu lado sem cumprimentá-la, querida senhorita. Estava preocupado com assuntos de negócios.

"— Garanto-lhe que não fiquei ofendida — respondi. — A propósito, parece-me que o senhor tem vários aposentos desocupados lá em cima, um deles com a janela fechada com madeira.

"Ele pareceu surpreso e se agitou ligeiramente ao ouvir essa observação.

"— A fotografia é uma de minhas paixões — disse — e instalei minha câmara escura lá em cima. Meu Deus, que jovem observadora encontramos! Quem poderia imaginar?

"Falava em tom de brincadeira, mas seus olhos não brincavam. Ao contrário, só vi suspeita e contrariedade em seu olhar.

"Então, sr. Holmes, a partir do momento em que compreendi que havia naqueles aposentos algo que eu não devia ver, só tive uma ideia: descobrir o que era. Não se tratava de simples curiosidade, embora eu seja curiosa, como muita gente. Era também um sentimento de dever, o sentimento de que, se eu entrasse ali, poderia fazer algum bem. Dizem que existe a intuição feminina. Possivelmente era isso que me guiava. Em todo caso, o sentimento era real e esperei a menor oportunidade para atravessar a porta proibida.

"Foi só ontem que surgiu essa oportunidade. Devo dizer-lhes que, além do sr. Rucastle, Toller e sua mulher entram nestes aposentos desabitados. Um dia o vi sair dali carregando um saco grande de lona preta. Nos últimos tempos ele tem bebido mais que nunca e ontem à tarde estava completamente bêbado. Quando subi as escadas, encontrei a chave na porta. Sem dúvida, foi ele que a esqueceu ali. O sr. e a sra. Rucastle estavam embaixo, com o filho. Era, portanto, uma ocasião excelente para satisfazer minha curiosidade. Girei com cuidado a chave na fechadura, abri a porta e me esgueirei pelos lugares misteriosos.

"Encontrei-me num pequeno corredor sem tapete e sem papel de parede, que dobrava em ângulo reto até o extremo oposto. Na volta havia três portas em seguida. A primeira e a terceira estavam abertas, dando acesso a aposentos vazios, cheios de pó e sombrios, um com duas janelas, o outro só com uma. Os vidros das janelas estavam tão sujos que mal deixavam a luz penetrar.

"A porta do meio estava fechada e atravessada por fora por uma barra de uma cama de ferro, presa com um cadeado a uma argola fixa na parede numa ponta e amarrada com uma corda grossa na outra. A própria porta estava trancada à chave, mas não havia nem sinal da chave. Essa porta correspondia, evidentemente, à janela coberta de tábuas que eu vira do lado de fora. No entanto, o raio de luz que passava debaixo da porta indicava que o quarto não estava às escuras. Havia, com certeza, uma claraboia que deixava a luz entrar pelo teto.

"Enquanto eu olhava aquela porta misteriosa e me perguntava que segredo podia esconder, ouvi de repente ruído de passos dentro do quarto e vi uma sombra que cruzava de um lado para outro no estreito facho de luz que filtrava debaixo da porta. Ao ver aquilo, um terror louco e irracional se apoderou de mim, sr. Holmes. Meus nervos, que já estavam tensos, não aguentaram mais. Dei meia-volta e fugi correndo como se atrás de mim houvesse uma mão de ferro tentando agarrar a saia de meu vestido. Atravessei o corredor, cruzei a porta e fui parar diretamente nos braços do sr. Rucastle, que esperava do lado de fora.

"— Ah! — disse ele, sorrindo —, era a senhorita. Logo achei que era quando vi a porta aberta.

"— Estou com muito medo — disse eu, ofegante.

"— Minha cara senhorita! — O senhor não imagina com que delicadeza e amabilidade ele falava. — O que foi que a assustou tanto, cara senhorita?

"Mas sua voz era demasiado melíflua. Ele exagerava. Isso me fez ficar imediatamente com o pé atrás.

"— Fiz a bobagem de entrar na ala vazia — respondi. — Mas ali tudo é tão sombrio e solitário com a luz amortecida que me assustei e saí correndo. Há ali um silêncio terrível.

"— Foi só isso? — perguntou, olhando para mim com insistência.

"— E o que mais poderia ser? — perguntei de minha parte.

"— Por que acha que esta porta está fechada à chave?

"— Asseguro-lhe que não sei.

"— É para que não entrem os que não têm nada para fazer ali. Entendeu?

"Ele continuava a sorrir de maneira cada vez mais amável.

"— Garanto-lhe que, se soubesse...

"— Bem, agora sabe. E, se voltar a pôr os pés aqui — num instante o sorriso se converteu numa contração de raiva e ele me amedrontou com um olhar diabólico —, vou dá-la como comida ao mastim.

"Estava tão assustada que não sei o que fiz. Suponho que saí correndo e fui ao meu quarto. Não me lembro mais de nada, até o momento em que me encontrei, tremendo, em minha cama. Então pensei no senhor, sr. Holmes. Não podia mais continuar a morar ali sem pedir conselho a alguém. Tinha medo da casa, do patrão, da mulher, dos empregados, da própria criança. Todos me causavam horror. Parecia-me que, se pudesse vir para cá, tudo ficaria bem. Evidentemente, poderia fugir da casa, porém minha curiosidade era quase tão forte quanto meu medo.

"Resolvi mandar-lhe um telegrama. Coloquei o casaco e o chapéu, fui até o telégrafo, que fica a mais ou menos oitocentos metros da casa e, ao voltar, já me sentia aliviada de um grande peso. Ao me aproximar da casa, assaltou-me a dúvida terrível de que o cão pudesse estar solto, mas me lembrei de que Toller havia bebido tanto naquele dia que ficara sem sentidos, e sabia que era a única pessoa da casa que tinha algum controle sobre aquela fera e podia atrever-se a deixá-la solta. Entrei sem problema e passei metade da noite sem conseguir dormir, de alegria ao pensar que ia vê-lo logo.

"Obtive facilmente permissão para vir a Winchester esta manhã, mas preciso estar de volta antes das três horas da tarde, porque o sr. e a sra. Rucastle vão fazer uma visita a amigos e estarão fora a tarde inteira e parte da noite, de modo que tenho de cuidar do menino. Já lhe contei todos os fatos, sr. Holmes. Ficarei muito contente se me disser o que significa tudo isso e, sobretudo, o que devo fazer.

Holmes e eu ouvimos com a maior atenção o relato extraordinário. Ao chegar a este ponto, meu amigo se pôs de pé e começou a andar pela sala com as mãos nos bolsos e o rosto extremamente preocupado.

— Toller ainda continua bêbado? — perguntou.

— Sim. Esta manhã ouvi sua mulher dizer à sra. Rucastle que não podia fazer nada com ele.

— Isso é bom. E os Rucastle vão sair esta tarde?

— Sim.

— Existe um porão, com uma fechadura forte?

— Sim, a adega.

— Parece-me, srta. Hunter, que se comportou até agora como mulher inteligente e corajosa. Poderia fazer mais uma coisa? Não lhe pediria se não a considerasse uma mulher excepcional.

— Tentarei. De que se trata?

— Meu amigo e eu chegaremos às Faias Cor de Cobre às sete horas. Os Rucastle estarão fora e Toller, se tivermos sorte, continuará fora de combate. Só resta sua mulher, que poderá dar o alarme. Se puder mandá-la buscar alguma coisa na adega e trancá-la à chave, isso facilitaria enormemente nosso trabalho.

— Eu o farei.

— Perfeito. Neste caso, vamos examinar o assunto minuciosamente. Só há uma explicação possível. A senhorita foi levada lá para representar o papel de alguém e a personagem verdadeira está trancada no quarto misterioso. É evidente. Quanto à identidade da prisioneira, não duvido que seja a filha do sr. Rucastle, Alice Rucastle, se tenho boa memória, que disseram ter ido para a América. Está claro que a senhorita foi escolhida porque se parece com ela em estatura, corpo e cor do cabelo. O dela foi cortado possivelmente por causa de uma doença, e naturalmente o seu também devia ser sacrificado. Por um acaso curioso, a senhorita encontrou a trança dela cortada.

"O homem da estrada é certamente um amigo dela, provavelmente seu noivo, que se enganou com a semelhança e com um de seus vestidos que a senhorita usou. Ele ficou convencido, por suas risadas e seu gesto de desprezo, de que a srta. Rucastle era perfeitamente feliz e já não desejava que lhe fizesse a corte. O cão é solto todas as noites para impedir que ele tente comunicar-se com ela. Tudo isso é muito claro. O aspecto mais sério do caso é o humor do menino."

— Que relação isso tem com o resto? — indaguei.

— Caro Watson, você mesmo, em sua prática médica, está continuamente fazendo deduções sobre as tendências das crianças estudando os pais. Não vê que o procedimento inverso também é verdadeiro? Com muita frequência obtive os primeiros indícios sobre a personalidade dos pais estudando os filhos. O gênio desse menino é anormalmente cruel. Ele tortura por puro amor à crueldade. Quer tenha herdado esse vício do pai, sempre sorridente, o que é mais provável, quer o tenha herdado da mãe, é um presságio triste para a pobre moça que está em seu poder.

— Estou convencida de que tem razão, sr. Holmes — concordou nossa cliente. — Mil detalhes vêm à minha cabeça comprovando que acertou em cheio. Oh, não podemos perder um instante para socorrer esta pobre criatura.

— Devemos agir com prudência, pois estamos lidando com um homem muito esperto. Não podemos fazer nada antes das sete. Neste horário estaremos ao seu lado e o mistério logo será esclarecido.

Fiéis à nossa palavra, eram sete horas em ponto quando chegamos às Faias Cor de Cobre, depois de deixar nosso carro numa estalagem da estrada. O grupo de árvores, de folhas escuras brilhando como metal polido à luz do sol poente, seria suficiente para indicar a casa, se a própria srta. Hunter não estivesse nos esperando, sorridente, na soleira da porta.

— Conseguiu? — perguntou Holmes.

No mesmo instante ouvimos batidas fortes que vinham do subsolo.

— É a sra. Toller presa na adega — disse ela. — Seu marido continua roncando na esteira da cozinha. Aqui estão as chaves, que são as mesmas do sr. Rucastle.

— A senhorita trabalhou de modo admirável! — exclamou Holmes com entusiasmo. — Agora nos mostre o caminho e logo saberemos o final desta história sinistra.

Subimos a escada, abrimos a porta, percorremos o corredor e nos encontramos diante da porta trancada descrita pela srta. Hunter. Holmes cortou a corda e retirou a barra transversal. Experimentou várias chaves na fechadura, mas não conseguiu abri-la. Nenhum barulho vinha de dentro e esse silêncio anuviou o rosto de Holmes.

— Espero que não tenhamos chegado tarde demais — disse. — Creio, srta. Hunter, que não convém entrar conosco. Agora, Watson, vamos usar os ombros e arrombar a porta.

Era uma porta velha e arruinada, que cedeu logo aos nossos esforços. Precipitamo-nos juntos no interior. O aposento estava vazio. A única mobília que tinha era um colchão de palha, uma pequena mesa e uma cesta cheia de roupa branca. A claraboia do teto estava aberta e a prisioneira havia desaparecido.

— Aqui houve uma nova perversidade — disse Holmes. — Nosso amigo adivinhou as intenções da srta. Hunter e levou a vítima para outro lugar.

— Mas de que jeito?

— Pela claraboia. Logo veremos como fez isso.

E se alçou até o telhado pela claraboia.

— Ah, sim — gritou. — Aqui está a ponta de uma escada de mão encostada na beira do telhado. Foi por aí que a tirou.

— É impossível — disse a srta. Hunter. — A escada não estava aí quando os Rucastle saíram.

— Ele voltou e a colocou. Digo-lhe que é um homem muito astuto e perigoso. Não me surpreenderia muito se os passos que ouvimos na escada fossem dele. Creio, Watson, que faria bem em ter a arma preparada.

Mal tinha pronunciado estas palavras quando apareceu na porta um homem gordo e corpulento com um bastão enorme na mão. Ao vê-lo, a srta. Hunter soltou um grito agudo e se apoiou na parede, mas Sherlock Holmes deu um salto diante do indivíduo e enfrentou-o.

— Miserável! Onde está sua filha?

O homem gordo olhou ao redor e viu a claraboia aberta.

— Sou eu que faço essa pergunta — berrou. — Ladrões! Espiões e ladrões! Apanhei-os em flagrante, hein? Estão em minhas mãos. Vou dar um jeito em vocês.

Deu meia-volta e desceu a escada tão rápido quanto pôde.

— Ele foi soltar o cão! — gritou a srta. Hunter.

— Estou com meu revólver — disse eu.

— É melhor ir fechar a porta da casa — replicou Holmes.

Descemos ligeiro. Mal chegamos embaixo, ouvimos os latidos do cão, em seguida um grito de agonia e um barulho de luta horroroso. Um homem de idade, com o rosto vermelho e as pernas trêmulas, apareceu cambaleando na porta lateral.

— Meu Deus! — gritou. — Alguém soltou o cão. Há dois dias que ele não come. Rápido, rápido, ou será tarde demais.

Holmes e eu corremos para fora e demos a volta à casa, seguidos por Toller. O animal enorme, esfomeado, enterrara o focinho na garganta de Rucastle, que se torcia e gritava, no chão. Aproximei-me e fiz os miolos do cão saltarem com um tiro de revólver. Ele caiu, mas com os dentes brancos e afiados ainda presos no pescoço da vítima. Tivemos muito trabalho para separá-los.

Levamos o ferido para casa, ainda vivo, mas horrivelmente mutilado, e o deitamos no sofá da sala de estar. Enquanto Toller, que já se recuperara da bebedeira, ia buscar sua mulher, fiz o que pude para aliviar as dores de Rucastle. Estávamos todos em volta dele, quando a porta se abriu e deu passagem a uma mulher alta e magra.

— Sra. Toller! — exclamou a srta. Hunter.

— Sim, senhorita. O sr. Rucastle me tirou do porão quando voltou, antes de subir atrás dos senhores . Ah, senhorita, é uma pena que não me tenha contado o que pretendia fazer, pois eu podia ter-lhe dito que se incomodava inutilmente.

— Ah! — disse Holmes, olhando intensamente para ela. — Está claro que a sra. Toller sabe mais sobre o assunto que qualquer um de nós.

— Sim, senhor, e estou disposta a contar tudo o que sei.

— Então faça o favor de sentar-se e nos diga, pois confesso que há vários pontos que ainda continuam obscuros para mim.

— Logo vou esclarecê-los, e o teria feito antes se pudesse sair do porão. Se isso chegar às mãos da polícia e dos juízes, lembrem-se que fui a única que os ajudou, e que também sou amiga da srta. Alice.

"A pobre srta. Alice nunca se sentiu feliz em casa, depois que seu pai voltou a se casar. Era posta de lado e não tinha o direito de abrir a boca. Mas as coisas ficaram bem piores depois que conheceu o sr. Fowler em casa de amigos. Pelo que pude saber, a srta. Alice tinha herdado uma fortuna. Mas, como era muito calada e paciente, nunca disse uma palavra sobre o assunto e deixava tudo nas mãos do sr. Rucastle. Ele sabia que não tinha nada a temer dela.

"Mas, quando surgiu a possibilidade de que se apresentasse um marido a reclamar o que lhe cabia por lei, ele quis impedir o casamento. Tentou fazê-la assinar um documento autorizando-o a dispor do dinheiro dela, casada ou não. Como ela se recusasse, atormentou-a tanto que a pobre menina teve uma febre cerebral e ficou durante seis semanas entre a vida e a morte. Por fim foi se recuperando lentamente, mas não era mais que a sombra de si mesma, e seus belos cabelos tiveram de ser cortados. Isso não mudou os sentimentos do namorado, que lhe permaneceu tão fiel quanto um homem pode ser."

— Ah! — disse Holmes —, o que nos contou explica tudo, e posso deduzir o resto. O sr. Rucastle adotou, então, este sistema de prisão.

— Sim, senhor.

— E trouxe a srta. Hunter de Londres para se livrar da insistência desagradável do sr. Fowler.

— Foi o que ele fez, senhor.

— Mas o sr. Fowler, perseverante como todo bom marinheiro, fez um cerco à casa, falou com a senhora e, mediante alguns argumentos, monetários ou de outro tipo, convenceu-a de que os seus interesses e os dele coincidiam.

— O sr. Fowler é um cavalheiro muito gentil e generoso — respondeu a sra. Toller com serenidade.

— E deste modo conseguiu que seu marido não bebesse e uma escada estivesse preparada para o momento em que seu patrão saísse.

— Sim, tudo aconteceu como o senhor disse.

— Fico-lhe muito grato, sra. Toller, pois esclareceu tudo o que nos intrigava. Mas vêm aí o médico do povoado e a sra. Rucastle. Creio, Watson, que a única coisa que nos resta fazer é acompanhar a srta. Hunter a Winchester, pois me parece que nosso *locus standi* é muito discutível neste momento.

E assim foi elucidado o mistério da casa sinistra das Faias Cor de Cobre. O sr. Rucastle sobreviveu, mas com uma saúde sempre vacilante, e só conseguiu ficar vivo graças aos cuidados de sua mulher devotada. Continuam vivendo com seus antigos empregados, que provavelmente sabem tanto sobre o passado de Rucastle que ficou difícil despedi-los. O sr. Fowler e a srta. Rucastle se casaram com licença especial em Southampton no dia seguinte à sua fuga. Ele ocupa agora um cargo oficial na ilha Maurício.

Quanto à srta. Violet Hunter, para grande decepção da minha parte, meu amigo Holmes se desinteressou completamente dela no dia em que o problema ficou resolvido. Hoje ela dirige uma escola particular em Walsall, onde, creio, vem obtendo um êxito enorme.

Arthur Conan Doyle

CASEMIRO LINARTH

Arthur Conan Doyle nasceu em 22 de maio de 1859 em Edimburgo, Escócia, numa família irlandesa da nobreza antiga. Foi o segundo de sete filhos. O pai, Charles Altamont Doyle, era um funcionário pouco ambicioso, que morreu alcoólatra. A mãe, Mary Foley, descendia dos Plantagenetas. Seu avô foi John Doyle, caricaturista famoso.

Estudou na Public School de Stonyhurst, colégio jesuíta, e logo se interessou pela literatura. Em 1875, saiu da escola e tornou-se agnóstico. Em 1876, iniciou o curso de medicina na faculdade de Edimburgo. Teve como professor de cirurgia o doutor Joseph Bell, que se distinguia por sua habilidade de deduzir dos mínimos detalhes as características físicas e psicológicas dos pacientes. O dr. Bell inspirou a Doyle boa parte da personalidade de Sherlock Holmes.

Doyle formou-se em 1881 e alistou-se como médico de bordo num vapor com destino à África ocidental. O navio sofreu um incêndio e ele caiu gravemente doente em Lagos. De volta à Inglaterra, abriu um consultório de oftalmologia em Southsea, perto de Portsmouth, mas tinha poucos pacientes. Casou-se em 1885 com Louise Hawkins, que o estimulou a persistir na literatura.

Depois de um primeiro romance, que não conseguiu publicar, redigiu *Um estudo em vermelho*. O manuscrito foi rejeitado por várias editoras, até que Ward, Lock & Co. o comprou pela quantia irrisória de 25 libras. Apareceu em 1887 no *Beeton's Christmas Annual*, porém passou quase despercebido. Era a primeira das cinquenta e seis novelas e quatro romances, que colocaram Sherlock Holmes em cena, a última esperança daqueles que se defrontam com casos aparentemente insolúveis.

Em 1889, publicou *Miquéias Clarke*, seu primeiro romance histórico, gênero que considerava o único digno de sua vocação. Ainda em 1889, J. M. Stoddart, agente estadunidense do *Lippincott's Monthly Magazine*, convidou-o com Oscar Wilde para um jantar, no qual foram contratados para escrever duas histórias. Wilde entregou *O retrato de Dorian Gray* e Doyle, *O signo dos quatro*, a segunda aventura de Sherlock Holmes, publicada em 1890. Abriu então um novo consultório na Montague Place, em Londres, porém os pacientes continuaram raros.

Em 1891, ao ler o primeiro número da revista *Strand Magazine*, visitou o editor e propôs novas aventuras do detetive. *Um escândalo na Boêmia* apareceu na edição de julho. Em seguida foram publicadas *A Liga dos Cabeças Vermelhas* e mais quatro novelas. Renovou o contrato com seis novas investigações, ao ritmo de uma por mês. Depois essas doze histórias foram publicadas em livro com o título *As aventuras de Sherlock Holmes*.

As primeiras histórias obtiveram um sucesso enorme, em razão da engenhosidade da trama, da personalidade de Sherlock Holmes, da originalidade em relação aos romances policiais da época e principalmente de suas qualidades de raciocínio dedutivo. Doyle abandonou então a medicina e dedicou-se em tempo integral à escrita. Contudo, queria associar seu nome a obras mais literárias e, em novembro de 1891, resolveu matar Sherlock Holmes num conto. A mãe protestou e até lhe sugeriu enredos. Sherlock obteve uma sobrevida.

De dezembro de 1892 a dezembro de 1893, escreveu uma nova série de doze aventuras, mais tarde compiladas nas *Memórias de Sherlock Holmes*. O detetive morreu na décima segunda, *O problema final*, nas cataratas de Reichenbach, perto de Davos Platz, na Suíça, lugar de clima mais saudável ao qual havia levado a mulher, que sofria de tuberculose. Com ele morreu o prof. Moriarty, o rei dos vilões. O público e a mãe não se conformaram, mas Doyle se recusava a ressuscitar o seu detetive.

Nesse período, escreveu *As façanhas do brigadeiro Gerard*, o primeiro romance da saga do soldado do Primeiro Império, e *A curiosa história de Rodney Stone*, romance consagrado ao boxe. Em 1895, lançou *A tragédia de Korosko*, depois de uma estada no Cairo, Egito, onde assistiu ao conflito entre os britânicos e os derviches.

Mas já em 1901 cedeu às pressões dos leitores e publicou a primeira parte do *Cão dos Baskervilles* no *Strand Magazine*. A aventura se desenrola antes da morte do detetive em Reichenbach. Foi só em 1903 que um editor dos Estados Unidos convenceu Doyle a ressuscitar o detetive, oferecendo-lhe uma grande quantia de dinheiro. Assim, trinta e três novas aventuras foram publicadas entre setembro de 1903 (*A casa vazia*) e março de 1927 (*O velho solar de Shoscombe*), novelas compiladas nas *Memórias de Sherlock Holmes*, *seu último adeus* e *Os arquivos de Sherlock Holmes*. Mais o romance *O Vale do Terror*.

Doyle participou ativamente da política. Apresentou-se duas vezes (em 1900 e em 1906) nas eleições em Edimburgo como candidato unionista (conservador) a deputado, partidário da manutenção da Irlanda no Reino Unido, porém não conseguiu se eleger. Tomou posição nos grandes fatos políticos da Grã-Bretanha e redigiu diversos trabalhos, entre os quais o panfleto "A guerra na África do Sul: suas causas e sua organização", defendendo a política britânica na guerra. Por essa posição, foi nomeado cavaleiro em 1902, e se tornou *Sir*.

Sua mulher morreu em 1906, e ele mergulhou numa prostração próxima da depressão. Dedicou-se então ao caso de George Edalji, jovem notário de origem indiana, condenado a sete anos de prisão pelo envio de cartas anônimas e pela mutilação de gado. Como Sherlock Holmes, investigou, provou sua inocência e conseguiu liberá-lo. Casou-se novamente em 1907, com Jean Leckie, e passou a residir em Crowborough, em Sussex.

Em 1910, lutou para evitar a pena de morte de Oscar Slater, judeu alemão acusado de homicídio. Apontou irregularidades judiciais e tentou provar a inocência do réu, mas só conseguiu que a pena capital fosse comutada em prisão perpétua. A inocência de Slater só foi reconhecida em 1928.

Em 1912, Doyle criou um novo personagem, que marcou o mundo literário: o prof. Challenger, no *Mundo perdido*, inspirado em outro de seus mestres do tempo de faculdade, prof. Rutherford.

Quis participar da Primeira Guerra Mundial, que estourou em 1914, formando uma unidade local de voluntários. Mas não o deixaram partir para o *front*, por causa de sua idade (55 anos). Durante o conflito, perdeu o filho mais velho, Kingsley, e o irmão Innes.

Em 1916, Doyle interveio para obter a graça de *Sir* Roger Casement, um dos líderes dos rebeldes irlandeses que aderiu à Alemanha durante a guerra. Apesar de todos os seus esforços, o escritor não conseguiu salvá-lo. Acusado de traição, *Sir* Roger Casement foi executado.

No mesmo ano, anunciou sua conversão ao espiritismo. Em 1924, publicou sua autobiografia, *Recordações e aventuras*. Morreu em 7 de julho de 1930, de crise cardíaca. Por ironia da sorte, a sua obra histórica, à qual deu maior importância, foi relegada a segundo plano. Em compensação, Sherlock Holmes, que ele considerava como personagem de uma literatura inferior, é hoje mundialmente famoso, eclipsando o seu criador.

❖

Relação dos Volumes Publicados

1. **Dom Casmurro** *Machado de Assis*
2. **O Príncipe** *Maquiavel*
3. **Mensagem** *Fernando Pessoa*
4. **O Lobo do Mar** *Jack London*
5. **A Arte da Prudência** *Baltasar Gracián*
6. **Iracema / Cinco Minutos** *José de Alencar*
7. **Inocência** *Visconde de Taunay*
8. **A Mulher de 30 Anos** *Honoré de Balzac*
9. **A Moreninha** *Joaquim Manuel de Macedo*
10. **A Escrava Isaura** *Bernardo Guimarães*
11. **As Viagens - "Il Milione"** *Marco Polo*
12. **O Retrato de Dorian Gray** *Oscar Wilde*
13. **A Volta ao Mundo em 80 Dias** *Júlio Verne*
14. **A Carne** *Júlio Ribeiro*
15. **Amor de Perdição** *Camilo Castelo Branco*
16. **Sonetos** *Luís de Camões*
17. **O Guarani** *José de Alencar*
18. **Memórias Póstumas de Brás Cubas** *Machado de Assis*
19. **Lira dos Vinte Anos** *Álvares de Azevedo*
20. **Apologia de Sócrates / Banquete** *Platão*
21. **A Metamorfose/Um Artista da Fome/Carta a Meu Pai** *Franz Kafka*
22. **Assim Falou Zaratustra** *Friedrich Nietzsche*
23. **Triste Fim de Policarpo Quaresma** *Lima Barreto*
24. **A Ilustre Casa de Ramires** *Eça de Queirós*
25. **Memórias de um Sargento de Milícias** *Manuel Antônio de Almeida*
26. **Robinson Crusoé** *Daniel Defoe*
27. **Espumas Flutuantes** *Castro Alves*
28. **O Ateneu** *Raul Pompeia*
29. **O Noviço / O Juiz de Paz da Roça / Quem Casa Quer Casa** *Martins Pena*
30. **A Relíquia** *Eça de Queirós*
31. **O Jogador** *Dostoiévski*
32. **Histórias Extraordinárias** *Edgar Allan Poe*
33. **Os Lusíadas** *Luís de Camões*
34. **As Aventuras de Tom Sawyer** *Mark Twain*
35. **Bola de Sebo e Outros Contos** *Guy de Maupassant*
36. **A República** *Platão*
37. **Elogio da Loucura** *Erasmo de Rotterdam*
38. **Caninos Brancos** *Jack London*
39. **Hamlet** *William Shakespeare*
40. **A Utopia** *Thomas More*
41. **O Processo** *Franz Kafka*
42. **O Médico e o Monstro** *Robert Louis Stevenson*
43. **Ecce Homo** *Friedrich Nietzsche*
44. **O Manifesto do Partido Comunista** *Marx e Engels*
45. **Discurso do Método / Regras para a Direção do Espírito** *René Descartes*
46. **Do Contrato Social** *Jean-Jacques Rousseau*
47. **A Luta pelo Direito** *Rudolf von Ihering*
48. **Dos Delitos e das Penas** *Cesare Beccaria*
49. **A Ética Protestante e o Espírito do Capitalismo** *Max Weber*
50. **O Anticristo** *Friedrich Nietzsche*
51. **Os Sofrimentos do Jovem Werther** *Goethe*
52. **As Flores do Mal** *Charles Baudelaire*
53. **Ética a Nicômaco** *Aristóteles*
54. **A Arte da Guerra** *Sun Tzu*
55. **Imitação de Cristo** *Tomás de Kempis*
56. **Cândido ou o Otimismo** *Voltaire*
57. **Rei Lear** *William Shakespeare*
58. **Frankenstein** *Mary Shelley*
59. **Quincas Borba** *Machado de Assis*
60. **Fedro** *Platão*
61. **Política** *Aristóteles*
62. **A Viuvinha / Encarnação** *José de Alencar*
63. **As Regras do Método Sociológico** *Émile Durkheim*
64. **O Cão dos Baskervilles** *Sir Arthur Conan Doyle*
65. **Contos Escolhidos** *Machado de Assis*
66. **Da Morte / Metafísica do Amor / Do Sofrimento do Mundo** *Arthur Schopenhauer*
67. **As Minas do Rei Salomão** *Henry Rider Haggard*
68. **Manuscritos Econômico-Filosóficos** *Karl Marx*
69. **Um Estudo em Vermelho** *Sir Arthur Conan Doyle*
70. **Meditações** *Marco Aurélio*
71. **A Vida das Abelhas** *Maurice Materlinck*
72. **O Cortiço** *Aluísio Azevedo*
73. **Senhora** *José de Alencar*
74. **Brás, Bexiga e Barra Funda / Laranja da China** *Antônio de Alcântara Machado*
75. **Eugênia Grandet** *Honoré de Balzac*
76. **Contos Gauchescos** *João Simões Lopes Neto*
77. **Esaú e Jacó** *Machado de Assis*
78. **O Desespero Humano** *Sören Kierkegaard*
79. **Dos Deveres** *Cícero*
80. **Ciência e Política** *Max Weber*
81. **Satíricon** *Petrônio*
82. **Eu e Outras Poesias** *Augusto dos Anjos*
83. **Farsa de Inês Pereira / Auto da Barca do Inferno / Auto da Alma** *Gil Vicente*
84. **A Desobediência Civil e Outros Escritos** *Henry David Toreau*
85. **Para Além do Bem e do Mal** *Friedrich Nietzsche*
86. **A Ilha do Tesouro** *R. Louis Stevenson*
87. **Marília de Dirceu** *Tomás A. Gonzaga*
88. **As Aventuras de Pinóquio** *Carlo Collodi*
89. **Segundo Tratado Sobre o Governo** *John Locke*
90. **Amor de Salvação** *Camilo Castelo Branco*
91. **Broquéis/Faróis/ Ultimos Sonetos** *Cruz e Souza*
92. **I-Juca-Pirama / Os Timbiras / Outros Poemas** *Gonçalves Dias*
93. **Romeu e Julieta** *William Shakespeare*
94. **A Capital Federal** *Arthur Azevedo*
95. **Diário de um Sedutor** *Sören Kierkegaard*
96. **Carta de Pero Vaz de Caminha a El-Rei Sobre o Achamento do Brasil**
97. **Casa de Pensão** *Aluísio Azevedo*
98. **Macbeth** *William Shakespeare*

99. **Édipo Rei/Antígona**
Sófocles

100. **Lucíola**
José de Alencar

101. **As Aventuras de Sherlock Holmes**
Sir Arthur Conan Doyle

102. **Bom-Crioulo**
Adolfo Caminha

103. **Helena**
Machado de Assis

104. **Poemas Satíricos**
Gregório de Matos

105. **Escritos Políticos / A Arte da Guerra**
Maquiavel

106. **Ubirajara**
José de Alencar

107. **Diva**
José de Alencar

108. **Eurico, o Presbítero**
Alexandre Herculano

109. **Os Melhores Contos**
Lima Barreto

110. **A Luneta Mágica**
Joaquim Manuel de Macedo

111. **Fundamentação da Metafísica dos Costumes e Outros Escritos**
Immanuel Kant

112. **O Príncipe e o Mendigo**
Mark Twain

113. **O Domínio de Si Mesmo pela Auto-Sugestão Consciente**
Émile Coué

114. **O Mulato**
Aluísio Azevedo

115. **Sonetos**
Florbela Espanca

116. **Uma Estadia no Inferno / Poemas / Carta do Vidente**
Arthur Rimbaud

117. **Várias Histórias**
Machado de Assis

118. **Fédon**
Platão

119. **Poesias**
Olavo Bilac

120. **A Conduta para a Vida**
Ralph Waldo Emerson

121. **O Livro Vermelho**
Mao Tsé-Tung

122. **Oração aos Moços**
Rui Barbosa

123. **Otelo, o Mouro de Veneza**
William Shakespeare

124. **Ensaios**
Ralph Waldo Emerson

125. **De Profundis / Balada do Cárcere de Reading**
Oscar Wilde

126. **Crítica da Razão Prática**
Immanuel Kant

127. **A Arte de Amar**
Ovídio Naso

128. **O Tartufo ou O Impostor**
Molière

129. **Metamorfoses**
Ovídio Naso

130. **A Gaia Ciência**
Friedrich Nietzsche

131. **O Doente Imaginário**
Molière

132. **Uma Lágrima de Mulher**
Aluísio Azevedo

133. **O Último Adeus de Sherlock Holmes**
Sir Arthur Conan Doyle

134. **Canudos - Diário de uma Expedição**
Euclides da Cunha

135. **A Doutrina de Buda**
Siddharta Gautama

136. **Tao Te Ching**
Lao-Tsé

137. **Da Monarquia / Vida Nova**
Dante Alighieri

138. **A Brasileira de Prazins**
Camilo Castelo Branco

139. **O Velho da Horta/Quem Tem Farelos?/Auto da Índia**
Gil Vicente

140. **O Seminarista**
Bernardo Guimarães

141. **O Alienista / Casa Velha**
Machado de Assis

142. **Sonetos**
Manuel du Bocage

143. **O Mandarim**
Eça de Queirós

144. **Noite na Taverna / Macário**
Álvares de Azevedo

145. **Viagens na Minha Terra**
Almeida Garrett

146. **Sermões Escolhidos**
Padre Antonio Vieira

147. **Os Escravos**
Castro Alves

148. **O Demônio Familiar**
José de Alencar

149. **A Mandrágora / Belfagor, o Arquidiabo**
Maquiavel

150. **O Homem**
Aluísio Azevedo

151. **Arte Poética**
Aristóteles

152. **A Megera Domada**
William Shakespeare

153. **Alceste/Electra/Hipólito**
Eurípedes

154. **O Sermão da Montanha**
Huberto Rohden

155. **O Cabeleira**
Franklin Távora

156. **Rubáiyát**
Omar Khayyám

157. **Luzia-Homem**
Domingos Olímpio

158. **A Cidade e as Serras**
Eça de Queirós

159. **A Retirada da Laguna**
Visconde de Taunay

160. **A Viagem ao Centro da Terra**
Júlio Verne

161. **Caramuru**
Frei Santa Rita Durão

162. **Clara dos Anjos**
Lima Barreto

163. **Memorial de Aires**
Machado de Assis

164. **Bhagavad Gita**
Krishna

165. **O Profeta**
Khalil Gibran

166. **Aforismos**
Hipócrates

167. **Kama Sutra**
Vatsyayana

168. **O Livro da Jângal**
Rudyard Kipling

169. **De Alma para Alma**
Huberto Rohden

170. **Orações**
Cícero

171. **Sabedoria das Parábolas**
Huberto Rohden

172. **Salomé**
Oscar Wilde

173. **Do Cidadão**
Thomas Hobbes

174. **Porque Sofremos**
Huberto Rohden

175. **Einstein: o Enigma do Universo**
Huberto Rohden

176. **A Mensagem Viva do Cristo**
Huberto Rohden

177. **Mahatma Gandhi**
Huberto Rohden

178. **A Cidade do Sol**
Tommaso Campanella

179. **Setas para o Infinito**
Huberto Rohden

180. **A Voz do Silêncio**
Helena Blavatsky

181. **Frei Luís de Sousa**
Almeida Garrett

182. **Fábulas**
Esopo

183. **Cântico de Natal/ Os Carrilhões**
Charles Dickens

184. **Contos**
Eça de Queirós

185. **O Pai Goriot**
Honoré de Balzac

186. **Noites Brancas e Outras Histórias**
Dostoiévski

187. **Minha Formação**
Joaquim Nabuco

188. **Pragmatismo**
William James

189. **Discursos Forenses**
Enrico Ferri

190. **Medeia**
Eurípedes

191. **Discursos de Acusação**
Enrico Ferri

192. **A Ideologia Alemã**
Marx & Engels

193. **Prometeu Acorrentado**
Ésquilo

194. **Iaiá Garcia**
Machado de Assis

195. **Discursos no Instituto dos Advogados Brasileiros / Discurso no Colégio Anchieta**
Rui Barbosa

196. **Édipo em Colono**
Sófocles

197. **A Arte de Curar pelo Espírito**
Joel S. Goldsmith

198. **Jesus, o Filho do Homem**
Khalil Gibran

199. **Discurso sobre a Origem e os Fundamentos da Desigualdade entre os Homens**
Jean-Jacques Rousseau

200. **Fábulas**
La Fontaine

201. **O Sonho de uma Noite de Verão**
William Shakespeare

202. Maquiavel, o Poder
José Nivaldo Junior

203. Ressurreição
Machado de Assis

204. O Caminho da Felicidade
Huberto Rohden

205. A Velhice do Padre Eterno
Guerra Junqueiro

206. O Sertanejo
José de Alencar

207. Gitanjali
Rabindranath Tagore

208. Senso Comum
Thomas Paine

209. Canaã
Graça Aranha

210. O Caminho Infinito
Joel S. Goldsmith

211. Pensamentos
Epicuro

212. A Letra Escarlate
Nathaniel Hawthorne

213. Autobiografia
Benjamin Franklin

214. Memórias de Sherlock Holmes
Sir Arthur Conan Doyle

215. O Dever do Advogado / Posse de Direitos Pessoais
Rui Barbosa

216. O Tronco do Ipê
José de Alencar

217. O Amante de Lady Chatterley
D. H. Lawrence

218. Contos Amazônicos
Inglês de Souza

219. A Tempestade
William Shakespeare

220. Ondas
Euclides da Cunha

221. Educação do Homem Integral
Huberto Rohden

222. Novos Rumos para a Educação
Huberto Rohden

223. Mulherzinhas
Louise May Alcott

224. A Mão e a Luva
Machado de Assis

225. A Morte de Ivan Ilicht / Senhores e Servos
Leon Tolstói

226. Álcoois e Outros Poemas
Apollinaire

227. Pais e Filhos
Ivan Turguêniev

228. Alice no País das Maravilhas
Lewis Carroll

229. À Margem da História
Euclides da Cunha

230. Viagem ao Brasil
Hans Staden

231. O Quinto Evangelho
Tomé

232. Lorde Jim
Joseph Conrad

233. Cartas Chilenas
Tomás Antônio Gonzaga

234. Odes Modernas
Anntero de Quental

235. Do Cativeiro Babilônico da Igreja
Martinho Lutero

236. O Coração das Trevas
Joseph Conrad

237. Thais
Anatole France

238. Andrômaca / Fedra
Racine

239. As Catilinárias
Cícero

240. Recordações da Casa dos Mortos
Dostoiévski

241. O Mercador de Veneza
William Shakespeare

242. A Filha do Capitão / A Dama de Espadas
Aleksandr Púchkin

243. Orgulho e Preconceito
Jane Austen

244. A Volta do Parafuso
Henry James

245. O Gaúcho
José de Alencar

246. Tristão e Isolda
Lenda Medieval Celta de Amor

247. Poemas Completos de Alberto Caeiro
Fernando Pessoa

248. Maiakósvski
Vida e Poesia

249. Sonetos
William Shakespeare

250. Poesia de Ricardo Reis
Fernando Pessoa

251. Papéis Avulsos
Machado de Assis

252. Contos Fluminenses
Machado de Assis

253. O Bobo
Alexandre Herculano

254. A Oração da Coroa
Demóstenes

255. O Castelo
Franz Kafka

256. O Trovejar do Silêncio
Joel S. Goldsmith

257. Alice na Casa dos Espelhos
Lewis Carrol

258. Miséria da Filosofia
Karl Marx

259. Júlio César
William Shakespeare

260. Antônio e Cleópatra
William Shakespeare

261. Filosofia da Arte
Huberto Rohden

262. A Alma Encantadora das Ruas
João do Rio

263. A Normalista
Adolfo Caminha

264. Pollyanna
Eleanor H. Porter

265. As Pupilas do Senhor Reitor
Júlio Diniz

266. As Primaveras
Casimiro de Abreu

267. Fundamentos do Direito
Léon Duguit

268. Discursos de Metafísica
G. W. Leibniz

269. Sociologia e Filosofia
Émile Durkheim

270. Cancioneiro
Fernando Pessoa

271. A Dama das Camélias
Alexandre Dumas (filho)

272. O Divórcio / As Bases da Fé / e outros textos
Rui Barbosa

273. Pollyanna Moça
Eleanor H. Porter

274. O 18 Brumário de Luís Bonaparte
Karl Marx

275. Teatro de Machado de Assis
Antologia

276. Cartas Persas
Montesquieu

277. Em Comunhão com Deus
Huberto Rohden

278. Razão e Sensibilidade
Jane Austen

279. Crônicas Selecionadas
Machado de Assis

280. Histórias da Meia-Noite
Machado de Assis

281. Cyrano de Bergerac
Edmond Rostand

282. O Maravilhoso Mágico de Oz
L. Frank Baum

283. Trocando Olhares
Florbela Espanca

284. O Pensamento Filosófico da Antiguidade
Huberto Rohden

285. Filosofia Contemporânea
Huberto Rohden

286. O Espírito da Filosofia Oriental
Huberto Rohden

287. A Pele do Lobo / O Badejo / o Dote
Artur Azevedo

288. Os Bruzundangas
Lima Barreto

289. A Pata da Gazela
José de Alencar

290. O Vale do Terror
Sir Arthur Conan Doyle

291. O Signo dos Quatro
Sir Arthur Conan Doyle

292. As Máscaras do Destino
Florbela Espanca

293. A Confissão de Lúcio
Mário de Sá-Carneiro

294. Falenas
Machado de Assis

295. O Uraguai / A Declamação Trágica
Basílio da Gama

296. Crisálidas
Machado de Assis

297. Americanas
Machado de Assis

298. A Carteira de Meu Tio
Joaquim Manuel de Macedo

299. Catecismo da Filosofia
Huberto Rohden

300. Apologia de Sócrates
Platão (Edição bilingue)

301. Rumo à Consciência Cósmica
Huberto Rohden

302. Cosmoterapia
Huberto Rohden

303. Bodas de Sangue
Federico García Lorca

304. Discurso da Servidão Voluntária
Étienne de La Boétie

305. **Categorias**
Aristóteles

306. **Manon Lescaut**
Abade Prévost

307. **Teogonia / Trabalho e Dias**
Hesíodo

308. **As Vítimas-Algozes**
Joaquim Manuel de Macedo

309. **Persuasão**
Jane Austen

310. **Agostinho** - *Huberto Rohden*

311. **Roteiro Cósmico**
Huberto Rohden

312. **A Queda dum Anjo**
Camilo Castelo Branco

313. **O Cristo Cósmico e os Essênios** - *Huberto Rohden*

314. **Metafísica do Cristianismo**
Huberto Rohden

315. **Rei Édipo** - *Sófocles*

316. **Livro dos provérbios**
Salomão

317. **Histórias de Horror**
Howard Phillips Lovecraft

318. **O Ladrão de Casaca**
Maurice Leblanc

Série Ouro
(Livros com mais de 400 p.)

1. **Leviatã**
Thomas Hobbes

2. **A Cidade Antiga**
Fustel de Coulanges

3. **Crítica da Razão Pura**
Immanuel Kant

4. **Confissões**
Santo Agostinho

5. **Os Sertões**
Euclides da Cunha

6. **Dicionário Filosófico**
Voltaire

7. **A Divina Comédia**
Dante Alighieri

8. **Ética Demonstrada à Maneira dos Geômetras**
Baruch de Spinoza

9. **Do Espírito das Leis**
Montesquieu

10. **O Primo Basílio**
Eça de Queirós

11. **O Crime do Padre Amaro**
Eça de Queirós

12. **Crime e Castigo**
Dostoiévski

13. **Fausto**
Goethe

14. **O Suicídio**
Émile Durkheim

15. **Odisseia**
Homero

16. **Paraíso Perdido**
John Milton

17. **Drácula**
Bram Stocker

18. **Ilíada**
Homero

19. **As Aventuras de Huckleberry Finn**
Mark Twain

20. **Paulo – O 13º Apóstolo**
Ernest Renan

21. **Eneida**
Virgílio

22. **Pensamentos**
Blaise Pascal

23. **A Origem das Espécies**
Charles Darwin

24. **Vida de Jesus**
Ernest Renan

25. **Moby Dick**
Herman Melville

26. **Os Irmãos Karamazovi**
Dostoiévski

27. **O Morro dos Ventos Uivantes**
Emily Brontë

28. **Vinte Mil Léguas Submarinas**
Júlio Verne

29. **Madame Bovary**
Gustave Flaubert

30. **O Vermelho e o Negro**
Stendhal

31. **Os Trabalhadores do Mar**
Victor Hugo

32. **A Vida dos Doze Césares**
Suetônio

33. **O Moço Loiro**
Joaquim Manuel de Macedo

34. **O Idiota**
Dostoiévski

35. **Paulo de Tarso**
Huberto Rohden

36. **O Peregrino**
John Bunyan

37. **As Profecias**
Nostradamus

38. **Novo Testamento**
Huberto Rohden

39. **O Corcunda de Notre Dame**
Victor Hugo

40. **Arte de Furtar**
Anônimo do século XVII

41. **Germinal**
Émile Zola

42. **Folhas de Relva**
Walt Whitman

43. **Ben-Hur — Uma História dos Tempos de Cristo**
Lew Wallace

44. **Os Maias**
Eça de Queirós

45. **O Livro da Mitologia**
Thomas Bulfinch

46. **Os Três Mosqueteiros**
Alexandre Dumas

47. **Poesia de Álvaro de Campos**
Fernando Pessoa

48. **Jesus Nazareno**
Huberto Rohden

49. **Grandes Esperanças**
Charles Dickens

50. **A Educação Sentimental**
Gustave Flaubert

51. **O Conde de Monte Cristo (Volume I)**
Alexandre Dumas

52. **O Conde de Monte Cristo (Volume II)**
Alexandre Dumas

53. **Os Miseráveis (Volume I)**
Victor Hugo

54. **Os Miseráveis (Volume II)**
Victor Hugo

55. **Dom Quixote de La Mancha (Volume I)**
Miguel de Cervantes

56. **Dom Quixote de La Mancha (Volume II)**
Miguel de Cervantes

57. **As Confissões**
Jean-Jacques Rousseau

58. **Contos Escolhidos**
Artur Azevedo

59. **As Aventuras de Robin Hood**
Howard Pyle